王金昌日记收藏系列——

北平日记

（1939年—1943年）

（四）

董　毅◎著

王金昌◎整理

人民出版社

11 月 21 日　　星期五（十月初三）　　晴

　　整阴晦了一礼拜，今天才算是重见天日了！难得，但是天气凉了，上午没课，便一直睡到十时半才起来，弄得来，看过报便已是中午了，坐在饭桌边，早点才吃下不久，还不饿呢！真糟心，这是什么生活，仆妇走了，每天只是忙坏了，娘与李娘整天大半都忙在这吃上边，三顿实在麻烦，可是这年头，这三顿饭都大费周章呢！上午接得泓来一信，打开一看，是用红墨水写的，吓了我一跳，原来她并不知道用红墨水是与人绝交的意思，信内还请我礼拜日去看电影呢！她回信，果不出我所料，果提出了松三来信那两句玩笑话："总听见别人订婚结婚，你呢，你也快了吧！"来问我！她却认真起来问我，我诚心寄去给她看果然刺了她目，这几个字，这位小姐也太神经过敏了！下午去校上了两小时的民俗问题，讲了些零零碎碎与夏小正，下课较早，到图书馆略坐，在阅报处看见老遇不见的许略，回家才四时半，街上又实行第三次治安强化运动，警察们忙得很，刘家弟妹们尚未回来，晚上略看书，复泓信，允廿三日去她家，夜凉。

11 月 22 日　　星期六（十月初四）　　半阴晴

　　又是晴不晴，阴不阴的鬼天气，可厌之至，早上起的不早，看完了日本监本监谷温著之中国文字概论，陈彬和译，十八年朴社出版，今天又吃的是饺子，无仆妇，又无人帮，娘一人忙煞，从头到尾皆得动手，李娘年老行动较迟慢，所助较少，食此面食甚是麻烦，一直吃到午后二时方毕，娘又续包余面约四时方毕，我午后看报，三时半才欲出去，适向云俊兄来，还我肌肉发达法书一本，稍谈，即同出，至西单分手，我疾驰去东安市场，一路前本非柏油路处皆修筑成柏油路，故甚平坦利行车，天安门前犹宽广，到市场即直至吉士林定蛋糕一床，明日送与泓之生日者，留下一信，令其明日一同送往，略表微意，恐时要天黑，遂急出，未去他处，又疾驰归来，东城士女神气者比比皆是也，穷人多，富人亦不少，得意扬

扬，高车过市，正不知身在何境也！可慨！市井繁华皆非善象，不忍睹此怪现状，亟驱车而回，路过公园，本拟进入一观人像摄影展览会，国内有廖增益与刘光华二人之作品，廖为吾甥，刘为辅大训育科职员，亦恐天黑不便而归，到家方黄昏，顷之二弟一妹方回，妹去医手，一弟赛球，一弟上课，因天寒故？近日殊懒怠，不愿动，精神亦常疲倦，今日本思去公园与沐浴，不料只去东城而已，殊无决断力至此，晚饭食亦不多，灯下看完《说郛卷》二册，末有《古杭梦游录》，署名宋灌园耐得翁，名亦一奇特者，中只有少数材料，近人书中引者甚多，说郛中皆择录各家笔记，闻录等，多怪异传闻之事。

11月23日　星期日（十月初五）　晴，风，冷

　　天气凉了，处处不方便，一懒便起得不早，仆妇未找好前，娘亲自动手一切，李娘相助不当，辄愤愤出怨言，二老皆向我声诉不平，令我中立为难，弟妹等又多不懂事，不知体谅大人助理杂务，实烦甚，中央接得林一信，打开一看，果然不出我十九日所料，她为了家庭方面的阻止，同学间的讽笑，她竟屈服了，她不是不愿维持与我的友谊，但是竟违心地说出了相反的话来，她很聪明，她说："你忙你的论文，我忙我的周刊"，婉转说出很好，但是被迫的做那不愿做的事，心中实有点不是味，一时心中愤恨叹息，不知是何心情，可怜一个有志气的青年，又要被这个无形的波涛吞没了！我预备再向她最后说几句话，只好暂时结束了这段友谊吧！

　　午后二时冒风去黄家，看松三母亲，许久没有去了，因为听泓来信说松三母许久没有接到他来信了，所以把最近松三来的三封信带去给她看，以慰她心，一进门便看见了郑，他现在建设总署土木工程学校，推了光头，几乎不相识了，又看见泓二姐，招呼我，我先到黄家屋中去看黄伯母，谈了一刻，把信拿出去她看，她老人家很高兴，今天破例的书琴也出来了，谈了一阵子学校的事，又去念书真是用功，坐了半晌，便到西屋去，郑和泓二姐搬到这来住，与舒家一墙之隔，来回极近，如同一家，泓亦在，是她二姐叫来的，黄伯母亦进来小坐，谈一阵子方去，郑怪神气

的，怯头怯脑的说，还爱开个玩笑，与二姐又和我说笑，我到不在乎，谈了一刻，又来了好几个小孩子，玩了阵扑克牌，不觉已近黄昏，五时半欲辞归，坚留，泓要请我去吃晚饭，因其与二姐等坚邀，不忍拂其意，遂允，不意只泓一人去，后又有其一弟，一甥同学，六时辞出，二妹因小孩不能分身，且口喉生病，郑病胃，步行伴三人同去，想不到今天却去打搅她，到了亚来，每人吃了一客西餐，人不多，但总有几个，与泓来此，却是想不起的事，一边谈谈，一边吃吃，礼拜六一早寄去的信，会没有接到，奇怪，难道又丢了吗？吃完才七点多，又坐息了一刻，又伴她们三人步行回去，因为晚上怕她害怕，与两小孩子走，大不好，送到她家门口，方回，晚上有点冷，到家，娘因屋内乱，有点不高兴，幸一刻便好了，小妹早上把居住证丢了，真是给我找事，最麻烦的一件事，真是讨厌之至，到家八时半，这次自己有点找事，这次应酬了泓，她又已知我的生日，那天保不准也要送我什么东西，怎么办？也得请她！但盼那天她忙得忘了才好，有时她对我很好，有时她二姐说笑又有意无意地露出那个意思，实在有辱友谊之纯洁，我却抱着纯正的态度，但她对我好，有时也令我很惭愧，归来似乎觉得有点乏，没有精神作什么事，书也未看，报也未看，只是拿出漪来的信，看着发呆，痴痴着想，看她信中语气，并不是她内心自己如此写这封信来，乃被别人强迫做那她自己不愿做的事，实是可怜，不料她是在此环境中，而她周转又都是那些人们，真是她的不幸啊！

11 月 24 日　星期一（十月初六）　晴

不知是自己太懒散，没出息，还是自己近日不舒服，身体总是懒懒的，每天虽是差不多都是十二点左右才睡，可是白天起的也不早，也应睡够了，但是精神却不大好，懒的动，脑子不时想这，又不时想那，可不休息，我想自己连日反常，到胃口不开的原因很多，一则近日家中经济的告窘，天气寒冷了也有一点，论文的进展不多，有时不知先从何下手，时时侵蚀着我不安，还有就是漪的信的刺激，使我生出许多感慨，弱的信未复，亦时时在念，我总不信，就为了一篇论文就得摒除一切不顾拼命的干

这样，不至于那么严重吧！我不相信的，我终是活在人群中的呀！每天时间、精力不足用实是一大问题，冬天来了天气短了许多，五时多便黑了，一天一天快得很，真可怕！今天晴，没有什么风很好，中午到校略看后汉书，下午考，题目列出，光武武功，与马援功绩之简表，多无聊，因赵德培通知我，老杜下午去他屋，遂去他屋中小坐，老杜在老友久不见了，他还是那劲，每日胡忙闲荡，似不甚上进，大有老守此店（他家开顺兴店公寓也）之意，商人气，且重舌（咭叭）新毛病，以前无此，谈顷之即时辞去，我亦归，匆匆来去，人间世事皆无凭。晚阅报，唯觉无聊之至，漪信频浮脑际，她信中所言问题不少，社会的罪恶，旧道德的潜势力，一般人的错误思想，旧礼教下的牺牲者，包括种种问题，他们迫我不能与漪交往，维系友谊，但漪因环境的各方面的不允许，她受不了别人的闲言闲语，他们的讥讽笑骂，正是人言可畏，尤其是一个天真未泯的少女，怎能禁受这些呢!？唉，她的环境与我之间的关系，与我脑中印下一个深刻的印象，一个月短短的梦，昙花一现般过去了，这个小创痕，这二日却不时咬龈着我的心。

11 月 25 日　星期二（十月初七）　晴

就是晴天，一切一切都不好看，都显得那枯寂，我恨冬天，天冷对穷人最不利，昨日下斜街北口已有一年老乞丐冻死路旁，是今年冬之先声，牺牲者第一人，而且处处不便，且穿的衣服多，行动十分不便，今日七时十分起，急忙弄得来，七时三十五分去校，早上已大有冷意，到校尚差二分钟，民俗讲的没什么劲了，许多地方我仍怀疑，江先生对左书似无什么深刻研究，吴保黎神父今日来旁听，对江先生解释夏小正那几个关于火的字，他有他的异义，他有他的外国神话作先入的见解，我亦不大赞成，何况他（吴神父他在中国很久，会说中国话，会写中国字）他自己承认是对中国古书没有什么研究的呢！两小时空，在图书馆坐一刻，又到操场转转，（我们现在身体活动的机会太少了！）又上一小时左传，礼拜四考，中午去小马屋坐了一刻，下午考曲，又讲了大半小时，天气晴不晴阴不阴，四时多太阳已不见了，铅一般的天色真无聊，令人不快，加上不快的心情，觉得十分疲倦似的，每届此际，真是需要个同情的安慰者，但是谁来和我谈心，好友？好友在哪里？有好友都在数千里外，辽远的地方！谁来安慰我？往事不堪回首？四时四十分回到家中，一路上是懒懒的，不是往日那么轻快的回来，骑着车好似很吃力，有精无神的，今天下午看见林了，她仍是那么活泼的骑着车，我在后边慢慢走，不愿令她看见，想想不能继续我们的友谊，是被他人强迫的，心中十二分的不快，总觉着别扭，可惜那么一个聪明有志的少女，会处在那么一个恶劣的环境中，唉！算了吧！自己还有点顾不过来呢，还挂念着他人做什么？把这短短一个月的小过程藏在心中底深处吧！不要这般总记念着影响身心不能做什么事，算是做个梦吧！现在醒了！可是梦的内容与经过，我永远记得！（人生不如意事常八九，信夫！）

到家桌上放着一封天真嫂来的信，打开一看，里有华子兄由泰来的信，这一喜非同小可，急忙看来，不禁怅然，故人情重溢于言表，而满纸辛酸，令人一掬同情之泪，华子兄笔甚利，非大马等所能望期项背，且英文亦佳，办事能力，才力兼备，惟坎坷不遇，时运多舛，多不得意，所云："投荒万里，为谋升斗之资，欲哭无声，欲奔何适？"最为沉痛，可见此际谋生之不易，我等生逢不辰，值此乱世，惟忍苦斗耳，他何敢求，他年有力，互相勉掖，以期前进，共步幸福之途，我之愿也，而此大学末一年之时光，转瞬即去，前途不可逆料，晚忽吃羊肉，六人尽一元者，亦"穷乐"也，此款又不知娘当何物也，思之怆然。

11月26日　星期三（十月初八）　阴，晚大风

上午两小时考骈体文，只是作一篇似陈后主论，许久没有作文言文了，今天作来不像散文不像骈体的，一篇不伦不类的东西，我还是国四的学生呢!?! 真惭愧死了，不知我那一点配？真是差得远呢！中午代刘二绕到西长安街峻记车行买了一个磨电灯泡，七·五伏特的很少，天气又阴沉沉的，近日生活的情绪和天气成了正比例，总不痛快，林的影响?! 午后

后报，三时出去，跑到芮克去看一九三八（？）十大名片冠军贾利古柏主演的《富贵浮云》，片子有一部分颇与《白宫风云》相似，两女主角是一人，而两片原名亦相似（Mr. Deeds Goes to Town 富贵浮云，Mr. smith Goes To Washton）片子老了，有的地方不清楚，有的地方声音小，甚至没有了，片子太老了，散场五点已暮，遇赵大年，疾驶归来欲购皮手套未果，到家稍憩即用饭，近日胃口不佳，食亦不多，且每饭似并不饿，不过到了吃饭时，食而已，不食亦不觉如何饥，食后亦不觉如何饱，惟食亦食下去。灯下看左传笔记甚乱，近日每届七八时辄神倦少顷，略息，屋外狂风大作呜呜之声，闻之耸然，苦同胞数万人如何过冬也!? 期中考只考四门，民俗到底如何未定，古书体例是不考，到期终方考！明天左传考完就完了，心里闷着点感情，是十分不舒服，忍了三天，也未消化，还是吐露在纸上一泄才痛快，晚作复林最后（？）一信，提起笔来，脑中乱极，亦不知都写了些什么言语，不料这封信竟耽误到午夜一时多才停笔，当间思索的时候占了不少，窗外狂风怒吼，孤灯独坐，反不觉倦，亦不思睡，真奇事！不知林受此信否，还会答我否!? 我愿她仍与我通信，又怕她多烦苦，不通信亦我亦在矛盾中生活！

11 月 27 日　星期四（十月初九）　上午阴，下午晴大风

狂风怒号一夜，气候大寒，今日风仍未停，闻之已觉冷意十分，上午去校冒风而行，顶风走此大段路，实不是事，手足冰冷，而上面寒风与尘埃扑面，气不能出，眼难开，费尽气力车不前进，用上加倍气力，速度不及平时一半，白白气急，全身燥热四肢麻木，真是受了洋罪，好容易到了太平仓，拐了弯便舒过此一口气来，跑到学校误了一刻，考左传，本来不许看书，今日临时又许了，没考完的拿回去作，这是大学考试，考法特别，写出左传，经，文，寻出体例来解释其理由不知道白看书也不会的，继之又上了两小时古书体例，今天讲的多系关于修四库中时事，亦有趣，天气真冷，寒风撼窗，戴手套仍冷甚，自天气寒后，我似即不适，回家与朱头同行，顺风好走，仍凉，足已麻木，到家亟揉之稍好，午饭时见力二

太与力九哥来巡看房屋旋去，明年房子问题亦实是麻烦，没钱值此时是处处难，午饭助娘挂棉门帘，三时誊写与林信留个底子，较长，至黄昏方毕，六时晚饭，灯下看半晌报，陈老伯来信托借书，孙子书先生来信允助我解关于宋人话本问题，且自称弟称我为兄客气异常出我意外，陈老伯亦称兄道弟实不敢当。

11 月 28 日　星期五（十月初十）　晴

这一礼拜我好似有点精神失常，什么事也没做，鬼混般过，心情与连日的阴天，成了正比例，漪的一封婉拒的信，便值得那么刺激了我的心吗？不是我想不开，因为我觉得这不是一个我能否与她为友的问题，而牵扯到的问题多得很，这就是封建势力的成绩，社会的罪恶，一般人思想错误，新旧交替时代的怪现象，人类的耻辱（社会罪恶的问题）人言可畏，环境的威迫，使林屈服了，（女子终是弱的）她多少也还有一点男女的成见在胸。上午我竟不觉卧到十一点才起，被中可是一点也不暖和，到现在我已是三年冬天屋中无火，今年此时炉子还没有按好呢！比去年晚了二个月，明年此时不知用何资来买煤，将来的生活真不敢想，中午吃得不多，因贪看报，连日治安强化运动过去，又开始中日满协定成立周年纪念又热闹得很，同时零七八碎也增了不少，下午迟到了一刻，今天也是和上礼拜二说的差不多，吴神父又来听，还发表了一点他看外国书中所言及主，火等的话，代陈老伯借了一本《华裔学志》，很厚，精装很神气的一本书，辅仁编的，由法文书店出版，原名为《Monumenta Asia》，内多翻译中国名学者的作品，印的很好，事变前售十余元，现在要百余元，相当贵呢！内容很丰富，借回来，晚灯下代陈老伯抄了两页，下午下课在西单北看见了林，她看见了我不大理会，或者她心内有点慌吧，我猜或者她不会再接我这封信的，果然她说不再看了，我费了半天事，她不看了多冤，看她样子不大愿与我接近，遂请陶转交，陶本很天真好笑的，好似发觉了我二人友谊的裂痕，也有点发怔，林神色不安，遂也不去打搅她，陶告我下周她们又考了，在西单分手，到家弟妹等全未归来，我犹念此信林看完（会看

否?)作何感想,半晌痴痴,看她前信,对我尚好,并未讨厌至何种程度,不料今天留下个不知趣的印象,以后当不再去打搅她,岂亦所谓"缘尽于此"乎?痴想作甚,抛开这些乱丝清醒一下头脑,作论文要紧,看书正经,眼不见心不烦好,连日为了思索这个问题,联想到的范围与问题太多,影响我生活甚大,精神亦恍惚,做什么事都不定,不能专心,时时刻刻林信的影子浮上脑际,胃口亦大减,食时只食而已,亦食不出什味,亦不觉饥,吃亦较少,我真成了哲人!这一切现象亦都是想不到的事,自入冬以来,饭菜以白菜为主,而近数日却一桌三菜,烧,汤,炒或烩,熘,做法虽异,却一色的白菜,食亦不觉乏味,值此时代有饭吃实不错,有白菜吃亦难得,不如我等困苦万分,每日生死线上挣扎者不知凡几,我等此时岂非天堂!?且每日一切粗细由娘亲手做来,心中不安之至,又复何说,今日娘暖寿日,明日寿日,应如何表示一下才好!?

11 月 29 日　星期六(十月十一)　晴

天气难得好起来,其实此时不过冷刚开始,不起风便暖得多,昨日与今日晴了,没什风,比前日狂风零下十余度要差上一个多月的光景,好天气,人的精神也爽朗得多,只是这一个礼拜自己心中乱得很,精神太散漫,顾及思虑过烦,杂不能集中,近数日是几乎可算是什么也没做,也没看,做看都做看不下去,亦懒极,今日娘诞辰,却早上卧到十时半方起来,卧在床上自己晓得,骂自己白过时光,可是神经迟钝,终于起得不早,一清早娘因连日着凉,带着病在屋做这做那,收拾一气,昨日叫来铁铺按炉,已是按好,炉及烟筒收藏得好,没有坏损,不多不少正好,不然今年烟筒实实买不起,大口径四寸五者非五六元一节不可,与从前二三毛一节不可以道理计了,上午想助娘做事,无从做起,亦肯教相帮,又怕下午有人来,污的被套全都换过,不又是娘去费力洗么?吃饭做菜做汤,又切又炒又洗,还得熟,火又得好,锅又得涮,油作料得不得好,多了不成,少了不得,夏天挂竹帘,冬日又得挂棉帘,拿出这,收起那,坏了得修,没了得买……一切一切说不完,实是麻烦得紧,人生活却有这么多零碎麻烦啰嗦真是讨厌透了，每日就是如此演戏一般一样一样从头作一遍，早上，中午，晚上如此，明天后天……仍是如此，这就是生活，加上心情不好，为了林事，心中总是不快，想起便忧闷，又因为家计奇窘几乎是有今天不知明天如何，而外面一切还得支撑着，不晓明年又怎样，精神坏极，又无空见，要办的事太多，一样未办而且自己晚起，却只混了个大半天，上半天去了，少了许多时间不能做事，想的太乱，欲望又多，于是便苦，时间不足分配，上午看报，下午没有出去，只是懒懒的，做不下什么去真是糟心，真成了一个没用的人，一天没出去，也没做什么事，下午还疑会有人来，我却回了力家来送礼的两个仆人，只推说娘不在家，索性都不来了，正好！落个清静耳目，正不愿接见理会这些世俗可鄙的人们，为了不愿令娘一人冷清清在家，我便也没出去，付与李娘几块钱，买了点鸡，肉菜来，与娘吃，弄了半晌，下午只是无精打采，也无人来，也无什么事，早知自己趸出去走走，泄泄闷气，良心上抛了娘出去，终是不安，三四点钟小妹先回来，坐下看看左传的考题，推论体例，翻书看看没有头绪，心中烦躁，推开不看，五时左右，铸兄来，口里说拜寿，站站便去，他亦知道伯英现在病在北大附属医院中，这真前辈子的冤孽，那么好一个孩子，也许她自有她的"真理"，所以如此大牺牲，那些今日东明日西的人却不大如她，自也应十分惭愧则个，四弟五弟回来后，一同向娘拜倒贺寿，待他年今日也要热闹他一场，我生日却不愿与世俗一般，但愿一家人同去个好地方，尽性玩乐一番，岂不比忙煞一日为了一群客友的好！下午四五时以后，太阳在西，真快似下坡车，转眼便无，留下寂冷在地上，又是一天，今天过了，什么事明日要早些起来做，跑跑，自己也不要再胡思乱想，精神集中，头脑放清，做些正经事是真的，下月又是十二月了，时光快得很，不久便把我推出了大学的门！晚饭时亦不大饿勉进了两碗四川做法的"臊子面"很好吃，只是我胃口不开，食的不多，用毕懒得动，坐在椅上半晌，看见娘与李娘终日操作忙碌，心中十分惭愧，难道这辈子总不得意如此不成，九时多，灯下看了两篇宋人话本小说，已是十时多，早些睡去，写起日记，便觉受了点刚看宋人的作品的影响也有趣，什么事都赶在明天一日内去做吧！

11 月 30 日　星期日（十月十二）　晴

　　天气不错，照这样还不错！是懒散惯了我，加上冷屋子，三年冬天没有火了，起来又不早，十一时出去，先到陈老伯处送去所抄的华裔学志那两页，老伯未在家，小坐即出，又到强家去，一个不知干什么的，和表哥在讲上海话，不晓得谈什么，等了半晌才说完，下个月的，亦由表兄暂垫，他是不大爱谈话的，干着没意思，托画之画尚未动笔，又重托写上记着，没什可谈便辞出，已十二时左右，去西长安街新陆春，常林铭父，斯泰祖父开吊与我贴子了，不得不去一次，人不算多，行过礼后，斯泰出不料他亦赶回，据言昨日始到，握手相谈甚欢，他因未能读毕大学，似甚抑郁，且青岛月入数十元，亦自顾而已，谈半晌，适有今年夏毕之同学，前在志成亦前后同学，名刘世藩者前来招呼我，谈得不少，初因弼曾来信问过我，惟不接近，故未详答，这次谈后，可以多告诉她一点关于刘的事，据刘谈，中学末一年在中华毕业，大学四年只上了一年，多旷课，皆为买卖房子事奔跑，论文代卡片，人助之二礼拜完成，现在无事只做实业家，拟出二人骑之自行车，恐一时不易销售，看他好似家中有点钱，所以由他做大哥来折腾，并言现在不时与弼通信，并得弼由沪寄来相片一张，她找事，她病谁告诉，他的交游十分广，性情十分豪爽，比男子还直，无私心，朋友一般看待，她的相片倒不吝惜，很随便送朋友，她问他不知何意，老杜旋去，稍谈，饭尚不坏，闻只廿余元一棹，真便宜，介绍人面子大的关系!? 看见了成主的仪式，孝子的头满街流，磕了不知多少，真是无谓，中国这些烦文缛节多不可要，太无谓，谈至二时半，无事遂辞出，到西单去沐浴，出又去理发，五时赶到中央看第二场正片神枪三太保没什么意思，骑术不错，前加之短片音乐歌舞技术混合一起，很有趣，可惜现在加演此种片子很少，多是宣传性质者，归来已暮，家中已用过饭，今日生大炉，一人用饭，跑了半日觉乏，看报记账而已。

12月1日　星期一（十月十三）　晴

上午九时许起来，天气晴没风，不坏，为了庆祝什么中日满合约协定周年纪念中小学全都放假，弟妹们皆在家，独我一人去校，约有月余未上指导，今天偶尔心血来潮，想去看看，并问储头（皖峰先生）两个问题，不料到校，他因病请假了我刷了他好几个礼拜，这次他却刷了我了，到图书馆去找到小徐，略谈，出来十一时许他回家，我则去宿舍找赵德培聊天，看报，神说一气，不觉已是十二时半，出去到饭铺用过年饭，一时许去芮克看一时半场电影，由阿蕾弗斯坦及宝莲高黛主演，音乐歌舞片（片名龙飞凤舞），内容相当滑稽，女星皆是以色来号召，这次就有一个短短的镜头，女角着游泳衣，几分钟即过去，实则在剧情种种方面皆不需要，不过以此吸引人，宝之身体实在健美！其中大乐队很好，阿及宝跳了一回舞，据云是美现风行这"蝶翼舞"形态浪漫，自不待言，末了阿自要露一下，他的拿手Tapo了，散场遇见叶于政，他说王燕沟亦来，但未见，两位大爷不知又要去那玩去!? 时间才三时半，到真光看看外边摆的画片，好片子是看不完的，出来，在东华门大街上看售冰刀冰鞋的甚至多，因无心购，略看即过，皮手套一付亦价八、九、十余元不等，本拟往北去孙先生家，以过远，不如明日下课再去访他，下午本有两小时后汉书因太无味托点名徐先生为我划到，免得告假，在街头徘徊不知何处方佳，人愈知多愈苦，有时觉自己各方面知道太少，想多接触各种生活方式，各阶级各种职业，地位，不同之人，但一人精力时间有限，当然不能办到，有时冷然观察，身旁各人皆甚有趣，一人有一人之思想与生活方式，我却向无生活变化，每日差不多刻板式规矩生活，每日上课下课回家，虽然现在我没有趋于下流，亦未想及如何荒唐，市场饭馆都未走走，而心无所属，心理上之不满，精神上之苦恼，实比物质上痛苦十分，几乎不顾回家，家中窘，母亲自操劳至病，生日冷冷平平，为了在心中终不忍不安，且一切几皆母躬自为之，看了自不安，而书又堆在目前多未看，不是没有时间，只是没那心情，天天看了那么多书，眼看一日一日过去，许多事没办，论文一点

没动手，（小徐告我他昨已写下三小段）心中怎不焦燥火急，每日自己受自己良心的责备，而终无成绩，人家帮我，就如此念书吗!? 近来（半月来）大半是受了那么一点自己找的意外小刺激（还与别人以意外的苦恼，早知如此，还不如不相识的好！）心中便时时恍惚，加上目下家境的不顺，环境的恶劣，前途的可怕，处处使我心惊！不安！我实应沉下心去看书，但是终于办不到，亦事实所迫近日简直不知自己应如何活着的好，连日闲散的生活，大学生就应如此!? 我不知怎样来消除自己的苦恼与烦闷的心情，电影只不过是一刹时娱乐！真如影般过去完了！钱是送去了，再也看不到，倒不如买些东西，吃的也不好，要看得见摸得着的实体才好！而心绪不佳看什么都不如意，食不多更不香，我真不知应该如何是好！不会得什么精神衰弱病吧！精神病！不敢想，今年可闹不得病，简直我都奇怪我何以近日精神会如此颓唐，本拟今日放荡玩上一天，出芮克，再看真光二场，终以时间早，没有地方等，便无精打采的加回来了，我有时兴奋起来，看什么都不顺眼，看什么都摇头，都不觉兴趣，走路都要找偏僻的道走，恨不得脱尘超俗，避开一切，独自孤寂的闷着才好，不高兴，或偶尔心血来潮便又愿意跑到热闹场所中去走走，要到人群中去混混，于是市场，热闹的大街，影院，皆在此种心情去欣赏，冷眼观看周围的人，真是有趣，兴尽归来，又觉索然无味，近日生活尤出自己平时行动常例以外，自己也觉得自己是变了，和平常不大一样了，不知何以近日如此悲观，不振作，但由今日仍是回来了，知自己还是个不甘堕落的人，赶快醒悟过来吧！脑子什么时候才清醒，对一切马马虎虎什么都不觉兴趣，但距自杀不远了，脑子乱极毫无次序，不知都写了什么，恐以前没有写过这么乱的一页，四时许到家，闷淹淹，看报便又看了半晌，报亦误我，晚略看书，写了此页极乱的日记。

12月2日　星期二（十月十四）　　阴凉，晚晴，月出

简直是胡混了二个礼拜，糊糊涂涂过了半个月，昨日晃了一日，今日起，时间已不早了，也该收收心，定定神，整起精神来念念书了，自己是

变了吗？是在堕落了吗？清晨卧在被中理智与感情在交战了半晌，一则怕冷，而且去了听那一小时，也无什味，当然不如暖被中舒服，但是同时又责备自己一礼拜只有今天第一时有课还不肯起来!? 天气还不算冷，而且也没风，差多了，实在此时冷不过才开始便怕还成吗？李娘热心那么早便起来了，煮稀饭等着我吃了上学，如果不起来，岂不令她老人家也失望吗？自己特懒太没出息了，于是决心起来，急忙梳洗，匆匆吃过两碗稀饭，李娘用碗在旁助我搅凉，计一切弄完，由被中出到推车走止共用了二十五分钟，一路车急驰，虽是阴天没风便好得多，可不算冷，也省许多力，在西四遇到小刘，自己还是心不在焉，一时疏神，在整理围巾时，不小心与对面一个送报的撞上，幸而我前轮插入其轮盘与大梁之间，两车无损，向其道歉而别，刻送报人尚好，否则必诈我，到校未迟，一路思之近日是有点神不守舍，以我多年车技近日时常撞人，计此次已是第三次，思对面相撞，不觉可笑，但亦险矣，如此次与大汽车相碰，小命一条断送了，死了亦好免得受罪! 江先生上课，还是要考临想起什么，便交与一人一纸来做。今天只发了两张纸，一张与我，叫我考考黄模作、夏小正分笺与正义的人底籍贯、生卒年月。一张另发，一女生名刘淑英者查水浒中言及改火者。下课曾与江先生又稍谈一刻，颇和蔼，思想亦新，我觉其因年轻与非专门之故，对古书研究似不大深刻，亦难讲中国书籍之多，时代之久，讲解费力，能如余主任者能有多少？且江先生尚年轻，而其勇于以现在之人情来体贴解释古书一点，我甚赞成，但有的地方，仍不免生惑处，中间两小时空堂如果去操场，或宿舍，与同学，一聊一遍又过去，太可惜，遂一人去图书馆，查出学校所有讲及关于夏小正者，又发现五国故事，本子亦甚多，在史地栏别史类，此则非我所料，翻开目录一看，中国书籍琳琅满目，美不胜收，可值一看，应一看之书多极一时，思想欲读书念头大动，油然而生，恨无闲时，静坐读书，乐又何如？每日脑子思及太多，往往出神，时间逸去不少，不可恨惜，随意看来，不觉已是十一时，上左传，他一一及人和——先生说的话仍不完全懂，我左传卷子仍未交，礼拜四再说，下课饭馆中遇赵德培，饭后至什刹海闲遛，上午小徐第一时与小杨子未上，下课与刘二三人在彼溜冰，前日已见有人溜，今日早上冰

好，下午稍化，仍有七八人在溜，女院有五六人，我冰鞋不成，拟换一双，看看无聊即归，我上学十余年，自中学起，所谓学生的时代之真正快乐，几乎未曾享到，如上午溜冰，下午踢足球，或去哪玩，向来没那么干过，而且自己也不是运动健将，按说什刹海离学校如此近，北海后门亦近，遛冰多方便！便我四年来亦未去过五次以上，大学功课不定，空时多，一有空便可来玩，但我未曾去，平时往那边走都很难得，今天是特意来看看，我亦不磨菇，亦不爱起哄胡闹，总之是个平凡的人，所以玩的不利害，也不会整日不上课那么凶，可是我的功课也不大好，皆很平凡，学生时代眼看过去，此中乐味，将不能再尝到了，但实亦未尝到多少！虽愿老于此地——大学——中，又岂可能!？由什刹海归来，看人溜冰，不由自己足下亦痒，到小马屋中间谈半晌，到二时上课，两小时曲选，不一时便过，四时去孙楷第先生处，在家，伤风不适，初见很臭，谈了一刻融洽了和气多，谈了一刻宋人话本，他叫我改为宋元话本，叫我看完这些书有问题再去讨论，又谈了一些学校，他很慨叹，他教小说在辅仁只重正统文学的地方不过如此而已，因路远，五时告辞，到家已暮，六时许晚饭，灯下看报，觉乏卧娘床上和衣而卧，一觉，迷惘中到十时半方起，哑略整理事物，记了一大片无用废话，每日时间总觉不足分配，抑是我不会利用时间，完全空耗过去，查黄模，本无着手处遂姑且去查谭正璧编之《中国文学家大辞典》，一索便得，不免过于轻而易举了，与孙先生谈，颇景仰江先生谓之为名士。

12月3日　星期三（十月十五）　　下午半晴，风

九时半起，到校十时二十分，第三时遂未上，到图馆借书，还去略看书，再上第四时，去校时有风，虽不大，但已相当费力，冬日之风对骑车人不大利，春日扬尘亦可厌，归来顺风却大省力，邓昌明同行，近日小徐与刘二，小杨子二人颇近乎，与我则落落寡合，我却不在意，午后多云半晴，饭后看报，母卧室内生炉一室明如春，我屋虽无火，但并不觉如何冷，一看报竟不忍放下，昨今二日者，至五时许始阅毕，第妹等已相继归

来，近日报上材料甚多，加张，力戒快看，终未实行，空自后悔，消耗时日，一下午又什么事未做，因连日母劳苦，天冷，一切颇不便，心中不安不忍，遂请李娘出去叫来一仆媪试工，恰有一中年妇尚好，惟多一人每日即多一人食也！此迫不可避免者，六时半晚饭，饭前曾与弟妹等谈天，教以为人之道，与正确思想之途，七时许铸兄忽来，自东城及力九姐处来，谈近日南洋英美紧张，有打意，日美交涉迷蒙，前途如何不知，米面将来必定出问题，统制，或缺乏，有钱无处购货，将来演变到何种程度不可知！九时许记账，前数月之月用款数，令我咋舌，月无收入，却用此大数，九时许写完先生所要之材料，又抄梁公九谏，因甚少拟抄出一份，只写了四页，又是十一时了，每天做不了多少事，而已是午夜才休息。

12月4日　星期四（十月十六）　晴，风

孙人和的左传研究，我始终不感兴趣，真无聊，二不时古书体例例是很好，中午下课，在西单纸铺内购墨，看见林和陶二人骑车过去，她们没有看见我，林好似愁容满面，眉头微皱，薄怒轻嗔似的，她俩没看见我，午后看报，并写出活页合订本目录，到四时出去，先去陈老伯处小坐，谈又要留我吃面馒首，婉拒，辞出去想了多日未去的老王处，到谷忱医院看他，他移了屋子，比先住的宽大，人仍如从前差不多，每日吃喝拉撒的养着，住院的人还不少，谈了一阵子，他们吃晚饭，五时许将暮遂辞出，径赴郑三表兄处，拜寿后，送礼未收，铸兄，维勤，还有大宝等呼连兄的已皆在，旋陆方亦去，谈笑甚欢，不久来三客，外间客厅坐，竹战起来，我们大孩子在屋中神聊，亦甚快乐，暂忘一切忧愁，七时许开饭，大人大孩子一起吃，菜多荤食，北方味，为六表嫂一手做成，鱼，鸡，肉俱全，大盆大碗别具风味，值此时局，能如此大嚼者，能有几人？饭后，维勤与陆方先去，我与那个大宝们叫连哥的与小孩谈了半晌，聊起来又不觉已晚，到十时半同辞回，所谓连哥者仍陆方堂兄名陆徵惠，已廿十五，在中大经济系三年兼执教求实中学，此人颇豪爽，喜郊游，健谈，亦诙谐，他与陶林二家皆相识，我一时兴奋遏止不住自己，与他一路上谈了许多话，并将

与林相识经过告他，他说他们误会我，我托他有机会见他们代我表白一番，与他所谈关于人生，思想方面，内容亦复杂，因话多，遂在绒线胡同到宣武门此一段路中，夜半骑车，大绕其圈子，此种谈话方式，恐为二人之首创，闷郁感情有所发泄，半月余来之不快为之一泄，亦一快事，而此时能寻一可随意畅谈之友人，亦甚难得，一路思来，我二人夜半奇特之举，亦不觉失笑，十一时半归，娘，弟妹等均未睡，我因谈话兴奋，又谈了些时，许久，到一时半方睡，生活总是平凡亦实无味，今日这半夜生活亦别致！

12月5日　星期五（十月十七）　半晴小风

每日只是心里着急，而身手总懒动，今日上午没课，十一时许才起来，每日时间不是不够用，是我起的太晚了，等于没有上午，只过个大半天，怎么够用，起后未吃早点，看看报，一时吃午饭，一时半去校，路过郑家进去问知徽惠的名字，因为我随便写两个字给他，怕他把昨日所谈之事，看得太严重了，只是看见林陶时谈谈罢了，下午两小时民俗，无什特殊，仍是讲关于夏小正之问题，进了两小时，中间亦无休息，一上课我便交了卷，那位姓刘的女同学也交了卷，初看我的试题难，凭空去查一个人的生平概略，其实我一翻文学家辞典便得，极易，比刘查翻水浒还易，下课与四弟约好去东城，看见什刹海上有数百人在溜冰，真热闹，到了孙翰家，四弟未去，稍坐即出，东华门亦无他影，因身边无多余款子，故亦未看冰鞋径归，克昌来借足球鞋，五时三刻去，灯下看报，饭后抄书及书目。

12月6日　星期六（十月十八）　晴和

懒散和冷的威胁，在我没火的卧室内，近来是愈发的猖獗了！上午十一时半才起来，又过个大半天，不然不是又可做许多事吗?! 大晴天，太阳很好，一点也不冷，这么好天气，少有! 看报到十二时半用午饭，四弟咕噜了半晌，说了好几日，今日到底借我伍元去把那双他看中的旧冰鞋才冰刀买回来了，廿元代价呢，四弟这孩子对于玩上的心太重，买那双白胶鞋亦是如此，到底磨菇得达到他的目的了，而在学问方面始终是不大注意，其余一切亦是马马虎虎的，想起来便十分不痛快，午饭又略看报，四弟先去北海，二时许我先到郑家，把小妹那些双黄鞋借大宝，穿正合适，但是因为三表兄又在家宴客，家中分排事务不能出来，遂一人去北海，今年我今天还是第一次下冰呢！同学溜过的很多了，今天北海人还不算少，熟人不多，四弟同学倒有几个，女孩子不少，那个老头子亦去了，老当益壮比去年似乎还矍铄，青年对之有愧，还是那一套，在西太后面前献技的老姿势，当年在太液池上飞驰，今又重游，人事大异，不知他胸中作何感想，有二日女作西装，溜的不错，沈老二会和她们相识，怪！玩到五时与四弟一同归来，冰面仍有多数不大稳坚，明日开始售冰票，晚灯下抄完梁公九谏，计共十五页，原本十八页，昨发一信与徵惠，不知回信如何，能否重复友谊与林这个有志青年。

12 月 7 日　星期日（十月十九）　　半晴

上午仍是很晚起来，十一时才离床，看报，午后看东京梦笔录，到四时看完，出去到强表兄家，前得其一信谓托其画已画好，面粉事，同事中无可商议，由其名义下让我一袋，今日去取画，墙上又增近作三四张，皆仿前人诗词中意，颇清新可喜，为我画者，只不过随意画一松一石，数松葺而已，应付事，无报酬，何必为我多费力耶！？允为我代办，出力，不驳面子即不错，尚复何说，亟口称道而已，五时辞归，到王致和去买酱豆腐，萝卜等，居京廿余年，虽距此"名"店甚近，今日为第一遭也，计购共元许，物倒很便宜，家中因冷皆聚坐于娘屋中，有火故也，但人多话多，老太太所谈者又多不相干或他家之事，小孩子话亦多，终日嘈嘈不绝，殊乱人耳目心神，以致近日颇不宁定，亦不能做事，报都看不快，近日报纸日美交谈无开展，双方条件结果相距过远，每日过得飞快，事未作多少，而在大人小孩子中，谈见皆甚烦，殊苦恼，不快，允代泓作一篇重

阳登高记二礼拜了，尚未动笔，弼信亦三个礼拜未回，心中每日惦记，亦不安，惟每日胡忙便过了！今日决定办此二事，但又不得不去强家一趟接头，因经济关系，不好意思，再由强表兄代垫，故隔几日再去取，晚写弼信，乱极不成文理，电又中止，遂停笔！

12 月 8 日　星期限（十月二十）　　轻阴

　　公教瞻礼故放假一日，好像应该那么办似的，又是十一点多，才起来，自己何以变得如此没出息！？早晨未起时听卖报的说外城门关了，心中想今天有了什么非常事件，因为时局的紧张，各种食粮全都禁止出城，也要实行统制了，早上起来看报，什么日本与美国交涉无进展，美侨，日侨互相撤退，南洋各地更紧张已觉不妙，中午十二时四弟回来了，说日本今晨六时与英美已入战时状态，日兵封锁东交民巷，公懋洋行，协和医院，各教会学校，育英停课，日兵前去封门，学生皆令回家，再上课不知何时矣，一时紧张起来，午后二时正要出去，赵君德培忽来略谈，拉他出去，陪我到琉璃厂荣宝斋裱那张画，又赶到中央，却见奉令停演条高贴，触了一鼻子灰，过和平门又检查行人及居住证，日宪兵端枪旁立，神气十足，大街上到处贴大布告，英文者二纸，中文一纸，谓日与英美入战时状态下，没收一切敌国财产，凡沾有英美国关系者皆封锁之，闻各处英美人皆被软禁，街上人，车，显得比平时反多，不是热闹乃是人心慌乱，遑遑不知如何是好所致，这一下与中国人民平静的生活一个刺激亦很好，省得总过那种和平麻木的生活，由府右街往北，在西什库与赵君分手，我去郑家，只二宝在家略谈，她疑我和徽惠谈她和大宝什么了，问我告她与她们没关系还不信，不一刻徽惠来了，说了两句话，竟把二宝逗哭了，出我意外，不一刻才停止，也把那好诙谐的徽惠闹了个大不合适，三表兄亦回，稍谈，谓日上午曾炸马尼拉，午后二时向英美宣战，四时辞回，顺路去看王贻，因日前看见他脸上开刀，他在街上站着，稍误，彼谓庆华上礼拜五曾回平，礼拜日又回津，五时半回家，今日起方算世界大战，乱！乱！打！打！真热闹之至，晚饭开稍晚，饿味实不好受！吃饭时弟妹皆不弱大胃口，在此时却成大问题，狼吞虎咽风卷残云般，盘碗饭，小米面糕全空，呈空前洋洋大观！可谓观止！一笑！灯下心绪仍未大定，明日不知能否上课，姑去看看，拟为泓作游记，而一时脑中枯涩，苦无辞藻，亦近年不常读古文之故也，每一念及，辄愧恨无以自容，明日报纸定很热闹，一切有关英美礼宾司有势定亦一变也。

12 月 9 日　星期二（十月廿一）　半晴

　　奇怪，到了现在，还不大冷，清晨八时上课，并不觉得寒风刺骨劲，到校同学见面当然都是谈日美战争，民俗今天仍讲的无聊，只是来捧场似的，有两小时空堂，和小徐，刘二，小杨子三人去什刹海，只沈老二一人在溜，冰不好，似乎好化，遂未下去，归来遇见朱泽吉，在学校各处走走，又到操场绕二圈，下了左传与赵德培共进午餐，饭后去他屋小坐，看报，报上大字登载日美战争事，日机炸新加坡、檀香山、马尼拉等地之消息，宣传之至，昨日封锁英美各校及有关之事业机关，下午上二小曲选，顾先生劝我等抓住机会，锻炼身体，磨炼意志，准备技能以备一时之用，下课后，刘二，小杨，小徐，又到小杨家去玩扑克，近数月，他三人总在一起，我因路远未去，在路上看见林，故意示招呼她，不知她看见我否，到家稍憩，又略看看报，晚饭后灯下，东拉西凑，给泓写完了一篇重阳登高记，完了一件心事，省得我老惦念着不安，又给誊写清楚，又与她写一封信，随便谈谈，只办了这件事，已是午夜了，还办什么事！?

12 月 10 日　星期三（十月廿二）　半晴

　　上午只两点钟的骈体文，中午回来看见林的背影，她拐弯了，没有看见我，今天又换了一件黑色呢的短大衣，她倒不爱华丽，她的毛衣亦是黑色的，现在能有她那些种正确思想的青年太少了，尤其是环境又较优裕的更不易克己俭朴自持了，午后看报，二时半出，因闻九姐夫病，遂去看

他，果病，发烧，人甚软弱无力，嗓哑，咳嗽，多痰，看他苦咳甚是难受，伯长在，略谈燕大事，全解散，雇一大排子车十元，步行随到西直门分手，亦可慨矣，座谈约半小时，三时出，到庆华家，上礼拜五他曾回平，礼拜日去津，次日即日美大战，他二弟一妹，在育英与慕贞皆休学在家，二妹出未见，与其母，外婆，旋其父已归略谈，其母托我代觅一教师，为其子女补习，我拟荐伯长定局后再向伯长征求同意，三时半辞出，去访陆徵惠，与他约好，到那三时五十，他因事出去，其母迎我入其书室小坐略候，其母尚明白，亦善谈，但对我颇客气，呼我为表弟，漫谈一切，其实大人皆相识，谈久之，另有事，我一人在其室漫展画报，其卧室一方，如斗斋，甚整洁，精巧，徵惠颇有巧思艺术味，简单布置一二，颇有美意，独坐顷之，不觉天已将暮，五时遂辞归，其母频置歉意，反令我不好意思，归家已薄暮，晚饭后身懒意疏，觉乏，遂卧娘床上小睡，十时半起，未再作何事，嗽口解衣，再寝，一夜时光白过，未做何事，一时又睡不着，辗转半晌方入梦。

12月11日　星期四（十月廿三）　阴，雪，冷

拉起窗帘一看，白灰色天，大地已是上下一白，今年的瑞雪，第一次降临，我却翘盼多时了，我很喜欢雪，所以很高兴，第二时左传刷了未上，但是雪上不敢走过快，怕滑倒了，结果主任堂上亦迟了十分钟，朱头今天未来，奇，人多屋中亦不觉冷，下雪，空气很好，不觉极冷还没有十一月廿七日那天冷，廿七日大风极冷，明日化雪才冷，中午归来两脚都冻麻木了，今日换了呢裤穿，到家脱了鞋，活动一刻才暖和，饭后看报，四弟又要早雪出去溜冰，真是现在大闲人特逍遥了，一点无感于中，禁甚出去，到四时半补写日记，院中雪不大，不时在下，气息顿寒，穷人如何过?! 早上手套亦无效，双手亦冻得生疼，腹内无食，冻死亦不足奇，每见同学问我论文辄自愧，而自己每日混过，毫无进展，难道非赶在最后数月内胡忙吗? 自己是有点太没出息吧! 五时起决定今日写信回复弼，已将一个月未写回信了，天天心中惦念着不安，今日决定不写

完不休息，饭后又继续，一直到午夜十二时果然写完了，又了却一件心事，神聊一发牢骚竟写了十四个 Pages 共七大页，两面写，实不少了！里边发挥了点自己对于因失恋婚变而出于自杀的行为的意见，占了三分之一，对于普通一般人对国文之不注意，实亦可叹，并简略告其刘世藩之近况，并谈北平近况，写来不觉竟写了不少，收拾得来，一时半方寝，夜凉如水。

12月12日　星期五（十月廿四）　　半晴，风，寒

最讨厌之风，今日又起，雪后风冷得很，报载北平已达零下五度，屋中无火我年轻血足，不畏，仍卧外室且晨醒觉喉干，上午重阅与弼信一遍后，略改添又阅报，无线电及报纸登载皆日军在西南太平洋大胜英美军之消息，为关岛占领，马尼拉上陆，珍珠港大胜，美主力舰及航空母舰各沉一，马尼拉被炸，香洪被炸围攻，北马来吕宋处上陆，南泰义与英军交战，新加坡被炸，英海军二主力舰被日空军炸沉，内有有最新式之威尔逊太子号，为前丘吉尔与罗斯福在太平洋会见时之军舰，处处捷报频传，日军威力惊人可佩，午后冒寒风去校，风不大，却劲冷，手足为僵，上两小时民俗学，江先生今日讲不多，谈关于水獭故事，下课去找上马未在屋，不知他来校未，遂到郑家去，略座谈，大宝未在，向二宝要回一双冰鞋，三表兄回来略谈即辞归，买点东西，皆昂贵，一街皆谈配给食粮事，想此事种种困难甚多，一时不易即实行，或云下月实行，新年以簇新姿势出现，回家已暮，四弟又出去未归，为将来食粮事麻烦而烦，晚饭后，四弟尚未回来，遂一人步行去铸兄家，今日因系其生日，多日未去，今日去看看，聊聊天，去了出他意外，托过礼拜聊起来，铸嫂好面子，其实我又怕什么，其弟傻头傻脑的，东拉西扯一气，九时归来，稍息，四弟亦方归，去何家，在彼用膳，今日早息，中午发与弼信，今日报载沪上情形，一切全变无租界之可言，与北平亦无异，千里外又如何?！弼等跑去如此远，仍又变成如此，而每月多花许多钱。

12 月 13 日　星期六（十月廿五）　半晴

实因屋子无火冷，所以早上总懒得起来，十时半起来，上午写了三个明信片，一与松三，一与李永，一与杨承钧，都随便谈谈北平近况而已，此片恐要过新年才能入他们目吧！看看报午后二时许去宗帽二条找徽惠因他今日下午在家等我，上午接他一信方知，到他家，他又出去，去中大，遂在他家小坐，其母陪我坐很客气，旋其弟回，其母亦介绍相识，很白胖高大，外表颇天真，随便谈了两句关于学校的事，不一刻徽惠便回，于是开始神聊，东拉西扯，什么都谈，还请我吃点花生，他学政治经济，颇健谈，惟亦喜金石学，看书亦杂，桌上摆着齐东野语，他代我所借之黑红周刊却未借来，聊起来不觉将暮，五时许辞归，到家五时半，春明小学今日下午去中央电台广播谈话与歌曲，时间不够，未唱，小妹等白去一趟，因今日去陆家，无何结果，小小的失望，觉乏遂坐椅上休息，冬天不好，处处冷得不便，我还是喜欢过夏天，晚饭后坐椅上，又卧床上歇着，很晚起，又没做什么事，却会懒累得如此实无出息，灯下又略看报，记账，看书，觉腰酸。

12 月 14 日　星期日（十月廿六）　半晴，下午阴

上午起的晚，每天什么事不能做，只是算账，略看报，招呼管理些家事，十一时忽来一人，声称强家叫来招呼，我们去土地庙隔壁浙江会馆取桌子我方起，遂叫四弟随去取回，不一刻乃是二个桌子，一方，一园，此二物由父手借与强家，我不知前表兄曾与我言及，他不还我亦不知，因此二桌系强家转借与陈家者，今陈家搬家故还我们，后强表嫂来小坐一刻即去，午后看过报，二时许出去，先到黄松三家，因燕大封闭，其妹已归与其母谈顷之，其母竟托我代向舒家言拟请其增房租，不好意思拒绝，只好允代传言，出即至舒家，知大宝上午曾来找泓，她又不打讲话，她屋颇乱，她二姐又和我开玩笑，坐了半晌亦无何可说，至四时

半辞归，因思房租事，当面不好说，还是书面通知令涟，令其转达其父，此事实不好办，归来娘亦回不久，买点布等物即几达廿元之数，晚灯下，即写与泓随便谈谈，与令涟谈房租事，了却一件事，免得心中总惦念着不安，早上并又与陆徽惠一信，托其代向陶打听林之近况等，晚看宣和遗事。

12 月 15 日　星期一（十月廿七）　下午半晴

冬天如此好天气，不易，十时许起，上午未去校，因见了储头没的说何苦，匆匆看过报，看了看宋人小说，上午这两小时过的极快，不一时即午饭，午后一时出，先到陈老伯家未在，稍坐，旋归略谈，送去前托强表兄之画，又称谢不置，因尚要去校上课即辞出，两小时后汉书，无味，听者无几，我看了看宣和遗事，小徐与小杨子二人却在后边偷着玩了一小时的扑克，既不听，何必白混时光，下课到图书馆去，要借的书却多无有，今年有女生毕业，比往年人数多一倍，故图书馆亦比往年特忙，又取回所订讲义，略买文具即过一元，去宿舍找小马未在，不知其家中到底如何，闻拟搬到城中住，连日城内外跑，不知其房找好未，总看不见他即到郑家去，不意四弟亦去，叫他取面却先跑到这来，与大宝略谈，二宝即回，把徽惠之信与她看，就不必再说什么了，又问过表兄面事，天将暮遂归，晚灯下看宣和遗事，将市间通行铅字本与士礼居黄氏丛书本对校看，看了大半，晚间五弟之功课，大半不明，令人气馁，小孩不知用功可气。

12 月 16 日　星期二（十月廿八）　晴

自来水笔也有脾气似的，有时便很好用，这两礼拜总不如意，写字鬼一般难看，昨夜因要今日上午有第一时，起得比较早，故早一点去睡，钟敲十一点时已是卧在床上了，可是热水瓶很热，又加盖上了棉袍，虽是屋中无火，但是青年的体力，亦觉得燥热得很，翻来覆去，结果听打十一时

半，十二时，十二时半，到底睡不着，精神反旺足起来，亦无倦意，一气爬起来把棉袍等物全都拿起来，又把书拿过一本来看，一直到一时半才放下书重睡，这一下倦可是倦了，却睡过了劲，快七点半才醒，可是八时上课已是晚了，如果匆匆忙忙跑去，还迟到多不好，好在这堂向例不点名，而这两天讲的却也无什趣味，遂乐得多卧一刻未去，九时许起来，早点后略看报，七时半去校上了一小时左传，别看天气晴，只有那么一点小风，可是很凉，那不分指的大毛线手套却不挡风，手很冷，这些日子还真好，没什么扑面如刀，刺肤生疼的大风呢！否则那才是受罪呢！中午一人去会仙居午饭，饭后在大学门口遇见李景岳，一同步行去什刹海走走，一路上他遇到女同学不少，我虽亦在大学四年，一人不识，我是不善此道的，何况我又没有什么姐妹亲戚们在女院念书，亦不羡他们那些有路子的，皆是烦恼之阶，回来又到宿舍去，看小马，未在，与小陈谈谈，看看远东画报，德国宣传品，真的，自八日以后，我心中亦乱乱的不知如何是好，心绪不宁，总安静不下心去，我亦随时局一同紧张起来矣，来日方长，战乱不已，如此世界，实是没有心情去念书，故论文进展极缓，识事之故也，下午上两小时曲选，近来兴趣大减，抑是顾先生开篇少了之故，冬日下午的太阳极短，才四点半刚过，已是压在了西山边上，一转眼的功夫，已是溜了下去，五时多要看报便需开电灯，我很不愿意过冬天，这个冷劲什么都不好做，没有钱生火，穿衣，吃饭便能冻死，不似夏天便不吃饭，无火无衣，亦还支持数日呢！而且穿得那么厚，十分不便，十他累赘，自事日美事变得紧张（八日）以来，物价是每天涨，白菜卖到七分一斤，豆腐四分一块，我看烧饼大有一角一个之势，因白面已涨到廿五六元一袋了，弟妹等皆在发育时期，一个个胃口又好又大，小妹比我吃的也多，有时我怕吃饭因为见了他们那么能吃，想到食粮如此之贵与难卖便怕得很，而又不能不许他们吃，（焉有此理！）但是即使那么一小碗有值什么的菜，我偶尔多看了一眼，他们便有不敢举著之势，他们吃菜虽稍费，但我心中亦实难过，一个个如此能食，而以后生活程度日高，将何以善后，将来明年演变至何情形，实不敢想，而每日在经济恐慌之气氛中过活，怎不愁烦，每日用度皆是日常生活必需，花一个少一个，且物又贵得很，同学或羡我，明年即将毕业，实则问题甚多，闻学校因日美战争起，经费成了问题，现存之数到底能支持到多久，不知最好能维持到明年暑假，此想未免过于自私，但愿能如常开学，即或学校能够维持到明年，而自家生活能否支持到明年亦一疑问，且生活之事，非能逆料，且即使能毕业，而我能否找到事做，所入是否敷以支出，我做何事，实不敢定，因已亦不知自己做什么好，遇此特殊情形，中不中，外不外，南不南，北不北，实是难处，怎么会连到这么一个复杂微妙的世界！大至国家社会，小及于家庭个人种种皆是问题，困难，故每一思及，万念奔集，心中便乱极，什么事也做不下去——有时自己兴奋起来，是努力奋斗干一天是一天，怎么样得活着，世界上又不只是我一个人怕什么，早晚顶多不过是一个死——活受罪最倒霉——于是便很兴奋的过生活，念书等，而有时颓废起来，却想如此乱世，不知明日又是何情况，混一天过一天而已，便也放开心中一切烦苦到外边大街上荡一荡，我知道后一者对我是很危险的，但是恨不能脱出此两种心情之外，另外再得一领悟，与解脱便好了，今日报载被封闭之学校自协和医学院以下（燕大除外）如中小学校昨日开封不是上课，内中当必改组，青年会亦开始活动，不知大马在沪如何，晚又写一信与弥托其代查马之近况，灯下匆匆翻看江绍原先生撰之中国古代旅行之研究，商务出版，他文章亦不见佳，内多涉及文字问题，看了不感兴趣，其文与他说话一般，零零碎碎，与我文章有一通病，即好出"别枝"说着此事，想起另一事，便喜在文中加括弧写出，或写注文，故其括号与注文甚多，枝枝节节亦多，不能简净，似比我还厉害，此书不过甚所研究题目中之第一章，民廿四年出版，不知以后尚有继出否？

因封闭英美系学校，燕大被封闭，同学马君家在燕大，亦被困不得出，由此可知凡依靠外人之力而生活者，皆有此时，吾辈览此更益努力图强自力更生，不作寄生虫，方能生存于此时也！吾其勉之！

惟盼此次世界大战早日结束，和平早日结束，和平早日降临，吾人方可安生。

12 月 17 日　星期三（十月廿九）　晴和

　　上午虽有大雾，可是不大冷，昨天还干冷呢，不管他有太阳，今天便好得多，上午只两小时骈体文，今天主任说了几句题外话，就是学校一切如常的行政，先生仍皆如平常来教书，望大家亦安心来上课念书，勿听信谣言，因屡借书籍图书多借出，今日改变借书种类竟全有，午后与四弟出去，娘去看煤米，过浙兴，转入东交民巷，除去英美系银行及英美大使馆封闭外，一切皆如常态，唯觉各房屋皆倍加寂静一般，穿交民巷而过，至哈德门大街，转折而北，在交民巷与东城，偶已可见三三两两之西洋妇女仍是皮毛异装在身，唯大不似昔之趾高气扬，且多皆中老年之妇女，青年不见，东单一带，十家几有七家，为日商花花绿绿，青年会虽开始办公，唯寂无一人，可怜相，而"冰场之票今日已售"之条尚高揭窗际，又到东安市场绕行一周，百物杂呈，皆高价，不敢问，只购三把小牙刷已几一元矣，一时兴起，与四弟去国强楼上各进冰激凌一杯，冰水一杯，点心数块，即二元五角，冬天来专吃凉食者亦鲜矣，伙计皆奇而视我俩，出来后，亦不觉失笑，又在大街上，中原及国货售品所看看，中原公司大减价，又有彩，贪便宜心理，人皆去，故一时主顾云集，买了一瓶皮鞋油，六毛，倒不贵，出市场去东华门看冰鞋，剩下皆不佳，有一双 Cande 的小，有一双 made in U. S. A. 的却又大一点，七成新要十七元，主要去买手套，来回看了两三家，结果不是买了一个老头摊上的，一大一小，里外长毛，代价十五，不算贵，取车时不料遇见黄小弟，一同走出，在南池子分手，到家已暮，冬天天气太短，才五点多便黑了，娘出去一趟，买米，煤等即过百元，晚间移箱装米，算账惊人，晚看报，女孩子爱多心，还多有小脾气，却不耐侍候小姐，而自己去找烦恼何苦，顾与林重复友谊不知如何，否则算了，亦好不要自寻苦恼，安心读书吧。

12月18日　星期四（十一月初一）　晴

昨夜卧在床上看了一刻书，不觉又是一点多才睡，今天早倒是自己醒了，才七时半想再睡到八点起来，不料睡过去了，九点才起来，表一慢，九时半多去校，到校已是十时一刻，怕这时进课室挨瞪，多不好，遂到图书馆去看了半小时多的杂志，看着书，时间却过得飞快，于是上午只上了一小时课，今天把国家基本丛书本子的史记（六本）借与朱君，我很高兴借书与朱君用，因为书在他处可以得其所哉，尽了书与人的责任及用途，否则在我处，尽自卧在一旁，或是收在书柜埋没了书的用途，中午回来，在西单桂香村买了一点东西，娘这两日忽想饮果子露，遂购一瓶而归，其余各物价皆昂贵异常，鸡松达十二元八角一斤，午后看报，家中屋下午不能受到多少阳光不佳，中午甚暖和，三时陈书琨老忽来，又是言谢，只为他老人家生日我们不知，事后我托强表兄画了一张画送去，却那么客气，还跑来一趟，那么大岁数，路远难行，天气又冷，真是何苦，回来看古书通例，（一名古籍校读法）讲义，又与娘，李娘四弟说笑，方五时日已西沉，屋中昏暗不能见字矣，晚灯下看完士礼居黄氏丛书的宣和遗事，同时亦与市刊行铅字本校完，晚眼又稍不适，早些休息，今夜试与四弟易地而寝，不知能否安睡！？

12月19日　星期五（十一月初二）　晨雾，晴和

昨夜睡在里屋，屋内有火，热得多，一床被，早上醒来口干舌燥，年轻的到底火气强，八时十分起来，看过报，站在院中看书。

这两日天气真不错，今天早晨虽有很浓的雾，但是太阳一出雾散云消，全驱除个干净尽，仍是那么晴朗的天下！在中午气候的温和好似仲春，大开窗户也无微风入室，阳光下比屋中阴凉处都暖和得多，阳光晒在身上，暖融融的，十分舒适，不觉就站在院中看了有四五十分钟的书，书最新由辅大图书馆中借出来的，以调剂脑筋，书名是《女人》，凌叔华

（朱君泽吉言是中国女作家中之最漂亮者）撰的，文笔相当流利，可称洁净简明四字，因为是女人写的，字里行间，似乎总带出女人的口气来，写得不错，文字技巧相当高，熟，而且内容全是以女人为中心的事，疯了的诗人，那一篇状景很好，其余如篇皆相当成功，《病》和《他俩的一日》两篇，在其中比较逊色，可是按那两篇中所要表现的意境，亦比较是件难一点的技巧，午后去校，想问问小马他哥哥来信说什么，不料已回家，上了两小时民俗学，现在又讲开了禹，鲧，玄等字的问题，今天又讨论鲧是熊化的问题，愈扯愈远，枝枝节节，又讲文字，不知此皆与改火有何关系，故听来，不免有点厌倦了，下课去借书不料书竟未找到，到郑家与二宝谈了一刻，又谈及他们同学思想多浮夸的问题，说来不觉已近暮，晚看书。

12 月 20 日　星期六（十一月初三）　晴和

一日无课，却一日也未作一点事，恍惚不定的心情，又混过了一天！上午九时许起来，总起不早，大约是睡得晚的缘故！十时半多，与四弟出来，先到宣外西城根找大义煤厂催叫煤球，城根一带煤厂，油栈及杂粮，米面的堆包极多，不知都是什么人存的，又与四弟去西单沐浴堂内热甚，出汗，大洗头，十分痛快，浴毕已十二时半，午饭小妹与力小胖去公园溜冰，四弟去找同学，五弟上学未归，一人闷闷，遂亦换衣服拟出溜冰，走到力家门口，问问九姐夫回来，遂进去看看他，他已好了，堂屋火甚大，甚暖和，太，力小妹及其同学皆在家，九姐先在陈大姐夫处，旋回来，面色平平，想近日其大女与彼之刺激，亦无何可骄傲得意，也没那份心情摆什脸色与我看了吧!？与九姐夫略谈，他一时又兴起谈起他以前在美国演义，一时脸上呈现一种异样的光辉，这是在这几年中难得看见的兴奋与微笑，谈讲当时他在美国纽约演说时得意的句子，他反对雇用奶妈，因为以金钱剥夺了另一个小孩子的母乳，是大不该，大不人道，不对的事，得意扬扬的神色，让人可以想象他当时的神色是如何激昂的！不一刻又有一位陈小姐来找伯长，旋即吃午饭，因为九姐夫自己去买了点菜回来，所以二点半才开，我即辞出，径驱北海，人倒是不少，漪澜堂人最多，熟人不少，多是中学时旧时同学，大学同学，宁老二，刘镜清二人去，其余辅大学生甚多，或不熟，或只相识其面，小郭去，王燕沟与叶于政二人亦去，二人又泡上了三四个女孩子，不知都是哪的，王的太太大约有喜了不来，取了太太还泡，老板今天没见，不知他和他那位上哪去了，宗德淳亦一人，太太未来，李庆成，与中大同学表人，还是那个半流氓，半泡的劲，还不知在那与他们差不鑫的一个德国人中国话说得不错，只是满口都是模仿学生所说的话，人品可知，人真不少，女孩子亦不少，各色各样人俱全，因天气暖的缘故，冰甚软，多化，能溜的地方只是漪澜堂前一狭条的地方，大家全聚在那一小块地方，冰不好人多，故难遇见许多熟人叫我，亦未下去，只是站在岸上，与庆成等胡聊，欣赏半晌这冰场上之形形色色，耳旁听一洋人与庆成，昌明及一二另外中大学生，在看这个，看那个的评品，心中很可笑与卑夷他们的脑子的可鄙，中国将来大多数的青年如都是这样的，实在可怕，四时半了，站了很久，也看够了，便与他们告辞，一人回来，路过九姐夫医院，打一个电话与泓，问那封与他二姐信，谈房租事（黄伯母托我向他们说的）收到了，又随便谈一些便挂了，不知为什么，与她总没什么可谈的似的，说不上几句就无话可讲了，她也不是个会谈话的人，归来已暮，晚饭后觉疲倦，大约是今日走的路多了，遂早睡，十时即卧床上。

12 月 21 日　星期日（十一月初四）　晴和

近几日天气，简直是像仲春，不像在过阴历十一月，实则不算闰月，已是十二月初了，太阳一出很暖和，尤其是中午，只穿了一件毛衣，在阳光下，一点也不冷，上礼拜五中午去校，我未戴手套，手也一点也不冷，这样天气，穷人也还好一点，少受些罪。

早上看报，什么马来及香港日军上陆，炸沉英美战舰等，倒不大惹我注意，只是本市新闻栏中有一段，使我看了十分惊奇，出我意外，看后为了一个朋友，心中十分难过，就是"昨夜十二时警察查获一名林向曙在与

另个一人背一白布包袱，内有白面料子大小三包，共重二千余克，价值七千五百余元，并在林家中抄出火酒半煤油桶，一并带往内二区分局，讯辨，云云"。林向曙之名及报上所载之地址，岂不就是漪的哥哥吗？真是想不到的事，前二个月，不是与小陈和我们一同去过一趟香山吗，这人会做这种事!？我由间接知道林的家中相当腐败，母亲抽大烟，哥哥不上进，原来闹这个花头，父亲前在军队上，大约家中现在所有的钱，或不是正经得来的，其人品思想亦可猜知一二，却不料她却是在这一团黑漆的家庭中，她的思想与行径正如莲花一般出于污泥而不染，想想在这种黑暗恶劣的环境下，她的头脑那么清晰，正确，怎会不厌恨，怎会不烦恼，我真是十分同情她，只是不料她家却是如此糟心，每人的所作所为都是她平日所最痛恶深恨的事，而所以如此做的，又都是她的骨肉，这真是她内心的一个最大的哀痛，无可言状的，因为这些却不是能够与朋友同学声诉谈得出口的事呀！尤其是在她那么好强，好面子，有志气倔强上进的人，怎么能忍受得下！我真不敢想，不知她今天（当然她会知道昨夜所发生的事）是怎么过的，如果她能一切置之不闻不问，达观得很，当然很好，只是由我对她所知，与其与我信中的语气所表示，一定不会多达观，看得开的，一定不知要气到如何程度，真可恨，可气，可惜，这么完好的一颗明珠，却生长在这么一个黑暗恶劣的环境中，上天（？）也真有点不公，不开眼睛，她能够脱离这个环境来生活才好，可是怎样才成呢！我是心有余而力不足，我无力助她，否则一定要助他远离她的家庭她前途才有望，现在只有为她担心怀恨惜而已，又能有什么表示，她如见报载有此事，恐或羞恨的不肯去上学了吧！这不过都是如此胡疑思，希望能够由别人处打听一点她的动态才好。上礼拜三看见她一个人走，不知与陶又怎么了，看完报，一直胡猜疑了半晌，可惜一个好孩子，却生长在那么一个糟糕的家庭中！

中午吃饺子，每次一吃面食这类东西，一定要到两点才能告一段落，今天自然是不能例外，饭后去中央看德片空中剧场，技巧，剧情，穿插等等，均比美国差得远，由种种方面亦可看出德国的国民性来，没有过火肉麻的表演（也许有那么样的镜头，被剪去亦未可知）无多大意思，片子很短，前加演一短片，淡水中动物的形态与生活状况，水中各种生物的形形

色色，全很新奇，有点科学价值，可以增人见识，散场出来才四点，茫然
又无处可去，很是无味，遂归家，孙湛来，所谈皆学校同学淘气无聊之
事，娘出去买东西，旋亦回，天气阴沉，益增无聊之情，坐桌前补写昨日
之日记，今日上午得天真嫂来一信，告我华子已于上月，廿七日由泰回
国，计日美战时，彼正在香港，想来连日，日本军团攻香港甚烈，前日夜
已上陆，想必饱受惊恐了，这次回来，必大增见闻，天真嫂来信反慰我安
心可感，晚看书。

明日冬至，晚在父遗像前上供，供祭一碗煮元宵，又称汤圆，江米团
中有馅，今年张厨子（力家用者）一元只做四十个，去年尚可做六十至八
十，明年不知能做几个！明天恰又是李娘生日，一上供，娘心中便不怿，
何必如此想不开，只是心中不忘即可，永远哀思，徒与自家有害，与逝者
何益！？

12 月 22 日　星期一（十一月初五）　　晴

八时半起来，九时多与四弟出去，我先到毛家湾，去找大宝二宝，因
为以前答应找她们一块去玩，二宝已出去找陆方同去北海了，正好，到那
有同伴了，大宝无鞋，不能去，略谈即出，到了北海，在琳光殿换鞋，一
下去便看见了许多熟人，孙祁史弟，赵振华，往北，在道宁斋前看见陆方
与二宝，一块溜着玩，前两天冰软，人多，滑完，冰面十分不平，疙瘩极
多，十分不平，难滑之至，无法施展，颠得十分不好过，小腿有点酸，如
知道这么不好，也就不来了，勉强玩了半晌，一个人溜也不过瘾，圈子外
边地方不小，只是多危险，有二人落下去，只是漪澜堂前一狭条稍好，但
是在那的人甚多，挤得很，维勤亦去，拉着两个女的，不知是什么人，孙
祁与侯家兄弟一同玩，王淑洁与小孔在一起玩，熟人很多，只是很不过
瘾，十二时遂与四弟同回来，到家午饭后略憩，看看报，即去校，上两小
时课，借书，学校圣诞节自廿四日下午起放到廿七日，新年一，二，三日
三天，竟放假了，下课去宿舍在小马屋坐了一刻，稍谈，知其家一切如常
放心，五时归来，看报，灯下，与大马信一，问其近况，复天真嫂一信，

劝其勿焦急，闻今日下午庆璋来，把我玻璃板下两张小照拿去，遂写一短信与他，随便谈谈，做不了多少事，又是不早了，心中终未忘却林，又作一短简及一带祝圣诞的小日信明天与她送去，看她复我不！？

12月23日　星期二（十一月初六）　　晨雾，晴，风

　　天气真不凉，早上七时半去校，一点也不冷，耳朵一点也觉凉，往年此时早都因大北风吹得脑袋疼，耳朵冻得生疼了，今年此时如此热，怪事，大约是我去得晚一些，所以近四五个礼拜早上都没有碰见过林和陶了，其实我今天到校才上课，第一时向例得有几位缺席，今天女生就是那位刘淑英小姐一人来了，其余三位，迟到了两位，一位没来，男生亦未来五六位，江先生有时讲古书固然要咬文嚼字，但是有的地方却过于大胆，且不免附会牵强，刘似乎很用功，上礼拜六史学研究会，常会，还有她的读书报告，忘记去听听，可惜机会错过，刘很大方，似比其余都惹人好感一些，今天见面点点头，大家并且说了几句话，人很不错的，也大方和蔼，不像别人那么讨厌，或是自己以为不得了的臭得很，下课去图书馆看了两小时书，却未看多少，下左传，与李君同去午饭，今日中午开会，选年刊筹备委员于理化教室，凡四年级同学皆应去参加，闻曾有少数人拟操纵把持自己去办，且上呈文，把自己熟人内定的年刊委员名单送呈教务长，被批驳才由学校出布告，但是大多数同学皆未注意，那么一张小布告，并且时间写的也马虎，大家也都以为是新钟二时，不料是新钟一时，大家去吃午饭，都未去，据说只有数十人去了，只十分钟左右，便选完了，半浮露在场，不知都是谁，此种不合法的选举，能否成立，不可知，奇怪的是今年这个年刊好似流产似的，总没有消息，往年早就出启事，选委员了，今年迟到今日才出现真不易，即不愿同学办，一切就由学校办理不完了吗？忽然又来这一套，本系同学宁二爷一听少数人要操纵把持，立刻炸了锅似的嚷嚷，大骂，非把这个黑幕揭穿不可，在饭铺还吵了半晌，结果吃完一问，人家早开完了，自己还在鼓中，中午在休息室抄郑振铎的一篇短文，从弹词到变文，又在大这礼堂看，听李培所领的那队乐队练

习，大约是为了 Christmas 表演的吧！下午两小时曲选，下课小徐又去宿舍打 Bridge，这些日子他简直是被扑克迷住了，我却把昨夜写好的信，交到辅仁女中，再过一刻钟便可交到林的手中，在报片看报，还以为可以看见林，不料自己眼睛不好，没有看清楚，大约她已走过去了，到家闻瘳三都（增祺）来坐半晌，与四弟同去力家为九姐祝寿，无客，看报，至暮，五时半即须开灯，下午有点阴，今日日落后稍有寒意，晚看完那本五国故事，述南宋时之五伪国之篡夺，暴乱荒淫，多琐细之事，文言者，宋无名氏辑，不类话本，把其序抄下，书明日还图书馆，又将日前看完之《女人》，写了读后记略，许久没有写了，这两三个月昏昏迷迷，颠颠倒倒，什么事也未做，书也看得很少，看那张读书纪录表纸，便可以晓得，今日那封信林看到了，不知作何感想，仍不理我呢，还是仍与我回信!？谜!？

12 月 24 日　星期三（十一月初七）　阴，凉

连日天气暖得可以，不像冬天，今天阴天，立刻便凉了许多，这不有点冬天的意思，早上起来已是十点了，阴天的缘故看起来好似才六点左右，第三时真是晚了，索性不上从从容容，十点半去校，先到图书馆去借书都要在假期中借书看，所以图书馆十分忙碌，半晌方把我昨日借存的书找到，今天又在图书馆碰见了那位史四刘淑英女同学，点头微笑招呼，她也回应我，人是满和蔼，温柔沉静而且大方的，毫无羞涩不自然等状态，问她没课了，她说还有两小时，她问我男同学的座位，在图书馆是否固定的，那么多人，怎能如此，问她是否住校，她说是的，放假便回家，家距学校远不方便，说罢便去，不料今日竟得与她单独谈话，不要太胆小太好，以后能慢慢和她厮熟，做个朋友也很好，她给我的印象很好，看她那样是个朴素无华，用功的好学生，但不知她对我如何？上了第四时课，借来中国民俗文学史，心中很高兴，下课跑到图书馆办公室借来了两本敦煌掇琐，为了这两本书费了许多事，今日才得借到，不易！小徐约我下午去他家，下午起放"Christmas"假，一直到廿七日，下礼拜一再上课了，中午跑到郑家去，只有大宝与小五在家，谈了一刻，小三，二宝等相继回

来，看看报，三表兄与明宝仍未回来，遂开饭，我却不客气吃了三碗饭，又看了一刻报，二宝不知又为办何事跑去女附中一趟，一点三刻回来，她谈起辅仁附中有几个学生今天早上去光华玩去了，她说她们谈起来，知道我，说我喜欢林，可是林家中自廿日夜出事后，闻其家被封，她已数日未去校上课，因此事人亦皆愿言，并且她家似乎现全居其嫂之娘家，二宝并哄我，要请吃糖，虽然是一半出于小孩子脾气，一半也是一般错误观念的表现，她说林已数日未去校，顶多是昨天和今天而已，因为礼拜一她们放假，昨日下午送信去时，明明看见那名字的木牌只有一个，那一个自是她来了拿去了，但不知那封信她收到没有，而且一想到她家竟是如此恶劣，黑暗，她竟遭遇到这般可恨的环境中，真是不幸之至，一念到这里，代她一想，实是愁恨不已，怪不得她以前与我来信曾说："光明永远不会到来的，假如我的环境永是如此"？此时我才明白她以前信中的真意，一想起她的不幸，我也不禁很不快的，这么一个好孩子，却生长在那种地方！两小时去小徐家，小杨子已在，他二人在下围棋，徐太太在家，不舒服请假在家未去上学，小徐屋子亦是家庭味十足，不一刻赵德培忽亦来，四人一同打 Bridge，玩了一小时多，四时半辞归，没什么意思，小徐与小杨子却很认真兴致勃勃地玩起没结没完才好，到家已薄暮，阴天天黑的早，到家想起林的环境，心中又不快了阵子，但祝她早日脱离恶环境，我是无力，否则一定帮助这个有志气有为的青年，力不从心又奈何!? 看过报，又翻看完了辅仁生活，饭后忽接志成来一信，说恭弟自上学以来"轻浮好闹，不知用功"，问之乃是上礼拜六与日文先生捣乱之故，故来此警告，阅之十分生气，并且十分伤心，为刚，恭二弟之不懂人事，不知用功读书，不知诰诫多少次，不知费多少力，说多少话，软劝，硬责，皆无什效，思之惘然，为此二弟，吾已尽吾之所能，殊愧未能生何效果，吾对他二人已尽吾之责矣，亦不惭对祖先天地！能否成器，肯否用功，一切均在彼二人之自身，晚看敦煌掇琐。

12 月 25 日　星期四（十一月初八）　阴大雪，冷

迷迷糊糊，竟到十时才起，早点后已是十时半了，看过报，十一时

许，便翻开（国立中央研究院历史语言研究所专刊之二）敦煌掇琐，许多口语方言，习惯行文用字，俗语别字，看着十分不便，有的地方也不大好懂，"丑女缘起"一文，颇似后世之天雨花之体裁，十时半起由阴灰色的天空飘下了雪花，起初很小，后来愈发大了，终于如鹅毛般的下起来了，未半小时已是大地一白了，这是今冬的第二次雪，微风摇动枯枝，气候立刻大冷，这才像是三九的严冬，屋中火加大了，亦不觉什么热气，本来昨日约好下午去北海与大宝二宝等溜冰，这么大雪她们不会去了，午后看书，到二时雪止，静极思动，想出去走走，遂与四弟二人冒寒风出去，大街上雪落地即融，全街漫水如降雨，可见天气尚暖，地上尚不存雪，亦有半泥，半雪，半冰，小风不大，去东方迎面甚冷，到公园先去看于非厂与张大千合作展览画会第一日，人们震于张之名，故今日虽降大雪，而一室中挤看的人很多，张之兄（善子已逝世者）遗作虎面亦有三四张，张大千在川抚敦煌唐壁画，山水览青城之胜，作风自狂放而一变为古朴，都四十余张，各有其特色，所为仁女花卉多幅尤为名贵，因张氏多为山水，素不喜动人物花卉也，仁女仿唐壁画古味盎然，由且其装饰亦可考见昔人之服饰与习俗，此类不知有人注意否，其一有妇头上有一如弓形之饰不知何名，研究古代人物服饰者大可注意及之于非厂只作卅余幅，设色鲜明匀整，匠气十足，二人定价相差甚巨，张氏之作大皆在二百元以上，虽三尺小幅，亦有五百元者，可称高价矣，于氏约皆百余元左右，于展览室遇侯少君，握谈顷之，匆匆看过一遍，遂与侯及四弟二人出，且步且谈，至后河我与四弟溜冰，侯自别去，公园狭长形冰面，雪占一半，故更小，人不算多，因地小一半故觉挤，出圈到西边，桥西去滑，练右足外刃半晌，无何进步，到四时三刻出，今日未遇何熟人，至家已暮，继看敦煌掇琐，一直看了十一节，晚饭后灯下教五弟重温英文，笨甚，耐心去教他念，讲总不记得，免不了火上了来，嚷一句，骂两句，打两下，一问五弟，四弟二人的英文，看他们那种困难劲，我也真头疼，简直跟他俩一块受了洋罪，不知何时他俩才会自知用功，不是为了问五弟英文，今天本可看完一本掇琐呢！

12月26日　星期五（十一月初九）　半晴，风，寒冷

今天早上可算是例外，八时半就起来了，一切弄完，才九时许，遂在弟妹去校的比较安静的早晨来看书，敦煌掇琐第一二朋前有变文，小说，由刘复氏自法巴黎国立图书馆中抄归者，其中虽都是当时唐时之俗语白话，但是因为年代遥远，生活习惯不同，即当时最流行之口语，与俗字，在现在人看来却亦十分不便，有许多地方，不甚明了，午后又看了一刻即看完了第二册，其中有舜子至孝变文标明为变文，其他皆无有，且其文中有三四处相同，文字重复，疑是数段，但是刘氏却连在一起抄，第二册中之茶酒论，并序，下题乡贡进士王敷撰，完全，难得，其他非缺前后，即缺中间。雪后寒风凛冽，大寒，方是三冬正经气象，日前暖和仲春之温，被狂风一扫而去，下午本拟出去，后因极寒而止，一下午在屋甚是不耐，屋中火不小，却不觉暖意，书房无火，全在北上房中起坐，做事谈天，看书是不易看下去的，于是不时与娘，李娘，四弟等说说笑笑，此种随便快乐的谈笑，却是少有的机会，亦可算是在无聊中的乐趣吧！但是人却不好，一闲起来，口腹之欲又起，在家中又想吃零时，可是这一下午也可处是没有住嘴，饭后吃了些花生，三时多又吃了些自己做的（李娘作的）江米粉的汤圆，二时许拿起沈从文作的《边城》来看，一直看到下午六时左右看完了，若不是一边还谈笑，一定看得更快一些。边城中的事情，实在是很简单，也无什么所谓天经地义在里边，只是叙一个忠诚的老年人，对他的职守渡船是十分忠勤的，守着一个外孙女，为了外孙女，为了外孙女的婚姻，中间生了波折，没有成功，老人天年已尽，先他外孙女而去了，而外孙女的情人因婚姻问题却与家中怄气出走，女的在原处摆渡等着，但谁也不知道青年人他什么时候才回来！沈氏笔下甚简洁有力，对乡间朴实真诚的性格，描述得十分亲切，他的作品，又流露出另外一种作风，我看完了他这个不算长篇的小说，却很受他的感动，一时为了这个女主角"翠翠"十分同情，心中也很不快，觉得很惆怅，一时心中好似被什么东西壅堵着一般，这是作者作品感人的力量。笔下技巧亦很灵活，时时很自然的

流露出一二句幽默的句子，调和这沉默或是略带悲哀的气氛，很巧妙，很适当，不由人看到那不起个会心的微笑。晚上一半想抒抒心情，休息一下觉疲倦的眼睛，一半一时兴起，与二弟一妹灯下玩了半晌扑克。

12 月 27 日　星期六（十一月初十）　　晴，寒冷

懒惰的我，在假期中，只是昨日起得比较早一些，今天早上醒了却赖在床上未起，十时钟左右的模样，忽说小徐来找我，这却想不到，这是他婚后第一次来访我，四弟在外边睡亦未起呢，急忙起来，向他道歉，请他进北屋坐，随便谈谈，原来他请我今天下午去他家打 Bridge 而且还要再找一个人，我却因今天天气不错，想去东城看看多时未见的五姐和七姐去，或是在家正经看点书也是好的，可是他大老远的跑来了，却亦实不好意拒绝，只好答应去他家，另外找人却找不到，不一刻他走了，送出去，虽是晴天，干冷，看看报，中午吃面，二时去小徐家，有点小风，还是真冷，手足冰凉，足几乎麻木了，还好他屋很暖和，不一刻便又觉热起来了，他屋只有小徐，杨志崇二人，还有一个小孩是徐的内弟，才十岁，人很聪明，我们三个人打 Bridge，他一个人看书报等玩，玩了半晌，腻了要走，性情亦很倔，很像他姐姐，三时多忽来一姓林的本是找徐仁长，但是仁长不在，小徐请进来，与我们一同找 Bridge，小徐一介绍原来就是林琴南的孙子，即是林老姨太谈过的在燕大的孙子，今日无意中遇到，此人尚好，只是稍有狂性似的，有点神气，与他谈及先人有通家之好，他亦淡然置之，在燕大的学生英文满口（他是物四，遭事变未能毕业）打 Bridge 很好，玩到四时半辞去，赵回来，与她小弟谈说，无非是吃而已，又教她小弟日文，小孩子背日文，背的很好，到也伶俐，只是赵颇不懂事，对小徐太不客气，更不会代徐照呼客人，反而时时麻烦打搅徐，令他不能安心来玩，怪这个，要徐做那个，不论在什么人面前，都是那么伤风未好似的鼻意，还是那么撒娇的劲，听着十分不得劲，性情更是倔得如孩子，小徐还是很怕他的样，处处顺从赵的意思，一切均唯唯诺诺不敢违拗，十分有趣，这是人家夫妻间的事，我替徐生什么闲气!？想来亦好笑，小杨子玩

Bridge 的瘾与小徐一般大，今天那个姓林的同学又教了他们一点，更加劲了，我是不会玩，更无心思去记住一切规则玩法，所以总打不好，我是无法白陪他二人玩，到五时许才辞出，徐和太太，却顺便把这个小孩托我送回去，只好答应，他们雇了车随着走，送小孩到他家门口进去，我方回来，到家已暮，真无聊，白耗到此时，下次再也不玩了，归来看看报，五弟六时许才回来，四弟到十时许才回来，一问是到何家打了半晌麻将玩，真不好，什么不好玩，却作这个，我比他也高明了不多少，可耻，晚看小妹借回之三六九画报十册，十二时寝。

12 月 28　星期日（十一月十一）　晴，冷

九时许起来，四弟一早已经与同学等去公园溜冰去了，叫五弟起来，弄清楚十一时多带他去西单购车轮底皮鞋一双，代价十八元，天气干冷，赶回来午饭，道上不慎把五弟跌了一跤，幸未跌伤，虽带手套仍很冷，午后又看了三四册三六九，不过都是随意翻翻而已，午后看报，今日真光改演法片《背信》五弟前要来了一张真光优待券，再不看，过了卅年度便不能用了，昨日本似去看修贝尔特的《未完成的交响乐》，可是被小徐拉去未能看成，今天有功夫去看吧！三时出去，真光复业改演日，德，法等国的片子，今天人还真不是少，我仗优待免票坐楼上散坐，弹簧椅很舒服，散座满了九成，生意真不坏，屋中热甚，看到半场鼻子却有点不适，片子是法国制的，有的地方马虎光线黑暗，我便看不清楚，而且说的是法语，听着那么不顺耳，一点也不懂，只有二三字与英文音同者还听出来了，前看过一个德片，今又看了法片，显然各有各的作风，而一切也真追赶不上美国片子的精美，技巧，似乎也幼稚一点，今天这个女主角是 Danielle Danieux，在美片《巴黎尤物》中看过，还不生疏，她回法国仍是演电影，演技尚可，只是听法语十分刺耳，不习惯的关系，末后也把我感动得流泪了，法庭上那几句话而已，我太易动感情了，五时一刻散场，天尚未全黑，冬至后天气是一日比一日长一些了，到平平治鞋院去买一付跳 Tapo 的鞋铁，不料平平早已卖完了，为女青年会一位小姐买了十余付，全都买

尽，车由香港运来者，如今自是无有了，我听了十分后悔于夏天看见他处有时（一元一付）未曾买一付留着，如今自己想要买却又没有了，后悔了半晌亦无用，人一生如没有后悔的事，就是个了不得的人物，我希望以后我的后悔事日渐减少才好，出去一趟，看了一次电影，一分钱也未花，到家又暮，眼睛仍是有点不适，近日看书时稍多，昨日与今日又看书及看电影，于是两眼又不大舒适，不能再看什书，灯下与弟妹们又玩了一刻扑克牌，我自己觉得自己的天真性情日渐减少了，简直快消磨净尽了，人生的经验，使我不禁似乎加上了虚伪，处处拘束，联想顾忌太多，于是便常自苦，生活中极少，真快乐，经济经常的无形底压迫，又待何言，昨日本想与顾随，江绍源，朱肇洛，储皖峰四位先生各寄一拜年片去，后来又想这年头还拜什么年，多无聊，又把此议打消，近来自己常常如此前后矛盾不定，沪上近来不知如何，弼等又如何，念之。

12月29日　星期一（十一月十二）　晴

这两天假放的很合适，特冷的两天都放了假，而今天比较晴和了许多却才上课，二个月左右没有上指导研究，今天去一趟吧！不然储先生心更冷了，十时一刻到校，推门进去一看，出我意外，不料男同学一个没来，只我一人，而同学却有三个，袁小亭，小舟姐妹，还有一个卢绍桢，储先生正给他们讲些什么呢，我于是也问了问储先生关于论文的问题，天冷了，也不穿西服了，大棉袍上身，还直流清涕，着凉病还未好呢，关于论文的事说了半晌，没什么谈的了，第四时先生和学生都没课，便又谈起些别的话，时局，日本盐谷温，储先生大大看不起这位日本的中国文学博士，还谈国立北平图书馆的前途亦很悲观，储先生说，恐怕，日本早晚要把图书馆中的书及北大的书全都搬到日本去，亦未可知，又谈学校经济问题，谓支持到明年暑假前尚无问题，唯一切尚须与现在状态保持相同方可，否则难说，而明年暑假后即成问题，上礼拜二学校曾请教授主任等等开一茶话会，谓教授等皆在社会上有相当地位之人，希望于学校经费发生问题之前，大家捐一笔款子，大家来维持，而学生等亦须尽一份力量，募

捐非开口说话那么简单，其中困难之处甚多，又闻小袁谈日前京与廊坊间之铁路曾被人拆毁，在廊坊停车六小时，等候修铁路后，方抵京，人少大家无拘束的谈谈亦很好，这种机会少有！卢我未曾细视过她，今天对面坐着，可以饱餐秀色，人还好，不算美，只是皮肤却细嫩，具有小女人的风姿，今天很活泼，有说有笑的，不时看我，还向我谈话，殊出我意外，今天怎么这么大方，她论文与小袁好似作曲子方面的问题，只是不知题目，不知她们是否去请教顾遂先生与储先生，谈燕大，谈辅大，北大，以及其他一切，大约到十一点半才出来，出了门大家又各自走各自的，仍然是保持男女同学间那么严重的无形的隔膜，其实大胆一点与她们大方不拘的谈话，她们也不一定会给我们钉子碰的，其实男女同学谈话又算什么？又有什么可怪？到图书馆去借书，午饭后去赵德培屋，说笑半晌，下午上两小时后汉书，无聊之至，谁也不听，糊糊涂涂便过了两小时，与小徐刘二二人谈了一小时。书也未看，小徐瘾头特大，在班上还要打Bridge，没和他打，下课到图借书回来，四弟出去，五弟小妹二人在院中方丈之地上溜冰，可怜，旋铸兄来，带来两盒火柴，此时火柴都不易买到，这还是他托人买的，小坐即去，看报觉乏，卧床上小憩，饭后看完报，眼觉不适，遂记过日记，写完读边城的后记即寝，明日第一时有课故也，已近岁尾，统制食粮之话无讯，闻有延长半年说，下月或可不实行，今日各中小学放假，但集齐去东单练兵场及铁狮子胡同，日兵营开会庆祝香港陷落，溯目英国夺我香港，至今整百年（一八四二到一九四二），今日各报皆出特刊详述此事始末，今日与赵德培兄，小徐，刘二谈及上礼拜与刘淑英及今晨与卢谈的事，后思这又有什么，自己也太幼稚，心中也太存不住事了，不禁失笑，且与刘还可说是谈了两句半话，而与卢也算不得谈话呢，又有什么可说，自己精神不佳，晚上总不能做什么事，看什么书，糟心得很，许多人论文都写了，我呢！?

12 月 30 日 星期二（十一月十三） 晨雾，半晴

晨间起来晚一点，急忙赶去晚了十分钟，今天江先生亦没有什么新鲜

的东西，我总觉得他把"角"字改作肩字解，不无附会牵强之讥，另举一证墨子天指篇，角字俞越改作穴字，亦有改字解经之嫌，看古书讲不通，亦不应如此便算通过，此不足为证，下课两小时无课，便到图书馆去看看杂志，恰好座位与刘座位甚近，她见我，微笑点头，与我招呼，她那种大方沉稳和蔼可亲的态度，与我以甚好之印象，并闻同学谈，刘功课亦不坏，本月廿日曾在史学研究会作读书报告，题目是宋史中的宋金外交，可惜我记错了日子没有听到，这个机会错过不易再得了，也许听不到了，为了她和蔼大方的态度，亦与我不少的勇气，我看看书，不时也看她一眼，她分明知道我在看她，可是她却拿得很稳，目不旁瞬，端坐看她借来的书，但是分明她也很不安似的，一会翻开这个看看，一会又合上这本书，看那一本，我在旁观察，亦不禁心中暗自好笑，女孩子的心情哪！看她那样子似乎年纪不算小了，大人味十足呢！据史学系同学说她在孝服中呢，怪不得那么朴素无华，后来我又翻国学论文索引，与文学论文索引，里边好东西多得很，好文章触目皆是，只是都在以前的杂志上，不知能否找到，由图书馆中借不出，还得由叶先生签字才可以，不定有没有，关于什么的都有，图书馆真是好地方，这种工具书也实在好，出了十年，今日才知利用，我也太少知寡闻了，可惜现在没法买了，不然一定要买来作手边参考。关于话本的亦有几篇，前孙楷第先生还要叫我改为《宋元话本之研究》，不知黎舒熙已作过一番这个工作，后来又翻到关于禹鲧等的几篇文章，正是江先生现在讲的问题，遂拿给刘看，说这几篇文章可以与江先生看看呢，我还说要我打雅那篇文章，她答我，她问过那个刘复的女儿育敦，说是刘先生的文稿全都收藏起来，没法子找了，她还问我看的这是什么，又以为那些架子上的普通参考书只有男生才有权利看似的，她以为女同学要看还得向馆员说一声，才能看呢，告诉她随便拿着看，我过去与她谈话，也许这是出乎她意料之外吧！直看了两小时，到该上第四时的时候，我去上课，她亦有课，一同出来，她问我有无顾先生的曲选。她现在听诗三百，在女院，她也喜欢听顾先生的课，她说她因为这边没有女生选，所以她也没有选，说至此即分手，有机会有她谈谈才好。左传抄了一些笔记，后天放假起，一直到下礼拜二正，六天呢！中午与李国良同去午

饭，一同去后门桥边小饭馆名同义斋的去吃，由什刹海冰上横过，冰上许多孩子学生在滑冰，我合李国良君各吃马蹄烧饼，包子，及有名的炒灌肠，东西与味果皆与外间卖者不同，本饿，此时却又吃不下多少。近来胃口不佳，看见包子小得可怜，遂不禁想起昨日说书的王杰魁讲："一个气的眼睛瞪得和包子一般大，诸位，也就是这年头，包子真和眼睛一般大了。"这小馆的包子也就和驴，马，骆驼等的眼睛差不多大，一口一个满可以，面涨小三十元一袋，怎不小了呢！还好，算账时烧饼才三分一个，比那种死面烧饼好。包子二分一个，也将就，一路谈些诸宫调与话本的关系，他去找同学取书，分手，我临时买了一点信封信纸，一时鼓起勇气决心不辞冒昧写了一封短信与刘，简洁地表明自己愿与其为友，与其谈谈之意，不知其对我印象如何，会否回我信，写完想送去，走到大学门外，迎面碰见顾先生，想起昨日代他在大学信栏内取回一封信，交给顾先生，再走到女院西门内，迎面远远看见刘走来了，这一下我又不好转回去，只好转过头去，装没看见，她一定看见我了，为了送这封信，心中有点跳，放在信插上便出来了，其实刚才如果她没和另外一个女同学在一起走，我便面交给她了，她等会回来，见着这封信，一定知道我先头过来便是为此，回来又去问顾先生知否刘复先生的打雅那篇文，在那，顾先生不知，又为我转问周先生（名祖谟，即余主任未过门的女婿），允代我查查，我又到图书馆去了一刻，上曲选，顾先生介绍小实报中有凌霄阁主（姓徐）的文章可看，与众不同，且放于副刊，其文章风格与众不同，不调和，并谓如保持文字之隔离看小实报副刊只可看凌霄汉阁主的文章，其余皆有传染之危险，其文好，批评，思想皆好，我亦觉不错，但未太注意，下课后去图书馆看书，细检国学论文索引，觉其对我用处甚大，五时出，到毛家湾郑家，小孩皆出，足球鞋不知在何处，未拿回，与三表兄略谈，因天欲暮遂辞归，在门口碰见二宝回来，到家已暮，因忆顾先生言遂将旧存实报翻出，重检凌霄汉阁主之文章，有意义者剪存，晚饭后忽力九哥来，谓报税补房契，请我打一图章作证，证明此产业实系其所有者，又令郭家打印，遂座谈半晌，谈其家事之复杂，意见之分歧，与事情之糟心，竟至九时许方去，不意他会来此谈这么久又继续看完报，已不早，亦未写日记，眼不大适，遂收拾休息，亦未再看什书，因力九哥来北之一番话，倒令我增了不少感慨，世界大乱，将来不知演变至何种情形，我辈青年皆适此恶时，想皆是受苦的命耶!?

12 月 31 日　星期三（十一月十四）　　上午阴，下午半晴

阴天，小小的风，凉劲！上了两小时课，为了要上车捐的信，借书，休息时间十分忙，又与同学换书，第二时早下一刻，正经要用的没有，两本闲书倒借来了，中午与刘曾颐兄同行，还恐碰不见林了吧！走到西四稍南一点，看见了小陶，与她举手招呼而过，没有见林，不知林没来上课，还是没有与陶同走，因为与刘曾颐同走，不好单独停下来向陶打听，午后天又转晴露了太阳，看过报，正要休息一下，忽然力九哥又来了，说二时多社会局还要来对具结，坐稍谈，并及房子事，三时许公务员来，小坐，又盖一印章而去，公事麻烦得很，至四时许才去，为房子事，及将来生活问题，一时兜上心来，十分烦恼，算算本月份自己的用钱才十七元多，可算是最少了，补写昨日日记，零零碎碎写了不少，心中又想到那不幸的林的近况，不知如何，后悔今天没有等着陶问问她，刘看见那张短简后又是怎样复我，如果适得其反，到了上课，大家见面反不好意思，岂不画虎不成反类犬了吗？有的地方，对女孩子要大胆一点，看她如何对我再说！不理这碴就算了，否则也别让别人太看不起自己了，只希望这几日内能接到几个朋友的来信，只是信封上得写寄信人之姓名住址的临时取缔信件规则，实是可厌之至，这几日内要看几本书，不然时间不早了，一九四一年完了呀！黄昏时候多日未来的伯英忽来了，与四弟借琴，未在家，旋去，近日眼睛稍看字多一些时候，或多用力，便不适起来，糟心，这对我要看而未看的书的进行上，大是不利呢！看看读书检录的表，自八月起看的书便十分少，而正经书也没看什么，正经事也没做多少，只抄了一点书，自己一天到晚数月来，也不知全忙些什么事?!?

饭后精神不振，坐椅上休息，眼部不适，闭起来不用，便舒服一些，这间北房，亦不知是何处漏风，火炉甚大，屋中一阵阵凉风，总不暖和，

腿脚坐在屋都是冰凉的。

转眼又是一年了！笔下的 1941 要写 1942 了，民国卅年后也要再添一横，真快，想想这一年经过，生活中所步过的途中，大变化没有，小改变却不少，酸，甜，苦，辣都尝到，人生的味却是好受的，痛苦，别扭，不如意，失望，烦恼，充满了生活中，今年平平常常，马马虎虎，过了末一个暑假，想想自己上幼稚园的情形，犹自记得，如在目前，而今年竟一晃是达到大学毕业的年级了，真不易熬到如此！自己的学识实在不配，更不敢想明年一切又演变到什么情形，而将来的重担与暗影，总是不时袭上我的心头，不知何时才能迎来一个和平快乐的新年，先送走了今年再说。

中华民国卅一年

（1942 年）

NOTE BOOK

Diary No 9

kept by

Wenly Tseng

1月1日　星期四（十一月十五）　狂风竟日，半晴

一年一度，又届阳历年元旦了，以前每年在岁首，不是回顾一下这过去的一年时光都做了什么事及所遭遇的事，就是预定这未来的日子打算做什么，或有什么希望，但以前想做的未曾如期办到，而希望更成泡影，这年头岂可轻易有什么希望，而"往事不堪回首"，尤其就在去年过去的日子中，赶到这个大动乱的时代，哪里敢说有什么希望，更没什么可记，可说可期的，又让我写什么呢!? 能够安生，有饭吃过日子便是幸福的事呢! 谁知道这一年又有什么事发生，又演变成什么样。

元旦日，睡到十时多才起来。屋外狂风怒号，冷得很，起来看报，小实报有六张之多，新北京亦有三张，都是新年加张，多说"马年"之事，无什可看的，但是狂风生事，心中烦腻，便坐下来翻着看，午后与四弟助李娘糊了一刻窗纸，后小力伯儿、伯英来了，与四弟三人一同玩扑克牌，李娘一人糊后窗，还要爬梯子上高，一不小心由二层梯子上跌下来，床后什物甚多，幸未跌伤何处，只把头碰了一块，娘这两日不知何故，肝火特旺，因经济问题，故总易生气，且对每一个人皆不满，使得我近日精神极坏，心中十分不痛快，什么事也做不下去，对娘之态度不满，什么时候才能弄明白？今日什么事未做，晚与弟妹玩扑克至十一时。

1月2日　星期五（十一月十六）　晴

昨日整天大风，闷在家中，加以耳根不得清静，心中十分烦闷。今日好天气，于是九时半起，十时去北海溜冰，一人去。也不知是哪一股子劲，一半也是逃避这个不清楚的环境。北海今日甚是冷清，却无出意外，存车者甚少，双虹榭人甚少，但冰甚好，擦得很干净，棚圈外的冰十分污秽，布满一层黄土，因为昨日狂风之故，日本人真有特别瘾头，大冷天，凿一个冰窟窿，坐在旁边钓鱼，不止一个，西边一大片黄土盖满的冰上，疏疏落落，有六七个人呢，真不愧是渔民岛国之人！漪澜堂人比较多，亦

不过百余人左右，偌大一片地方却不显得怎么挤呢，一人在那玩，倒很自在。辅大同学亦有几个，都不大熟，冰很硬，刀刃没有多少还将就溜，右脚刀有点歪，总练不好那外刃，还有几个本系同年的女同学，只是互相认识，而不说话，她们溜的都不好，一人玩玩，歇歇，到十一点半上来，临走一不留神，还滑跌了一跤，刀刃滑，冰硬，把左胯骨跌疼，为近来跌得最重之一跤呢。上来换完鞋，遇见张思俊，却想不到，谈了一刻，等他换鞋出来分途各归，还买了点东西回来，午后弟妹等均去中南海溜冰，我则决定乘此好天气去东城走一趟，二时多换衣出去，路过中南海进去看，比北海几乎大两倍的地方，却挤满了人头，只看人在冰上动，冰面几乎看不见了，足有两千左右人，好似不要钱白溜似的，自行车牌子都存没有了，人多之至，还怎么溜，来的人还是不断，人那么多，看都看不清，没有意思，出来往南北池子走，先到弓弦胡同五姐家，不料谁也未在家，正要走，恰好五姐打电话回来，在三嫂家，叫我去那，三嫂自搬家到廿五号后，我还没有去过，这边房子比那边好得多，新盖的，半西式的，房内阳光很多，温度还很高，屋内清清楚楚几件简洁的布置，很好，东西太多太乱，三嫂与五姐脸色都还好，而两个老太太在一起也没什么好谈的，左不是谈谈各家的近况而已，许久没有看见这两位老太太了，三嫂一个人蛮舒服，足享福，只是那种生活，我却不希望过，也许老人那么过是福气吧！四时辞出，又到廖家，七姐及七姐夫全在家，而小孩却全未在家，大叔夫妇去其岳母家，三叔找同学去，增益的好友在津市的孙恽芳亦来，旋去。与七姐等略谈，青兄房子生问题，暂移居于七姐处，挤甚，七姐夫与小孩子玩牌九，而小屋子，东西堆满了，五时半辞出，东城难得来，顺便去看黄表嫂，沙漠报社内房子变动，非绕到后边走不可，表嫂母亦在，还带一个小孩，小弟在家，表嫂告我东安市场新开的沙漠咖啡馆，亦是江汉生办的，我却未曾注意及此，叫我去看看，怕打搅人家，不好意思，而且还想回家，后来表嫂坚邀同行，遂与此她们一家子同去，五妹许久没有看见，今天才看见，快黄昏了，她才自中南海冰场回来，碰见了四弟小妹，到了丹桂商场，在北头西边，霓虹管光耀目，新式的门在，在这一堆商店中是有点特别，不调和，狭小的门面，下边是个小型的书店，书店却不大，书亦不多，店伙等与她们自都是熟悉的，狭小的楼梯上去后，便改了一个味，屋子不大，很温暖，有点挤的摆着九个小桌子，放着些小藤椅及几把小沙发，侍女全是女的，四个，一个管账，一个管叫点心咖啡等，还管放话匣子，一个话匣子，一个大电放送机，或是 Radio，墙上挂着几张人像，挂一个牛头及图案型的灯，屋顶上的灯光可以变换，随着音乐来变更，有时明亮，有时黯红，灯光不定，空气亦随之变幻似的，一切都是布尔乔式享受，迎合新式青年的心理来设备。江汉生，倒是很精明能干，他看《沙漠》画报不成了，立刻缩小范围，把排字房租与增懋洋行作办公处了，电动印刷机亦改用脚踏印刷机了，且不接外活，只印自己的画报了，每天下午夫妇二人精神全贯注在这店中，午后，汉生他便到店中钉着，他太太是不定什么时候也去，帮助管管事，管账本有人，只是他太太在家闷，去那多热闹，有趣，还温暖舒适，有音乐听，自然爱来，现在也知道吃饭不易了，汉生脑子倒是很活泼，办事能力亦有，外边交际亦多，在东安市场找一所楼房，及修理，装饰，布置，宣传等等，皆相当费力，麻烦，不是易事，尤其是值此时候，电灯自来水等全不是易事，一切从基本起，都得自己受苦钉着，多少年才能发达，自己作成个大股东，大亨享福呢！一切不是易事，而他不但办报，还经商了，生意还真不错，尤其是夜间，几乎快满了，小小屋子中很忙碌呢，在中国，办的如此性质的音乐咖啡店却是他开始第一份吧！日本人在北京开的咖啡店如此的却甚多，沙漠咖啡东西卖得很贵，一杯咖啡售六毛，其实本不过一毛左右的本而已，赚得一大半，如果你得贱了，人家便说你的东西不好，是有点大头，贱骨头，到那表嫂非请我吃东西，只好吃了一杯冰激凌，坐在那看看画报，听听音乐，真是非布尔乔亚式的人们才有福享此，到那巧又碰见吕宝权，与一叫罗明煊（？）经四的同学亦在，谈了一刻。后来一西洋青年妇女，外国人是"洋"，大冬天还光腿穿鞋，薄薄的衣服外穿一件皮大衣，真不怕冷，活泼之至，听着音乐为是她喜欢的，会的，便乐得乱跳，自己还哼哼曲子，而且走路都是一蹦一蹦的，好似要跳舞。汉生认得她，还与她用英文谈话，一个西洋年轻漂亮的女人一举一动，惹得全室注目，照吾国人眼光看来，就该批评是浪漫了，那个姓罗的还托我要想叫江给他介绍，今晚要与她跳

舞去，江因她已经结婚，再介绍男友不合适，便以与那外国女人不熟为拒，后来表嫂等先走，我与五妹，小弟三人七时半亦回来，那些时正是咖啡店生意最忙之时，闻本来此房有一女太太要买，汉生赶忙先倒过来了，据说倒过七次了，这次他开此店生意却很好，祝他能财源贸易达三江，发达起来，想不到今天却跑到那泡了半天，在南池子隔壁与他二人分开各归，到家觉乏，并且心情亦有点乱，跑了一天，累了，遂未写日记而寝，出去一天，又是什书未看。（三日补）

1月3日　星期六（十一月十七）　半晴，下午风

一懒，十时起来，出去到达智桥买了点东西，中午正补写昨日的日记，十二时才过，赵德培君便来了，于是请进屋来谈天，我们吃饭已是二时，与他天南海北，这个那个的说说，神聊一气，不觉已是四时半了，小妹、娘等全去土地庙了，本来下午想出去理发，去王家看看，赵兄一来便那也不能去了，他走了，休息一刻，又乏了，六时小卧一刻，七时起来，一补写昨日日记，不觉哩哩啦啦，写了一大堆，愈呆着愈懒，一晃过了三天，也没看什书，明天再跑一天，便得在家好好看一点书了，这两日没有接着谁的信，不知是邮差休息，还是没有人寄信与我，刘，林都无信来，在刘处闹了个无趣，才无趣，以后怎见面，晚稍看书！

1月4日　星期日（十一月十八）　晴，风

本拟上午出去，后因太晚，且又起风，不愿出去两趟，遂在家看看报，及顾均正等著之科学小品文集"越想越糊涂"，凡是科学的东西，都得以冷静的头脑去思索，才能领悟，得费点心思的，午后二点多出去，有风，有点冷劲，先到中央公园去看冬赈影展，由爱好摄影的十一位青年位，联合起来办的，里边我认得有廖增益，刘光华，李阎东，袁笑星等，冬日公园比较人少，显得冷清，影展为了冬赈，故又收参观券二毛，作品共九十余件，真正好的，以我来批评亦不过半数，我喜欢的很少，廖有一

张与他太太在颐和园石船头上摄的，二人并肩踏上石阶，天空有白云由背后照题作"前途光明"，构图光线都佳，李闾东有一张"枝隙塔影"亦不错，取景好，去了李在，他认得我招呼谈了几句，他现在北大法学院做事，买一张票还附赠一本过期的《艺术与生活》，值！看完，又看了秦仲文与卜孝怀的山水人物画展，卜仕女画的不错，秦山水我则不大欣赏，不知何故，看的人不多，我看完，又绕到后河看看，溜冰的人亦不多，绕了一圈，水榭尚有书画展，亦未去看，即匆匆出来了，多日未去王家，今日去看看，顺便打听一下，庆华剑华等近况，许久没有接到他们的信了，刚走到大栅栏南口，便见临街路东围了一大堆人，还有一辆警察坐的车，心知出了事，因今日未看报，所以也不知道什么事，后来到了王家才知是今日报载的一件杀人新闻，一双老夫妇被人害死，凶手乃其女之男友，行凶后并强奸其女，这年头竟出这种新鲜事。据王母言，庆华大爷在津如常，而剑华治华等之生活较前困难，乃是煤米等日用必需品，购买极为不便，北平前传将实行配给，闻又因种种困难，已延展半年，王母因上海麻烦，且一切均已如平，学校停办，有叫他俩回平之意，不知他俩何日回来？稍坐辞出，又到强表兄家，他正在画他母之遗像，颇像，他谈他又病半月，病嗓，我不知，亦未去看他，现已痊愈，不日上班，小坐，据云闻卅年十二月卅日，有香港被南方中国军夺回之讯，不知确否，惟庸报前载长沙日军作战，以牵制广东方面之战事，不知何指？五时许辞出，理发归家，已暮，晚看书，又翻阅那本艺术与生活，内容登文艺作品不少，内容及质量方面都还好，比三角一本的《沙漠》强，这是袁笑星办的，是袁庆云的侄子，办得不错，拉的广告不少，内容亦不算贫乏，并且极力推荐青年创作，如新诗，小说，戏剧等，介绍上海四职业剧团（第二十期，夏季增大号，卅年七月）近况，介绍世界文坛消息，南方作家动态等皆很好。

1月5日　星期一（十一月十九）　晴

穷人怎会冻死，因是没有衣服穿，而主要的是没有食物。我近二日，在快中午时，实未饿，屋中火小一点，只穿了一件毛衣在屋，便觉得冷，

非加衣服不可，加了衣服也不见得立刻暖起来，还是一吃饭便好了，立刻周身全暖起来，热得先加的衣服也得脱了，可见食物对人生之重要，腹内有了食物，才能生热，生力，正如炉中无煤，只是一个冰冷的铁筒子罢了，人肚内无食则也只有死止了，还有感到每天生活上必须做的手续，也是十分讨厌麻烦之至，尤其是冬天，穿的多，戴的多，冷又处处不方便，可厌之至！

上午没出去，看报及书，还和小猫玩了一刻，小动物天真，与小孩子一般的可爱，老猫便狡猾讨厌得多，午后去厂甸看看书摊，买了一本林徽因著之《舞》，二毛，上海新月书店出版，本意不是专来看书，只是先随便看看，又到里边转，仍是每年那些玩意，去年卖二毛一盒的宛豆黄今年加倍了，碰见了二三个同学，三时许又到真光去看第二场（三点半）的电影，在北新华街遇见了五弟，又交给他几毛钱买东西，真光片子是歌舞片，德国公司的，只是学美国有些像，女主角嗓子还好，一切尚好，但我总感到有一种德国味，不意遇见了小同系同年级的女同学，她和两个女孩子，没招呼，因为不熟，散场她们也骑车，只是这个好机会，要被别人碰见便好了，我却无意于张，各走各的，到家黄昏，归来灯下看完了一本越想越糊涂，科学常识的书，不错，只是想看的书太多了，关于论文正经的书很多，没看呢！也不知怎好，空自着急，自己想看的书，想办的事太多，精神又得顾到别的，而眼睛又不争气，多看了些书，便不舒适起来，早晚得看看去。

《越想越糊涂》中，有几篇文章很有趣，亦有价值，值得一看，如平时，时常想到，或不能解决的问题也谈到了，如昨天在那里，点状的空间在那里，马浪荡炒栗子，讲狗、蚤的生活，一个最大的数，猴子还会变人吗？遗传，这个年头，屋角空谈孔子也莫明其妙的事，由爬虫说到人类，认识论，说梦等，全是很有趣的问题，平常的事物自己未曾注意到的问题及应有的科学常识，太阳大小，冷热，远近的问题，昨天在那？宇宙大小，猴子变人，梦都有解答，顾均正在《未来的吃》中很有见解，说人类吃分味觉、触觉、嗅觉三种感觉，如能分别制出，当然有更新的肴馔出来，这种新见地，也在人的头脑灵活的科学家早日研究出来，还有人在母体构成，遗传时就是看机会，而我更适合我底机会人生观了。

1月6日　星期二（十一月二十）　半晴，狂风

一到了冬天，因为住的高大的屋子，糊了半天，但是两面门，如同过道，加以不知哪来的那么多凉风，虽然是屋中火甚大，但亦是很暖的时候少，不是我穿得太少，便是火小，总觉不出热来，除非靠炉子坐，但这又是我不惯的，今天早晨卧在被中，竟感到了稀有的温暖，一贪舒适便多卧了一刻才起，上午看过报，又有一个男子是药房经理，另娶一个球房女侍，而抛发妻不顾，乡妇被迫而自杀，这年头真是人心不古，可叹！上午写了一信与黄书琴，复她母前托我向舒家说房租事，复泓一信，却觉得没什么可说的，又与弼一简信，也无什可说，可是要说的太多，又不便写在信上，问问她的近况，许久没有得她信，念念并问她可有意回平？能回来见面机会多，再慢慢详谈了，十时多起忽起狂风，冷土蔽天，摇窗撼屋一天风势如虎（顾先生词句），好不怕人，寒气立又增加了许多，本不想出去，有风更不愿出去了，这天气只是可怜那些摆摊的小贩，厂甸定被吹散了，午后便在屋中看书，人多话多，老太太们说的都是家常，都是些无关紧要的话，守着一个火，耳边总聒噪不止，吵人，书看的速度大受影响，只看完了一本艺术与生活，里边有一二篇短篇小说写的还不错，晚看文学史，教笨五弟念英文。

1月7日　星期三（十一月廿一）　晴，小风，冷

放了六天假，什么也没干，自己也不知自己近来为什么达么糟心，老是这样，早晚有着急的日子，早上去校，铸兄来了，他便多，早上九时半去校，小风不大，可是真够冷的，还真费劲，顶风骑车，往北走，上了两小时课，离了一礼拜的同学又在一起聊天了，有的还热热闹闹谈谈天，可是大半总是那么缺乏感情木木，不言不语地坐在那上课，下课了大家站起就走，没什么亲热劲，谁又招呼谁，比起中学差得远，大学同学，大半都

不过是那么一回事而已。想到这心中有点怅然，中午到图书馆去续借了两本书，怪无聊的一个人走着，走到西口稍南，猛见前面一人好似林，有两个小辫，眼睛不大好，看不清，黑大衣好似换了一件，车也不是那辆黄车了，过去装看不见呢，还是招呼她一下，圣诞节前的一封信也没回音，显然是不愿再和我打交代了，是女孩子的尊严，是误会我，还是环境迫她如此，想到这，不知在看见她时应采什么态度，不由把车缓了缓，可是不知怎么，她忽然一回头，我可没看清是否是林，后来又一回头，有点像林仍未看清是否林，可是好似她看见了我，于是忽然往大院胡同拐去，我便仍一直走过去，往南回家。本来，我还不以为那便是林呢，因为以前知道她有个同学就走那条胡同，我不以为是林的同学，但是我仍往前，看清了那先和她在一起走的，便是那个可厌的她的同学，又想起她俩的回头，又匆匆拐弯，绝对是林无疑了。躲着我，不理我!? 算了罢! 这又不是勉强得来的，她既不愿接受我纯洁的友情，就算了，别老不知趣不是，可是又何必躲我呢，想来不觉又有点不高兴，其实我虽知道她家哥哥做的事，但是我对她个人并无一点看轻的意思，反而钦佩她坚强正确的意志，且是十分同情可怜她的遭遇的不幸，环境的恶劣，而恨我自己没有力量来助她，大好青年有被恶势力吞没的危险，怎不可惜，毫无别的意见。今天本想看见陶，想找个机会和她谈谈，问问林的情况，今天她既已上学就得了，反而没有遇到陶，似乎好几次没有看见她二人在一起了，难道她二人亦在友谊上发生了什么裂痕吗？如果是为了我，那才罪过，这倒是个谜。总想与陶谈谈，偶然机会下与林等相识了，今又在一个偶然的机会下与她分开了，也好，由此亦可多证明我那机会的宿命论的说法了。前曾与陆徽惠信，托他的事至今无回信，也许因为我太坦白，而看不起我吗？可是初谈时却那么义愤填膺慨然自任呢，也许是他应付人的习惯与滑头的性格惯了的缘故吧！现在也不回信，差意思，年前碰见他一次，好似怕我问他什么似的，赶快便跑了，他不提，也不便问他，只是有点差劲！反正什么事托人是靠不住的，虽然人家会当面满口答应你的，想起与林这短短的一个月的友谊亦是好笑！

年后看过报，茫茫然的又休息了一刻，又看一刻书，四时多出去，到土地庙附近看看新增的稽征所改变了什么办法没有？没什么变更，清清楚楚的三合房，前边还有个小院子，不错，天气虽晴，可是够凉的，外边是干冷，出去走在院子是一身凉气，绕了一圈回来，身体活动活动，比总在屋中闷着好一些，近来自己说不出的烦，心情上不痛快，也许又是"青年的苦闷"在作怪吧！心里乱得很，想到王，舒，近来更加上了小林，与刘，后者是新加上的，但是心中烦乱以后，又感到一阵空虚，胸中总像少点什么，应该有点什么东西来添补上才好，但是一切都是蒙上了一层雾，迷糊不清，又很渺茫，于是烦，心绪不安，什么事看不下去，黄昏时偶尔谈及家事，不料却惹娘生一阵子气，心中很不安，更加了烦的程度，灯下看老舍的樱海集，他有他幽默的作风，有一二篇不好。

1月8日　星期四（十一月廿二）　晴，狂风，冷

醒来八时半，刷了九时那堂，上十至十二时两小时主任的古书体例，小风后来却转成狂风了，黄沙土蔽天遮日，好不讨厌，顺风回来，还好，只是也闹了一身土，还更加冷了，午后因狂风过寒，本拟去厂甸遛书摊，也因风中止，看过报，又继看完了老舍著的《樱海集》，一个短篇小说集子，一共包括了十个短篇，前边几篇，还是保持着他那一贯的作风，幽默讽刺，但是后面几篇这种气氛却大大减少了，却显得那么沉痛悲哀正如他前边自序中说的那几句："……这里的幽默成分，与以前的作品相较少得多了，笑是不能勉强的，文字上呢，也显着老实了一些，细腻了一些……"《上任》一篇是土棍匪徒与地面上黑暗的写实，牺牲是人类中的一种"人"；《柳屯的》是个地道的中国乡下典型的泼辣妇人，我看了很感动，不由得联想起许多，世上这种人多得很，却少有人去管教她们，都抱着"好人不踩臭狗屎"的主义，而这般泼辣妇人便得其所哉的横行起来，早晚与她个利害知道，"末一块钱"写得好，"善人"虽短也活画一类人型，《月牙儿》给我的是钱的力量，女人的悲剧，《阳光》是"月牙儿"反面的生活，也给人们看看这所谓富人大人物，光明面的真实面孔，看了与我以知识，各种人的生活，即我所知，所遭遇，看到，听到的人物

能够写的很多，只是自己笔下不成，既没心情，又没时间，近来也没写什么东西，屋外狂风怒号，那也不能去，只一屋有火，大家只在一屋中转，起坐，觉得别的慌，晚得大马来一信，他是懒得写什么，简单的写了一点，他说他仍在沪青年会供职，他说申地一切如常，物价微涨，倒很平静，不如此地报载沪上通讯那么厉害，弼果代我打听他了，那么那封长信她是接到了，饭后小憩，起来即复大马信，近来心中乱得很，似乎有什么堵得慌，又觉空空的少了点什么，说不清，好友谈心，亦一快事，难得机会，忆去年冬在文海楼（协和医校宿舍）上与他长谈，今年却远分南北了，真不胜感慨，不知明年此时又怎么样呢！一转瞬已是午夜了！

家中经济前途困难的影响，时代的苦闷，不知是什么缘故，心情是各此的乱，每日不知做什么好，没做什么便过了一日，心中觉得闷堵，要说些什么，喊什么，才痛快似的，想说什么，喊什么，我也不知道，我应喊什么？说什么？又能喊什么，说什么？大动乱的时代，看见，听见全是乱成一片，恶劣的心情，每日总觉得不快，现在成了聋子，哑子，瞎子，人家说什么，告诉我什么便是什么，这时候没有真的，亦没有和平与快乐。

1月9日　星期五（十一月廿三）　晴，冷，小风

报载育英等皆改为市立中学，其他各小学皆改为当地址名之小学校，亦归市管，明日开始上课，不知尚要剃光头及穿棕衣否？午后去校上两小时所俗问题，不料卢绍桢及一个叫刘爱兰的黑女亦去了，这二人亦是国四的女生，只是未选此课，多日未曾上此课，今日突然来旁听，出人意料，史三二人未来，刘仍来了，但面部如常，无何表示，似乎并未介意我那封信，并不理会，但又似乎在躲避我的眼光，不愿与我为友便算了，我是以坦白的态度，愿否无关系，我也是以她对我那份大方和蔼的态度，与我以很多的勇气一时激奋而才写了那封简短的信去，今天江先生讲得很兴奋，还是说鲧的问题，又用他的看法讲了一段古书很妙，倒能自圆其说，照他讲法，一切古书似乎如由他再重讲一回才有趣，而且一定与众不同，只是恐为多数人所不取，不免附会牵强之讥，但其新解古书之大胆与脑筋联想

之活动，亦甚可佩，且其能并征引古书以证其说，亦非信口空言，或亦未必不无真理在焉，自来凡出一新说法，必遭遇多数困难，经多少次他之驳责，方能成立，其对古书之解释与态度，虽未与全同，但至少钦佩其矻矻不倦之精神与大胆之新解，实甚勇敢，临下课前将前在国学论文索引中所查出之关于鲧禹及三皇五帝者，另抄一张纸上给江先生看，他说他有此索引，就是未查，又说书后有索引，对于查书极方便，我国人亟应仿效之，不知燕大有一引得（却索引）编辑所（现已解散）现在已辑出之名书（经传等书）之引得不下数十种，而江先生不知，说他陋吧！似乎太得罪，只好说他不注意，他的周围的事了，而他亦不大注意图书馆中所列的普通参考书，下课到图书馆去了一刻，卢尚在，与她点头招呼，她也回答我，但是似乎没有刘那么大方，五时出校，到郑表兄家去，与他略谈，他在华北编译馆，做文章预备出刊物，正写译关于南洋的文章，由大宝在誊清。后二宝告诉我一个不幸的消息，说是由她同学处听来告诉我的，林的哥哥出事后，林病了，住在医院，以前林在林同学处认识一个姓石的，是一个特务，林兄出事后，林家曾托石办此事，石以林为其妻作要挟，林父至院向林说此事，谓林如允，则其兄不但能安释，且以后仍可为此事而勿恐，林自不肯，不闻此讯，竟由医院中潜逃，各处潜藏不敢回家，家中亦不知其在何处，自更未上学，石姓要林这个人，搜捕甚急，林自更不敢露面，因找不到，遂竟疑查与林相识者，故告我在外勿谈及林之姓名，以免意外，谈来不觉已暮，留用晚饭，前托其购之 Cold Cream 一瓶带回，甚佳，又托其再买一瓶，备用，至八时三刻辞归。夜方九时许，西单亦不热闹，宣内外大街已呈路静人稀之状，其余小胡同可想而知，各夜凄凉景色十足，或亦社会经济崩溃之现状，夜甚寒，归来寻思林家之事甚奇，天下事正是无所不有，尤其是值此乱世，恶人得势者，趁机鱼肉欺诈良民，无所不为，日前看艺术与生活刊物上登有数篇类此情形之小说，以前看过者更多，且日前西单官马司命案亦离奇，即一坤票名陈丽云者，年方十九，貌美，从李凌枫学旦，且兼教华语，家中只父母二人，有数处房屋，女所教之男姓庄，留日多年，精日语，而不谙华语，女教之数月，二人感情甚佳遂为友而来往甚密，适其家一处房子租与日人，涉讼于日领事馆，陈父托

此事于庄，果胜讼，日人退房，陈父母遂自至空房居住看房，庄曾以陈女为婚为助讼之条件，后陈父母亦庄为人不端支吾不应，庄遂于某日盛怒下，掐死女母，勒死女父，女不知，自外归，竟为庄所强污，后逃出，又被庄提回，街人观之生疑，报警被捕，次日方发现女父母被害之尸身，庄时身着绿色服装各处充日人招摇撞骗，无恶不为，罪过难数，今闻林家之事，实亦难不令人发指，想此身居特务之职之石姓者，其为人与罪恶必更越庄某十余倍不正也，林兄因不法，而石某乘人于危，实非人类，不意林此纯洁可敬之青年，竟生于此污浊之家门，更遇此大不幸，以其平时之性情，何能忍此，尚恐其出下策，十分挂念其近日不知如何生活，长此以往，亦不可能，其前途实堪忧虑，我虽十分不安，不平，义愤添胸，同情，但又有何用？微力无补于事，不能助其万一，又有何用？真想不到林之命运竟悲惨不幸至此，闻之心中被搅如乱丝，亦不能做事，卧床上思此事，久久不能安眠，想林此事，亦一可叹之故事也。今日由二宝谈，知七日午所见者，并非林，乃其同学。

1月10日　星期六（十一月廿四）　晴，寒

想起林事，心中便十分不安，烦乱，假如我不与她相识，不，假如人类不是感情动物，一定省了许多事，十时半去财务总署去找强表兄，办理存款定期到日改为活期事，多日未去，因为懒得跑官衙门，今天不得已前去，改了院门，比较像样子，略憩同去浙兴办完存款事宜，十一时半出，一同走出前门，在西河沿分手，我顺路去厂甸书摊，才摆，日前所看之书，不是找不到便是未摆出，下午拟去校，而厂甸就是今日一天，想买的书没有机会来买了，后悔日前来买，人如后悔之事少，其人必是个非凡人！进里边去买了些花生蜜枣之类，不觉已是一元，却只是一点点东西而已，花生有一种乃是用炒甜甘草瓜子法炒花生，吃得很甜，别致，只是比较贵一点，要七角六分一斤，午后一时半出去，到朱兄家，他已去校，路中寻思或是新时间二时半，则必迟到，疾行到校，到153室，一人无有，却只有一工友在摆花生瓜子，上楼253亦无人，认识了葛信誉，谈了几

句，出来在校门口碰见了朱君才来，一同再去 153，这次人可多了，沈先生，朱少滨先生，顾先生，还有六七个同学，后又陆续来了几个，人多了，改在楼上 281 教室，和先生们一同前去，不料那屋子已坐了有十余个女生及三四个男生了，他们消息倒快，高美安吴乔等全去了，我们和三四个先生全坐在前三排了，连男带女大约有卅余人，甲组同学说这是第一次这么多人，向来没有这么多过，这次全是顾遂先生叫座的关系，许多别的系的男女同学，连我向来没有参加过的也来了，先由朱先生讲韵文出于尚书甘誓篇说，他是安徽人，说话是很难懂的，看他说话很困似的，不是他连说带写的一点也不懂，大家全都皱着眉听，好容易讲完了，顾先生在大家热烈期望中走上台来，这是今天大家来的目的都是为了顾先生而来的，因为他今天讲的题目有点广告性质，"麻花油炸鬼馓子及其其他，"新鲜生动的题目，大家都不知他又有什么新花样，所以大家都怀着好奇心，但是顾先生只是解释一下，这几种东西，现在的及古书中所谈及的名称而已，其中当然加有幽默的成分，他那种讲书的口吻，风度，实在受同学们的欢迎，今天的魔力可见一斑，今天看见女同学中刘也在内，她也是喜欢听顾先生讲书的，日前还与我谈及呢，只是人多也未招呼她，如招呼她，不好意思，不理我吧！顾先生讲的简短，不免令人有点失望，继之是同学报告，胡观涛同学报告相当繁复，占时不少，至五时方止，因时过晚，端木留未来，（闻将结婚）遂散会。又到郑家去，代四弟送还大宝化学笔记，并取回他足球鞋，到那大宝不在，二宝旋归，又告我昨日告我的事是真的，她今日又遇到了她同学说林现藏一本家中，其父亦躲出，其母病在医院，其姊母（疑系其嫂）被捕去被打，因特务石某要林这个人，闻林之兄事发生后林曾去石某家托其关情，石某遂拟趁机起不良之心，嘱林晚再来（又闻林家本即识石某）谈此事，林走后石即与其妻吵闹，立即逼迫书成离书，而静候林晚来迫之成亲，其居心之叵测与凶恶，亦不下于官马司命案中之凶手庄某，直过之无不及，其心虽诛之犹轻，幸林是晚适未去，此弱羊未陷狼窟，得以幸免，大幸大幸，后其同学闻知此事，转告林，林遂亟避之于他处，至今石某索之甚急，林家一家散落，情况可惨，亦犯法之结果，然纯洁之林又何辜遭此不幸，我对其父兄因是令人不齿之徒，而对

林本人之人格毫无影响，唯有同情，怜恤之心，恨不能助其脱离苦境，而二宝之神色明明告我她看不起林，因为她父兄犯法，好似说，为什么我会关心这么一个女孩子，后来直言她说她很不愿打听关于林的事，这已是很大的面子，而且亦并不同情及觉得林之可怜，当然她还是基于上述那种观念的，在她不明了不知林之为人以前，当然会有此种误会的，我自不便为林辩白什么，无何可说遂辞归，她即不愿说，以后决不再问她，自动她向我说便听着，决不再向她问什么关于林的事，回家来已暮，一路上干冷，这两日亦够瞧的，晚亦未作什么事，心中很乱。（九，十二日日记十一日补）

1 月 11 日　星期日（十一月廿五）　　晴

早上起来晚了，十一时半去西长安街同春园，因为今天是刘厚沛伯母，伯祐母死后开吊之日，其母为罗振玉之女，吊客甚多，一部分是辅大之先生与同学，遇艾祖源，李景慈等，饭后小坐，大家送库我未去即出，厚沛谈将去太原或南京，不知他又打什么主意，出同春园去廖家，想与七姐夫打听几个同乡他去不知，到那全不在家，青兄嫂亦出，只七姐夫一人在家吃午饭，谈了一刻，一时半柳（增益太太）先回来，旋增益亦回来，二时半，增祺亦归，遂随便聊聊，七姐去五姐处未归，又谈谈关于练身体之书，及练法等，四时增益想出去走走，遂一同出来，柳及增祺亦一同出来，增益好照相，每次出来皆照相，今天虽值将落日亦照了一张，穿天安门内右朝房而进中山公园，至行健会休息，暖和一番，又打了一刻乒乓，后五时多人皆走，只余我们四人很静的，我与增益弟兄打台球，到六时止，已暮，在公园门口分手，想不到今天与他们玩了半晌，今日不知何故，伤风频流鼻涕，左孔又不通气甚苦，灯下看报，饭后神倦，坐椅上小憩，八时半提笔补写三天日记，又过了一日，心中乱，神不安宁，字草率，文字又不通，这笔字与所写的文字，真不像是我此时写的呢，惭愧！写完已是午夜了，今天倒不太冷，伤风大约是昨晚擦背着凉。

1月12日　星期一（十一月廿六）　半晴，凉

上午九时半起来，走到下斜街，土地庙附近去上自行车捐，一年只上一次，现在又满了，这次上完学生捐，以后恐不能享此权利了，以前财政局的稽征所很少，外四也跑到琉璃厂去上车捐，挤得很，而今年每一区立一分所，方便多多，而又立在家的附近，更便利了，上学生车捐处的人很少，只是办事人太慢了，等了半晌，约一小时才取回，一个小小稽征分所内还用了一个女职员，我就看见一位，也许还有，女人职业范围放大许多，但闻有自卅一年一月一日起各机关只许裁女职员，不得再增，国为日女人所做之事，无在机关中者，天气虽晴无什风，却是干冷，回来看完报已是十二点多了，午后去校上课，本拟在路上或可碰见那小孩子陶，不料没有见到，下午两小时课，在图书馆门口又碰见了刘，她在注视我，我走得忙，略一招呼便进来了，心中有点纳闷，小徐与小杨子近月来被 Bridge 迷住了，今天上后汉书还玩了呢，小徐在家也常打，不知他又打什么主意，我可每日也没做什么，似乎他比我还值，我只是每天白着急不动手，而他还玩了不是，下了课到图书馆去，又碰见了卢，与她招呼，她似乎说了什么我未听真，她便匆匆走了，下午也想在街上碰见陶，不意亦未看见，不知陶未来上学，还是我没看见呢！走到宣外铁路栅栏，遇见老杜，他告诉我刚从我家出来，因我未在家，留在家中一个条，说王延龄来了，在他店中住着呢！叫我就去，会晤谈谈，并叫我去他处吃晚饭，答应他就去，分手，他自坐公共汽车回去，我怕回去晚了家中不放心，所以先回家说一声，看见了条，还是那两句，又恐回来晚了，加了一件大衣，顺便修车，又谈了一些时间，到了顺兴店已是黄昏了，在薄暮中看不清王的面孔，在清谈的光辉下，望见这位多年未见的老友，面容与前仍差不多，比以前更老诚了，老友重逢，在热诚握手及微笑中，许多话都说不出来了，但心中都感到快慰，他说我大变了，他和老杜都没有我高呢，他现在房山县立小学内做教员，月薪四十五元，清苦得很，于是漫谈一切，他大约谈了些他这三年来奔波流走的苦况，言下不胜感喟，他说他以为他不会生回

呢，今天能与老友把晤，却不是他想得到的事，天南地北，以前的朋友，现在的情况，也真是令人不胜今昔之感呢，忆得六七年前端午日曾与常斯泰，刘兰兄，朱克强，老杜，刘德山，王延龄及我七人于西长安街正大曾摄一影，而至今真成了一张纪念相片，想想这些人的近况与变更，真是不堪回首忆当年呢，兰兄是于事变前南下至今无讯，刘德山兄堕落后不知何在，常兄家庭经济所迫失学而就小职于青岛，朱兄南下寻父亦不知何在，王兄流离奔走三年方归故乡，而屈就房山县立小学教员，老杜却娶妻生子，（今日方知，因其子二岁（？）抱出，他亦未曾言及），未做事，未读书，店事不管，每日闲坐白吃而不知胡忙何事，我则幸能直读至大学，即将毕业，虽有波折，生活尚安定以此观之，在读书方面我最优，因能直升大学，他们除常斯泰兄尚读二年大学外，甚余高中皆未毕业也，在生活方面，老杜最优，盖他稳坐着吃，毫不发愁中，其余不知下落者不提，常亦不幸，老王之不安定生活，以之视我，又应如何羡我也，我尝自苦，而与彼等相较，则又强得多多也，亦应自足矣，谈起无休无尽，王极想念书，求我指示，自当尽所知相告，谈得高兴，不觉已是九时许，王明日即归家，不然可以多聚数日，晚饭七时许在杜店中吃的，吃炸酱面，进四碗约斤余，吃了不少，与杜十余年并情，此却第一次打搅他呢，王在他店中休息一夜明晨即去，恐过晚行路不便，遂辞归，大家皆有依依不舍之意，归来觉乏，随便呆呆，又是午夜方憩，初对王延龄兄之印象及为人不大清楚亦不注意，只以应付相对，今日一谈方略明白其为人之一般，且回念其时向同学间及我，其好意亦可感其人颇诚笃可靠，殊惭以往相对之不诚，今日老杜曾谈及我之家事，因多年老友，亦约略告他一些，他恐是日近商业，故头脑中生利之方法极多，什么由上海带些物件回来卖，则来往旅费及在沪之游乐费皆有矣，利息极大，且向我建议谓，我现住之家中，空地甚多，可以由我家拿出钱来盖房，与房东立好合同，若干年后归他所有，有房自住或出租立即生息比存银行强得多，此议甚佳，唯知过晚，可惜，将来如何正不可知也。

1月13日　星期二（十一月廿七）　上午半晴，下午晴

惦念着今日第一时有课，六时半醒了一回，再睡下不料晚了一点，急忙跑到学校已晚了十分钟，江先生今天仍讲关于鲧的问题，大家似乎听得不大上劲呢，刘今天仍去了，大约她未迟到，也因为她住校的关系，可是其余有几个也住校却不来，刘却未曾不来过一次，这种勤学的精神可佩，她的态度仍和平常一般，倒令我猜不透她到底卖的是什么药，可是看神情似乎又没有怪我的模样，但是她未明白表示，实又不好如何显出接近的态度来，照例这第二三小时没课，她去图书馆看书，坐在那边上，一直到第四时才去上课，与我恰好一样，我也是空这二点钟，我与刘镜清坐在离她不远的地方，查我的书，国学论文索引中关于话本的文章不少，可是都是以前旧杂志中登的，大半学校中没有，真麻烦，而日前问过李景慈，北大图书馆中亦没有了，刘还是和以前一般，坐在她那老地方静静地看书，看她匆匆忙忙地去看所借的书，白跑了两趟，失望回来，后来幸而借到了一部分，今年女生亦许在男校图书馆借书，毕业人多，所以图书馆中比往年特忙，书常借不到，尤其关于宋朝的书不易借到，好似今年论文作关于宋代的特别多似的，出来时，刘脸上的态度与神色，对我好似有点迷惑，她如此令我亦更陷入迷惑了，不明所以，左传是不感兴趣，中午饭后，到宿舍赵德培屋中小坐，他们开什么四存同学会，匆匆去了，常振华来了，把昨日王托我交给他的信给他了。又坐了一刻，他们同屋一个姓钱的票友，唱旦角的，媚里媚气，的确像个女人，又扯起尖嗓子唱起来了，一时半去访李景慈，他住在羊角灯胡同十六号，距校很近，找到进去，他屋中有个女人，就是他才结婚不到一年的新妇，不算美，身体很壮实，比他瘦弱却不同，猛看去肚子有点膨胀，大约有了喜，屋中摆着些家具，还新的，仍有新房的味，二个书架，屋中书却不多，新出的杂志有些他全有，大半全是人送的，与他略谈，与他不算多熟，可是今天对我很好，他太太给我倒一杯茶，看看屋中的摆设，与后面稍见剥落与污旧的墙壁，似乎不大调和，他允代我去找些关于话本的参考书，因为下午二时还有课，所以没有

谈多久，遂辞出来，但不白来，却借来一本小说月报的十七卷号外，在论文索引中所写的那么多关于话本的文章却不全，李兄说是预告时印有，印出却没了，怪事，下午两小时曲选，今天顾先生偷懒，把他作的杂剧（连锁，聊斋上的故事）写了一折多，略讲了讲，一抄便费时间，两小时便如此过去了，下课在图书馆与丛克文（这个姓很少见，史四同学，亦在民俗中相识者）略谈，为了昨夜睡得晚，今天反又起得早，下午起眼睛便又不舒服起来，真讨厌之至，又不能看什么书了，这眼睛却影响我的读书呢，不得不卧在床上休息一下，六时半起来吃晚饭，正吃时，接到了两封信，一是松三的，一却是刘来的，她来回信了，大出我意外，心不禁急促的跳起来，急忙折开来看，我看了十二分的欢喜，原来她并未拒我求友的意思，信中语气很坦白，很随便，与她的为人一般大方，真是意外的收获，一时高兴得不知如何是好，一时"心花大开"，这四个字，正可为我当时的写照，可是似乎还不够，不知怎么写才能表现出我当时快乐的神情，总之是我近一二年来得到真快乐的一刹那！也是我近年来，仅由刘这一封简短的信中得到了感到了人生被人接受友谊温情的快感，总之近日来的烦闷，苦恼都被驱净了，立刻眼前的事物全都光明了，看着母亲，弟妹，李娘比平时更可爱了，人心情一变，立刻对看见后一切全都觉是十分可爱的了，一怒一不高兴时便什么都是厌烦的了，这是心理感情作用，因为我年轻，我没有涵养，不能制止感情和气，所以我才能活下来，否则一切看淡，一切无动于身心，自又不同了，接到了刘回复我的信十二分，不，万分的欢跃，精神立刻来了，跳进跳出，快乐得大叫几声，好似个大孩子，他卅一年一月一日便发了此信，二日便应到了，可是后边邮局贴了一个条子上印有本件违反临时取缔邮件办法，其实刘信皮上写辅仁大学刘××寄，还要怎么详细，可恶，扣到今天才发，可恨，其实本市信写那么详细做什么？她很快便回信给我呢，可见她对我印象还不坏呢，我真高兴认识了她这么个朋友，她早就回信给我，我以前未收到，当然不知她如何表示她对我的态度，所以我这几日见她仍是一本平日的态度，这当然同她有点迷惑起来，谁晓得这却是邮差在中间打搅呢，扣了十天才送来，可恨！松三老友还来信了，卅年十二月十九日发，卅一年一月十三日便到了，还能通信，还这么快，却出我意外，他来信亦告我一个好消息，便是他已考取了留美，但是正要渡洋时，太平洋大战起来，此事便暂时搁浅了，他现在昆明，他时有心胸，有志气，有前途的青年，我真不及他千分之一，想来惭愧，想不到千里外他却仍然念着我这个朋友，不时来信呢，想把此信寄予他母亲看看，免得她挂念她儿子，灯下补写昨日及今日日记，不觉琐碎的写了不少，刘来信与我的喜悦，却非笔墨所能形容于万一的，这是我很感谢她能与我以快乐的，心理确是十分高兴，但是眼睛却更不舒服起来，因为用眼半晌，写了不少字，又流泪了，想再写信复刘，不知还能支持不，今夜是又不能看书了晚一时兴起，不顾眼睛难受，提笔复刘信，不觉竟尽七页之多，写至午夜二时方止，为近月来休息最晚之一夜。

11 月 14 日　星期三（十一月廿八）　晴，风，凉

昨夜虽二时方睡，今日上午九时起来，昨夜摇笔写来不觉竟写了七页复刘的信，谈了些江先生讲书的意见，顾先生上礼拜六失望的讲演，想说的太多，只是隔系，上课时间不同，也不大易见面呢，而且在学校谈话的机会亦不多，能够约她出去谈谈，走走才好，只是不知她肯否，大约她家不在北平，放年假她未回去，上礼拜六有十余女生去听顾先生讲演，到底是大学生了，不出去玩，却来听讲演，大半全是住校的，而亦可看出顾先生讲书为学生欢迎之一般，今日到校先走到女校去把昨夜写的信，送到信栏上，走到女生范围内是有点别扭，上了两小时主任课，讲骈体文，第四时刘有一堂，好似没有来，大约她看了我这封信，她也就明白这半月我对她莫名其妙的态度的原因了，中午起风归家途中看见了那些个姓蒯（？）及姓傅（？）的，可是没看见陶小孩子，不知何故，是她为林被捕没上学吗？怪，午后看报，因连日熬夜两眼难受，卧床看书，觉倦，一卧到黄昏方起，晚饭亦未吃多少，灯下自己却又抓起一本小说看了半天，又未看多少书，如总是这样胡混，耗着，可不大是事，得屏除一切，干点正经才是，作不出论文，毕不了业，可太没面皮了，晚狂风呼呼，弼多日无信来不知何故，又得刘信心中欢喜。

1 月 15 日　星期四（十一月廿九）　　晴，风

　　连日总是近午便起风了，十分讨厌，有风便冷得很，不但有风，而且有土，更是可厌之至，上午只三小时，今天余主任讲书没写什么笔记，朱君大约病了，今天未来，中午等小徐同行，又买了点东西，到家都一点了，今天第四时刘有课，可是没有看见她，不知她看见我那封信后又做何想，又是如何复我，想约她出来谈谈，不知能否如愿，昨日与今日皆未看见她了，午后无课，虽晴天，可是有风，也不想出去，娘与李娘同去力家，因力大嫂寿日，未在家，在力六嫂处小坐即回，一人在家看过报，看完了郑振铎氏撰之插图本中国文学史中话本的产生一章，又翻阅两宋词人章，一时念词之瘾大发，遂吟诵了半晌，晚仍继续看，并看张振镛撰之中国文学史分论中诗，词两部分，看得有趣，竟不觉又到午夜时分了，在中国研究俗文学，亦只可推郑振铎氏为首席了，他撰有一部中国俗文学史很好，材料亦很富——实在人如无感情，实省却许多烦恼，近日不知林家事演变到何情况，有无结果，林又如何生活，如此她那性情怎能活，偏偏又未碰见过陶，也无处去打听此事，此事未了，而刘之声音笑貌，又频浮脑际，尤以那悦耳银铃般清脆的声音，令人愉快难忘，但盼早点到明天去上课，好与她相晤。

1 月 16 日　星期间（十一月三十）　　晴，狂风

　　昨夜睡不早，今日起来较晚，九时半起来，报上无什新鲜事，看了一刻书，弟妹等全上学了，家中便很安静，晴天大太阳，可是偏偏却起了大风，吹起不止，心中想到校去上课，反觉得时间走得慢了似的，这是心理作用，中午十二时便用午饭，腹内还不甚饿，近日胃口不佳，总不能多吃，因风大，往北走，故一时即行，因冷，特加一大衣，自入冬穿棉袍，又加大衣者，今日为第一遭也，不是无衣，只因穿毛衣，又棉袍实不少，年轻人正宜锻炼也，今日且戴帽，帽亦一年未必戴数次也，虽冬亦轻不一

戴，今皆因抗风而实行全副武装矣，一笑，至校尚早，在图书馆小坐，今日女生全来旁听，黑小姐来了，卢未来，刘今日来较晚，有意避我眼光，仍是一贯态度，作出不介意的样子，今天江先生仍是讲禹鲧问题，女生们似乎听得不大来劲，偷偷在看艺术与生活，还传写纸条低声笑语，因我前边即是她们座位，离极近，故看得清，安静的刘加入在写，说，笑，但似乎是被迫的，大多时候仍然静静的听讲，并且还写了一点笔记，不知她们在说笑写的是什么，大约是关于所看艺术与生活的话，江先生倒很注意我，讲完问我有什么意见："你以为如何？你看怎么样？"这两句是他讲书的口头语了，他大胆新意的解释古书，我很赞成，若是能把五经四书及古书由他那种新见解来解释，定可有新的收获，并能轰动文坛，而他那种新奇的见解，老先生们道学先生们闻之定要大摇头而决不以为然的，下课后刘便与她同学回女校了，真是难得机会与她谈话呢，她那种稳劲，若无其事的态度，真是丝毫不露，是女性的尊严？抑是在多数同学前不愿让别人知道她与我特别熟一点，怕人议论等？总而言之，还是因为是男女的分别，不知她看见我的信否？我拟在廿五日夏历十二月九日我的生辰那天，请她出去玩玩，不知她肯否下礼拜二有机会，大胆问问她，一礼拜见她两次，昨天前天没见着她，这两礼拜可说是隔两日见她一次，明天或可见她，明天下午去校，参加史学研究会，她定去，今天小杨子与小徐这两小子，把书丢下未上课，跑去打 Bridge，下课后仍未来，我和刘二拿了他俩的书物，到图书馆及休息室去找全没有，大约是在宿舍宁老二屋，又到宿舍去找，因小马叫我去他屋，遂由刘二去找，与吴道恕同到小马屋谈天，到五时辞出，风势大杀，归来晚看《漱玉词笺》，佳人多薄命，易安居士半生流离悲苦，如无此伤心事，恐无此绝妙词。看完五十余乎，喜读者约半数，不觉又是十二时左右矣。

1月17日　星期六（十二月初一）　　晴，微风

昨夜卧下心绪不宁，辗转久之方入梦，情况好似"越想越糊涂"中之认识论中所言之状，不禁失笑，今晨十时方起，起虽晚，但早醒，亦未多

睡，起即急忙梳洗出去，先到浙兴取那一点的小款子，道中看见朱君泽吉与安笑乔在便道上走，他两人也不知怎么回事，还在一起泡呢，装作没看过去，回来时他们仍在大街上走，对面了，不好意思不打个招呼，朱君招呼我站住，说了两句话，昨日前日皆未上课，未全好，尚发烧，却冒了风出来，陪安走，说是去上车捐，谈了两问分手，这两人真成，本拟去他家看他，这次也不必去了，到尚志医院去看看多日未见的九姐夫，谢老伯在那，旋去，他又隔出一间屋子，他到会变花样，适有病人来，我即出去，想打个电话与刘，不料电话局总来叫来，有人占线，不知何故，未能打通，又进去与九姐夫略谈即辞出，归家已午饭后，天气晴和，看过报，又要实行防空演习，意思渐渐来了，早晚如此，换了衣服，二时去校，先到图书馆去查书，到三时半去一八一教室参加史学研究会听讲演，由孙人和先生讲史记研究法，他讲的东西我总不喜听，下边由一位赵先生讲由朝鲜史料中见到的明清季人生活，同学张某（浔?）报告美洲的印第安人，完全写的是英文，有引法文，德文，很神气，讲完已是五时多了，因为起始太晚，三时半才开始，去的同学不少，女同学亦有十余个，不料刘却未去，令我大失所望，不知她何以未来，一坐三小时，后来实有点焦躁了，出来取车忽然看见小徐车亦在墙边，不意他来了，遂又到图书馆去找他，与他同出，又到女校信栏内看看，我搁那与刘的信早就没有了，不知她在校否，亦未找她，遂与小徐同行归来，车今日骑着特不好骑，愈来愈甚，因天将暮，遂疾驰回来，到了车铺一看，前权子把下铁管折了，幸未全断，而我不知，还急跑，幸未跌着我，真是运气！上次换前权子也是推到车铺发现，留下车修理，换一个前权子又要出去七元呢，都是自己今天推车出去时，不留心，车把一扭，铁被冻坏了，故易坏，但未摔着，亦是不幸中之大幸了，心中不知什么事还好，一知道，一急便多烦恼，总盼刘来信，却连日没有，不知她到底对我如何，不能常见面谈谈，实不快，即上课时见面如常，亦令人莫测高深，心中念念不忘，今日看见了刘永长那黑瘦小子也有了个女朋友，是史三的名叶玲（？）不好看，够劲，又在碰见朱头后，又瞥见国三那个粗傻小子似的金风林与他的爱人沈葆瑾（光华的）在路上走，沈怎么会喜欢了金那么个粗人，晚又翻看了一刻敦煌掇琐，决定抄出一部分后即还学校，今日在车铺门口遇见了孙祁，他要我去他学校，好与泓等相识，不知他又打什么主意，他每天溜冰。

1月18日　星期日（十二月初二）　晴和

啊！今天好天气，难得这么好的天气，晴和，十点以后便不算冷，难得是数九天气中有如此温和的日子，天气之好坏，对我影响极大，（可不像顾先生那样气压风雨表似的）是在抽象的精神方面，于是今天精神便很爽快，什么便都有兴趣，可是早上起的不早，十时许急忙出去到孙祁家，他未在，在他家打了半天电话，往辅大女校，想找刘谈谈，并约她下午出来走走，不料电话总叫不通，足耗了有一小时多，可恨，没法子，出来到达智桥车铺去取修理的车，回到家来已是十二时了，一个上午没有了，午后看过报，一时多出去，先到尚志医院问九姐夫关于林峰平子事，又在那打电话，仍是打不通，奇怪，一人往北海跑，真有时一个人孤魂也似的到处晃，找个人做伴才好，偏偏与刘的电话又打不通，好天气不要辜负了老天的美意，应该出来走走，只是一个人差点意思，北海溜冰的人不少，熟人没多少，不知他们都干什么玩去了，只遇见邓昌明，不料他也是一个人，也没伴，他认识女同学不少，但没找到一个，小马也来了，人多冰都起了一层冰屑，后在棚外东边找着一块好冰，溜了一阵子很过瘾，只是冰鞋不好，刀子也不好，有点歪，还与小马跑到双虹榭一趟，夏承楣与周国淑夫妇亦去了，一双冰上名将青年夫妇，翩翩而舞，不知惹了多少人注目，多少人羡慕，余人冰术相形之下大为减色，后来左脚的钉子全丢了，四时了，兴尽也便归家，一人亦有一人的好处，随意来，随意走，骑车欲速则速，欲缓则缓，不必陪小心，提心吊胆的，但是闷了却无人知，在漪澜堂是自动机，拨去学校这次打通了，可是那处人多嘈杂异常，等了半晌，来了一人，又不是，声小听不真，后来校役告我出去了，这么好天气，她也不肯闷在学校了，尽我力，也未如愿，下礼拜日预先约她，看她如何答我，希望她肯出来走走，归途买了点东西回来，灯下做了点事情，复祖武一信，与自来水公司请派人查修水表一信，又与书琴一短信，附去

其兄松三之来信以慰其母，正写时便得刘之复信，喜甚，如获至宝，天天盼，今天才来，其实距我与她信日，不过才四天，自己急便觉得慢，也是心理作用，北平邮局真够慢的，昨日发的今天才到，像在外国邮政民达的国家，本市当天打来回都可以，今天还到的这么晚，这次信中语气比较更自然，也写得比较多，她喜欢听顾先生的课，说是大学四年中最可敬佩，最感人的一个教授了，她说他知道欣赏享受，她又说他的跑野马真的可爱极了，她说顾先生是个敦厚温情的人，不错，他又批评校长的口角过于锋利，尖刻，校长实在是很有点官僚气派的学者，对同学及同人都不大客气，易使人起反感，她又说余老先生是忠诚方正的人，江先生学问，是博而不精，说的都很对，他喜欢顾先生那一套，自也钦佩鲁迅那一套了。我也可知道一点她的思想，很正确，并不如一般女孩子那么浮浅，我真为自己私自庆幸得友如此了，她向我借我抄的《顾遂诗词五种》看看，灯下我自己又拿出来，欣赏吟诵一遍，写得很乱，怎么给她看，刘常和那个黑小姐刘爱兰在一起，奇怪，她和她有亲戚关系吗，住一屋，她的信成了我的兴奋剂，接到后十分愉快，高兴，她的字写得也很好，倒不大像女孩子写的，不知她是哪人，多少岁了，有无朋友，上封信问过她哪人，住哪，这信没有提及，可惜在学校能够见面谈话的机会少，没有课，她便回女校了，晚上看自己抄的顾先生的诗词，一直到一时许，现在是愈睡愈晚了。

今日下午听九姐夫说孙六姑，今日上午去世，老人病了不过才一个多月，去协和医治无效，今日下午回来时看见室外只三辆马车，一坐孙六姑夫及其女，一坐其二孙及其亲母，前一马车载花圈，十六人抬棺上亦无罩，亦无执事送殡者，棺前一人捧孝衣等代表其在南方之子，情况凄惨得很，不料今日即抬出家门了，也是其家人少无人帮忙之故，四弟学校改市立后，今日剃头，又成光秃子，不知何日又要作制服，闻下学期学费仍不少，而其市立之名又何用？

1月19日　星期一（十二月初三）　上午半晴，下午阴，凉

上午一小时指导研究，因为没什么说的，也没去，九时半起，因为洗

头发用去了许多时间，用火烤干，油粘的很，自己总弄得不大满意，因为没有吹风机的缘故，看看书，便中午了，饭后已不早，收拾书就去上课，到图书馆去借顾遂诗词五种，预备明天转借与刘看的，出来在过道看见刘，她好似装看不见我，不料我却招呼她，她只得回过头来与我笑，问她还有课没有，她说只第一堂有，满面娇羞似的，少女风味十足，今天她好似面上搽了粉，又白了些，素净幽雅，上后汉书两小时，抄漱玉词，我喜读词，易安居士词亦喜，学校有一个单行本，中华图书馆出版，借出来，选录留念，两小时抄了大半，刘下了第一时便回女校去了，课余却无暇与她接谈，怅账，下讲与小徐同行，未看见陶，大约未上学，但愈令我悬念不决，回来稍息，下午阴天，较凉，看过报已是黑了，灯下本拟写完复刘的信再抄点别的，不料抄完漱玉词，一写刘信，信笔书来，不觉又尽七页，谈谈学校事，和余主任等，其中写了一大段关于顾先生及鲁迅的话，不料她也是对顾先生十分钦佩敬仰的人，她批评顾先生为敦厚温情，很得体，在正写复她信时，忽又接到她来一短信，是十八日发的，她以为十七日发的信我没接到呢，其实全收到了，也许她因为我昨日打电话给她才那么想吧！？她说我字写得秀气却使我想不到，我这笔字还秀气？末后约她廿五日出来，不知肯否，并希望她见面时与写信一般坦白自然才好，并希望她在课余给我一些接谈的机会，告她恨与她相识过晚，不知她看了做何感想，又如何答我，不料为了此信却午夜方憩。

1月20日　星期二（十二月初四）　上午阴小雪，下午半晴

昨夜临睡记住今日第一时有课，而今日清晨五时余便醒了，起来看过钟后，因尚早，又卧下，可是这次却再也睡不着，想的事很多，听钟敲过六点，六点半，一赌气便起来了，真是很少这么早起来呢，尤其是近来，每夜睡得晚，可巧今日上午阴天，亮的也比较晚，奇怪是才睡四五个小时也不觉困，吃过早点忽降雪了，可是不大，没风，也不冷，冒着小雪清新的空气去上学，因有雪，所以把车放在宿舍楼下，到校才上课，女生一个未来，男同学来了大半，亦有六七个未去，一半时间早，怕冷，一则他

（江先生）总说楚辞天问上那几句话没完，翻来覆去总讨论，离切入还远得很，因而不免有人腻了，不爱听，今天讲楚辞用林云铭本子，恰巧我今天带去的就是，林氏还是清时候官人，我的同乡，他的本子不大清楚，遂将我的书借与江先生看，今天刘会没去上此课，出我意外，后来在图书馆中看见她在那看书，和那个姓薛地在一起，向她招呼后，距她不远找个地方坐下，各自看各自的书，后趁那小东西姓薛的去取书，便走过去把她问我借的我前抄的顾遂诗词五种给她拿过去，并把昨日借出的图书馆所存顾先生所赠我的原本亦交给她，因她喜欢顾先生的讲书，一听我抄有立刻便借去看看，可见她之喜其作品了，于是把顾先生送我一本他作的杂剧亦带去与她，她问我为什么顾先生送我，认识他？（指顾）一时叫我难答，亦不过较熟而已，其实我也不是怕薛在一旁，只是有点讨厌她那种偷偷摸摸的劲，薛笑的姿势，把头伏在臂上，上下颠动，不知道的，还以为她在哭呢，想起便好笑。今日借出宋元戏曲史，可取之材料亦甚少，在图书馆呆了两小时，亦未看多少书，刘看完了那封信，也许会奇怪我竟与顾先生熟呢!? 上了一小时左传后与李君国良等同吃午饭，又在李进修，殷晋枢屋内谈天，就听他们聊，事多了，皆出我意外，他们（老殷等）又是一种学生生活，真是大爷式的过，整夜不归来，爬窗户，胡喊胡闹，花钱如流水，跳舞，泡舞女，看台女，追女生等，全是日常功课，家常便饭，整夜不睡，怪不得每天上课总打困呢，这都是干什么的？家中大人不知道他孩子在北平如此鬼混，有钱人家的孩子就应如此糟？中国青年皆如此前途大可哀哉!!! 他们那种玩的程度我与他们不能成比例的，想洋到大学生中竟有如此等样人，也算难为他是大学生，真给大学生丢人，午后上了两小时顾先生课，顾先生讲的是好，举例等皆甚恰当，我尤喜其发表意见，更愿听他的跑野马，可惜现在多讲曲子，而不大跑野马了，叫我不免有点失望，中午雪止，下午晴，稍冷，下课去郑家小坐，三表兄未归，看看报，二宝旋归，略谈，五时出，归途买了些东西，至家已暮，晚饭后，阅报，觉乏，因连日晚睡之故，而今日反起较早，卧床上一小时，起写日记，四，五二弟仍不大知用功，每日贪嬉，不知家中困苦，每日督促不休，思之愁急无措奈何，精神不支，决定今日早些休息，真想不到最近会很容易很快地便与刘相熟，通起信来了，而现在她真让我快乐使我忘却烦恼，又回复到三年前的快乐时光中去，想起她来，我便高兴起来，去学校能见到她一面便愉快，她使我生活兴奋，与我以热情的活力，以与生活奋斗在烦苦中得到了新生，这都是她的赐予！

1月21日　星期三（十二月初五）　晴，和

又是一个好天气，上午上了两小时课，今天师范学院将毕业的男女学生到我校去参观去了，中午回家用饭，午后看过报，二时到中央去，与赵君德培约好的，到那他已先在，本说是我请他，不料他先买了，片子是德国片子，译名为红裙乱舞，场面很大，古装人物如庙中泥塑胎像，人物表演作风十分愚笨，大不及美国片，德片歌舞实不佳，而尚以《匈牙利夜曲》一片极佳，散场出来看见朱景森与李景岳，闻朱景和近亦来平，出来又与赵君德培同到西单商场遛，在书摊上买了两本书，一是爱迪生传，看过关于他的影片，很受感动，一大厚本五角，不贵。又买到了一本《鬼恋》，早就看过，徐讦这篇短篇小说立意，结构，技巧都很清新，很喜欢，今天碰到一本便宜的便也买了，可是与那本爱迪生传比起来，则鬼恋似不值五毛，又绕了一刻，赵君非要吃饭，陪他到明湖春吃晚饭，才五时三刻，叫了三菜，吃春卷，包子，饺，馄饨，随便一吃，便去三元多，我要请他，他非不肯，只索打搅了他半日，出来又走走，稍谈取车各自分手，至家方六时半，略憩，看书，可未看多少，又是午夜了。

1月22日　星期四（十二月初六）晨雾，晴

早晨有雾，十时方消，上午上了三小时课回来，天气不坏，下午不想出去，饭后，看过报，又看了刻画报，近日又要实行什么防空演习，灯罩要用黑布遮上，门口又要备黄土冷水，胡折腾，十分可厌，上午接到天真嫂来一信，甚简，告我华子兄已由广州转来电报告，在港一切均安，一有便船即北返，并谓若能与阴历年前回来，叫我去津一叙，我亦实甚念此

友，如有暇定要去津与他一晤，当时便复她一信，惟盼华子兄早日回津，午后择录张振镛之中国文学史分论，报载一月卅日起到二月十三日要实行一番短期配给，米五十斤，面一袋，皆售价廿二元，惟只许购一种，念及家中坐吃山空，前途可怕，思之耸然，为了家庭经济，对我读书的心情大有影响，晚得刘来信，礼拜二交给她的，礼拜三上自习时写给我的，今天早上发的，今晚到了，照这般，一礼拜要写两封信呢，她对我也实不坏呢！我约她出来玩，她未拒我，出我意外，看了心中十分欣喜，她告诉我礼拜六下午去北海溜冰要和我一同去，也未在那去见她，下午两时，只好那天去校找她去，想不到她那么沉静，还会溜冰呢，她忽问我："寒毛札撒"的这句话怎么讲？她问我"是哪里的方言？"还声明"但是，不要以为我不知道，我考你哪！"有趣这倒又表现出少女的活泼来，这两句，倒是她少有的自然的口吻，她忽又抄了篇印度大诗人泰戈尔《新月》诗集中的一篇"恶邮差"来，不知是什么意思，也不见得好，我不会欣赏新诗，最不爱看新诗，不知新诗在什么地方是她好处，尤其是诗，我觉得根本不能翻译，因为一国文字有他的声韵美，尤其是中国的字，音义及组织，除了外国人学中国的文以外，决不能领略中国韵文的美，而外国文学固无中国这么复杂，但亦有他音韵上的特点，一译成他国文字，便不能表现出他原来的韵底美来了，她告我礼拜五下午她不想去上课了，因为她说先生同学都不尊重，本来是老讲不到切入，大家都腻了，尤其是有时江先生发表他的新见解，令女同学大不好意思听呢，礼拜二她便因无味而未去，实在总斤斤考据鲧禹等，也太不尊重我们的时间了，我明天要向他建议一番，这次信中语气似乎比以前便自然一些了，她说她有个毛病，怕见生人，这是女孩子的通病，其实她也不是个小孩子了，都快大学毕业了，还会退退缩缩总害羞吗？！怕见生人，那么，我现在是她的生朋友吗？！又说："现在没有脸红已经是进步很多了。"有趣！晚翻检了一遍全相平话，由徐光振兄处借来已放了半年多，还未看呢，十分惭愧，早晚得把此书及醉翁谈录都买了才够意思，得刘来信自是十分高兴，但是她写得太少，我问她的许多？都没有答复我呢！在欢喜中又点小失望！

1月23日　星期五（十二月初七）　晴

八时半起来，早饭后，着四弟冰鞋在家中一小块冰上试试，鞋帮太软，穿着费劲，没有穿过冰球刀溜过，玩了两下，脚很吃力，便不再玩，穿上大衣，换了鞋，代四弟去上自行车捐，恰好没有人，到那便上来了，很容易，回来又把许久没刷油的冰鞋刷刷油，皮子也真能吃油，看看报，又择录中国文学史分论上的文字，后来灵机一动，想起自己以前存订的大公报副刊，有文艺，艺术，科学，史地，医学，家庭等，翻阅一遍，有许多好东西，真是愈看愈爱呢，自己觉得自己以前留下来实有点用呢！许多人不知注意及此，正在翻阅文艺副刊时，忽陈老伯来了，七十岁老人，还不时来看我们，盛意可感，陈老伯已用过饭，我吃过饭已届去校时，遂告罪先辞出，老伯又坐久之方去，走到西四大街，忽遇泓，下车略谈，下午课先生告假她回家，告她不礼拜三下午去他们学校，人多嘈杂，她告我她二姐将于下礼拜一回家过年，稍谈即分手，我到校略迟数分钟，江先生配了一付新眼镜，今天又讲了半晌天问中的舜禹有太太及通涂山之女于台桑，又闲扯了半晌，讨论些话，今天一个女同学亦未来，得以言所欲言，这段书她们听着也不方便，下课向江先生建议讲些可以提起兴趣的问题，说后自己又有点后悔，人如无后悔的事则真不易，江先生近来倒对我和刘镜清二人注意起来，因为我二人有时下课和他谈谈，便比较熟起来，于是讲书时，便不时被他作问的对象，常被问："你以为如何？Mr. Tung 你有什么意见？"下课到图书馆去看书，查了两本书没有！正要走时，看见了刘亦在图书馆，我又想起查一本书，正在检目录时，她过来叫我一声，这是第一次听她唤我的名字，还我一个借书证，她把"顾遂诗词五种"还了，看得这么快！？她见我微笑，比较自然多了，在人前与我谈话，仍是有点害羞似的，问她是否明天去校找她，她点头答应，便走去了，我还想后天仍请她出来，不知她肯再出来否？回家路上配了几个钉子，冰鞋又可用了，四弟去何家祝继鹏母寿，未在家，看画报杂志数册，眼又不适，又不能看书了。

1月24日　星期六（十二月初八）　上午半晴，下午晴

　　晨间大雾，半阴，上午看报，并略看书，又择录一点中国文学史分论上的材料，换换衣服，整整头发，没有做什么事，便过了上午，饭后一时许出来，下午天气转晴，又没风，好天气，先到大学部看看，功课表全摘去了，下礼拜过了，便进入考试周了，又是一个学期完了，简直就要送出学校这个门了，到女院去，校役进去传达，告诉我等一刻，到学校差十分两点，守时刻，不一会刘出来了，到会客室找我，面露自然快活的笑容，出来她还有两个同伴，一个是本系的刘爱兰，一位姓李的教授，今天才开始和刘爱兰点头说话，人倒满好的，一同步行去北海后门，一路上谈谈说说，英显然和我很熟似的，说说笑笑没有拘束，门票可是那个刘爱兰买的，她们还要先去松坡图书馆看看书，那姓李的瘾头大先去溜，我们三人先去图书馆看看，地方不大很安静，已有四五个人在看书，倒是个读书的好地方，英查镇江志没有，我找书亦未找到，书很少，邓昌明和他两个女友亦去了，其中一个姓王的，爱打球，却是英的（Roommate）同屋，待了一刻出来，英刚才问我去年是否戴孝，我很奇怪她怎么会知道，原来刘爱兰告诉她的，走到五龙亭的渡口，邓等三人即在那里换鞋，我三人却踏冰，直赴漪澜堂，换了鞋下来，英早就会，可是不好，总会走，溜不快，想不到今天即能与她携手一同翱翔冰上了，刘爱兰新学，不会，总跌跤，她和姓李的在一起练，不时我和英也去助她溜一会，吓，今天熟人真不少，孙祁，赵振华，叶于政，刘镜清，还有常振华弟兄，什么小董（士祁），李培，刘镜清，孔祥玑等等，还有许多知名不交谈的，还有四弟许多同学，不料今天新旧熟人、大学中学同学这么多，庆璋也去了，为今年溜冰第一次碰见他，才到听黄叙伦说刘二夫妇，小杨子，小徐今天全要来，我心想怎么这么巧，偏都赶今天来了，但我亦未见，于政谈时常和王燕筠夫妇等竹战，如此颓废生活，可惜大好青年如此浪费时光，亦不好说他什么，英今天很活泼自然，一改其每日上课沉静之态度，有说有笑，说话还很俏皮，后来她和我出了席圈，携手漫溜，转五龙亭前之冰上，圈外无

人，一边走一边谈天，有日人凿冰钓鱼，走开余藤椅，适英累了，虽遥遥看见日人走来，她竟仍然走上前去坐椅上休息了一刻，俟日人快走到她才起来与我溜开，日人嘴中咕咕哝哝不知说些什么，她却笑起来，今天她竟如此淘气起来，后来又溜到五龙亭码头上铁椅，迎着西山上的太阳，坐着休息，谈天，今天可得着机会与她畅快的谈一谈了，她原来是山东人，可是她长的，及谈话那种细声细气声音却绝不像山东人，而像江苏人，她两个姐姐都在南边，也学 history，两个哥哥，一个在上海做买卖，一个在平，她是最小的小妹妹，却亦要大学毕业了，多好，家里是买卖人（？）可是她却没有那种买卖家底习性，她姐姐本在燕京，事变那年去南方调查，便没回来，还想毕业后亦去找她姐姐，说从湖南起旱走，还说为的吃苦才去呢！她的思想亦好，她亦不赞成共产的办法，正与我为同志，她极愿旅行，各地方走走，以增广见闻，但她的哥哥姐姐都在外边，她母亲故，其父年高，体弱，心绪又不佳，她再离开似乎不大合适，但女孩子有此志气即不弱，我亦羡慕她能有机会南下，我既无此经济力量，而家中责任，亦不可能，在自私心方面又不愿她去呢，她很坦白，什么都和我说，谈得高兴，大约快有一小时那么久了，她喜欢在学校住，过团体生活，也许是她家庭周围的环境她不喜欢，不大回家，暑假她仍住在学校呢！她有时很大人味，但我看她不会比我大的，本来拟明日与她同玩，但是今天出来亦满意了，谈了半晌，她有点冷，便又往南回棚圈内，又找到了刘爱兰，又玩了一刻，上去休息，坐在漪澜堂内谈了半晌，这次却加入了刘爱兰，谈关于同学的事，谈了半天，又谈及朱及安的事，女同学们还说安在去年作了许多诗，还请孙先生改，孙先生还劝过朱，勿与安来往过密，他二人结果不知如何？今天谈谈笑笑，英与刘和我都熟了，英说有一次她回山东乡下老家去，没回去过，第一次，也没人和她同行，在县城雇了一个大驴回家，走了许久才到，把她累得下了驴，都走不了路，坐在地下半晌才起来，谈至此我们不禁大笑，而第一次回家认错了人家，又走了二里路才到家，她父母为之担心，站在门口等她，又谈了半晌，又下去溜了一会，此时已六时多了，许多人都走了，没有几个人，而今天又是在防空演习期中，人走的早，于是我们也上来换鞋同回，我的车来时不知在什么地

方扎破了后带，此时因防空铺中无电，不能修理，遂亦不再修理，踏冰出北海，陪她俩走，请她们到同和居吃晚饭，欣然应允，英真有大方劲，并且很痛快，却由我叫了三个菜一个汤，英说能吃三大碗，盛了饭来，她又换了小碗，只吃了半碗，两个花卷，她饭量很小，而且细嚼烂咽的秀气得很，我今天很高兴，却会吃不下东西去，也只吃了一大碗和半小碗饭，两个花卷就饱了，菜剩下了些，三个人才吃三元多，便宜，不料吃饭时遇见了大李、景岳，七时半吃完，她们回校，我因车坏了推着走，到护国寺大街便已实行空袭警报，不准人走，我便顺着皇城根走，大街上是不准车走，人还可以，皇城根却无人管，我却一路无阻，一直到西斜拐到大街上，正为解除警报，我于是又推车在大街上走，到德奥隆叫开门，补车带，骑回来才九时余，防空演习只注意大街上，小巷却不大注意，铺户早上门休息，不漏灯光，可是大街上街灯全如往常的亮着，怪事，中国人知识不普遍，许多行人及铺子内的伙计全都站在便道上好似看热闹一般，有人骑车过去，用号筒喊"××警报解除"时，旁人还嗡然笑他，真无聊，不知在干什么，开玩笑，新鲜事似的，要是真有飞机，早就炸死了，可笑，亦复可叹，到家觉得有点乏，但是今天精神是愉快的，今天在快乐中过了一个暖寿日，都是英赐给我的！我得感谢她！得以畅快的谈了一个下午，盘旋冰上半天，为我近两年来生辰中过得最快乐之一日！虽非明日，亦甚满意了，晚早憩，亦近午夜。

1月25日　星期日（十二月初九）　　半晴，风，冷

八时半起来，四弟去中南海赛冰球，五弟亦去，今天起了风，天气不好，冷，半晴，不如昨日，决定不出去，听从英昨日的劝告，在家念点书是正经，上午写了一封信与她，又择抄了几首壮烈激昂的南宋词给她看，写完了已快十一点了，又看过报，又是午饭时候了，午后二时许五弟方归，防空演习截在路上，还有两同学来了，午后追记昨日快乐的经过，过于琐细，写了不少。今日平平过来，省心省力省神省气，想起以前二个生日才多余，今天母难日，母亲伤风有点不适，我什么亦不要，娘非做点面

给我吃，又劳李娘跑出去一趟，写完日记又快五点，今天过得太快了，下午到晚上十时半，除了晚饭时，全在翻看各种书，对照关于话本之论述，综合各书，所言不同之点虽有，却不多，而多无新意，普通的参考看得差不多了，而根本的平话我还没看多少，而清平山堂话本及五代史平话，现在不易找到。晚得泓一信，随便谈谈，她因系借读生，不能参加考试，故虽快考了，她反而特别轻闲起来，想起她不能考试，及快过年了，她有两个姐姐要回老家去，她在家闷了，便烦，我每每觉到她的思想很幼稚，每天在家闷着，见闻甚少，心胸便不开展，亦无雄心壮志，缺少现代青年热力！不如刘的方面多多，今日是我廿三岁的生辰，值此时难，物力维艰，（我可不是要人在拟谢寿启事，好在写在日记上，给自己看）力求俭省，既不请什么人来玩，胡乱耗费时间，亦不出去玩什么，闷在家中一日，做点事，安心看看书。妈妈今天伤风还不舒服呢，本拟一如平日的过来，娘非要做点面来给我吃，晚上由李娘作了四川吃法的"臊子面"（？）用鸡子，雪里红，欠粉，牛肉丝等做的汤卤来浇在面上吃，比普通卤面大不同，味甚美。想起与泓虽相识三年余，但总与之保持普通友谊，保持相当距离，不久以前，曾写一信明示对彼态度，而她总未放松我，我只好以友谊来应付，刘的声音笑貌近日频占满了我的脑际，我是喜欢上刘了呀！不知她对我如何，只是昨日肯和我在一起半天，对我总算不错吧！我也总算没有看错人吧！

1月26日　星期一（十二月初十）　　半晴，晨雾，寒

今在有储先生的指导研究是本学期的末了一次，想去问问点小问题，再问问如何考法，九时去，先到小徐家，想找他一同去，不料他要代他太太去上车捐，不能去，他太太亦病了数日未去校，在家，屋中乱甚，我去了翻看他所有的小说月报及东方杂志，十余本中没有关于我的材料，倒代陈志刚翻出一本来，在小徐家借了两本书看，把新买的《鬼恋》借给他，到校在图书馆遇见陈志刚便把书借给他，他很高兴，153教室门锁着，工友不知何信，储先生来了，亦等半晌未来，有点不高兴，后来虽开开了，

已经改在会客室中讨论了，等了半晌，又略问了些问题，不觉已是下课了，袁家姐妹每礼拜都去，出来与赵德培同去图书馆借书，查书，一同午饭，又到他屋坐息看报，下午有课，刘前天查镇江志，说学校没有，今天代她在史地类查出，替她写了借书条，在下午上课前看见她，交给她，她奇怪我知道了她的注册号，下午两小时后汉书，第二小时聊天，说王国维之晚年及其自杀的种种原因，刘盼遂先生是他的学生，讲这个倒比讲书听的人多，安静得多，半小时多下课。到图书馆去看书，人不少，很暖和，赵德培还未走，在卖力气抄书呢！我翻完了谢无量撰的中国平民文学之两大文豪，五时回来，到家略憩，饭前饭后择录完了前书所要之文，又看完了一本大时代书店出版的《江南风景》，端木蕻良撰，描写现在江南一个小镇市的人心慌乱的情形，其第二篇是《柳条边外》写得很好，似乎比前一篇好，而后者在《二三事》中已经发表过了，原名《突击》，已经看过，继又看完了一篇宋元戏曲史中《宋之小说杂剧》一章，均与我论文无关。

1月27日　星期二（十二月十一）　晴，风

今天是防空演习之末一日，比较紧张，早晨第一时有课，因空袭警报不能走，八时五十才到校，先生亦未来，到图书馆去看书，查书，借出几本书来看，什么文学批评史之类都无关系，各家文学史都不及话本，多不注意，刘及那姓谢的亦在她老地方坐着，本来她是背着台子坐着，现在却坐到对面，正可望见我坐的这方了，小徐与刘二后亦来，和我坐在一起，一同找叶先生在借杂志的单上签字，昨日代刘查的书，今天她借出来了，十时多她先走去，后杨志崇，刘镜清亦来了，刘镜清一传前在北海之事，他们大家一哄，非要我请他们吃糖不可，没法子，请他们到老董摊上吃了点才算完，他们都佩服我怎么会如此神速的进行，成绩甚佳，到了班上这几个孩子还嚷，赵君德培怪我不告诉他，反叫他代我守秘，下课李国良君与我一同吃饭，又谈了一点，他很赞美英的，同学们都对英的印象不坏，他们疑她比我岁数大，我看却未必，现在还谈不到别的，饭后起风，讨厌

得很，土很大，到宿舍赵德培屋去，他要出去，因我去便留在屋中，到二时我去上课他才去，下课一人到图书馆翻查《小说校谭》二册，没什用，四时三刻回家，风土可恨，闻同学言防空演习灯火管制，辅大、中大不服从命令，今天学校预备的很全，大水筒，黄土，图书馆门窗除黑布外，又加钉一层厚牛皮纸，又是一笔费用，不知何故？今日两眼突又不适，大约是风吹之故，有暇亟须一诊此眼病，因眼不舒服，今天又不能看什么书，心中发躁，五时三刻便开饭了，怕防空演习不准开灯之故，饭后眼难受，遂卧床上休息，听得外边各种警报频响，屋中关灯半晌，后九时解除开灯，看过今日之报，眼仍不大舒服，不拟看什么书。

娘与李娘每每因琐细致意气，娘则每以我袒护李娘说话而责我，谓我非娘子，父不在，子不能劝母，娘说话每说至决绝，实无意味，而真要娘讲话时，则又不言矣，李娘老啰嗦不清楚固有之，而又何必如此不客气，令人难堪，使其在仆妇面前下不来台，厌其老贫，其命苦，亦帮做事不少，养其如此久，又何必抱怨，故每每在此无知（缺少知识是实在情形，非不敬意）二老之间，每每作难，实不知应如何是好也，孤老无依，受人轻侮，此殆亦其命耶！

1月28日　星期三（十二月十二）　晴，晨雾

连着数日总闹警报，今天仍是照常一般了，八时起来时候还早，便在家抄了一点《敦煌掇琐》中之变文，九时半去校上课，以前风闻学校自八日事变，日与英美大战后，英美方面经济来源断绝，学校自明年度下半年起，经费便成问题了，有令每个同学捐款百元之说，又有不招新生，或一二年同学休学，或仍上，尽量维持，现在的学生到毕业为止，但终无确切消息，今日上课，助教李先生发给每一个人一个捐册，并未说每人捐多少来，亦未言明何时交回，反正大家接到这个，心中有点不安，下课后，与朱君泽吉同去午饭，饭间朱君谈起，今天早上来时碰见笑乔，英托刘爱兰转托安笑乔问朱头，问我结婚没有，多少岁，家中环境如何？朱君当然知我，便据实以告，朱君还怪我为什么不告诉他呢，我真奇怪她怎么会这么

快便托人打听我呢，女孩子的心便那么急吗？出我意外，我意思是大家交友的时候长一点，互相多认识一点再提到别的，以我自己现在的环境且未自立，前途渺茫，实不敢想别的呢，这却是出乎意外的消息，正如与她那么迅速熟识起来并通起信来一样，想不到底高兴呢！不要别人的帮忙，只凭自己的努力，成绩如此，真非我始料所不及！饭后与朱君同去到李景慈家去小坐，谈了一刻，他借我《清平山堂话本》，三本，诚意助我书，可感，他太太在家，亦搽得满脸脂粉，腰部肥大，大约有喜了，一时半出来，与朱君分手，他我各去找人，前与孙祁约好，今天中午去找他，那边路不熟，绕了半晌方找到，他改住在第一宿舍，在他屋小坐，他的同学及志成旧同学数人皆出，略谈，他们近日皆未上课，成天养大闲人似的，不知何以他们工学院如此闲在！与孙祁同去他学校，绕着看看新大楼，走到西边，看见泓在画图，后来她看见我便出来，倒很随便，出来在他们学校大操场绕走了一圈，随便谈谈，今日又是晴和的天气，又走到东北角铁工厂，内燃机处参观，看着那些机器很有意思，边走边谈，不觉竟有一小时多，却误了泓画图的时间，在工大不料连着碰见了许多志成的旧同学，四存旧友吴钟义亦在土木工四，功课很好，李準，万邦平等皆看见了。巧，泓因我在她生日送她蛋糕一块，我生日她今天送我一枝自来水笔，她不画了。回家与之同行，祁以前虽不时与泓在校见面，却不曾说过话，其实他俩早就相识，今日我去了，他二人才开始谈话，还是说得不少，心中好笑，到家才四点多，桌上已摆着英来的一封信，心中有点乱，打开小包一看，泓送我的一枝自来水笔，正是我正要买的 Pilot 牌的笔，这倒省得我再买了，有点烦。不知将来如何摆脱掉她呢！英来信告我年假中去她家玩去，礼拜日她劝我在家念了一天书，她却说我"真乖"，斗气！她真俏皮，她还要借我几本翻译名著与我看呢，恐在毕业前没有工夫看了吧！放假后去找她！她说民俗先生说不考了，礼拜五看他如何说。为了今天中午朱君谈英托人问我的话，一时心中颇乱，炉边与娘等谈及，这是我第一次与娘谈及我女友的话。看过报，灯下看完徐訏著之《吉布赛的诱惑》，原在《西风》上以《海外情调》名登过，后改作增大半，改此名，印单行集子，徐訏笔下是别有一番风味的，还不错，不太讨厌，灯下又继续，抄变文，写完日记。又是十二时了。

1月29日 星期四（十二月十三） 半晴，风，土

不料今天早晨睡过了劲，第二时左传没有上，赶上第三四两小时余主任的古书体例。今天看见了刘爱兰，既然相识，也得与她点招呼，她却有点神秘地笑起来，我却很快地走过去，以避她及其他女同学们注视的眼光，下第三时在过道站着遥望大礼堂中布置要展览画展的桌椅等，英与一同学上来了，她第四时有课，走过去后，忽又一人走回来，半笑半责备的口吻问我与他们说什么来着？我说没什么，刘君镜清前在北海看见了，回来一说，同学全都知道，她说的他们我也不知指的是谁，又略谈考试及她什么时候回家，不一刻已是上刻，可怜这几分钟的谈话，她站在我面前，望着我微笑，那种安雅娴静的态度显得那么温柔可爱，糟糕，我却默默地爱上她了！下课冒风回来，土实在讨厌，午后一时半出去，先到浙兴访沈范思经理老伯，略谈，末后提及学校捐款事，他只肯出十元，银行出十元，辞出，又到中国农工银行，访王兆麟副理老伯，谈沪上之剑华，治华等近况，剑华仍有事做，治华考圣约翰，同住之亲戚要回苏州，家中无人照应，如圣约翰不能开学，则他二人有回平之议，谈顷之，王老伯行事甚忙，又谈及辅大捐款事，这次却使我有点失望，王老伯自己竟未捐，只银行捐了十元，以我和他们交情多少亦应捐点，却不肯出，真有点小气，还不如沈老伯还出了十元呢！有钱人到这种地方反而不肯花钱了，真是没办法了，跑了半晌才三十元，每月学校要用七万元，这一点点杯水车薪何济于事！？又去找老杜希望他也多少捐一点，他未在家，顺路去商务印书馆，买了一本五代史本话，孙先生已回去，有一王某店员，还认识我，商务每日交易甚是清谈，实不易维持，到家五时许，整理有点杂务，真糟心，心中总放不下英，于是提笔随便又写了二页字，晚饭后看了一刻书及报，李娘由东城归来，谓何允代我向其友人处劝募，看能有如何成绩，今天这两个银行的成绩太使我失望了，恐怕别人也不会多到那里，抄点变文，用毛笔工楷写，实在费工夫，写完又是午夜。

1月30日　星期五（十二月十四）　晨阴，转晴

八时半起来，先把两本郑振铎编的中国文学研究校对一下，李景慈兄的是初版，学校存的是三版的，内容相同，看过报，又把傅东华编的文学百题中有关于平话的两篇文章，到了十二时五十分，才决定再抄敦煌掇琐中一篇的茶酒论，字甚多，在半小时内赶着抄完，不得用午饭，穿衣，洗面漱口等，忙个不以乐乎，倒很紧张，骑车一路飞驰，幸未迟到，在门口恰巧碰见英，今天江先生没有讲书，把新拟的十余个题目念与我们听，又发了卷子纸，又要把题目写在黑板上，同学们胡起哄，要我上去写题目，江先生也要我上去写，与是与胡长海兄同在黑板上抄题目，弄了快一小时才完，两小时便这么混过去，今天英来了，同学便那么足一哄，还几乎和先生也说了，真无味，幸而英没不好意思，正好英有什么关于鲦的意见，要看那次我告诉江先生的题目中之一篇，于是江先生叫我告诉她，同学更嚷的利害了，后来没什么事，题目大家抄得差不多了，女同学先去了，我们又与先生略谈，江先生并允许我一个人自己选两个题，"楚辞灯"丛兄（这个姓少有）借去．到图书馆去，便看见英在查那本杂志，我助她找到．刘爱兰也在那，随便谈了一刻，听她说江先生到余主任处要辞职，说原因复杂．这消息却出我意料之外，这又为什么呢，为我前些日子无意中向他建议说请他选些有趣的民俗问题，使他不高兴吗？其实这不过是我自己的小意见罢了，事后自己还后悔呢，听了这消息心中不快，辅大像他这样的教授很少，我是很愿意上他的课。英的借书单上没有叶先生的签字没借出来，用我那签过字的代她借出来，交给她昨夜写的信，在我进去那一刻工夫，她已看完了我的信，她也很心急看我的信呀！今天同学们风言风语的，她还不明白，幸未不高兴，还和我一同去礼堂看美术系一年一度的画展，一同欣赏，一同说笑，不一刻因过晚，已到关闭的时间我们俩才出来。又到图书馆去看书，杂志已借出来，我略看，因天暮即先归。虽然与她相处未半小时，已与我甚大的安慰，她说不要我那么望着她，又说在上课时不要我那么看着她，我在后边她怎么知道，这又不知是谁说的，她也

害羞了吗？归家已黑，整天想念着论文是有点烦，这种干燥的东西，一周的考试又得应付一下，指导研究报告要写一点的，晚饭后，一时有感，写了一封信与江绍源先生，预备考完时再寄予他，一来向他道歉，一来探问他有无辞职的意思，又复泓一信，今日精神过于紧张，有点觉乏，眼亦不适，不再看书。今天英还问我怎么知道她家以前的电话等，其实是要想知道一个人的一切，只要略用心思便可以了，略注意也可知道她衣饰的变换，我说她今天多加了一件毛衣，她也奇怪地望着我，有时她的一颦一笑，也颇活泼，不似平时那么幽娴贞静的大人味！

今天开始用泓送我的生日礼物 No. Pilot 牌的自来水笔，这可算是我自以往生日中所收到礼物中最高兴最实用的一件，高兴的原因是前几日看见小徐有一枝这个牌子小号的笔，借来一用很好使，拟买一支，现在省了我去买了，因为巧得，所以如此高兴。

又闻陈志刚言，祖武已于本礼拜一回平，工商去年即募捐，学费涨达每人二百元，放寒假一月之久，又祖武论文题目尚未定，不知何故，明日有暇，当去一访。

1月31日　星期六（十二月十五）　　阴，寒

醒来是个令人烦闷的大阴天，多睡一刻竟到十时方起，因学校要考了，五弟今日停课在家，小妹昨日脚扭了，今日休息在家，上午时间不多，看过报，又略看书，午后一时许冒着阴沉的恶天气出去，因昨闻陈志刚说祖武礼拜一便回来了，今天去看看他，他小屋子很暖和，谈学校，谈个人前途渺茫，又把自己的几个女友大概和他略谈，东拉西扯说了不少话，不觉已是四时半，辞出，过于政家，他未在，径去访久未去找的中学同学曹少堂君，因他家开振信批发文具商店不小，许久不找他，他定会以为我这突然的拜访为奇怪吧！自己多少也觉得有点不合适呢，他近日不适，面部确实是消瘦了许多，见面谈他家此处只是一小部分股东而已，东北的多，他父母皆在东北，又说了半响他家商店中之批发来往货品事，谈得还很亲热，结果说了来请他捐款的事，他因其父母皆未在此，他小孩子

不能做主，又不好意思驳我的面子捐了伍元，又谈了一刻约五时许辞出，到林清宫去，林笠似四兄虽归来却未在家，预备明日再去，到家六时晚饭后，誊抄论文纲要，预备并与储先生作指导研究的报告。九时许写完了，又略看书，有点心乱，近来心情被英占据了，总惦念着她，我又陷入情网了吗!? 硬起点心胸，过了下礼拜好去拜访她!

2月1日 星期日（十二月十六） 阴（下午狂风，冷）

八时半起来，用过早点，与五弟一同去西单裕华园沐浴，才九点多，因礼拜日关系，人已甚多，十时半出来，五弟先归，我去方林笠似四兄，在门口碰见了林十一兄（志可）出门，不巧，林四兄处先有一客，一同谈天，来人托四兄想找差事，该书房大约系林十一兄之大少爷之室，有新婚人送银盾瓶等，原来即系辅大物理系毕业者，忘其名，我在一年级时他毕业，彼与华子善，时至我们住室借去华子之打字机，不料彼即林十一兄之大子，数月前在北京饭店新婚，后谈顷之，言及捐款事，林四兄竟只捐伍元，旋即与来客同辞出，我又去强表兄处，方起，略谈，取了十五元，因即将放假故也，把捐册拿出，本来平时已多方麻烦表兄，很不好意思再开口打搅他，希望他能向部中同事代捐，他说很难，他也出了伍元，又略坐已是中午了，遂归家，午后起狂风，阴沉的天气，加上黄沙尘土蔽天，十分惨淡，本来天气已甚暖和了，十九日即立春却又转寒，狂风终夜未止，正是摇窗撼屋，一天风势如虎，下午把《后汉书·后妃记·马皇后传》与《郑玄传》，又看完了报，继之又看完了日人长泽规矩也撰之《章本通俗小说》与《清平山堂》（东生译），下午眼睛又难受，不知何故，灯下整理参考书目，为捐款向人开口要钱，心中不惯，但为了大家亦只好勉为其难。

2月2日 星期一（十二月十七） 半晴风寒冷

狂风怒号了一夜，老旧的房子，既高大而且多空隙，一到冬日总是冷的，偏偏今晨炉火又灭了，虽是立刻又生起来，但已是凉了许多，一直到今天早晨，刮了一天一夜的风势，才大杀了许多，但是这份冷劲，却是今年数九天中最冷的一日，想不到后天就立春了，还会这么冷！邪气横行，我实不喜欢冬天！冷和风对我骑车最不利了，两者都是威胁我的恶魔，今天起举行期终考试一周，于是今天外边虽是很冷却也不能不去学校呢！为了取饭费，问要提前取定期款子事，又得先绕到浙兴去一趟，手足冻得很，在温暖的屋中明暖和一阵子好得多，蒙沈老伯通融，允十七日，日子的定期款在十四日取出，又与北风相抗，到了学校，身上很热，四肢冰冷受罪，储先生病了未来，助教李先生代考，大家先写好了的，到时一交便散了，我一人到图书馆去查书，杂志及看文学概论，那姓卢的同学也去，人矮拿书架中的后汉书拿不着，代她拿下来，刘君镜清亦在，安笑乔亦在，朱头亦在，周力中亦在，周与我谈了一刻，对朱君与安事甚叹息，闻主任亦知其事，甚为不满，此对朱君之名誉颇为不利，如安为未嫁，则却也是一双佳偶也，至午时与周君同用午饭，又去宿舍赵德培处座谈半晌，到下午考汉书方回学校，后汉书出题别扭，临时看完六皇后本纪才答得了，足用了两小时才弄完，下课在图书馆碰见刘爱兰，把昨夜抄的参考书目，为英抄的，托她转交我看书到五时回家，饭后看报，又看左传笔记，明天考，这门课实在感兴趣，适又接得英来一信，昨天写的，为了我随口说了："学非所用，到了社会，还得重新学人情世故"，她有感于衷，发了些牢骚，这又勾起我那一大片话来，写吗太烦，预备和她面谈吧！近来不愿想这人生问题，不是愈想愈糊涂，便是愈想愈悲哀，她说我们系女同学上课写条说让她让客便告诉她许多关于我的事，她却回答说她也不问了，她说我自己会告诉她的，她很聪明，一半回答了她们，又间接问我肯告诉她关于我自己的事？女孩的心眼，有时也颇有趣。灯下看完了胡适之先生撰之《新思潮的意义》一文，又略看曲选，明天又不知考什么？日子快极，考完放假，再忙乱过年拜年等，恐亦不能赶多少论文，而近日又有许多同学朋友的信还未答复呢，放假了，一天也写不完吧！过了年真得抛开一切事情不管，来忙论文，才赶得出来，如果时间不够，我则不能过于详细写了，可是过年，一进春天，房子问题又出来了，真没办法，不知怎么

办才好！如大正月初一中了头奖就无问题了！梦！

2月3日　星期二（十二月十八）　晴，风，冷

明天便立春了，而天气突又转得如此寒冷，大出意外，今日虽晴，仍有小风很冷，想去中央电台玩玩。去了要证明文件未带去，明天再去。上午考《左传》，先生说说，想想，也便答了卷子，出来看见英，十一时半与李君去吃饭，饭后到小马屋小坐，一时半出来，打一电话与于政，他下礼拜与燕沟一同南下去沪，再上圣约翰，如能开，则治华姐弟等将不会回来了，学校昨日出布告，学校因经费关系，学费一增便是卅元，已涨达八十元之数，无形中每一个学生捐卅元，而前闻工商每人要交二百元，相形之下，尚便宜多多也。下午考曲，王西厢与马致远《汉宫秋》第三折之比较同异短长。四时出来，径回家，未去图书馆，到家略憩，与小妹去土地庙，拟买点洋信纸，不意欲购者已没有，转了一圈回来。去时路上遇铸兄夫妇归来，到家看过报，晚饭后看《唐宋文举要乙编》，明天考骈体文作文，又是麻烦事，昨晚得英来信，今天提笔复她，来信因我随口两句话，引出她一片慨叹来，于是与她谈了一些关于人生问题的话，还是本着我那人生是矛盾的，相对的论调与她讲，又反问她要我说什么，告诉她什么？看她如何答我，晚屋中火略微觉冷，又加上棉袍方暖，自识英后，心中大受宽慰，想起她便高兴起来。

2月4日　星期三（十二月十九）　半晴，风

九时去校，先到图书馆查书，遇刘永长（史四同学），他告诉我上礼拜借与他的周力中兄底图书证，他昨日去东城给丢了，丢了就算了，今天考骈体文出题为骈体文在文学上之价值，自己觉得这次文章做的比较上次期中考的稍好，十一时半出来，到饭馆去午饭，遇周力中兄，赵德培兄，宁老二，饭后把昨夜写的信送到女院信栏内，又到恒兴斋买了廿份的拜年片，六分一份，一元二角呢，中午在赵德培屋及小马屋坐了一刻，一时半

到图去，今天下午没课，预备看点书，并找答民俗题的材料，因为下午考"中学普通教授法"，四年级同学，多在图书馆看书，等四点考试，所以人都坐满了，屋子内一个大火炉，又有汽炉，所以很热，人多空气十分恶浊，中午已略觉不适，到图书馆不久便觉头疼神倦，尤其头疼难受，跑到院中去换了几回新鲜空气，仍是不见舒服，后坐在开窗户的桌边才好一些，看了四五本书，并在禹贡半月刊中取一点材料，这杂志不料刘淑英已经借出来了，并夹了两个条子，勉撑精神择录完了，带着头疼，五时一刻逃了似的跑出图书馆，到毛家湾郑表兄家小坐，把托二宝买的冷油取回，又取回放大自己照的相片，背部脊肉很好看，因受冷受热，到家便卧床上休息，头疼，卧半晌未稍好，晚饭进少。

2月5日　星期四（十二月二十）　半晴，风，冷

虽然晴了天，有太阳暖和许多仍是冷呢，小风刺骨，昨日头疼，今日精神仍未完全复原，今晨起来，嗓子又不适，微疼，干燥，且多痰，可厌之至，时气不正人多病，九时四十到校，十时考古书体例，主任发了卷子，出了题，因座位不好写字，允许带回家去作，大家散去，小杨子拉我去赵君德培屋神聊了半晌，十一时出来，在大街上遇见王燕沟与叶于政二人去现发，在街上边走边谈了两句，这俩家伙，偏要跑到上海那地方去念书，圣约翰一定得改组，也不是美国味的学校了，这两人服饰极力欧化，且十分讲究，年轻人未独立前大不该如此，虽然家中供给得起，西单十字路口分手，我一人去欧美理发，十二时半方回家，午后看报，外院寄居之祁家仆人，因与邻院韩国人发生麻烦，屡次越墙而行，今日截住三韩妇，由郭家与之交涉，半晌方去，晚外院之仆人亦去，不知以后尚有麻烦否，亦可厌之至，下午在家看古书体例讲义，并拟答题目，工楷书就，晚饭后又补答民俗题目两个，工楷书之费两小时之久，考试算应付完了，心中无事一宽，晚得泓来一信，告我她同学借去她笔记去考，她却不能考，心中悲愤，孙祁上礼拜六曾去找她，告她可以考，她却因笔记借人不再考，是日她因家扫房，乱甚，故未能接见祁，信末要她与我的信拿回去一看，不知何意。

2月6日　星期五（十二月廿一）　半晴风冷（昨夜大雪）

　　昨夜阴天又起风，今日起来已是银色世界，又是一番景况，早晨尚有雪花飞舞，至九时许始止，地上积雪达三寸许，天气到不很冷，有点风，不料昨夜会有此一场大雪，因为功课试卷全已答完，遂放心，把前买回之拜年片拿出写人名地址，今年发廿余个，师友皆有，十时半决意出门先去于政处十一时到，他方起不久，一人在过五关，颇无聊，忽巢贤德那个混混似的来了，说了许多淡话去了，这种人有什么意思。与于政谈知沪圣约翰大学，一仍旧态，已开学上课，他与燕沟皆定于明春新正初三四日起身去沪，又声音向其父暮捐事，其父未起，候到十二时半尚未起，遂辞出又到燕沟家，他方吃完饭，今天看见他父，似比前三年见时好得多，他婚后（他于去年四月结婚于北平）即搬在后边住，我尚未去过。今天第一次到他屋去，亦颇简单，但颇雅洁，宽敞，谈顷之，亦与其言明来捐款，他竟不肯，原来他曾托燕京神父向辅仁交涉他要转学辅仁，而辅仁竟以不收插班生为辞，而拒收，故他对辅仁印象不佳，谓我如能代其为力使其上辅仁，他即捐款千元，我当即允代其打探一切，一时一刻辞出，他家房园皆较宽大亦整洁，院中大小蛐蛐（蟋蟀）即有数十个之多，燕埒今日亦见到，在家则大棉袍，颇老成，大不似与女友同游的人也，我离王家径赴学校，因下午二时尚考民俗，到时交卷而已，唯我尚未用饭，急先到饺馆进午餐，速食又赶到宿舍，因允找赵君找一民俗题之答案也，恐其着急，幸未上火，遂一同去校，上课半晌，女生祝寡妇一人在，手持数卷，等半晌先生仍未来，后到教员休息室才请了来。今日穿了大衣，巡视各同学之答卷，祝交了卷子三份便走，谓刘之卷子正写，等一刻便交来，过半小时许英来交即去，我等在教室与同学及先生闲谈，到三时我出来，到图书馆未见英，心中诧异，到宿舍找赵君，托其代我明日交古书体例卷子，出来心中疑虑不定，遂决定去找英一趟。在女校外边搬走回家的人甚多，顷之英出来向我一笑，谓我带冰鞋来了没有，我不知所谓，她问我尚未接到她之信，告以尚未见，后我遂谓去宿舍借了一双，常君振华的，书存他屋，车放在宿舍，又去找英，不一刻她出来了，与我同行。这次是她一个人，她告我刘爱兰搬到她屋去了，因答古书体例卷子，耽搁一天，礼拜日走，她伴她一天，亦礼拜日再回家。她真乖，进北海后门，颇冷清，人甚少，雪后风甚冷，她却仍与我同出来了，一边走一边谈，后行到船坞，她便又主张踏冰上雪直趋漪澜堂，足踏软雪莎莎作声，有趣，风吹雪上生纹，如层浪，如片玉，天暗阴，颇凉，到冰场上只十余人，遇杨善政，空荡荡大场上，人甚少，进去稍憩便换鞋下场，我借常君振华鞋稍肥大，尚能用，见面便口不停地谈着，谈她近数日为考试念书，同学新闻，先生笑话，她们政治地理尽讲些"倘若地球由东往西转又生何情况"等等问题，颇近似科学，又谈什么刘宝全，她初以为是唱皮簧戏的，后来我告诉她才知是唱大鼓的，诸如此类她多不注意，因她平日不看报之故。而她又喜看《青城十九侠》之类小说，出一本便买一本看，瘾头不小，只是觉得好玩，看过便丢开，算了，她又喜看翻译的世界名著，她的确看了不少，她要介绍我看，她似不大看中国民国以来之新小说，我也没法介绍给她一点好书看，令她也欣赏，一些中国的好作品，她不喜看巴金的作品，我亦有同感，我亦觉不出巴金的好处在那里!? 在冰上溜了五六圈，因西风甚劲急，她腿又累了，遂上去暖和休息，坐下谈起书来，谈得投机，竟不想起是溜冰呢，她告我她以前看过许多小说，是事变年在津独居时看的，她与她二姐最好，又极爱书，时时在市场搜书，事变起，她避居津市，平市家中因惧检查麻烦，竟将其二书架子书全焚烧了。后其二姐归来，与她二人大哭一场，亦有趣，英颇有趣，在校时十分沉静安详，大方端重，而有时却亦甚活泼，善谈笑，有时自然流露天真的神态，实是可爱，有趣，十足是个小孩子，到底也脱不了女孩子娇态，谈了很久，也便不再溜了，共总滑了还不到十分钟吧，因为谈得高兴了，换了鞋便出来，不然被伙计们会认为我二人怪神的，出来已暮，她却兴致勃勃，又要上白塔上走一遭，曲漪澜堂后山石道上暮色石上厚雪颇滑不易行，至交翠亭小立再上，径驱白塔前佛阁上立定，先有二人在，难得是此天气，尤其是此时候，会在此高地还遇见同游人，去我二人去，旋即走去，只我二人在最高处俯视大街，灯光萤萤如串珠，如疏星，之海片白，风声飒飒，右立一杆上飘一长巾，惟天

斗，西天风云险恶，大有肃杀之气，景况亦悲壮，凄凉，大有古行军中
"刁斗风沙暗"之情景也！心中亦为之一动，本拟登高赏雪，惜已暮，雾
色苍茫，昏然难辨人物矣，并依佛阁前木阁门，畅谈一切，她谈其家中情
况，其母六十许死于瘤，又言其二个兄长皆有两位太太，英及其二姐皆反
对之，颇不满其兄长之措置，我问她关于她家的事，全都告我，并且坦白
的与我谈及其家之一切，毫不隐讳，她那种诚恳热烈的情绪使我十分兴
奋，疏疏星火下，她是那么镇静，温柔，与我静静的谈着，二人立在北海
之最高处，寒风凛冽地吹着，而毫不觉冷，外界的寒气，似乎已被二人之
热情所隔开了，那时我真想抱过她来吻她，但理智唤醒我，别太唐突了这
个圣洁可爱的孩子！这种鲁莽浅薄的表示内心爱的方式是否会激怒她呢！？
但这吻她的念头亦只是一闪而过，并未付诸实行，在上面立谈约有半小时
多方走下来，一同步行，送她回校，本拟留她一同用晚饭，她说爱兰还在
等她，我用过饭回宿舍去还了常君鞋，赵君出去，看他答的卷子比我答的
好，又走到对过小马屋小坐，他又规定搬到东城北沟沿去住，不料已是八
时半了，遂亟驰归，到家觉乏，跑了一天才回，今天会在外边用了两顿
饭，尤其想不倒是英今天会和我在一起过了三小时多，谈了许多话，那么
冷的天去北海，白塔前站了那么久，这都是什么力量，这都是她给我的新
的生活，我以前没有这么过的呀！有趣！到家接到她的来信，信未注上有
叫我带冰鞋的话，前边写了一大片分辩她并未暗地托人打听我的话，开头
还写"生我的气了"，可是今天见了我仍如平时一般说说笑笑（但与她上
课时那种沉静完全如同两人呢！）毫未生气，当然是不过一时写下来的而
已，幸是未看见此信而去找她，如先见了此信，岂不令我一天心中不安
吗？末写此是"打架专号"，淘气。睡下亦是十二时了。

2月7日　星期六（十二月廿二）　　半晴

九时许起来，漱了口，尚未洗脸，赵君便来了，信人也，请进来座
谈，头一句便是"储先生病死的消息"，想不到储先生会死了！上个礼拜
还上他的指导研究呢！生和死也就距离得那么近！可叹！嗟叹顷之，还送

来我昨日遗忘在他屋中的帽子，十一时半方去，我才进屋洗脸，亦不再吃早点，午饭看报，又整理贴邮票在各拜年信封上，孙祁令孙昭来送一条，托我代求泓，为侯介绍王炜钰，报以不保险，弄完这个，又忙着写一信与英，告以下礼拜一下午去看她，方写完已四时许，突然小徐来了，却是想不到的事，遂邀他进来坐，谈谈说说，没什么事，他告如他太太来问我小杨子的地址，叫我别告诉她，他太太会来问我？不定又是什么事，听他口气，大约又是与他太太吵了架，二人总是不和，成天哄孩子怎么受得了，爱情只是一方面的，精神上只有付出没有收入，日子长了谁也忍不了呀！他太太还是孩子，什么全不懂得，小徐心中现在未必不后悔，只是太太完全是自一手娶来选来的能怨谁？口中硬不肯说出罢了，我很同情他心中的苦恼，但此事亦很不好劝呢！五时我要出去，遂一同走出，到西单分手，我即到王家去，拟打听治华剑华二人近况，及是否年底回平，不料适遇庆华亦由津归，原来今日其父之生日，事前不知，我亦未送礼，可巧连日袋中空空不能购物，他家今日有客，皆在北屋，庆华见面不过如此，我遂小坐即去，他遂口留我，并非诚意，遂拒之，出来又到尚志去看九姐夫，适伯长亦在吃了一个苹果，听听无线电报告新闻，稍坐即出，打一电话告谢其房客逃走事，又打一电话与泓略谈，她不愿为侯王之介绍人，又谈些别的，她与我借书，允近日送去，六时半归来，今日为四弟与其四个盟兄（小学同学）正式结拜之日，下午到家中来拜干爹干娘，并定在家中用饭，李娘上午现跑出去买东西，回来赶着做，为他们下午吃，我回来他们四人已来一刻，围坐玩扑克，与他们聊天，屋中人多火旺甚暖和，八时许吃饭，菜尚佳，汤无什味，大家不客气，吃得很随便，饭后又谈了半晌，四弟买业的糖果等全已吃净，饭后又吃了四碟，这几个孩子有趣，从小学五人常在一起，实不易，兰谱上写的算在民廿四年便拜了，九时四十归去，娘凭空添了四个干儿子，心中很高兴，口中时常言及应如何如何，我胡忙一日，晚上才看报，又与弟妹娘等谈谈，不觉又是午夜了，今日与昨日之日记全未写，皆八日晚所补记者，天气到底暖了许多，雪在中午多化，如雨水，满路泥泞甚难行，春天早些来了。

2月8日　星期日（十二月廿三）　晴

　　早晨还有点阴，九时后转晴，早晨还有点阴，九时后转晴，起来急弄完了一切，便开始作扫房之举，一年一度，虽烦亦得扫，不然太污秽了，处处皆土，一件穿了多日的大褂便做了罩袍，搬这搬那，一会儿上高，一会儿就低，出出进进，忙个不停，主要是弄得全身是土，心中最腻烦的事今天到底也得办了，不是一年才扫一次吗？心中决意加快办，决定一天得扫完，除了李娘屋及厨房，手不停地做，院中还是凉，稍久手便僵了，五弟小妹二人小孩仍是不懂事，不会帮多少忙，只是自顾去玩而已。午后继续扫及整理一切东西，拂拭不已，手便洗了四次，书架上的书，掸土，亦是一年一度，我自己也是实在太懒了，四弟在家一同操作，五弟同学下午来了，玩了一刻方去，为托他看房事，今日特来一次，口齿明白，人极伶俐清楚，与五弟同岁，比他强得多，懂事得多，不知五弟何时方明白，他同学和一个小大人一般，难得伶俐的孩子！一阵子紧加油的整理东西，果然于太阳未全西下时已经弄清楚了，墙上又换了几幅画，稍改几件家具的地位，眼目似乎一新，做完了，了却一件事，放下一块石似的，明天起便没什么管得了，安心跑到学校去看几天书便了，虽是快一个月的寒假也很快呢，何先未能代我捐来一文，差劲！

2月9日　星期一（十二月廿四）　晴风，冷

　　连日痰甚多，且晨间时因口干舌燥而醒，八时半起，九时许起去校，小风甚凉，且骑车费力，到校看见通告六日下午储先生去世，治丧处布告谓定于十日于皇城根嘉兴寺开吊，到图书馆有许多同学，男女皆有，皆是四年级同学，皆来为自己论文而借书，约有数十人，一时图书馆柜边十分热闹，我借了中山大不语言历史研究所周刊拿出来看，可是来的认识的同学不少，每个都少不了招呼我，说话费去不少时间，结果只看了一点书便到了中午，李国良今日谈上礼拜五与江先生谈话之结果是江先生仍以原因

复杂，如教会学校对其不合适，同事处不来，及其个人生活不能解决等等，他或有意去北大执教，不知到底意思如何，中午打一电话与王君燕沟告以令其写信请求，我再据此关说，午后看书，午后小风，四弟上午出即未归，顺路去何继鹏家问四弟，饭后又去杨家，这孩子又玩去啦！我即去东珠市口找刘淑英去了，第一次去东珠市口，前门一带自是十分热闹，路如东西珠市口，颇坎坷不平，找了半晌，才找到，门口距电车路极近，敲门女仆出开门，持片进去顷之，淑英含笑出迎，邀到北房坐，其父在里间睡午觉，我即与彼在外间木扶手之新式靠椅上座谈，把带的书及信封信纸送她，书借她看，她很高兴，于是谈这谈那，学校同学，先生等等，二十余分钟后，其父被我谈话声吵醒走出，一慈善和蔼老人，我与之致敬，老人亦还礼，旋即走出，谓去柜上看看，其家乃是做买卖（出口）的，我又与英畅谈，谈得很高兴，东拉西扯，旋其父回来，我问其堂弟（小孩）W.C在何处，他带我到后边去，后边院子比前边稍大，亦一三合房，出来客厅多一人，（其家店中人欲回山东者）不知谁何，遂又到英自住屋中去坐，她屋汽炉管坏，很凉，生一小煤火，其屋墙壁上挂有一副对联，一中堂梅花，上署卢绍贞，实则乃一王姓老头代书，画者，其家与卢家早就相识，因其二人之兄相识故也，英亦尝去当津玩，曾住于卢家，卢亦曾住于其家，其屋中亦颇简单，一书桌，三书架书，其中中西文皆有，两把新式大椅，一小矮几，一架钢琴，桌上一架打字机，她睡屋中未进去，只看见床上盖着白被单颇洁净，谈谈书籍等，不觉已是天黑了，遂辞归，因谈得高兴，不觉过了三小时多，她留我在那吃饭，不好意思第二次去便在那打搅，推以告诉家中回去吃饭，她亦未坚留，晚又起风冷，到家顷方方暖和过来，其家经商外表房屋高大整齐且屋内为洋灰，院中亦细砖抹地，双屋窗户，中西合璧，中西式合摆家具，皆颇精美，其构造之严密讲究较之王燕沟家尤强数倍，惟房间与地址，无王家之宽大而已，我初不料其家如此，而其为人之朴素无华，尤为可佩，其为人之和蔼可亲，更加可敬，其不趋浮华，尤是可爱，到家七时许，四弟尚未回，这孩子要玩野了，晚饭后觉倦，看过报，记此日记，连日劳累，晚睡早起，今日又跑了不少路，不再太晚睡，明天无风仍去校看书。

　　静静地回想一下，以前认识的女孩子中，到现在为止，冷静地想一下，最近相识一个多月的英，我最满意了，也最接近我的理想。三年前幼稚的我，一味感情用事，错误地与伯贤相熟起来，后来逐渐发现我二人之志趣背道相驰，加以十二分不满她那种虚荣心与浪漫的行径与思想，而逐渐很快的便自动的疏远了。最主要的是母亲的反对，且与她友谊的关系。她比我小一辈，或是两辈呢，而她与我精神上、物质上的损失亦不小，至今能与她好好分开，她亦有了归宿正好，至今想起自己那时的糊涂来真是恨悔不迭呢！再说泓，虽然相识亦有数年，但我不喜欢她，她很幼稚，有点俗气，心胸甚狭，见闻更少，复不大方，所以实终与她保持不即不离的普通朋友的关系。还有就是庆华大姐，她比我大一岁，一切都不错，只是身体过瘦弱，而且事业心过重，其家似对我亦不注意，且她远在上海，近两月已疏音问，我对之希望甚少，本来我家中经济十分窘竭，自力更生为当前急务，尚谈不到我的婚姻大事。于是这第四年大学开始，我始终没有注意这回事，只是安心上课回家而已，而偏偏选了民俗学，而又有了历史系女同学选了，于是安详沉静的英便被我看中了。数次观察，英确实是个近于我理想的人儿，在热烈抖颤的心情下发出了第一封向她求友的信，在一月十三日才收到她的回信，原来她在收到我信第三日即复我了，却被邮局扣了九天才送来，真是可恶。我正在吃晚饭时接到了她信，那时出我意外的惊喜，那时心中的高兴真非笔墨所能形容，这为我四五年来最高兴的一刹那，由心灵的深处流露出最痛快、高兴的情感，那时看着一切人，物，都是可爱的，光辉的，眼前一片光明，神情十分兴奋，这都是英那封允与我为友的信所给的快乐呀！始终她的幽娴贞静的态度给我印象很深，我以前的观念太幼稚，不应只注意那些外表摩登的 girl，那些都是孩子，都不知事，只知享受消费出风头玩乐而已，我自己还顾不了呢，哪有余力供她挥霍。所以现在赶快改了那以前浅薄幼稚的观念，要选择那些稳重，端庄，大方，大人味，懂事，知甘苦的朋友。于是英便在我这种眼光与条件下合格了，而出我意料以外的，她亦并未把我那封信认作冒昧且蒙她青睐独垂，肯与我交友，于是便通起信来，又是意外地很迅速便熟起来。她那沉稳端庄的大方态度使我敬她，而间亦未脱少女的活泼劲，她很聪明，说话有时亦很俏皮淘气，温柔可爱，兼而有之。六日下午冒寒风与我立在白塔前佛阁上那么久，这却是我想不到她也这么热情呀！并约我去她家玩去，她对我的印象还不坏，今天在家还见了她父亲等家人，她对我一切都是很坦白的，只是她的年龄不肯告诉我，疑她至多比我大一岁，而且可能性还很小，又是出我意外的她家那富裕，这不但没有带给我以喜悦，却反而增了我的忧郁，因为什么呢，因为我"现在"的经济状况与她不能成比例，我们现在是在当卖中讨生活，目前娘一点东西首饰全被我们弟兄们吃光了，最近的日子如何打发尚在不可知之数呢，如果将来有福娶了她（这思想有点奢望与幻想的可笑！），她是否能与我共此清苦，从她那舒适优裕的境况中到此为难的境地来！？愁的就是最近数年来恐亦无力谈及终身大事吧！而女孩子的青春是宝贝，一去不回，她又能否等我呢！？但我高兴的是我这次可没有看错了人！英个人是个很和我理想接近的对象了，将来的幸福与愿望能否实现如愿呢！？现在尚在不可知之数，值得令我自己骄傲的是，自己因是没看错了人，而短时期是却已有此友谊的成绩，实是惊人的迅速程度了，英对我亦不错，很热诚，她信中说她信任我！这是我的荣耀，相识不久，她竟无条件的信任我，可见我在她脑中的印象是不差了！我们将互相有更深的认识与理解！

2月10日　星期二（十二月廿五）　半晴狂风冷

九时半出去，先去叫了煤，又到王燕沟家取了信，代他交呈学校，请求转学的，冒了狂风往北走，风，土费力以外还加上冷，实是不好受，好容易熬到学校了，先到注册课代王君交涉其事，费课长谈此系收否燕京学生的整个题目，非一二人通融与否之问题也，结果不知校方如何议决，处此特殊情形下，恐怕希望较小，尽人力听天命吧！十时三刻到图书馆，遇同学，问我话的不少，结果很快地便到了十二时，书也没看多少，倒霉，费这劲，受这罪没看多少，因为储先生今天开吊，师生一场，到恒兴斋买了一个黄封套，封了二元，回家路过嘉兴寺，进去送礼，在棺前鞠了三个躬，只认识李维棠及柴先生，同学们大约午后方

去，很冷清，立刻出来，顺风回家，很冷，下午不出去，风加大，下午在家开始记账，并答复友人之信，与王延龄一信，永涛一信，并与江先生一信，挽其仍旧教我们半学期，不知可否，看过报，觉神倦，遂卧床上休息，朦胧中人多乱甚声多，那能睡得着，起来晚饭后又念起英来，现在一心一意全在她身上呢！我并不羡她的家庭经济状况，只注意她个人的思想，为人，与我相合便好，晚看完了三卷五期的辅仁生活，又看以前辑收之大公报之文艺合订本，里边有许多极好，可爱的材料，我十分喜欢它，看到一时许才睡。

2月11日　星期三（十二月廿六）　晴，大风，寒冷

八时半起来，天气晴了，风有一点，虽知昨日刮了一天风，定很冷，但今日是没风，便好得多，于是决定去学校图书馆去看书，出去时尚好，走到单牌楼北边，风便又逐渐加大起来，冷得紧，真是怪事，立春后，反而又风又雪，连日狂风特冷，过于严冬，手足冷得麻木不知，好容易顶风跑到学校，到图书馆去看书，去查书，今天仍未看了多少，但是那篇白话小话起源考已经看完，十一时许出来，到学校 W. C. 去，往西走亦顶冷风寒凉刺肤，实不似立春后的天气，"春寒冻死牛"，真有这意思，冷得我两足无知，真不是我的一般，风中土实极讨厌，大受冻罪，真是何苦来，想不到上学也没赶上这么冷，现在却来受，明天有风便不来了，过年见，连来三天，连顶了三天风倒霉，冷得我头脚冰凉，身上却热，令我心头发躁，真是鬼天气，看过报，看看钟，吃完午饭却已旧时两点了，今天会这么晚，这两日下午精神总不好，今日本允为泓送书去，因风未去，过年见吧！卧在床上看完了春韭集九日由英家借回的，内包几篇小品散文，不大好，含有点幽默性，在他后记里虽说是以人生中一些可笑的错觉与变态的现象为主题，但觉得是很浅薄无味的，不如以前看过的鬼恋及吉布赛的诱惑两书好呢，又是昨日记后补写一段，饭后看郑振铎《中国插图本文学史》。

2月12日　星期四（十二月廿七）　　晴，风，凉

今天忽然懒了，九时半才起来，十时许出门，把昨日买的水果取一包送九姐夫作年礼，不知何故今日内城门口还有警察检查行人，路旁并有日本便衣监视。今日仍有风可厌之至，比昨日较好一些，在九姐夫处小坐即出，借他处电话与英通一电话，她叫我今天去，我本想去，但又怕打扰她，而且年底下很忙，我何必去吵，打扰呢，所以告她新年去给她拜年，她已把《托尔斯泰传》看完了，又说了点别的便挂了。约好十五日下午去她家，我真想天天去看她，可是怕惹人厌，又想今天去，隔两天一见她亦不错，但因年下人家很忙乱，不要又去添麻烦，今天她不是说："今天来呀！"可见她也愿意我去呢！过了年再不时去她家找她吧！我想买一点吃的送她，她爱吃零食呢，又找出一小盒真正福建出的武夷茶叶想送给她父亲，只是一点小意思，送别的大件人家也看不上不是吗！我又到朱君家去，想和他谈谈，不巧，他不在家，回来找孙祁，与他略谈，谈及泓学校事，介绍王事，我是不爱管，只是孙祁是小学好友，他开口，我得替他尽点力，便谈泓与我借书，下午把书交与孙祁拿去，令他自己向泓说去，中午回来饭后写了封回信夹在书中交与五弟送与孙祁，二时多正要做别的事，朱君忽然来了，迎入谈了一阵子储先生病与死，储先生死于德国医院尚是柴先生青峰与朱君二人用棉花包其死尸，交情够可以的了，朱君为储之丧事跑了不少路，今日方息，整一礼拜，又谈江先生事，闻因江先生半年辞职，校长亦甚不悦，因学校向无半年解聘之理，不知江葫芦中卖的什么药，我却没有白选，却因此得识了英呀！又谈我和英的事，他说别人猜英会比我大的，就是比我大，也多不了二岁吧！我得想法知道此事，她却很守秘密，是因她知道了我的岁数比她小而守密呢，还是为了别的，随便谈谈，到四时许朱君回去，我进屋来，开始与天真嫂复她一信，并问华子兄何时回津，可有信来，又与英写了一信，只一篇，她不愿人家喊她小姐，她说那么么难听，她还爱说："是的！"两个字。继之又给久未作复的弼写了回信，不信话都上哪去了，也没什么可说的，勉强写尽一纸，写完

了心中无事，真舒服，信债全清，五时许出去寄信，买了一点东西回来，祁还未回来，不知他与泓交涉结果如何，明天再去问他。到家看报，并看了一刻《西风》，晚看书，近数日买此买彼，花钱如流水，可怕，四弟下午去郑家，至暮方归，晚何继鹏家又请去吃晚饭，一天不在家，俨然想要人一般胡忙，成天不摸书本，实荒唐人一个！英是占据了我整个的心头，不时念到她，我的感情已达到热恋的时期了！

2月13日　星期五（十二月廿八）　晴，小风，凉

风势今日虽然大减，只是仍够凉的，晴天有太阳总好得多，九时半出，在西单买了一包鱼腐面加上红枣送与陈老伯，在那稍坐即出，由老伯口中得知力十一兄回平，令我十分怀疑他怎会回来？！又送强家一包水果给他们小孩吃，一点小意思而已，又往北到学校去，在图书馆小坐，庆成之姐亦去，已连去将达一周，亦是做论文着急了，向费先生询问收否燕大转学事，学校当局尚未决定，不知确讯，十一时半出，又到郑三表兄家，他未在，与小孩略说，把风合订本带去借他们，据大宝云，实报载张铁笙于江汉生妹于中南海淹死日，亦载有其所撰一文大责江之不对，平日只顾外不顾内，其母，妹，弟等平日生活亦甚困难等话，并云江近得子，则希波已生子矣，我亦未闻人言及。中午归来在亚北买了一盒Coco糖，预备送给英的，她爱吃点零食所以送她这一点小意思，午后想起家中生活费无着落，娘之金物只余半两，今日换毕用完则又如何？！一时忧心如梦！坐立不安，三时左右，黄小弟忽然来了，由他证实他三妹确已生了一个男孩，已半月左右，又与四弟在书房墙上挂了几个镜框，四时作一简信与王燕沟，告他学校事，四时半与小妹同去校场口买配给米一袋，廿二元，五十斤，在校场口遇见了伯长，由她口得知易周确已回平周余，我亦不知，我真什么全不晓得，发了信，去找孙祁未在家，回来总觉心中闷闷，易周与我印象不佳，不愿去看他，他会回来，回来做什么？与九姐夫算账？还走？他实无回来之必要，六时九姐夫派张得荣又送来廿元，每逢年节他即送些钱来，已打扰他多次，心中不安，唯图他日

再报耳，过年乃过钱，花钱买物，用如流水，我实觉年无意味，十分无聊，且连日闷闷在家，十分烦闷，亦无心情念书，只想英在家不知做什么事，实想去看她，但此时去算什么，过年后再常去找她吧！过年大家胡忙一气，实则一切不是都和平常一般吗？我只觉得没什么特异，反而闷得没地方去，只是街上摆满了过年用的东西，店中挤满了买食物礼品的人们，才显得有点年意，李娘去换了东西回来，五姐送我们一只熏鸡，我看了钱又烦，这两日午后神倦，今日下午六时许又睡了一刻，晚上灯下拟看书，人多话多，吵得看不下去，不怪英要吃点零吃，没事坐在家中，闷了，便想吃点东西，于是花生，糖果，乱七八糟，也吃了不少，大大打破我自己平时不吃零嘴的禁例，为了守孝，三年没有拜年，今年制满，可以拜年了，所以今天发了廿余份的拜年片，先生的同学的全有，这两日有点胡混似的，这没味，只盼明天快快过，过了好去看英，拜完年好做点正经事，觉得在家住得不舒服，怪事！

2月14日　星期六（十二月廿九）　晴，下午风

　　仍是和平常一般的生活，上午晴天还好，十时半去前门浙兴，存款那一点小数目，本在十七日的日子，因值春节假期中，故与沈老伯商议，提前取出，顺路去访朱君，拟问他关于年刊事，不料他不在家，又去徐光振家了，便到尚志医院去问九姐夫易周回来做甚，他却唯唯诺诺，只推不知，想不出他为什么回来，似乎他不会回来，中午回来，又到孙家略坐，祁说泓推到开学再说，午后在家，没有出去，外边起风更不想出去，自进阴历十二月以后，每天胡忙，每天买这买那的，又收拾这，整理那个，忙个不停，李娘忙着买菜及零用东西，娘与李妈便忙着洗衣服，被单，窗帘等物件，又缝又熨，手脚不停，李娘跑出跑进，买回来又得忙着做，亦很劳累，心中不安，我们小孩却没能帮多少忙，今天一下午，整理整理这，那的，呆呆，愣愣，看看报，便混过了一个下午，四弟说他盟兄四人要来辞岁，来吃蒸饺子，于是他忙了一下午包饺子，七时做好菜便上供在父亲像前，算是辞岁，今年东西比去年贵得多，今年只做了六个菜，又与娘，

李娘辞过岁，七时半吃团年饭，十时左右，杨，何，陈，宋四人才来，吃了一些饺子，座谈顷之，十一时许才走，我可爱困了，四弟又与他们同去，大约一夜不回了，今天虽是腊月廿九，末一天，可是我仍和平常一般！

2月15日　星期日（正月初一）　　晴和

旧历年大正月初一日，天气又晴又和，好天气。

醒的早，八时起，用过早点，换了一件四弟新做的袍子，一个人先走到老墙根陈家拜年，又到六嫂家，二太，九姐，伯长，十一哥皆在，热闹得很，十一兄与我握手言欢，说："老弟，久违了！"十分亲热劲，却出我意外，他仍无我高，只是比我壮，肩亦比我宽，比以前胖了更圆滑能说了了，出来到力大嫂处，又一同到九姐处，九姐未在，她尚在陈大姐处，与太小坐又到二太处，与十一兄略谈，他此次回来看看，一半亦是来算家账，他说南方政治不良，能把他逼回来亦够瞧的了，他在南方找到了一个女友，并已订婚，后与他们力家，陈家等一大帮一同到我家来与娘拜年，一时热闹得很，旋去，四弟几个把兄弟亦来，与娘及我拜年，娘与他们每人二元旋去，我亦去刘曾颐家皆未在，又去孙祁家小坐，一早上走了七家，中午反而吃不下饭来，又吃饺子，我们也被北方风俗所传染了，午铸兄来旋去，午后换了衣服带了小匣茶叶及一匣糖去刘淑英家，在她屋等了半响她才出来，今天穿了一件短皮大衣，没戴眼镜，亦不难看，头发仍是那么随随便便的，又一北上房与她父拜过年，到她屋与她谈笑，坐在炉边东拉西扯的，谈起来，她家男仆与女仆见我皆拜年，她买的糖很好，请我吃橘子，我说送她父茶叶与她糖，她直说我客气，她并把她二姐来信给我看，是最近来的，叫她毕业后再打算到南方去，不知她到底打什么主意，她倒与我很坦白，什么都谈谈，不知不觉又到了下午六时多，她又要留我在那吃饭，不好意思，在那打搅，便辞出，英拿了几件小玻璃玩意送给小妹玩，可惜今天天气这么好，却在她屋中消磨了一个下午，下午冒太阳去时，骑着车真是十分写意！可惜她不会骑车，否则一同骑出去玩多好，六时半回来，赏了两元与她家仆人，走到菜市口，还有警察检查行人，到家晚饭亦未吃不太多，觉乏甚，昨天睡的亦不算太晚，大约是连着两夜做梦，梦见了英，醒的早的缘故，晚饭后困，九时多便上床睡了！四弟又去何家，又是一夜未归，玩昏了！晚得梁秉诠来一拜年片。

2月16日 星期一（正月初二） 半晴

昨夜睡的早，今天还睡到九时多，不知怎么会那么爱困，早上接到小杨子来一信，用名片上写了字做拜年片，还胡画了一张纸，什么云乎哉，天问，成套的语句用了不少，多半诙谐，充满了才子味，看了有趣，起来提笔立刻复他一信，并且又写了几个字与英，上午十一时多与小妹五弟同去铸兄处，他未在，与铸嫂略坐即辞归，午后补写完了昨日日记，与娘同出，今天穿上新改好的袍子马褂，头一次穿一身出去拜年，先到强家去，路上遇见了陈大姐夫大女儿与伯畏，她二人去 C. K. 看电影，强表兄方吃完午饭在洗脸，谈了一刻，他大女儿与五弟同岁，好似比五弟大似的，也懂事，又到陈老伯家去座谈了一刻，老伯请我吃我送他的红枣，又到郑表兄家，三表兄未在，与大宝二宝等谈谈，娘在他们搬家以后第一次去，到各屋中去参观，并还点蜡烛点香，向祖先拜了，那是郑氏母之娘家，也算是我的外婆家，坐了半晌，四时四十分回来，今天穿了袍子，马褂，他们都看着新鲜，出来大宝约好一同去找舒令泓去，我先走并先到小徐家小坐，五时半出，娘已先回家，我再到舒家去时，泓未在家，松三母亦出，留片而归，因天晚，遂未再去别家，到辟才胡同口遇见大宝来了，告诉她泓未在家，（泓家门房与警察十分臭，令人不愿去找她）她亦十分扫兴，此时没有地方可去，遂败兴回去，我亦回家，其余没去的地方留着明天再去，到家李娘，四弟，五弟，小妹，娘，李妈等在家玩小牌九，卧在床上休息，又睡倒了，到晚饭时才起来，过年几日吃饭都吃不多，坐在桌上反而吃不下去，今天到各处什么也未吃，吃不下去，跑了不少路，累了，回来想看点书，精神又不支，自己够泄气。

2月17日　星期二（正月初三）　晴和

　　心中老惦念着英，真想每天下午去找她聊天，可是总去实在不好意思，不去，在家又时时想及她，麻烦，近来自己感到文思枯涩，给她写信时，笔下十分不流利，自己看着都不好，非到感情十分强烈时才都奔腾在笔下，以后想到有不好意思从口中说出的事，再由信中表示吧！昨天看她样子，觉得她大约比我大呢！只不知大多少！？她因比我大，才不愿说出，而缄口不言吗？别的一切不管，我觉得她个人方面比泓强得多，我只注意的是她个人的种种，其余一切都是附带条件。

　　乱，无聊，今天一天跑完了要去的地方，心中无了事，便安静一些，十时半出去，先到向云俊家，谈了一刻，有于一月廿四日收到的杨承钧兄信，内有与我的信，这么远得老友一信，亦殊欢乐，云俊留我在他家用饭后再一同出去，遂一边神聊一边吃零食，吃了不少，肚子茶水零食多了，饭却仅吃了两碗，十二时半同出先去找韩天佑，头一次去他家，摆的还清楚，只是住的房子位置很特别，另外一个小跨院，稍坐即出，出来斜对门碰见孙良钧庆璋郭长龄等四人，又是一阵招呼嚷叫，庆璋大半听他姐姐说的，知我又认识了一个人，闹着要请吃糖，后来不知他们几个又到什么地方去了，与何，韩二人同去找赵祖武未在，即时与他二人分手，我去叶家于政不在，与他父略谈，他父亲满面污黑，烟容难看，且头发披如鬼，何以各此丑态，加以本来即与我之印象不佳，心中颇为厌恶，勉强与之略谈顷之，又言及学校捐款事，彼迟迟不应，不便相强，于政明日去沪，遂辞出，颇悔此一晤，令我恶心，又到燕沟家，其兄弟皆未在，留片而出，林笠似兄弟亦未在，又到庆华家，亦全未在家，如此亦好，全去了不耽误我功夫，又到鲁家小坐，兆奎弟兄上班未归，其母亦未在，只其姥姥，其妻在家，其子四岁，胖壮如小虎，小坐辞出，李準亦未在家，即到尚志医院去看九姐夫，他方由家中归，打一电话与五姐家，在家，在九姐夫处吃了一点炸年糕，出去从细瓦厂蒋家，国梁尚未回来，即直驶到郑五姐家，在南池子南口看见七姐及七姐夫，他二人未见我，在五姐家坐一刻，谈了一会儿，又请我吃什么花生红枣汤，又吃零食，不一刻黄表嫂及其二哥来，又坐顷之，先后辞出，临行前三嫂来，省得我去，我出来又绕至孙翰家，其仆云其父子皆未在，不知其父是否因守制搅驾，出到东安市场绕了一圈，一元只买了一点点东西，出来去七姐家，增益及其父母皆未在家，增益太太与青兄夫妇及青兄长女四人共作竹战，旋增益归来，略谈，又吃瓜子等，今天一天嘴都吃得不知味了，不爱吃了，真怕吃病了，增益送我一张他与他太太在颐和园的合影，曾在摄影展览会上受人赞赏之一张，题为"光明的前途"，甚好。五时三刻辞出，顺便去黄家看看便算了，进去五妹亦回，实在吃不下什么糖果瓜子之类的东西了，又到江汉生屋去看看他的小孩，他太太未满月便已下地了，他屋中有两个朋友在座，小孩子不足十月，很瘦小，才生下来，很难看，表嫂却抱着疼不够，汉生煮了咖啡没味，这是沙漠咖啡店的老板一点经验都没有，听了一张话匣片子，怕天黑便跑回来了，回家路上到德兴隆修理一点车子的毛病，伙计们都在竹战，处处都是如此点缀竹战，中国人的年！不要说别人，到家，弟，妹，娘，李妈，还有铸兄围在桌子作小牌九玩，我心中不快，不便拦他们高兴，只是在旁看看，吃过晚饭，听听无线电，九时半左右他们不玩了，我拿牌过了半天五关，亦未过通，最多通了二关，年是在忙乱不安的情绪中过去了，明天起该是我自己的日子了，可以去玩玩了，安静下来念念书，闻中午十二时多，四弟同学又来了四五个，并且还玩了一阵子牌九呢，又嚷，又闹的很热闹了一阵子，幸而我未在家，下午四弟五弟及其五个同学并去西便门外白云观去玩，骑驴单程七角比往年高三倍，今年拜年力家全去了，娘亦全走到，只九姐夫未回来拜年，小孩亦未过来，伯长虽口中说来亦并未来，不懂事，爱来不来罢了，我们礼上做到而已，别人知道他们办的对不？今天上午十时许出去，一连气跑了十五家，六时半回来，身体略觉疲乏，没有写日记便睡了，这几日过的真无味，太没意义了。

2月18日　星期三（正月初四）　上午晴，午后风

九时多起来，不算早，很快的一个早晨便过了，十二时左右在很好的

天气中，忽然加上了狂风，尘土飞扬满天，真是糟心，因为我下午预备去找英，并拟同她一起出去玩玩，不料在大好天气的下午又起了狂风，实是美中不足，心中一烦，坐在桌前过五关，到二时多风势小得多，遂换衣冒风出去，往东走还好得多，到刘家，英迎出，在她屋中看见了她的大侄子，一个十七岁的小孩子，很瘦，因为有轻度的 T. B. 身体不好，比我矮小半头，英正在对金史与三朝北盟会编，我去了亦不能看了，我前天发的信，今天中午她才收到，真慢，她还写了一封回信当面交我，她还送一匣大千花卉诗笺，本来要派人带信给我送来呢，我到那便不必再来了，她说我字好，我不知我字好在那里，谈谈说说，用扑克牌玩了半天花招，差不多什么都玩到了，还打 Bridge 扑克，还用瓜子做钱来玩开宝，她们玩开宝不是与我们福建人做摇摊相同，不用骰子而用可以代表数目之物，表示其所出之数，数仅四个，一，二，三，四，然后押者猜其数而押，着者以三倍赔之，押角上，中者以原押多少赔之，又随便谈谈，不觉又是六时左右了，实知该回去，但又不舍即走，今日因风而未去真光，不一刻他家开饭，英父，英，我及英大侄子一同用饭，她留我三次，这次不好意思再走，便到中厅一同去吃，其实都是我耗得太晚了，早走不是也就不打扰她了吗，她还告诉我她近日内要请她两个同学吃饭，并要也请我，请做陪客，可是单找我这个生人夹在其中，不是不便吗？在中厅灯光高，看不太清楚，菜一碗碗的约八九碗，虽不甚丰，但亦不坏，我只吃了面前几样菜，英给我捡了两样，我不太饿，进两碗稀饭，两个馒头而止，正吃时英的叔伯大弟弟来了，十九，廿左右，很年轻，一口山东话，但阅世颇深，社会常识甚富，他亦在辅大经济系二年级下半年专心家中买卖，不再上学了，饭后坐在中厅与英父，弟等谈天，竟讲些什么贼呀，小偷呀，江湖上的笑话与做贼的急智，很有趣，还有赌钱的技巧等等，大家忘情哈哈大笑，老幼同欢不觉已是九时半，遂辞出，到英屋取了衣服，她叫我把车留下，雇个车回去，我觉得太麻烦，骑惯了车，没了车太不方便，还是骑了回来，晚上警察亦不大管，也未买灯，到家快十点，想不到今日竟在她家坐到九时半才回来，去了三次，一次又一次的进步，回来倦了，又未记日记便休息了，灯下看英的信，又讨论了一点人生问题，本来多研究一下，

多知道一点事情，人生不过如是耳，很平淡无味，一切看破时便无意思，人便易颓废，而虽是如此，而仍然要奋力与恶环境挣扎，搏斗，前进的努力，这种精神力量，亦就是青年身上才有，因为如此，才配称作青年，否则世界成了死寂寂的了，没有了进步，活动，发展，全沉静了！那多可怕！

2月19日　星期四（正月初五）　晴和

又可气又可爱，昨日天气好好的，偏偏下午起了风，今日却又是那么晴和得可爱，早上忍不住，有点不好意，打了一个电话与英，因为昨日已经打搅了她大半天，只说了一句今天天气真好，她说别玩了，在家念念书吧！也对，我是跑了四天不在家呢！也该歇歇了，十时半在孙祁家坐了一刻，回来看今天送来的报，因为前夜宣外电线坏了，影响报社印报机，所以今天送了两份来，三天没报，这一下拿起看了半天才放下，五弟小妹与李妈去厂甸了，我也想看完报去，天空中清荡荡的，飘着三四个风筝，风丝儿也不凉阳光晒在身上那么暖和，槐树上已经发了芽，身体中似蓄了已久的一种力量要发泄出来才痛快，处处表现出来春又降临了大地，二时多够在院中叫，出来一看，小杨子忽然来，他住在东北角，上我这来可不易，急忙迎进，座谈顷之，他说起小徐与他太太争吵，气得他要离婚，并且他跑到小杨子家住院了三天后经黄牛解劝说合，又和好如初，我去拜年看不出他二人尚有此风波，由小杨子知小徐太太已有喜，年轻意气纵事，何苦闹此，反使朋友对之印象不佳，又闻他谈朱兄去他家云江先生辞职事不能挽回，江先生写信与校长内有二句云："辞职理由很多，不说也罢"，校长甚为不悦，谓焉有半年辞职之理，学校半年解聘可否？置之不理，亦不答复允否其辞职，江先生弄得很干，江先生并表示，如准其辞职，彼即将我等之考卷，划分交与学校，否则押起不给划分，学校似亦置之不理，爱干不干，爱交不交之意，闹得很僵，如此下半年民俗一定上不了了，一礼拜能和英见一次的机会又没有了，可惜，在中学志成初中匀们同年级毕业，那时不相识，高中分开到了大学又在一校，一直到第四年才又同班相

识，而只上半年又不能一同上课了，这真是一点小奇迹，好在我二人已经相识了，只是上半年的课，在此末一年亦遇上了，真是新人物（江先生留美四年）办的是新鲜事，谈到四时，与杨志崇一同去琉璃厂厂甸看看，一路上人便很多，三四点钟时正是上人的时候，人如流水般多，车存不上，与小杨子一同遛，把车存在尚志医院，又出来遛书摊，书不少，没什么有价值的书，后又到海王村内去绕，二人毫无目的走，看看玩具食物，首饰宝石玉器等等，全都和往年一般，只是各色人等俱全，瞧这份热闹劲吧！才进去不远，忽然一侧头看见英也来了，她说在家念书呢，她和另外一个女人，不认识，不知她看见我未，我亦未过去招呼她，与小杨子往北遛，后来回来没找到，出来小杨子饿了，我陪他喝了一碗豆汁，在那喝豆汁的人很多，体面的人亦不少，兴业银行两职员亦在，我装没看见，小杨子又吃什么炸灌肠炒肝烧饼等，我不饿怕脏，所以没吃，远远看见英在南边走向火神庙那边去了，大约顺路就回家了，小杨子吃完，我们也走到尚志去取了车又同去访朱君，小坐便辞出，到家已暮，今日不知何故十分软倦，精神不佳，中午还小睡了一刻，吃亦不多，晚又乏和衣卧约两小时许，十一时洗足漱口又睡，岂连日跑乏了耶!? 昨日强表兄来谈半晌暮方去，今日上午陈老伯来。

2月20日　星期五（正月初六）　晴，下午小风

好晴天气，太阳晒着不大冷，上午在院中走走，十分舒服，只是屋中无火阴处还凉，早上一懒十一时方起，想想还有两个半月便交论文了，自己不由又着起急来，此时尚未着一字呢！还想上这上那的玩吗？屋中人多，弟妹们闹，两位老太太唧唧咕哝哝着吵，一时不得安闲，怎能有心情安静下去看书，也不知一天哪有那么多的话说，那么多的闲气生，午间看报，午后补写两天日记，下午不预备出去，在家看点书吧！

好天气便引诱我出去活动的心情，在城市中住惯了，便会想到郊野是快乐好玩的，其实我也真有点爱大自然，大自然的伟大与美，非人力所能及，且对我们的身体是十分有益的，有机会还是到野外去玩，今天下午又

起了点小风，天气真好，不知英在家做什么还是出去了，隔壁杂院中拉车王三父亲前两天故去，今天不知是开吊还是接三，也不知哪找的吹打手，像大鼓妞扯着嗓子，又像评戏中哼哼的调子在吵闹着，使这风和日丽的好天气，真有点大煞风景呢！

昨日九时起，中午睡一小时晚饭后又睡两小时多，今天上午一直睡到十一时才起，睡得可真不算少，不知何以如此爱睡！午后三时多正在看书时，忽然庆成来了，这却是使我想不到的、拜访，进屋来便要看刘的相片，我没有，他还不信，他从邓昌明处知道的，这么一点事，却传得如此快，进屋来还给娘拜年，座谈了一刻约半小时即辞出，他和昨日的小杨子全是从北城与东北城很远的地方来的，亦全是相识多年第一次来我家的客人，亦全是我想不到的拜访，四时多他又去东城，我因这个年过的心绪言纷乱得很，又拿起徐訏作的鬼恋用了一小时多看完了第三遍，继之看完了一本《健身术》，是查理士·阿德拉斯著（Charles Atlas）内容我觉得比较我以前看过的都简单，不如我看过的那些本周详，不知是原书简略，还是译者择译的。还有一本李木译的《男女简单健身术》，亦是巴纳麦克费登著的，内容恐与我那本健康之路差不多吧。饭后继续看书，又与五弟小妹玩了一刻"顶牛牌"四弟下午出去一直到十时半才回来，骂一下，却去睡了，一天昏天黑地的过，近日有时想起与英谈话时好笑的地方，便不由得自己笑起来，因之而稍慰我烦苦的心怀，有时弟妹们看见我这突然反常的独笑状态，亦很好笑与惊奇，这是英与我的慰安，英前日与我的信中曾要陪我去白云观，并且邀我去她家和她一同念书，我总去她家不会令她窃窃私议吗？我到很想去她家与她一同念书，但是与她对坐是否能够安下心去念书，这却是个问题，在眼前的是毕业问题，职业问题，吃饭问题，如自己昧着良心去做自己不愿做的事情，这真是件痛苦的事，而我只顾自己，还有老母弱弟小妹们的生活所迫时，那时又应如何，能不硬起头皮去干吗？！这一点真难说，英毕业后不知她走不？如有机会与她一同去上海走一趟亦不错，将来事如何不敢想。

2月21日　星期六（正月初七）　　晴和

　　真是糊糊涂涂的过，早上起来又是快十点了，天气真好，洗完头发只穿了一件薄绒衣在院中阳光下散步，十分舒适，做了十余次的深呼吸运动，许久没有做了，做完，胸肌加上昨晚做掌上压过用力之故，有点痛，身体要轻松的活动，在这种晴暖的天气下，我就想要跳跃，运动，青春的活力在我身体内奔流！春天又降临了，天气一天天明起来，我又要加紧来训练我的身体，看过报，到一时才用午饭，过年以来没有十分饿过，肚子内始终不大清楚，别闹病就是好的，今天亦不算饿，好似应酬似的怕到时肚子饿，也便添了三碗饭进去，二时多穿了衣服出去，因为看报上马连良明日夜在开明演他拿手戏借东风，想去买两张票请英去看，好天气，骑车十分舒服，到了那好地方全没有了，有一个买飞票的指给我几个地方，后来打电话给英，她问我今午何以不去，我茫然不知，我未接到她信，问她去看戏不，她说只她一人便去，于是又到开明买了两张前排飞票，原来票价才三元七角多，可是飞票两张要我十一元，少一个不行，好在许久才一次，大年下，又是请英的，便买了，开明真有年头没去了，以前许多年（约十年前）高仕其（力六姐夫）等办时，那楼房都快倒了似的，不敢去，现在已修饰不错，但自仍不如新新长安等之设旋，买了票便到英家去，他家仆人大约已经认得我了，英正在念书，她说，现在她家人全出去了，只余英一人在家，不久其父及侄等相继归来，她有时颇孩子气，五年前留的泥玩意今天又搬出来一大堆给我看，孩子似的天真的神气，那么喜悦亲切的望着她保存的一大堆玩意，有趣，又拿出些相片与我看，她告诉我她想请一个同学，已经走了，另外一个大约与我相同没有接着信，她等我没去她家，也没去，继之是我二人各自看书，保持有一小时的沉默，五时半辞回，到家闻五姐七姐来，又去铸兄及力家，晚看书九时方得英之请吃饭的来信，是今午的事，邮局误事。

2月22日　星期日（正月初八）　晴和

　　上午十时多铸兄忽来坐，他今日自己放假一日，七时半去强家取学杂费用，我今年学费涨到八十元，杂费亦涨四元，育改为第八市立中学，而并不减少实不合理，且不准转学，真不知是何所取意，在强家等了半刻，表兄方出，前闻娘言，他初四曾来我家中拜年，且云已代我向沪陈，叶二位老伯去信，请代为我谋职，彼代我想得是无微不至，心实感激，据云仲老已约三月无信，不知何故，十一时半出，又到郑三表兄处，拟向其捐款，不料尚未起来与小孩大宝二宝等聊天，二宝告我林清漪已嫁与那石某，其同学蒯某已当特务，石某却不当了，蒯某泄底，将那么一个幼稚手写刊物，黑红周刊的作者们，全都捕去，石与林亦避匿不见，特务机关尚搜寻此二人，等语，不知所言确实否，不料又生此波折，一时左右，郑表兄方起，略谈，陆方亦来，齐议下午拟去白云观，因今日天气甚佳，留在郑家午饭，午后，二宝是等表兄出门后方去，一会儿一个意见，一会儿大宝高兴了，着急了，怕晚了，到出门时已是三时多了，我与大宝骑车先走，陆方二宝，二人坐电车，在宣武门聚齐，大宝又嫌太晚了，不去白云观，小姐们的脾气，我是忍着，不好意思罢了，否则我早就托故先回去了，这么耗着多没味，而且带着一脸不高兴，还玩什么劲!? 于是临时改去厂甸，一会步行前往，在里边转了两圈，也没买什么便又出来了，分手各自回家，我则长舒一口气，真如释重负一般，真有点后悔这么打发了这个半天的时光，回家路上绕到广慧寺去，孙家六姑今日开吊，却那人家都收拾起来了，我去太晚了，行完礼小立便回来，到家五时左右，强家表嫂及二表姐来，与娘谈天，后又闻李妈及小妹谈，今日下午突然来一着黄色服装之男人，自称前在父手下当差，请与彼数件衣服，实为突兀，际此乱世，各种骗局方法极多，知此人是谁竟使之入室，实可怪之至，四弟糊涂，全不在意，亟警告之，小孩不懂事至此，心实忧之，五时半，刘厚沛兄忽出现于我大门前，此实出我意外，接近座谈，他家已由南官坊口廿号移到西京畿道二号，初三搬家，今日方弄清楚，厚沛还是那种神气，有点

神气，好似入世多深似的，他要去徐州做事，十五前后离平，今日拟与作彻夜谈，可惜不巧，今日晚我与英已有约会，不得已与之直言相告，他是各处跑，亦无结果，他这种人性，恐有事亦不敢以重事相托，他近日去哪睡哪，我不知他这每日如何生活，更不赞成他如此耗费时光，有点混混意思，太无聊，劝其亦不听，能有一固定职业或稍好，如能南去更佳，留其晚饭，饭后已八时许，换衣同出，到校场口分手，我径驱英家，她正与一堂弟及诸侄等在她屋玩"当驴"的游戏，很是热闹，她说都九时了，我说你不是要晚去吧？不巧的是晚六时去一同学，故而晚了，我去了却搅散了他们的玩牌，不料小孩闹起来有两个真打起来，做三姑的英也管不了，不是由我及其堂弟硬给拉开，其弟旋其辞去，英换了衣服与我同坐洋车去开明，其父已出门，未回。马连良的撒手锏——《借东风》，每帖必满，今日仍满坑满谷，在人丛中挤着前进，找好座位坐下去看时，已是末一场的戏才上场，够谱呀，到大轴戏上场才来，戏院中种种的毛病，缺点，今日我又身领了，真是不快，原来改进标准的马班，到了不是新式的园子（开明）仍是一如他班一样椅子硬直，不舒服。闲人，取茶钱的，打手巾的，买东西的，拿茶壶茶碗的，都不时在你面前晃来晃去，打搅你永不得安静听着，十分讨厌，真有点火了，我俩因地方小，也未存衣，我仍穿着，虽热一点，忍着，英倒脱了大衣，面前没有茶壶茶碗正好，与手巾同是不敢用的，茶钱已算在票价内，偏偏嬉皮笑脸的，还要一份，真是不要脸之至，不守公德秩序，乱极，一点不管，会否妨碍他人的观听。一边看，一边与英谈谈说说，还尽自择毛病，挑不对之处，此戏结构相当严密，亦甚精彩，唱做皆有，唯通场中无一旦角，此殆亦老戏百演不厌之故也，许多新戏实难与老戏相比拼也，我一年未必进戏院一次，固对戏不太感觉兴起，而戏园中之种种恶习，实厌恨之至也，今日之来，开明听戏，一为前曾许请英听马连良，因他比较喜听马故也，二则此次马唱在开明，距英家甚近来回便利故也，三则正好尚未开学上课，我亦多日未听戏遂一同前往。英肯陪我听戏面子不小，每一念及与英交识不久，而友谊增进如此之速，实亦出我意料之外也，故一思及，辄作会心之微笑，亦足以骄傲者也，散戏后复伴其同归，在开明门口看见马连良，他下装甚快。到英家其父尚未归，已夜十一时半矣，英云其父已连熬夜三天，昨日晨四时方归，六十以上高龄有此精神实难得。进英屋拟取手套便行，英留我少憩，饮水，并打字，他家有一老牌子"Underwood"的打字机甚好，她常习，比我打的快，我几一年不摸它，都快忘了，又谈江辞职等话，英谈今日戏时闻笑声，据《三国志》中《鲁肃传》云："肃临政，吴国大治"，可见子敬并非像此戏中所表现之一大好傻老也，亦颇能干之政治家也，正如其与乔国老等如日本之元老稳健派，周瑜、孙权等如日本之壮派军人，多持武力也，此比喻颇有见地，我亦暗佩其思想敏利，此语此比喻，我第一次听她说，尚未闻有其他人能在看戏发表些有意义的意见与感想，谈谈说说又过了一些时候，她很高兴，亦不困，后来人乏了打了一个哈欠，她才放我回来，已是午夜十二时二十分了，头一次黑了去找她，头一次这么晚由她家回来，到家即休息。

午夜回家来，娘及李娘与我谈，今日下午五姐七姐回来坐约半小时，增祺已去镇江与其郭姓女友订婚，并在南京似已有事，又云政务委员会拨款四千元，助在京闽藉贫困者，今午与三表兄谈及力十一兄回平事，三表兄说，此种人最糟糕，思想既不彻底，且成事不足败事有余，否则还会跑回来算家务，脑中尚有其自己的财产一念，现在力十一兄不是身上穿着整齐的西服，完全绅士化的布尔乔亚阶级吗?! 可笑，可叹，他自己恐怕也不觉出自己的矛盾来，我不好说什么。

2月23日　星期一（正月初九）　阴凉

昨日天气那么暖和，可爱，可是今天便又变得如此阴暗寒冷了，气候变化不定易令人得病，实其缺点，昨日乏了今日上午睡到十时多才起来，中午又写了数字，连前日写的信一同封好，午后出去发了，给英的，她前信说我信中有些她不懂的话，那是她不懂，分明装糊涂罢了，下午先去前外银行取款，在和平门内大街遇见刘八，多日不见他，他面色黄黄，精神不振，好好小子，不知何以委靡如此，今日有点凉，快到校时碰见了小杨子及刘二，约好在赵德培屋见，我到校一看，今天交费第一日，内冷清清

无一人，绝不似往日之站排拥挤，大非吉兆，绕了一圈偌大一座楼房，没有几人，大有凄凉之感，不知何以今日如此少人来交费，岂预知辅大命运不长，多人退学不来耶?! 不解，分数单亦至今未到，交费时方知杂费亦涨达拾元矣，注过册，八个蓝印打满了，熬到年头了，真不易，看着又喜欢又害怕，只是看见今日交费这么令人从容不迫，冷清清的劲，实使我心头有点不快，出来到宿舍赵头屋中会齐了，便一同去小杨子家，东北城路不熟，赵君带我胡一转，半晌方到，在杨家亦无味，谈话总离不开女人，总拿我开玩笑的，我有点不高兴，恰巧那块讨厌鬼邢普亦在那，十分惹厌，大家不爱理他，还大不知趣，邢与杨姐比与杨还熟，怪事，耗到五时半，我因家远拟先回去，都走到院中，不料杨姐出来拦留在他家用饭，我头一次见，大家不好意思，只好停下，又让到北房去坐见了杨母，与杨下跳棋，晚饭菜却不少，但北方人惟咸味而已，进三碗而止，酒是不敢喝，其姐在女师大毕业，现教慕贞初一，尚清秀，惟口齿尖利，颇健谈亦大方，比志崇大不过三四岁而已，颇精明，招待一气，为之不安，饭后，杨又提议打牌，我本拟回家，因杨谓："你和刘不过才在民俗上方相识吗?"意谓你我多年交情反不肯留，不好意思勉留，且曾誓不玩此，今日又不得已而为之矣，心中不快，牌运不佳，四圈只胡了两牌，输三元，刘、邢已先辞去，九时半辞归，杨在东北城我在西南角，真远，回来又顶小西南风，十余里够费力的，好容易跑回了家，母今日倒未责我，只是自己连着两日看戏，打牌，实是不该，内疚实深，闻今日下午五姐来借去不少书，她拿去多弄坏，更不知何日方拿回来，到来便硬取，实是讨厌，想不到今日下午及夜如此过来。

2 月 24 日　星期二（正月初十）　　半阴，晴

起的不早，十时半在看报时，狗吠，原来赵君德培来访，想不到昨天说的今天便来了，迎进，在书房间谈，东拉西扯，他谈杨无规矩，对其家大人，其姐乃庶出，杨乃过继者，所称四叔，实其生父，现二老人为附属地位，时受其气，其姐颇锋齿外露，将来说有姐弟麻烦之日，留其午饭，

前夜刘厚沛来，与今午皆娘仓促办来，实不易，饭后继续谈天，阴天打孩子，闲着也是闲着不是，今午力十一兄子伯沔来，借我车去用，午后赵又谈其家中概况，其三叔终日浪荡不务正，每年花数千元，其家一年需用一两万元，亦可观矣，又略谈我家情状，与知己谈心，亦快事，他末了才说出其闷在心中一年余之心事，他想与我班贵族味十足之丁玉芳相交，嘱我打探其家中情况，想不到他看上了丁，谈来谈去不觉已是下午五时多了，谈得尽兴，他才辞去，这又是一件想不到的事，这一个大半天却是如此打发过去了，今日穿得少，天阴屋中无火，冷，我着了凉，他走后不适，本来今早起来即觉有点不舒服，又陪他在冷屋坐半天，进来身上总觉冷，虽坐在大火旁，穿了大棉袍，亦觉冷，知自己一时不慎受了寒，亦亦微疼，精神坏极，晚九时即睡，多盖欲令其出汗。

2月25日　星期三（正月十一）　　上午半晴，下午阴，凉

昨日一夜不舒服，睡了十二小时还不觉得好多少，头好一些，两膝关节疼，左肋下阔背肋及右腕点疼，全身无力，这份受寒的难受劲，才知道没病时活神仙的舒服，中午只进二碗挂面，亦不甚想吃，下午又阴天，十分讨厌，今早接到分数单，主任两门课全得 C，民俗亦仅得 B + 罢了，下午补写22，23，24 三日的日记，本拟这礼拜想写出一章论文来，要是病不快好，又要实现不了，脑袋疼，不能用脑筋，书也没法看，真讨厌，下午在家待了半晌，十足的休息，在五时许时，忽然大宝来了，后边还有一位，又是出我意料之外的，却是舒令泓亦来了，想不到她还会降临，我没穿鞋，拖鞋穿了大半天，还得穿上鞋，请进屋来坐，她和大宝都穿大红袍子，随随便便的也好，拿出些关于摄影的样本给她看，坐有半小时多，把《鬼恋》及徕卡摄影机用法说明书借去，这么晚来，匆匆便去，背地方连辆洋车都找不到，六时多她二人回去。今日晨李妈告假回家，于是大小琐碎的事又得娘及李娘二人亲自动手做，心中不安，令弟妹相助工作，四弟今日下午又交学费，明日又得上课了，晚饭因身体不适仍吃甚少，晚仍觉身体冷，不适，病了实难过，又白过了一日。

今年阴历年，可算为二年来人最多之一年，有许多人是出我意外的来了，以为会来的几个人倒未来，如小杨子，李庆成，皆相识多年未曾来过者，刘厚沛亦突然降临，尤以今日之泓亦来了，她愈与表示友谊，则我亦愈不安，有点烦苦，真不知应如何摆脱也，但四年之久，亦实难言，且看英到底对我如何，他人若知必讥我羡刘富庶也，知我者当不作此想，因英之资格、思想、兴趣皆与我相近，种种优点亦较泓强得多，我只重其个人，再推及其他条件，绝非羡其富庶也，盖我第一次去英家，归来反以为忧，亦我与英前途上之暗礁也，其实英与我现在尚提不到其他，姑作此想而已，且在我不能独立以前绝无力办此事，所以如此苛择，斟酌再四者，盖以终身幸福，系之此半生伴侣，岂可轻忽，更非他人纵容数语即可决断者，如果英对我有意，我将与之详谈我家中之情况，绝不骗她，否则，随了我穷小子，落一个骗子，我的人格是绝不会做的，她愿则已，否则亦无他法，别由优裕的环境却来与我受苦罪，亦非我所愿。

2月26日　星期四（正月十二）　　晴，狂风竟日

不阴了，天气虽是晴了，出了大太阳，只是不作美的天气，足刮了一整天的狂风，好在我病了，不出去没关系，只是仆妇告假，娘等于院中来往不便，四弟今日第一天上课了，晚上盖的多，又上了火，昏昏地睡到了十时方起，今日似乎比昨日好一些，只是头还有点疼，上火了，右下大牙亦有点疼，今日左手肘部筋忽又疼起来，不知何故，上午与五弟一同玩了一刻抖空竹，一转身体，头又有点晕，身体总是软软的不舒服，无力，无精神，病了实不好受，午后觉倦，卧床上小睡约一小时许，孙湛伯英来旋去，娘下午冒狂风去西单为我买了些点心及水果回来，东西一点，即已是十元用尽了，东西贵，以后的生活实不敢想，起来到厕所去走动一番，身体立刻清爽许多，约有数日未通大便亦是此次不适上火之主因，肚内一活动，立刻舒服多多，晚饭时吃的较多，进两碗饭，一小碗稀饭，精神亦佳，身上亦无昨与上午那么难过，全是废物在体内作祟，下午及灯下看男女简易健身术，李木译的，亦是麦克费登著的，内容亦无什特别与我所有

之健康之路差不多，下午得赵德培兄来一信，畅述其抱负（对其太太候补之意见与条件）并坚嘱代其守秘，亦有意思，依我之见，丁对其不大合适。

2月27日　星期五（正月十三）　半晴小风

整日病人生活实无聊，今日虽较昨日为佳，但两腿仍微疼，全身无力，精神亦不佳，今日起较早，八时许即起，早点后，在院中阳光下散步，半晌，吸收新鲜空气，举目四瞩，处处污秽，垃圾秽土满院抛，去秋衰草干枯满地，落叶腐土亦散满各角落树下，各处墙头亦多剥落，厨房屋中时见隙处唯恐倒塌，即所居之室亦多破坏之处，且院大空畅，房东不加修理，直如一座大破落户，一片凄凉景象，我家竟中落至此地步，思之不禁悲从中来，日前泓来实令彼笑落大牙矣，男儿如不自强，世上则无立足地，上午心中一动，提笔写一信与朱君闲谈，并代赵君探询本系同班之丁君其人。十一时许步至四眼井刘家，不料一家皆出，又扑一空，偶见旁有一小门，忆即通曾履现居之院，计前后亦约有十余间，如能让租与我亦佳，惟曾颐为人大不如其二弟，且其太太心地亦狭，如知我因窘定不肯便宜租我也，虽是小学同窗，恐亦难容让，此不过作万一想耳，归来看书，午后看完李木译之男女简易健身术，心血来潮忆后日十五，笠似必由津归来，遂提笔作一信与林四兄，托其及志可兄代我谋一职业因毕业在即故也，此信实不啻为要饭信，心中实不愿写，实迫不得已因非我一人要吃饭也，惟能否有效亦只听天命（？）而已，自出发信在达智桥绕了一圈而回，心中闷闷，亦无处可去，今年祖武未来，怪，不知其已去津否，到家旋觉乏，卧床上小憩，娘自中午做菜起，下行又蒸馒首等一直未休息，李娘六十余老婆婆，亦出去买物三趟，我年轻小子反安坐室中，病人实世上最无用之人也！晚饭后略看书，心中频念英应有信来，何以总未见信差到，电影近没有好的，三月来省我钱不少，有钱去买点吃的吧！实亦无什出息之思想也。

2月28日　星期六（正月十四）　上午晴和，下午阴

　　太美好了天气，太阳暖融融的，便不愿在屋中，在院中散步半晌，并向阳作了十次深呼吸，很舒服。天气暖了身上可以穿少点衣服随意活动便十分写意！徘徊半晌不忍到屋中去，今天，那点受凉的小毛病算是好了，头亦不疼了，看看报看看书，中午等娘亲自下厨房做菜一点多才吃，我亦不大饿，只进二碗而已，午后出去在自行车铺遇见了陈光杰，手表始终不大好，又拿去重修，为了身上污秽及受凉身上总不舒服，送到澡堂去沐浴，洗洗出出汗也就好了，果然洗了一个澡出了许多汗，比较清适得多，今日礼拜六，明日中元节，可是澡堂中人不多奇怪，在里边热得直出汗，三时多出来，已走到此，遂往北进辟才胡同，先去黄家看松三母，不巧他母女二人又去厂甸了，便又到舒家去，那个给泓二姐当伴姑的马小姐亦在，座谈一刻，又看了看泓父买的徕卡照相机，还是第三式的，似乎有点委屈了那么好的机器，增益要有这么一个匣子，他不知多高兴呢，又看了一刻她父去日时在各地所摄的相片，日本的建筑另有一种风味，玲珑灵巧简净美观，但缺乏大方沉重醇厚的风味，自是小国之风，正如小家碧玉之发财，自无大家风范也，五时许辞出，今日泓二姐谈，其父知我父曾任财政厅长，大约系与林志可十一兄所谈知者，洗完澡出来，天气忽阴，令人不快，街中纷乱亦无处可去，遂径归来，归途购一元元宵，仅廿个而已，连日频念英何以无信来，灯下八时许方得她来回信，高兴得很，她总不肯多写一点实使我失望，她为了怕吵我写论文，所以迟复了我，她看见别人出去玩，她羡慕，因为她要做论文，可是她忘了自己能够毕业多美，其他同学则有不能毕业的可能，她看见别人骑车翩翩过桥，她因不会骑车，她又羡慕，其实她一学也可会的，我还对她说要在这一个礼拜内写出一章来，却不料一场小毛病却耽误了写，至今犹未着一字，明一定要写一些，别自己骗自己了，毕不了业时又应如何?!晚复英信。

3月1日　星期日（正月十五）　　上午阴，狂风，晚晴

才晴好了一天，今天又阴了，而且起了很大的风，尘土四处飞扬，把棉帘子都刮掉了，风势亦够可以了，本来下午尚拟出门，因此风亦打消，上午找出三国志把诸葛亮，周瑜，鲁肃等人的传找出一看，英说的两句比喻不错，肃后并代瑜掌兵权，不正是一政治家亦兼能武了，绝非戏中之一大傻好老也，因今日是上元节，一晃又过了半个月了，快得很，中午做了几样菜上供，午饭时菜较平时丰盛，但自过年以来即不能吃，吃不多，每饭亦不饿，油腻多反而吃不下，下午后心中有感遂提笔又与英写了两页信，连昨日一共是五大页，谈谈学校，劝她练练骑自行车，并介绍她上校勘学，预备在学校内照几张相留作纪念，这要再暖一点的时候实行，问她照不，并且向她预约一张她戴方帽子的相片，告诉她盼她的信，并要她写点，今天告诉她希望她能激励我，一定有很大的效果，有几句很显明的向她示意，不知她看了如何想，写完休息一刻，本来今天想去找英，一则天气不好，二则总去亦不好，自己抑制一下自己，别令人太看不起了，这一点克己功夫无有，那还是什么男子汉，下午看了一刻中国文学译丛，五时去四眼井刘家去看曾履，他昨日来看我，我未在家，他今日在家弹琴逗小孩，一同上北屋看见曾颐夫妇，自去年双十节后此是第一趟去，随便神聊，东拉西扯，二嫂自己做元宵，后来煮了五个给我，六时许曾颐父回来，见人尚和蔼，我与他弟兄相交逾十年，此是第一次见其父，比相片年轻得多，已五十八岁，近剃去胡须，或有东山再出之意，见其父归来，其弟兄立刻整饬，绝不似平时之懈怠，甚惧其父也，后至曾履屋小坐即辞归，晚饭后继续看完那篇盐谷温著之关于明代小说三言一文，屋中人多，琐细争吵，闹不可言，大非读书地，明日起还是外边凉一点的好，不然一点事做不了不成，今日十五，夜出到院中小立，清光照澈大千，幸晚转晴，否则月光不能见矣，天犹高远，虽晴惟星光甚疏不知何故。

年关已过，又渡过上元，时光如流，时不我留，年年过年，年年如此，不过如斯，年是小孩子们的，不是大孩子大人的，我唯觉年颇无聊，

无味，年愈长对于年亦愈淡漠，索然寡味，尤其今年更是无趣，虽然今年来的人比较多，厂甸白云观财神庙等地的游人虽是仍然那么多，挤不动，我总觉今年不如去年，更不知明年又是如何？外强中干，和我一般，挤挤挤呀，终有一日支持不来，是畸形状态，不是什么好现象，过一年结束一年，总有不过时，奇冤报中张别古说的好："老了老了，就不能小了，要是小了，可就费了事了！"倒有点意思。

3月2日　星期一（正月十六）　晴，下午小风

早晨弟妹们上学话多，吵得没睡好，迷迷糊糊竟睡到十时方起来，报是没什么可看的，继续看汪馥泉译的中国文学研究译丛，今天气今日晴了，比昨日暖和的多，午后先去前门，在这乱糟的世界，就是钱，路过裕隆银号，买了张奖券，在浙兴取了书费，时间不早，往学校跑才上课，女同学有一小半未来，男同学亦有数人未到，刘盼遂上来不讲书，却又说了一堂的元宵，无聊，第二堂亦不上，储先生去世，学校出布告文史学请孙楷第担任，唐宋诗请顾遂先生担任，没事旁听顾先生的课，听他有什么特别新的讲法无有，江先生辞职，惟校方如何对待不明，功课表上仍有此课，问教务课亦不知，不知明天上不？不知学校到底与江先卖的什么药！？到图书馆去查看了一刻书，心中一动，走到女校去找英，在会客室等她，一刻出来，谈了一刻，她谈昨日怎样在家过的十五，处处有灯有趣，她本拟昨日约我去她家玩，又因我作论文中止，原来她亦有此意，昨日无风真去找她了，她正由家中回校方十分钟，我找她亦巧得很，谈了一刻，把昨日写的信交给她辞回，去找赵德培未在屋遂归家，街上人甚多，肚内思食，又不知买何物，归来进元宵数枚，晚看书，只是人聚一屋话多，吵的不得安心。

3月3日　星期二（正月十七）　上午晴，下午阴

八时起来，早点后在院中做深呼吸，因知江先生辞职不会上民俗，所

以第一时未去，九时半正穿了衣服要去学校，忽然力十一兄来了，座谈起来，由学校而家务，而为人，他很能说，我初意不愿做官，不愿教书，如此一想几无可做之事，他劝我谓此际乃钱之社会，要生活，必需有钱，且求生，并非你一人之生活问题，且须顾及老母及弟妹等之生活，故凡不愧良心，不无事生非，能维持生活之事即可做，且情绪不安定，忽然十分兴奋，忽然十分颓废，他劝我不要想和别人比，如果一想比自己强的人太多了，简直不必生存于世了，也别想不如我之人亦多了，便就是现在自己这点便满了，别人的人切可资借镜为我作个参考，可以研究如何他比我强，或因何他比我不好，各人皆有目的，惟欲达到此目的之方法甚多，欲非只有直达一条路而已，虽绕许多湾，亦可达到目的，人生需要机会，但机会是人造的，环境可以移人，但人亦可改造环境，在大家同向一个方向走时，必得想法超过别人，才能成功占先，否则与别人一样，永无出头之日等语，亦未可厚非，至午在院中又略谈房租事，本拟去校上一堂课，不料他一来谈得高兴，便未能去，又想起他先头讲自己只要和自己比，今天是否比昨天好，这月是否比上月好，今年是否比去年强，无论学问，品行，为人等等各方面，有便可以，自己即是进步，亦有理，可为我情绪不稳定作一解释，不料与他一席话，亦有益于我。午后一时许去校上了两小时的曲，顾先生闲扯了一小时，把他作品写讲了一小时，无味下课到图书馆去借书，看了一刻，英也在那看书，她大约是中等教学法先生告假便没回去，五时许出来，到宿舍与赵头略谈，他民俗竟得 A +，实出我意外，恐亦出他自己之意外。五时半归来，腹饥在大街买些点心回来，闻李庆成，璋兄弟联袂来访，不知何事，晚饭后易周兄来一便条约我去他家一谈，出先到刘曾颐家打电话与庆成，他又约定明日下午再来找我，回来去找力十一兄，谈增房租事，他将每月房捐及每年修理费账单算与我看，及每月应收租费，两下损失无形每年少收入千余元，损失不算小，三年来简直白住他房，每年还要自贴修理费等，太不合算，现在各方面所迫他亦不能继续如此低价出租，但因多年亲戚之情谊来讲，以最低要求维持房子本身，不求利，只望不再贴补损失即足，每间涨到五元，每月合肆拾元，实在不多，种种合理，情理俱亏，无法驳说，遂又略谈其他问题，十时半归，与

娘等谈亦无可讲，今日一日又不能看书，房租能解决，心中亦了却一件事，可专心作论文！近日内他即可修理房屋，甚佳。

3月4日　星期三（正月十八）　上午阴，下午半晴

阴天，安静，竟睡过了，快十点才起来，两小时骈体文无什意味，便不去了，十时半左右，天忽降小霰状之微雨，旋止，此时下雨略早，惟春雨贵如油，农作物正需要孔殷也，看过报。继续看《中国文字研究译丛》，弟妹们不在家安静，看得比较快一些，阴天十分讨厌，午后安坐屋中继续看书，三时半李家兄弟庆成，庆璋二人来，座谈顷之，他们问我去南方之途径，即以昨日所询十一兄者告之，闻能有人托送甚喜，四时辞出，一出来，我去理发，在西单分手，理毕发觉心中闷闷，无处可去，遂即归家，续看完一本文学研究译丛，日人研究中国各种之学问，能力工夫亦殊不弱，且其在国外搜集注意我国之俗文学材料较我本国人犹早，犹精，亦殊惭恧也，昨日七姐派人送来萝卜糕一碟，今日炸食大半，甚喜用，唯人多只进少许，晚上拟做点事，多看些书，遂移坐书房，多日未在外房看书，因天冷无火，现已不冷，可以一人独坐避乱嚣矣，桌灯忽坏，弄半顷无效，略加整理零碎什物，看书不多，大门响，四弟把兄三人来，坐顷之，十时半方去，原来后日四弟生日，今日来送四弟一墨盒也，多此应酬，多花钱而已，下午得祖武一信已去津。

3月5日　星期四（正月十九）　下午晴

起得较早，在院中做深呼吸运动后去校，昨日在外屋看书，桌灯电线坏了，今日拿去换线，到校上了三小时的课，今日有一连鬓胡的西洋人，坐在我位子上旁听古书体例两小时，昨日我未去，据同学说，晚日有一西洋女人，旁听骈体文，主任的名气竟如此大！西洋人求学之精神亦可佩服，看点书，遂未回去，中午与赵君同进午餐，他本属意同系本班之丁玉芳，不料打探结果，比赵君年纪尚大二三岁，他又放弃，另做他图！中午

在他屋座谈，他有十余支笔试用，按其笔名，去胡开文、戴月轩买两支笔用，中国人中国念书的，中国字，写得不得点样太差劲了，有功夫练练大小字是正经，一时半去学校图书馆，看杂志，半晌，到四时半出来，虽然时间尚早，惟心绪不宁，看论文，终觉枯燥，下午天晴出太阳，甚好，精神为之一振，归家去看三表兄，他今天请客遂辞出，径归家，西单书摊亦无可购者，归来带回换线桌灯，并买一化学灯罩，四弟桌灯罩打破多日无罩，修理好灯，晚间大放光明，做事甚便，怕吵移在外书房独坐，五弟与小妹争一小铅笔刀，娘骂，我进去分解，五弟牛性执拗不听，一时气撞打他一掌，娘护他，吵了一阵子，事后颇悔，自己十分孟浪，不应如此与娘闹，不应如此打五弟也，少年气盛，"气"实难使也，为何近来如此易犯混也，亦环境所迫，心绪不佳之故也，但总怪自己粗鲁，后应力戒方可，回来接到储宅谢帖一份，中午寄到英来一信，他看我礼拜二上午未去校，他以为我又冻病了，实在是我懒未去，倒使她担心，晚又得她一信，仍是拳拳以我病为问，不料她却如此关心我的病状呢！半天内接到她两封信亦够慰于怀的了，灯下答她信，并复力十一兄信一封，允其涨房租事，并附借他各地补习及打字简章四份，英来信她因学校冷已经回家了！后天想去找她。

3月6日　星期五（正月二十）　　晨阴，旋晴

迷迷糊糊竟睡到九时半方起，十时许，力家仆人老张来取房租，竟要四十元，就是日前说好了，亦不能说一下涨五倍，本月就实行，亦太难一点，固然知情，如此一来，亦差劲，把昨夜写好之信交与老张带回，本月是没有如此多钱给他的，后老张持一回条请我明日去一谈，谈亦如此而已。上午看看书，午后一时许出，先到蒲伯扬医院问种牛痘事，到校代庆成交呈校长信，要他高中文凭，民俗江先生仍未来，同学皆去，我与李国良二人谈他论文及其他，足有一小时，三时到图书馆看书，到四时半出，去尚志医院，适七姐夫亦去，座谈顷之，与九姐夫谈房租事，九姐夫谓十一兄办事不对，无一下涨五倍，更无当月即涨之事不讲理，涨因较原来

高，但说情理亦不多，但促之过急，亦是不合理，后九姐夫不愿参加意
见，遂到六时左右与七姐夫同辞出，归家想起此事甚烦，四弟今日生辰，
来二同学，扬善政及罗安民，留用晚饭，谈到十一时方辞去，只来此二
人，却令娘及李娘等忙坏，何苦！晚五弟告我今日他用泓送我之自来水笔
到校，其同学将笔跌坏，换了一笔头，我闻之甚不悦，东西不与他用不高
兴，用即无好，没丢了，算便宜，下午曾与英一电话，她约我明日去她家
一同去看电影，还有她叔伯大弟弟，电影现在没什么可看的，尤其是德片
特笨，还不如坐在她家中与她谈谈天，好得多呢！

3月7日　星期六（正月廿一）　　晴，微风凉

虽然今日晴了，可是有点风，气候比昨日要凉得多，八时许起来，写
了一封泓之复信，十时出去寄信，买点，修车，十一时许去力家找十一兄
谈房租事，结果允许下月再实行四十元一月的租金，午饭后检出三年级时
写的散文中给顾先生的信及记关于批评戏的话，换了衣服，带了它去英
家，到了那已是二时左右了，谈了一刻，她大弟弟（名刘仁治）亦来，他
大弟弟英文打字打得还好，等英洗了脸，一同出来，无气晴和，我今天脱
了毛衣，只穿了一件毛背心，加上一件短外衣，有太阳时一点不冷，她大
弟弟要她请客，竟想去新新，我倒不想去，她俩都要去便与他们一同去，
她提议步行前往遂一同走，一路三人说说笑笑，亦不觉寂寞，亦不觉累，
在前门内还有两座庙，东边是南海观世音菩萨，西边是关帝庙，我第一次
知道，住在北平多年，没有注意，今天还去观音庙内随喜一番，小殿一座
油饰甚新，摆供亦甚不错，水果数十个，大小蜜供七八座，英弟弟还叩了
三个头，花了一毛钱抽了一个签，英说叩头给人三个，向鬼是四个，对神
是五个，这却是又一个新知识，由正阳门一直步行到天安门，往西一直又
走到西长安街新新去，在艺文门前碰见小马，要我一张北平市全图，其实
他也神，哪没有卖的，又用不了多少，偏来要一张，其实我有一张旧的，
送他也没关系，虽然是由前门到新新不近，而我们走的还不慢，还很快，
英只穿了一件夹袍，上罩一件蓝布大褂，很朴素，走也走得了，绝无阔小

姐的派头。今天礼拜六，看电影的人很多，楼上下全满，上了楼摸黑走，站在阶梯上看了半场，有人走了，才找到座位，片子是杜十娘，陈燕燕，刘琼主演，今古奇观中的故事，古装对白，陈燕燕还唱了几句，今天片子还好，中上的等次，只是人太多，空气十分污浊，十分闷热，坐在院中能出汗，出来便凉得多，我便把短大衣让英穿，她穿得很肥大，她也不在乎，便在大街上走，散场出来，又走到西单亚北去吃晚饭，我拟请他俩，英还要做东家，我们三人一边谈一边吃，大家随随便便，很是自然没拘束，这么愉快的心情，在吃饭时很少有，不料在亚北会又碰见了孔祥玑，说了几句话，七时半出来，正好有电车停在对过，便上了电车，一路到大蒋家胡同下来，幸不大挤，晚间出门人少得多，英大弟弟回他家柜上看看，他家开中央西服店，下次到他那里做衣服，一定可以少算，我与英坐车回英家，因为我车还在她家，她仍穿了我的短大衣，坐在洋车上，小风一吹有点冷，幸不久便到英家了，在她屋本拟坐一刻便回去，她拿出几本画报看，又看她大姐姐贝满毕业的年刊，谈谈说说不觉迟了，十时许辞出，她家已大半入睡，走了些路不觉什么，只是骑车近日走远，觉腰疼不知何故，东西珠市口坎坷不平，甚难行，前阅报载工务局将修筑成为沥青路一直到菜市口，如能实现，则我去英家，可以有十分之九的路都是平坦的柏油路了，十时半到家，李娘今日去东城到此时尚未回，这么晚，也许今日不回来了，想不到今日会和英又相处了半日之久，今日又没看多少书，明天在家看看书吧！今日娘给五弟小妹下午在家洗澡屋中甚热，回来写过日记，没做什么，收拾睡觉已是十二时左右了，此时李娘尚未回来，以为不回来了听得狗吠，却又回来了。

3月8日　星期日（正月廿二）　　阴，凉

昨日睡得虽晚，今日八时半起来，诸弟妹因礼拜皆较平时晚起，看过报，在书房略整理什物，纸张等，近日又动习字之念，自己毛笔钢笔字皆不佳，实一缺点，今后有暇当多致力于字上方是，上午随便写了两张，时光飞快又是午时了，饭后天仍是阴沉沉的，不想出去，习了半页小字，拿

起郑振铎编的中国俗文学史来看其中第六章，变文那一段因为变文是与我现在所作论文宋人话本有大关系，就是话本的来源，乃由变文演变而来的，这书从朱君那里借来多日，到今天才拿起来看，二时许忽神倦，不能继续，合衣卧床上假寐一小时余，四时半起，又继续看，到七时看完，阴沉沉天气，十分可厌，令人不快，且又较近数日皆凉，昨日脱了的毛衣，今日又穿上了一日未出门，到底看了些书，整理点零物，未白白混过，心中稍慰，看的书，论文之第一二章心中已有点底子，预备这礼拜内要写出一些，不可再次拖延，又像上两个礼拜那么白白过来，有许多同学论文现在已经完成了呀，而我却尚无一字呢，相差太远了，加油呀！不是闹着玩的事，下午接到王树芝兄来一明信片，七日发，今日到，却未提及我三日发与他的明信片，怪事，晚又作一信与林笠似四兄托其售一丁种公债，并代我在银行界捐款，代注意谋职，不知能否为我出力。

3月9日　星期一（正月廿三）　　半晴

　　昨晚十一时许睡，不知是白天睡了一小时多的缘故还是心中想起许多芜杂事，便那么翻来覆去的总睡不着，一直耗到约有一时半快两点才迷迷糊糊睡着，故今日早上竟到十时方起，看了看报，无什新闻，太阳出来了，比较痛快多多，在院中散散步，作了几次深呼吸，力十一兄又带土木匠头儿来看房子，各处坏的地方，都要修补，一切墙上全都刷浆见新，大门亦将修理，上油，不久或可刷新一番，天气再暖，房子修理整齐院子亦弄清洁后，如请英来亦比较顺眼些，不然像现在这般，不是太糟心，太污秽，活像个大穷小伙子似的，又空又大，处处坏污，多不好，希望他赶紧修，赶紧便修完，午后去校，在图书馆碰见小马，把他要的北平全图交给他，上课时看见刘爱兰来了，点头招呼过，刘盼遂先生讲了两小时党锢列传，下讲去图书馆所借书，全无，今日朱泽兄忽要请我及英一谈，不知他有何意，俟征得英之同意后再复，昨晚偶然想起五兄之女阿妹，现已长成，尚未字人，闻近年来已甚伶俐，亦是娟好，同学赵君人亦老诚，家中尚殷实亦简单，颇可为媒，拟与之撮合，但不知能否成功，明日与赵君探

询其意如何再定，晚回来看中国小说发达史，习小字半页，今日见英已去
校上课，晚书房坐无火觉凉。

3月10日　星期二（正月廿四）　　晴，和，晨阴

前两天打听蒲伯杨医院，早上七时半到八时半种牛痘，大家都起得比
平时早，去种牛痘，不料跑去又改了时间，是下午一时到两时，白跑一
趟，我即去校，到图书馆去看书，闻同学周君力中谈，五月八号便交论文
了，时间真不早了，快赶着作罢，由方欣庵作的白话小说考一文中择录材
料，十一时三刻出上了一小时左传研究，民俗功课表上已取消，而学校却
没有出布告通知，不知何意，一礼拜见英两次的机会也没有了，不好。中
午与赵君同进午餐，与其谈五哥女阿妹婚事，他似不大愿意，便作罢论，
因他今午开会，我未去他屋，在阳光下散步，暖和得很，十分舒服，与同
学李君正谦谈天，他亦有女友的心事，向未语人，今日告我，谈谈不觉又
到上课时间，上了两小时曲选，这两次上课，似乎没有以前感兴趣，顾先
生上课，近来亦不大跑野马了，并且有点懒，偷闲，讲书似不太卖力气，
下课到图书馆去看了一小时闲书，遇到英也在借书，五时出来，跑到厂甸
去看书摊，转了半天亦无什书可买，只购了二本，一本是与四弟的赵景深
撰中国文学小史，一本是赵少侯（大约是祖武的哥哥）译的《迷人的眼
的沙子》，法人拉伯希著，讽刺笑剧，回来饭后一小时一气把它看完，今
天气分明是很暖了，白天院子比屋内还热，穿棉袍骑车可以出汗了，只是
早晚还凉，不知英这两日住校冷不?!

3月11日　星期三（正月廿五）　　晴和

为了今天早晨想去找孙楷第先生向他借他作的两篇文章，是以前登在
从前的杂志上的，现在不易找到，孙先生第一时有课，怕他走了，所以虽
是十时上课，却八时多便去学校了，天气暖得多了，毛衣脱了换了毛背
心，今天脱下棉袍换了夹袍，少穿衣服全身为之一轻，十分舒服，那种无

拘束，返回大自然的自由生活，真令人憧憬！到校已是九时五分，幸而孙先生尚未走，向他借书，他即慨允，并且还很客气，答礼拜五上午带到司铎书院去，我又因时间尚早，旁听了四十分钟顾先生的唐宋诗，这几十分钟还不错，他倒发表点他的意见，听得比较有意思，听了还有些益处，继上两小时余主任的骈体文，今日果然有一个外国妇人，约有四十余岁，来作旁听生，很奇特，与古书体例堂有一个满脸络腮胡子的外国男子来旁听，一般的为人所注目主任的声名叫座力之强可知，而外国人这种求知识的精神亦可佩，这位外国妇人，还是左手写字，抄笔记不知是写的中文，还是英文（?）并且改不了，还是横着写，主任那一口不纯的京话，也不知她能听懂几成?! 恐有误记的地方呢，何况异国人，听中国古文呢！今日天气不错，可是不能玩去，未回家吃饭，午后与同学赵君一同去北京大学校图书馆，参观一番，并拟去借一本书，明洪楩编，鄞县马廉影印明本《雨窗倚枕集》，亦是话本，辅仁图书馆没有，久闻北大图书馆之名，心向往久之，今日才与赵君去，得窥其庐山真面。新式三屋楼房，的确不错，里边设备不及国立北平图书馆，但是完全新式的大玻璃，光线十分好，比国立北平图书馆都好，自更比我校图书馆好得多了，桌椅亦比我校的强得多，地方亦大，空气流通，令人精神十分舒畅，普通参考书在架中者比我校亦多，惟设备等等均甚佳，而学生去的寥寥无几，十分冷落，职员有时比学生尚多，平时清闲无事，闲谈，下棋而已，倒是十分自在闲散，可惜那么好的地方，与许多好书，都没有人利用，清华图书馆之书亦全移送北大图书馆，今借者即清华之书，缘有一四存同学名王又莘者，在彼出纳处做事，故由其手中借出甚便，在北大图书馆第一层绕了一圈，觉得真羡慕他们（北大学生）有这么好的地方念书可惜却无人来利用，而我校图书馆时有人满为患，且空气恶浊，人多时久，能令人头疼，主要缺点是光线不足，白日亦需开灯，实是不佳之处，三时出来，我想，今日已行到后门，离孙先生家不远，就去他家借书，何必礼拜五止午再跑一趟，于是又到南锣鼓巷五十九号去访孙先生，在家，并有一其同学在，屋中空气不佳，不敢久停，匆匆谈了几句，借了学文一期及另一本小说专名考释的单行抽印本，辞出，又到早就想去一看的张君思俊家，幸而在家，进去本拟座谈顷之即出，不料谈起没完，本想向他捐一笔款子，十元亦不肯出，因相不深，不便相强，实在其家捐个"千儿八百"亦拿得出，就是有钱人花数千买热带鱼（其父买的）亦不肯捐些款，没有法子，他谈起厚沛之靠不住，满口胡说八道，竟想发邪财，皆一无所成，反令思俊为难，到四时半辞出，又回到学校图书馆择录了一小时的书，今日一下午虽未回家，却跑了不少路，办了一点事，借到了三本书，十分高兴，五时半回来，接到英来一信，计算她就该来信了，打开一看，这回写得最多，是在教学法堂上写的，看完令我心中起了一点小冲动，但是随即也就平静下去，这封信也可算是与我对她的热诚的一个小打击，不知是她真心只想和我维持友谊呢，还是不过是女孩子的惯例，一点小手腕而已，她说她之所以不愿我站得离她很近……那是因为她不愿显得太亲密了，要维持那种君子之交淡如水的程度，我承认认识一个女朋友，和认识一个男朋友一般可以有坦白的友谊的，但我也承认在感情相当融洽之下，便有逾于友谊的，发生爱情的可能，英现在我是尚未发现她的缺点，我不但与她有好友谊，深感情，并且对她，我有更大的希望，希她能与我合作大半生，共同维持一段幸福，美满快乐的生活，只是自从得知她家庭的优裕后，反而增加我的忧虑，她家庭环境优良，却是我欲求她与我结合的前途上的暗礁，并且与人以癞蛤蟆想吃天鹅肉之讥，她又曾说，当初我初次给她信时，她就打定主意是要与我维持淡而隽永的友谊，并且她还以为深知我所希望亦不过如是，这真不过是她一方面如此想而已，尤其是深知我所希望亦不过如是而已这句话，有点奇怪，正是又是何所见而云然?! 她怎知我心事，我实是对她抱有莫大的希望呢! 她还说有一次，就是去年考试末一天陪她去北海看雪，她说我脸色极冷酷不高兴，我想不起，我哪天会有高兴的脸色，她还说有时我的眼色也是她不懂的，这真难，我没留心到这些，也不记得这些，偏偏小姐就记得这些，实在讲起来，有英在身旁，我是满心的欢喜，十二分的高兴，我一切的烦恼与忧愁都抛在脑后，都高飞在九霄天外，远远离我而去，我在她身旁，怎么会有冷酷不高兴的脸色，实是想不起，她真错疑心了我，我真冤枉，她还问我觉得她好吗，坏吗，喜欢常给她高帽子戴吗，我常是口是心非吗，有时觉得她是毫无价值不值一理的吗？种种离奇想不

到的问题，我不明白她是什么心理？我不喜欢她，不觉得她好便想与她认识，与她接近吗，我观察她有一个相当时期，才大胆冒险与她写信的，当然她与我以相当好的印象，我是个不善于表情的人，内心的情绪，在脸上表现得不显现是真的，她却细心观察到我的神色，我会在她面前表现出一种什么样子，使她不解呢?! 以后自已到要留心些，后面她写顾先生误解我那封信中的意思，她却很明白我的意思，如此说来，她不是仍很有点明了我吗？但何以前边又说了些误解我的话呢，末了又说倘若我愿意，礼拜六去她家去取我上礼拜与她看的两篇东西，为什么要写倘若我愿意，我又为什么不愿意，她真能写。

　　到家不久，想起得去铁铺取回铜拉手，并去铸兄处告其可代托刘曾履兄代办文凭事，不料非留我在那吃饭，铸嫂又忙一气，虽不丰富，盛情可感，心中不安，七时半回来，顺便即去刘家找曾履，把相片及十元交与他，曾泽亦在家不易，留谈天辞数次坚留谈天，后曾颐亦归，谈至十时半方回，写完此日记，已十一时许，过晚，虽有许多话想与英写信，因明日尚需早起，只好明日再写了，我想或者明日还会接到英再来一短信，她怕我接到此信不高兴之故，我如此猜而已，不知会有否？想想这两个多月短短的友谊过程，英对我不能不说是很亲近很随便了，她对我不能算坏了，很好了，她突然来这么有点凉意的信，是在试探我吧!?

3 月 12 日　星期四（正月廿六）　　午晴，上下午阴

　　天气倒是不冷了，只是阴沉沉的使人不高兴，昨日约好与刘曾颐一同去校，八时廿分一同前去，他已打电话问过学校，今日偏不放假，今日是孙中山先生逝世纪念日，各学校机关全都放假一日，我校有意斗气似的特不放假，还是有点特别，上午三小时课，中午没有回家，饭后在学校大操场散步数圈，半晴的太阳下微有暖意，拉了三下单杠，真泄气，二头肌力量那么小，太不发达，双杠上做掌上压亦只作了七下，操场地方大，没有树，正是放风筝的好地方，有许多小孩在踢小皮球，有两三个小孩放风筝，其中还有一个大学同学，有点胖，不知其名，尚未失其赤子天真之

心，他也拿了一个鹰在放，很有意思，在大学数年头一次看见大学生在放风筝，一时多到阅报处看看报，三份报看的人多，一时半到图书馆去抄那一点未抄完的材料，查了两本书，四时弄完，自己一时大意，差点把学校书弄丢了一册，幸被同学拾去，交与出纳处，抄完了材料，开始复英的信。这封信，有点不好回复，想了想才动笔，把对她真意说了些，表示出来看她怎么复我，从心中的老实话，自己写后看看，还好，不料一直写到六时才写完，出来立即送到女校去，赶回家来，已快黑了，四弟五弟皆未在家，母亦不知他二人何往，小孩子特不听话，晚饭前五弟由孙湛家回来，九时多四弟由杨家回来，免不了分别训示一番，五弟笨极，教其念英文大费力。（昨猜英今日或会来一信，但并未来。）

3月13日　星期五（正月廿七）　半晴，风

前夜二时方睡，昨日起早，整做了一天事，昨日为五弟念英文，亦未好好休息，自己亦未看书，今日卧到十时方起，五弟小妹去校旋回，因庆祝日军攻下仰光之故，连外国的纪念日中国也要放了，起来晚了擦擦澡，看看报，便又是中午，十二时半忽然郑铁珊的父亲来了，他本是以前做厨子的，相当苦，现在五个儿子，四个都已做事，算是熬出来了，他的太太是郑氏母之婢名梅花，她现已六十余岁了，他是郑三表兄的本家，表兄应唤他作叔公呢！只是他因出身较低，且因其太太关系，对我很客气，以主人仆人自居，谈了半晌方去，一时许去蒲伯扬医院种痘，人甚多，归来补记昨日日记，今日有风甚讨厌，杨善政今日结婚，四弟午前去，娘与五弟下午去贺，我亦拟去看看便回，三时许风较小，骑车去东观音寺惠丰堂，到那已是晚了，人家都照完相了，上前道过喜，见过善政之父母，及宋宝霖之母，九英及继鹏母均未来，后又见过四弟等之同学，青年人坐在一起，跳高，打球不错之齐增矩，还拉得一手好胡琴，继鹏唱了几句，饭店伙计亦会唱，还唱了两段老旦，四时与他们同学同坐一桌吃，大家不客气，我倒吃了不少，娘在里边吃的，贺客不少，大半皆是商家，做买卖的，多俗气，善政饭后先跑回家去，他同学等与他新妇闹，宝霖母很能

说，在旁边拦劝，善劝母不大会说胖胖的，够累的，善政父年纪不大，四十余，老实和蔼的很，五时许又一同去杨家，在廊坊三条四号，房子甚小，院亦狭，好似转不开身般别扭，尤其是住惯了大院子，大房的我，屋中除新房中有数件新式家具外，其余各屋皆乡下气，俗气得很，人多小房子挤得满满的，等行过见面礼，便先告辞出来，新娘小矮个子，满头红绒花，旧式打扮，善政定不满意，来回未花车钱，到家六时半，李娘与小妹才吃晚饭，又进一些稀饭，不一刻娘与五弟亦回来，与李娘又谈了半晌，晚上翻翻看南洋的地理与气候一书，现在那一带不是正打得热闹吗?! 下午突然接到许久没有来信的弼来了一信，还写得不少，告诉我她的近况，想不到她还没有忘了我吗? 晚上心绪不宁，也没有看多少书。

3 月 14 日　星期六（正月廿八）　晴和

昨日匆匆，未做何事，日期愈近，心中不安，今日早起，八时半开始整理所集材料，编排取舍，开始写之论文，一上午功夫居然竟写完了自己预备的第一章绪论，共五页半，约有二千余字，心中甚是高兴，现亦是动笔了，可见事本无多难，只要自己动手去做，如空自着急是丝毫无用的，可是做时，各书参考排列满桌，这种乱法，却是第一次呢，午后又找出三年级时所写的散文数篇，预备拿去给英看，请她加以批评，里边有些各种问题的意见，看她有何意见，今日晴和，院中比屋中还暖和，四弟昨日一夜未归，在杨善政家熬夜，至今晨十一时半方回，荒唐大胆，不知事，现在小孩子不听话，午后二时许去找英，她在家未出，初见面，面色平平，显然与以前见我即笑时异样，好似空气有什么变态，我仍极力想缓和这种空气，一切和平时一般的自然，不一刻她便亦有说有笑的了，我不知是否她心中还存有她那封信中的芥蒂，我又不知她看了我礼拜四的回信，她心中又作何想，看她这次如何复我，是她先往那问题上引，这次我大胆表白了一点我的意思，看她怎么答我，今日谈这说那的还如常一般，只是今天她脸上的笑容比较少一点了，今天她穿了件夹袍，显得窈窕了些，冬日穿得厚，便显得她有点胖，尚壮，今日她足下一双大花格呢的鞋挺好看，英暇时亦看词，她解词的能力甚佳，有时意思甚对，怪不得她说，她应学国文系呢！实在转转系就好了，校长送她们同学三四本书及什么文章的抽印本，男校就未听说校长送过什么，这都是学生，亦有两般待遇吗？英喜欢小山词，谈到五时半我即辞归，因今日衣少，怕晚凉，每周末能与她共处半日亦甚佳，亦足慰我数日相思矣，昨看杜诗数首，斯文赫定著之《亚洲腹地旅行记》数页，与由校所借，我之探险生涯，原系一书，后日还学校，现在女友中，种种方面观之，对英之希望最大，但不知其对我到底如何，成否参半，固难预料尚有待于继续之努力如何耳，想英见我十二日之信，亦可知我对彼之心意如何矣。

3月15日　星期日（正月廿九）　晴和

福建的规矩，不知腊八粥，而吃九九粥，在今天吃粥的煮法与北方之腊八粥中的东西差不多，亦是用江米加红糖，煮得极甜，内容甚丰富，小孩子多爱吃，我嫌它太甜腻，上午在父遗像前上过供，早点稀饭便换了此粥，五弟小妹又高兴了，本拟今日上午能做一点事，不料今日好天气，外边春光引诱我的力量十分强，又盘算下午去找几个人为学校捐款事，跑这趟算了，又因查捏合一词，翻《西游记》半晌，在卅十二回中言及，以前幼时看西游不过是看它新奇有趣，妖魔鬼怪孙行者猪八戒等好玩而已，甚实其来源甚早，作的亦实不坏，且皆有用意，并非顺笔胡诌，骗人而已，今日重读，实有厚味，午后二时出，先去找蒋国梁，不料他未在家，开已数日未归，不知他都做何事，竟连家亦不回了，怪事，即去访朱兄，问他借书，未找到，小谈即出，到七姐家，只七姐一人在家，余人均出，谈七姐夫代我捐款只捐来五元，还是三人中七姐夫有一元，惨极，中国人对白拿出钱来皆不肯，往北去看五姐未在家，又去孙家，在翰屋坐顷之，他今日与孙祁侯家等人去颐和园，我请其父出与之谈半晌，对当局略有谈及，颇有见地，后当局托他代我谋职，蒙他慨允，不知能否成功，五时许辞出，行至西长安街，心中一动，遂到王家去看看，过年时去皆未在家，今日得与庆华母谈顷之，畅谈剑华治华在沪情形，买米困难生活高涨，精神

物质两皆痛苦，有拟同治华住校，剑华回平之说，二月底或三月初庆华父母二人拟去沪一看，并代其解决，剑华回平亦好，本来，值沪变动至此不如北平，又有何可留恋?! 六时辞归，晚饭后觉乏，近日一累常觉腰酸，不知何故，岂骑车过远之现象? 证诸以往又不似，饭后卧床上憩，灯下拟看一些书，但精神不济，时打呵欠，十分可厌，论文第一篇叙论虽已拟成，底下诸篇却有问题，大不好写。

3月16日　星期一（正月三十）　半晴凉

今日是阴历年新正的末一天了，雍和宫打鬼，我未曾去看过，今日新北京报上载有一段雍和宫的专文，上午无课，在家略看书，拟了两个信稿，一是与强表兄表示这三年受他帮助的意思，并正式求他代我留意谋职，一是与孙翰父亲的，也是拜托其求职的信，现在也满处与乞怜与人的信了，这些花样都不是我本心所愿者，自己何以那么贱! 去向人家假以颜色，奴颜婢色的乞怜，呼穷道困的哀号，我就没有人格吗? 为了生活呀! 为了不是我一个人的，还有老母弱弟幼妹的生活呀! 这真有点难说了，中午草了一个短信与英，欢迎其多加批评我的文稿及她如不以为我是个俗见之人，提出问题来讨论更好，后约其于十九日出城到万牲园去玩，中午去校，送强表兄信并先去宿舍号房代五弟同学购一瓶冷霜，又去恒兴斋购履历片，正不知以后我上面都是些什么呢，把英信送到妇校信栏上，又去图书馆放下借书条，这一小时内够忙的，上了一小时后汉书无味，便不上了，到图书馆去坐了一小时，看借出的书，先头看见英来校，蓝衫上加了一件毛背心，很率，在图书馆看见她，她要求我一小时后去女校找她，拿我以前借给她看的文稿，（与顾先生的信）我看了一小时书后即去女校找她，看见一个女孩子在操场练骑自行车，正想说，等会她出来问她练了未，看，不是有人在练吗，后来走近一看，原来就是英在那一个人练呢，很有"门"呢! 快会了，果然开始练开了自行车，走过去她和我说话，她也不练了，她额前已微有汗渍，颇卖力气，她不常活动，有此机会运动一下更好，代她推了车，走到会客室去坐，她还我文稿，并把顾先生的手写的人间词话疏义（顾先生撰）借我看，答应明日还她，约好礼拜四上午来找她去出城，她要骑车去，车瘾大发，她在我前文后所加感想亦甚对，甚佳，她却是个适宜于学文学的人，谈顷之五时出，去郑表兄处，未回，等他，大宝二宝等又商义要与我在春假中一同去玩，我因前例，知与她们一同去，准玩不痛快，到时再说，六时三表兄回略谈，他为我校捐款伍元，归来已暮，晚饭因饥进甚多，饭后又觉乏，打下看顾先生写之人间词疏义，间亦有与其意见不同处，惟其仅注疏其前八小段，未完，继看曲选一刻，时又不早，今日又无成绩，真糟，时光不早，不能如此轻过，今日到办了一点事，尚好，三日未习小字矣。

3 月 17 日　星期二（二月初一）　　晴和

今日天气亦太好了，只是晚间稍有凉意，早上绕道前门取那一点可怜的小款子，去校遇见杨辅德谈了一刻，他在南京一下捐了六千南京钱，不少，我今却交了后捐的廿元，与人家相较，不成比例，十时五十分在楼上遇见了英，把昨日她借与我顾先生手稿人间词话疏义还她，随便写了几个字的小条亦附上，上左传时没有看见赵德培不知何故，中午与周君力中同进午餐，饭后一同在大操场暖阳下散步谈天，甚舒服，难得这么好的春天，却要我们闷在家中赶论文，真是不舒服，我要在这些日子内加油，如能在春假内赶完痛痛快快玩一下，不然亦能赶出大半才好，下午上两小时曲，有点困，下课在图书馆看了一小时半书，又遛遛护国寺小摊，遇曾履，同归，至其家借一小像匣子，预备后天用，晚得朱天真一信，谓得公司信云华子已乘轮北返，不日可返津，阅之亦甚喜悦，有机当去津一行，惟家中无余款实成问题，华子跑这一趟，受了不少惊险，亦饱经沧桑呢！晚上看看报等不觉便过了十时，晚作数明信片复同学者，又是不早了，而今日对于论文又无进展太糟了。

晚上把英给我的信，一封封，从头打开来看，亦颇有趣，自来尚无朋友，在信中与我谈得这么志同道合呢，她颇有见解，有些思想，确有见地，不禁睹信又令我想见其人不已，今晚一时许才睡，虽睡得很迟，可也

没做了什么事。

3月18日　星期三（二月初二）下午阴，稍凉

按风俗习惯说今日又是什么龙抬头的日子，可是今天没昨天暖和，虽然上午也出的大太阳，但是下午便阴了，太阳躲在阴云后边不肯出来，上午早去，与周力中同旁听一小时唐宋诗，顾先生讲的确比储先生强，他有他的意见，两小时骈文看孙先生楷第借我他作的小说专名考释，考说话与词话二者，昨日交与朱君看第一章，他告我何处得改，得删，增减等，还有再写一次，午饭后与周君力中，在操场散步，一时许分开，他去宿舍找同学，我则到大学校园内日规旁，浴阳光看书颇舒适，二时许到图书馆看书，到五时许出来，路过护国寺随便看看，遇王光英及本班女同卢绍贞，刘爱兰二人，与王同行，在西单分手，我因与英约好，明日同去万牲园，于是买了卷胶卷，及面包等食物，归来已逾七时薄暮矣，晚看报及写两张履历片，拟寄予孙子涵老伯托其谋职者，又校出两章手抄之醉翁谈录，校后拟还徐光振兄，借来日子不少矣，半年多了，一晃又是十一点了，回来闻娘谈，上午十一时左右，杨善政母与其新媳妇来回拜，坐顷之方去，谓我家房事，院大，宽敞甚佳，较之廊房二条他们家自是大多了，只院子便比他们大数倍。

3月19日　星期四（二月初三）　　半阴晴，午晴

又是什么瞻礼的日子，学校今日放假。

晨间醒来，不料仍是半死不活劲的半阴天，令人有点失望，因为今日约好与英出去玩，当然希望有个晴和的好天气，匆匆收拾得来，又路过西单在亚北买了一罐郑康记的肉松一元三，却只有一点点，真可怜，赶到学校已是九点半了，在会客室等了约有廿分钟的样子，英推车出来了，今天她穿了一件白衬衫，上穿一灰色毛背心，上罩一长袖蓝色毛衣，下边穿了一务蓝布裤子，好骑车，外穿一件古铜色的薄呢大衣，这件衣服却尚未看

她穿过，她才学了四天骑车，已能骑走了，可是不稳，但她瘾头特大，今天竟要骑车出城，她上车还不大灵，走到大街上，人多车多的地方便叫她下来，或是到人行道上去走，初次上大街成绩亦很好，把拿不稳，两边晃，看见前边有人，车便心慌意乱，那都是初学的通病，一常骑，有经验便好了，虽然在街上小小的碰了几次人，幸而都遇见好脾气人，没有惹乱子，出了西直门在比较少的柏油路上，她忽然胆子大起来，骑得很快，不一刻便到了万牡园门口，刚骑，她不免觉得累了，在茶棚内略憩，买票入园，先到动物园内各处去看，狮子，豹，山中活泼的野兽，却被关的垂头丧气，无精打采的，英雄为环境所限制，无一毫用武之地，十分同情，无知无聊的人还要拿些树枝，石头子去戏侮它，我真有点不平，若是真放狮豹出来，我看谁敢逗它？！大猴生了一个小猴，亦未锁，满处跑，很活泼有趣，只是小猴脸尚不及大猴好看，有许多折纹，有些游人买了些食物抛给它们吃，英给小猴照了一张相，看过其他动物如各种鸟，锦鸡，鸵鸟，孔雀，（不如公园者）羊，犁牛等等，往北经豳风堂而西，种的花还未长出，树亦尚未生叶，试验的地已经在挖松了，在仿日本式的屋前多照一张相，新在修几座桥，又看了些农产的成绩标本，有各种果子汇的药水中，特别肥大，真有点令人馋涎欲滴，在花坞内看见各式各色的花有一棵大蕉树约丈余，大半是南洋种，墙壁上亦种有花草，倒很新鲜，在花坞内各照一张相，进畅观楼去看看当年皇太后与德宗楼上休息的地方，看楼人看见我二人去特开二寝室让我们看，他亦看什么人，才开屋子，楼内什物虽稍旧，但在数十年前为最新式者，其中摆设有些什物仍甚讲究，惟地毯等多糟旧显出封建势力之残余的惨状，当年帝王驻跸之所，今为万人践踏之地了，东侧有楼梯可上三屋平台上远眺，适中午阳光出，在上面为英照了一张，下来在二层设有钱桌椅，对坐午餐，英吃得很少，不知不饿还是东西不合口，买的两条豆腐干，她倒喜欢吃，她喜欢吃咸的，不大喜吃甜的，北方人的习惯，下楼来在畅观楼前茶座吃茶，谈了一刻，休息，我在旁边铜狮上，由英为我照了一张骑狮相，后来她笑说那狮子颇像一匹哈巴狗，不禁我亦发笑，喝过茶往南有一座五开间的大厅，名豳春堂，前有一株大树，名朴树，少见，树枝不远处辄结木疙瘩，折下一看，内皆实木质，不

知何故，少见此树，折数枝而行，路经多树，多不能呼出其名，植物学常识真缺乏，午后又半阴，一路谈谈说说，三时许即出，万牲园因系试验场，除一部动物园外，其他各处无可流连者，取车同归，以前曾幻想与英一同骑车出去玩，应是如何有趣。正好她又羡慕同学骑车过桥飘飘欲仙的劲，于是极力劝她也练骑车，现在果然实现了，多好，她才练了四天，成绩不错，以后再慢慢的熟习，大胆便好了，进城来她游兴未尽，又由新街口一直往北，折东，到积水潭，一湾泓水，中有一小丘，丘上一小庙，庙前尚有山石，略具湖山之意，三周皆水亦别有风味，庙名函雅祠，名亦不俗，前殿三神并坐中为关公，左财神，左龙王，后尚有一层佛殿，前庙右为客厅左方丈，皆小巧精洁，中有三个沙发，真廿世纪之庙也，丘下一牌名积水潭，地图上无此名，只名什刹西海而已，四时许拟再出德胜门，因尚有廿余分钟即关城门遂作罢，顺德胜门大街回校，土多地不好骑，英亦半因路行过多，觉累，至刘海胡同下车坐路旁休息，至今思其累得可怜样，尚令人爱怜，遂亟为其雇一洋车，我代其推车同归学校，到校又要为我在女校门口石狮前摄一影，她说："这可不是哈巴狗了"，光线很暗太阳半阴，不知能照好不，五时许她进校我回家，她推车进门嚷："我可要大洗大洗了，都被埋起来了"，我闻之心中一动，大洗与大喜同音故也。不图今日与英快游半日，心殊乐，得意而归，晚觉乏，略看书，今日又嬉一日，英有时因十分端庄大人味，但有时却亦十分流露出其天真洒脱之性情，亦颇活泼可爱，日前那封信中表示态度，而我不顾，近日仍如常态，亦肯与我独出同游，意太亦颇密，不知其到底心中对我如何也，总之今日能与其同游，我心中则十分快乐，精神上香其安慰殊多，英实一最近我理想之女孩子也，大宝二宝等尚频为他人进言，焉知我心之所属耶，晚十一时寝，柔软体操暂停一日。

3月20 星期五（二月初四）   晴和

昨日稍累，今日起稍迟，上午于院中沐阳光看报，颇适意，午后作一信复孙翰，并作一信与其父，附一履历征，托其找事也，二时半出发信，

并去建设总署访林志可兄拟向其捐款，并面托其谋职，不料其未在，仆役云去津，不巧，下次再去，出路过西长安街，心中一动，昨夜呼无线电中报告谓中央电台招事务员，要大学毕业资格，拟考着玩玩，遂进去报了名，把学生证作抵押，出去西单商场内三楼燕京电影场，去看《雪雨》，由陈燕燕，王引，梅熹谈瑛等所演。这种电影院向未去过，为了此片才去的，光线不大佳，声音尚好，去看的人，商人及中等人多，出来在商场书摊及各处走走，书皆甚贵，一元买了一本北新原版的《华盖集》，鲁迅著的，后看原定价六毛，稍贵，但是此时，且其纸为道林纸亦为值得。中商场有一家镜框铺添不少货，新式的花样，有的很好看，绕来绕去不觉已六时许，急归来，买了两罐鲣鱼，到家已暮，晚忽觉乏，饭后卧床上小憩，到十时许起来，本拟再看一刻书，再憩，后来作罢，今日又混过一日，一念及日期之短促，论文之无着，事情之多，友信未复，书未看，近月家中经济之奇窘，每一念及心中焦灼异常，一天一天过的特快，再不努力加油有何面目见人。

3月21日　星期六（二月初五）　　晴和，小风

今天懒，又没起早，于是上午又未做何事，只略看书而已，今天天气却十分好，晴和大有暖意，十二时半去校，因与同学刘君镜清，李君国良约好，下午一时前在学校聚齐同去访江绍源先生，不料晚了一些，到校已一时许，未见他二人影子，未定好聚齐地点，不知未来，候半晌，又到图书馆去借了两本书，快两点，遂一人走去先到刘二家，约其一同去访江先生，不料江先生未在家败兴而回，刘二回家，我因顾先生距此甚近，按地图绕了半晌方找到，顾先生在睡午觉，在意中，江先生脾气怪，其仆妇脾气亦其倔，顾先生人好，其江苏籍之仆妇，亦极和蔼，三时回校，身着一毛背心一夹袍，阳光晒，微有燥意，在图书馆内看一刻书，等三时半去参加史学研究会，后来看见英亦在女生席中坐着，她出来时亦看见了我，她先去，我后与史四同学刘永长同去，她坐在后边，我就在前边靠着先生找个座位坐下，头一个又是朱少滨先生讲，看他那样子真费力，话听不大

懂，讲清史稿之关内本与关外本之分别，后有二同学读书报告，史三同学刘幼峰讲元代武功之背景，末了由史四女同学刘桂荣报告读三国志裴注，口齿比较清楚条分举例甚明白，我随笔记其大纲，讲后，校长谓后生可畏同学能做到此甚佳，很明白，此亦实一很好之论文题目，散会后已五时，出来英向我要允借她的唐宋诗，告以礼拜一带来，本拟尚欲与之略谈，她却匆匆走去，不知是在众人面前故意如此做作，还是想起以前对我表示的态度，不可与我表示太亲密了，还是肚子饿了呢，想不出，回来已黄昏，今天又跑了不少路，今天英穿了一身素灰，灰短的外衣肥袖，似乎有点在大调合，今天在半农杂文集中找到了（第一册）打雅那篇文章，翻开看看，有趣有的是我前两想到记下来的，有的没有，但亦有我记下来的，刘先生文中未收的，总之这种俗语太多，一时想不齐全，晚灯下一时兴之所至，看完了半册《蜀山剑侠传》，晚上一懒亦未做什么事，换了内衣睡了。

3月22日　星期日（二月初六）　半阴晴

今天至少要做一点事情了，上午十时正看报时，忽然毛子来说九姐夫打电话叫我去看病，心中不明，又是何事，十时半去，原来有一同乡想来平玩（由津）信数月即行，只需三四间房子，我因东西物件甚多，实无法再移出西厢房出租，且日内要换北房房顶，尚要全住在西厢房数日，为此事九姐夫大约亦微有不悦，我亦无法，无事，适有病来，即辞出，去朱君家借书未在，即辞出，去杜麟鲁处，借来说库说海，尚有宋人笔记廿八册，下次再借，用包袱包回，胶卷尚余四张，本拟四弟回来为我照完即洗，不料昨日好天，偏我下午又去校，今日又是阴天，太阳不痛快的出来，十分讨厌，自己照了两张，四弟照了两张，小妹一张，末后多照一张不知能否摄上，上胶卷弹簧松，不好卷，取下一按弹簧不为折了，心中一烦，不知能修理否，照完了，饭后心中不定遂与四弟同出，到西单欧亚去洗，照相机去修理，便是二元，又与四弟在商场略转即回，二时半回来补写十九日到今天之日记，四时许铸兄来座谈，后去力家看九姐旋回，五时许拉四弟同去他家吃饭，下棋，下午阴天稍冷，近日不知何故，食量增加，时觉腹饥，每饭实未吃少，胃之消化力加强！不解何故，值此米珠薪桂之际，（此句适合此时之米价与薪价，大米一包逾九十元，薪百斤五元余矣，不知如何生法）如此大量，实不合宜，近日且又有点犯小毛病，每属晚饭后辄觉神倦思睡实则过半小时又如常矣，亦不明系何缘故，灯下看了三本西风，真糟心，简直自己有点管不了自己了，许多该看的书全都没有看呢，偏翻这些不关紧要的闲书，真不该，这两日英没有回家，在学校，应该她的论文又有许多进展了，我呢，十三分的愧悔，想起便如火灼心一般的急起来呢！想想交不出论文时自己又该如何呢？现在已是什么时候了，今天决定要迟一下睡，虽已十一时半了，还要做一点小事，预备明天上午还可以做一点事情，书是各处借来了不少，全都堆在桌上眼前，看看又起急，虽然是编出了论文很容易过去的，但不是也得自己编写出来才成呀！

3月23日　星期一（二月初七）　半晴，晚风

半阴半晴的天气，却令人不快，九时许起来，看过报，才十时多，出去买了一趟东西，还是有车方便多多，什么时候要走便走，要快要慢，都随自己的意思，回来提笔复王弼的信，十二日接到来信，已放了十天了，本来拟简略些回他点，不料提笔也不知哪有那么许多话说，谈谈上海近况，我的近况，为了他的健康劝他离沪，他要听新闻，便把林的事写给他看，他又问黄希波的近况，与江汉生妹被淹死事，他二妹写信给他误以为汉生死了呢，他还为希波做寡妇而十分惋惜呢，他倒是个极热诚的人，凡是他认得的人，他都关心，只是却忽略了自己，他说治华已有了女友，我亦戏问他一句，他可有了朋友，写来不觉已尽四页，八个 Pages，写了不少却用了我一上午呢，急忙收拾书物去校，在达智桥发了信，赶到学校已迟了一刻钟，第一时便不上了，看见注册写条子叫我，不知何故，原来是我上礼拜一时心血来潮，想去年学校出过一个布告选举年刊委员后即无下文，我想念了四年连个年刊都没有，太惨了，于是写了一封信与丰浮露神父，教务长请由学校办一简单之同学录以作纪念，今天便是叫我与丰神父

谈谈的，他正有事，下课再去，先到图书馆去坐看了一刻书，来校路上看见有一个卖花种子的摊，想起英要红南瓜子，便代她买了两毛的，下了第一时在图书馆遇见英，遂把她借的书及花子给她，她要借的两本书被别人借去了，告诉我代她借，一是大金国志，一是大金吊伐录，还有卢绍贞也要看一文没地方找，都来找我，我初亦不保险，代她们找找看，上第二时后汉书，下午到图书馆去代她们找书，卢要看的文章在清华学报中找到了，因我记得其文章题目看见过似的，所以试从国学论文索引中，不料一索即得，查书名大字，两本书都被人借去，英没法子了，我想学校不仅只有此一个版本，于是又查普者目中，又查出其他的版本，别人未借去，只是大金吊伐录费了我点事，因为没有撰人姓名，后在丛书中查出，学校都有，就不必再去别外代她借了，不知她们懒得查，还是不知道如此查法，国学论文索引，实是好工具书，明天好回复英的话了，出了图书馆又去找丰神父，经他接谈，他问我有什么好意见，于是把自己想印一个同学录而已，他却又想印得好一点，铜版相片等，又征求我种种的意见，颇和我商议一气，他说中国话不错，很说了一刻，结果要求我助他办理，不料自己找上身来了，自己论文还忙不过来呢，如不费功夫还可以，只是别惹人骂我才是，这事亦想不到的，回家来昨洗的胶片晒好，差不多全照好了，只是有几张因光线关系不大好，未洗出，据云可以洗，便又叫他洗，英骑车那张动了，因天阴，我用慢的照的缘故，还有两张都因光线不足，而照的不大清楚，只是在畅观楼顶上，照的还清楚，在家照的几张全照好了，只是我一照相脸部表情板板的不好看，晚饭这几日吃的全不早，饭后困了，连日如此不知何故，睡到九时许起来，整理出两个久未整理的抽屉，今天又与四弟换了床睡，我仍到外书房一人睡，弄清楚了床，弄清了身边的一切，没有什么不顺心的事，心中今日觉得很愉快，晚上没做什么事，写完日记已是午夜了，还预备看一点书再睡。

3月24日　星期二（二月初八）　晴，大风

昨夜看书，虽到一时半方睡，虽到一时半方睡，但今晨八时半即起，

本拟上午去找林志可十一兄，因起风中止，看过报，在屋中从整理修改增添，又弄完了第一章，不知这次可否，明日再与朱君看看，午后顶风去校费力，晚到十分钟，下二堂曲选，在大门口遇见英，叫住她把代她找的书条与她，绍贞要的文章也有了，她说她们全未找到，可是我全代她们找到了，能够助她一点小忙，我亦很快乐，总算没有叫她失望，没有白找到我，很是幸运，又把洗好的相片拿出给她看，里边有我在家照的四张，一张我自己，一张娘，一张四弟，一张小猫，英看后全拿走了，她说娘四弟的她也要，不知何意，她回女校，我即亦到图书馆去看书，把史学杂志中一篇评话研究看完了，我与英友善，逐渐同学知道的多了，因为在学校同学都看得见的，五时多回来，取了洗的相片，昨日未晒的那几张，今日晒出了，只是不大清楚，大约是光线弱，胶卷感光差的缘故，再照还是买好的，到家整理相片，近来又增了不少，突接到孙乐成一信，信封特细，狭长，自己糊制的，大约那面无处卖吧！怪可怜的，字迹还是那么怪，略略数语而已，他许久约一年未来信了呢，现在由安徽青阳又移到广德去了，在皖省边界，看地图据南京很近呢，晚上又看书，预备那一章方便便先写那一章，因为搜集相似记载的材料太多了，反而眼花缭乱，莫知去取，脑子反而乱了，不知怎么编排好了，这个干燥麻烦的事，还是非做不可，烦！没有整理出多少来，却又是午夜了！时间呀！过得慢一点成吗?！这么快一天一天的，可怕！

3月25日　星期三（二月初九）　　下午阴，突变黄天黄地，晚狂风

上午旁听一小时顾先生讲唐床诗，已听了三小时，听得很高兴，因为发表意见，才是我爱听他的一点，比诸先讲的强得多了，比听他们讲曲选斤斤于文字的钻研有趣，有益得多，在咬文嚼字以外，才是他胸中那一点"真格的"东西！但愿有机会常听他的课才好，两小时余主任课看了一点小说考证，在楼梯旁遇见了英，又交与她两张相片，她似乎很匆忙，说了两句便跑，是在人前不好意思!？其实那又有什么关系，怕人晓得？不对，已有许多同学知道了，想不通，大约是女孩子们的心理是如此吧！中午在

赵君德培屋小坐，在操场阳光下散步两圈，今日比前两日皆凉，看看报，二时到图书馆去查看一直到四时才正式看了一点书，下午天气突变得黄天黄地，空中好似布满了黄沙一般，不知由何处吹来的，真是鬼天气了，看过去那么阴惨惨雾沉沉似的，十分难看，有人说是天发愁有点像，在图书馆中坐了三小时，也没看多少书，要看的书图书馆都没有，五时多回家，一路上觉得空中在下微小土粒似的，弄得眼睛很不好受，怪事，到家洗了回脸才好了，连日吃甚多，今晚似吃多一点，稍有点不适，旋即好了，饭后觉乏，卧床上小睡，到十时起来听了一段杨宝森唱的失街亭，还不坏，胡琴好，饰司马懿的唱得亦好，今晚 Radio 放的声音特别清楚大似的，灯下复树芝兄一信，朱泽吉兄代他拟了一号是建模，又与英写一信，谈摄影事，学校因我一封信故，年刊才有讯息，今日布告令同学在四月十四日前交四寸半身相片一张，约英一同去照，并拟与之同摄一影，不知她肯否，又引今日顾先生写的："镇日寻春不见春，芒鞋踏破岭头云，归来笑捻梅（即梅字）花嗅，春在枝头已十分"，后注，妙在末句颇有悟境，正是踏破铁鞋无觅处，得来全不费工夫！何必满处寻，眼前便是，此亦暗示我对其情意，不知她明白否？近无信与我，想是不易答我，看此次如何复我!？床上略看书，晚突起狂风，午夜未止，只苦了最先报春意的桃花，这两日正是开放的时候，却要被这一阵风儿摧残了，可怜！

3 月 26 日　星期四（二月初十）　　半晴，下午风，凉

　　昨夜又因饭后睡了一刻，昨晚又是十时许才睡，今早去校，送信与英，到女校，《左传》迟到了五分钟，一小时抄了不少笔记，小徐今日未来，继上两小时古书体例，休息时遇李庆成来找我，前代其所写之要文凭信，迄无回音，不知何故，陪他到新教室中试验室找着王光英，我便去上课，中午回来时，代赵德培，杨志崇送挽联至南城贾家胡同，王炳荣母开叫故也，昨日黄昏一时眼花，把表弄坏，今日拿到欧亚，去一修理，竟索价至六元之多，近日亦不倒霉，日前无心折断所借刘曾颐家小像匣子弹簧片，修理费去二元，无形中损失十元之谱，中午归来午饭，饭后在家看

报，并到外院看其修理墙壁，一概修补，不久即可焕然一新矣，久住破旧房屋，与人不无影响，新后，精神亦可一快，或以后即将走好运欤!？岂我一时亦迷信如此耶!？一笑！一下午只看不多书，小说考证翻完，无什用处，日前寻思，苦材料多，不易编写，后念如拈明宋代二字之范围自少得多矣，我一向着手成为平话研究，忘却"宋人"二字，则范围大多矣，此确不差，黄昏时访曾履，代铸兄办之文凭尚未取回，小坐即回，今日晤小马，他家房已找好，在南沟沿七号，距我家近矣。

3月27日　星期五（二月十一）　晴，风，凉

日前听得无线电中报告谓北京中央广播电台招考事务员外务员，前者要大学毕业，后者高中毕业即可，心中一动，遂于上礼拜五去报名，今日是考期，九时到那，里里外外站的全是青年失业求业的男女，足有二百多人，不禁令我寻思此时职业问题的严重，一个小事务员却有如此多的人来考，本意是来凑热闹，考着玩的，还以为辅大同学中就是我一个人来考呢，不料今日碰见好几个，还有以前中学的旧同学，常绍纷，王家楷，冠奕鹏，张汝奎等不常见的中学同学全见着了，女孩子亦不少，除了各大学以外，协和，燕大的学生亦不少，真是这年头赶的了，临时因人过多，移考试场至西安门大街，西城日本国民小学去考，骑车去，小学内日本小学校生甚少，好似已经放学的境况，场所内空地甚多，本是军队团部，十九军退后改此，并新建大楼一所，里边土甚多，尚未完工，上午十时起考国文，只是标点一段，文言译成白话一段，不算难，十时半左右出来，到建设总署去找林志可十一兄，他在二层楼，都市局办公室中接见，正在批改公事，略谈，本拟向之捐款，他谓已捐过，又托其代为留意谋职，留一简单履历片在彼处，因其甚忙，略谈即辞出，浏览墙上所悬之各种建筑及修饰之照片，十一时半归家，看报，午报一时半又出，二时在该国民小学仍考数学，未考前，先到大楼内转了一圈，寂无一人，工人皆在楼下做工，数学考两题代数，题目很别扭，不会，如此糟的成绩，国文稍好亦无望，好在本来抱着考着玩的性质，取否无关紧要，不会作题，半小时后即出，

经赴学校，到图书馆看书，写论文今日心情倒也平静，写了不少，一直到黄昏时候，六时方出来，在大门口遇见刘曾履一同归来，晚得林笠似四兄复一信，谓统一公债无人愿买，捐款人皆捐过，不愿再捐，允代我留意谋职，嘱我送两张履历片去，求职之信现已四出，但不知哪方面可以成功耳，此时实在需要钱，一切一切均需要之，我再不出去赚钱亦大不得了！自己年岁大，物质要求亦高，惟盼自己得意，一切问题即可解决，钱在此时，确能解决一切问题，怪不得那么多人儿财迷，现在无也晓得钱是好的了呢！（一笑！）晚看书拈出宋人二字，有时间限制，平话二字，有范围，一切自有限度，则头脑立清，不再复杂不清矣，今日未见英但时时念之，此迨即所谓相思耶!? 幸为其摄之影在目前，一念即睹彼倩影，则稍慰于心，不知明日她回家否。

3月28日　星期六（二月十二）　　阴，小雨，冷

前些日天气十分温暖，还以为春来了，不会再冷了，不料前两日起便不大对，阴天时颇有凉意，即是有太阳时，起了小风亦不觉温和，今日却是个大阴天，迷迷糊糊意睡到十时三刻才起来，真糟心，肚子饿了，娘在厨房包饺子，可是馅及面都没有弄好呢，要吃还早得很，火道口真是个穷地方，要买点什么吃的都没有，从前过街小贩还有一些，现在却几乎绝迹了，可怜，跑到东边不远老墙根买了两个饼回来与稀饭同吃，吃了个八分饱，看报，今日，日本交还天津及广东之英租界，昨日由协和标本室交还孙中山国文之灵脏，今日亦由诸民谊护送南下，英租界算是交回了，但是不知日租界什么时候交回，四弟说的好，现在就没有日租界，日本占领这全是日租界，听了心中惨然，又看了一刻西风，午后看书，整理论文稿子，三时半出去，遵笠似四兄昨来信，将两张简明履历片送到灵境宫他家中，他这礼拜没有回来，阴天今天颇凉，好似初入冬的景象，身上污痒，今日去沐浴，并且痛痛快快的洗洗头发，很是舒服，不料出来时天又下开小雨了，地下全湿透了，在西单买东西遇见中学同学宗德淳，还是从前那样马马虎虎的混，他说现在还没有论文题呢！行！今天天气真怪，早上阴

沉沉曾降极细小的雪花，又继下甚小之冰雹，午后起风，一度下黄土颗粒，后又变为小雨，一天数变什么都下全了，怪天气，虽是春雨贵如油，只是冷变得这么快，实在不大好，对穷人实亦不大利，晚上又整理写论文稿子，这两日几同白过，未做出多少，日子愈发紧了，决定在四月十五日以前要弄完了它，半个多月好抄！近日连与英数信，礼拜四又与一信，谈摄影事，今日尚未得其复信，心中颇惦念不已，因以前她皆很快便回我信了，难道因我表示露骨，有意表示冷淡，欲与我略为疏远，以冷静我的热情吗？亦不知今日她回家若是怕冷，或许会跑回家去吧！？亦不知今日她回家未？若是怕冷，或许会跑回家去吧！？我只盼她来信。

仆妇去后周余，娘每日生活工作立刻忙了许多，李娘虽然一天帮了不少忙，但终是年纪大了，差一些，今日一天，娘便在厨房过了三分之二的时间，中午吃饺子，自己一个人做馅，和面，赶皮，李娘帮着包而已，吃完已是一时半了，娘只为了我们每天这两顿饭，便忙得个不已乐乎，心中一念母各此劳苦，便十分不安。

想起来，也有点那个，当初力家与我家，都够好过的，不料坐吃山空，家人不和，多少年来全吃光了，力家与我家全中落至此，在家中优裕的时节，我们都小，甚至还未出世，到了现在自己长大了，会花钱，知道如何用钱了，但是那么多钱也没有了，剩下的是不尽的前途，动乱世界中高涨的生活，自己去闯自己去创造自己的世界！要快东，幸福，自己向前去寻求努力！

3月29日　星期日（二月十三）　　晴，风，凉

连日太阳刚发出的那一点余威，又被风儿吹得无影无踪了，突然如初冬的那么冷，却似乎是老天爷对穷人开玩笑！今日虽晴了，可是风真凉，偏偏今天我又穿得甚少，只穿了两条单裤，觉得有点冷，尤其是在屋阴处坐着的时候，想不到此时还这么冷，为了昨日一场小雨，今晨土地未干，空气了却是有凉意中的清新，八时许便起来，力十一兄来看修理房子，站在院中谈了一刻，他说也许会把此房子卖了呢，卖就卖吧！我反正没有打

算在此处住一辈子的，怪不得肯花一笔大价来修饰，为的是可以多卖些钱的缘故，我起初已经有点料到，上午看看报，到十一时，外边不巧却又起了风，十分讨厌，没法子，冒了风土，去找强等了半晌才出来，为了要摄影多要了十元尚不知够否，中午回来，本拟去看看陈老伯，因已十二时，怕被留在那吃午饭，便未去，午后听了听无线电播放的广东音乐，报告招考事务员取了廿名，里边没我，数学考得不好，怎会取，根本是凑热闹考着玩的，取与否没关系，午后抄录半农先生杂文第一集中那篇《打雅》一文，去年听江先生讲起关于打字的文章，提及这篇，实终未找到，日前听英提起，果然找到了，今天抄下来，预备想及那文中没有的补进去，不料后来在文章末后半页又看见了半农先生廿一年八月廿二日的附记（《打雅》一文民国十五年作），说自十五年至廿一年已搜集到关于打了的词头已有八千余务，真可谓为洋洋大观了，那么我以后所想起的恐皆跑不出这八千多条的范围了吧！只可惜是杂文集中未收，现在无法看到原稿，不知以后尚有机会看到不，否则如果印出来，是一本很有趣味，很有用的专著呢！今天下午却专弄了这件不大相干的事，外边风大，那也未去，并看了一些西风上的文章，晚上因娘做饼，吃得较晚，吃完都快九点了，今天晚间，有饭，有稀饭，有烙饭有小米面糕，四种吃的，怎不费时，夜凉似水呢！真是料峭春寒的景象！下午复孙乐成兄一明信片。

力十一兄回家来后，专心经营整理家务，现在每日穿了整齐的西装，手中还很神气的拿了一个小烟斗，和他哥哥学，完全洋式，整个是个十足的小布尔乔亚阶级的人了，人就是这么能变吗？如此善变，亦有点可笑，可怜，可怕呢！近月来为了生活所迫，十二分感到钱的需要，与精神的安慰，今日又盼了一天英的信，未来，不知何故。

3月30日　星期一（二月十四）　晴，风，凉

一上午八时半起，看看报，因今日庆祝南京政府，国府还都及华北政务委员会成立二周年纪念，各机关学校放假一日，弟妹等均在家，与四弟等合力，将火炉，烟筒拆下，烟灰尘土甚多，除去一物，屋中显得宽敞许

多，又扫清污土，助理家务，弟妹等书桌皆杂乱之至，今日闲暇斥其整理，昊天但是狂风，甚是可厌，尘土飞扬，大煞风景，中午饭后，到四眼井刘家打听，学校今日亦放假遂未去，助未放，此两小时亦殊无味也，幸不顶此狂风费力去校，归来略习字，殊不成书，神又倦，卧床上憩达五时半方起，连日每届午饭及晚饭后即思睡，老毛病又犯耶！昨阅报载师大学生已于前日举行毕业典礼矣，这么早！此一般青年又是皆从何了路耶！？晚检阅借自杜君麟鲁处之说海，看有材料不，大约没有什么，此丛书辑前人小说亦有趣，昨报载，杜君家所开之顺兴客店，店伙车某用破碗行凶伤掌柜何某，命危，出此事，又与添麻烦，孤灯下独坐颇寂寥，时思英，此迨即相思耶！？不知英念我否？在我念她否？此数日不知她回家否，做何事？论文进展如何？吾亦不知我自己如何是好，今日未作论文。

3月31日　星期二（二月十五）　晴，小风

　　十一时才上课，八时许起来，在家看看书，又编了一点关于论文的材料，连日力十一兄皆过来看看修理房子事，到十时半去校，上了一小时课，抄了半页笔记，还同学书两册，中午与赵君德培同进午饭，饭后一同散步于什刹海，时尚早春，树木仅仅发芽！二人随走随说亦不寂寞，到北海后门又折回，过会贤堂前，适有结婚者，鼓乐声喧，绕至什刹后海南海沿，慢慢走，沿李广桥南街，过男附中回学校，不觉已是一点四十分了，在大学门口遇见了英，因为上礼拜四写信约她同去摄影事，并曾要求与之同摄一影，也许她不高兴了，这几天仍未得她回信，心中忐忑不安，今日招呼她，幸而神色如常，仍是笑靥相迎，心中数日之愁结，为之尽解，胸中大慰，她却不知她无形中对我之影响如此大呢！她上礼拜四便回家了，礼拜日才回学校，她说她上礼拜是骑车回家的，想不到她竟如此大胆，瘾头如此之大呢，到了前门，便连人带车，同上了三轮车回家，匆匆谈了几句，她忽又到图书馆中把她好同学，好学生王秀兰叫出来，为我介绍，互相谈了一刻话，论文啦，玩啦！先生啦，等等，到二时上课铃响才分手了各自上课去，上了两小时，《曲选》顾先生不大满于《琵琶记》，谓其内

容，思想，文字技巧，故事演变，全不佳多不合情理，不知何故，竟如此为人推崇，至今不替，实不大解，即南曲四大传奇荆，刘，拜，杀，全不怎样，皆不好，而人皆誉之，亦一不可解者，下课到图书馆去借书，全没有，查了两部书，竟不全，同系卢绍卢同学问我代其找之文章，在清华学报中竟没有，不知何故，就是如此一查，找，没有正经看什么书，已是五时半了，遂到女校去找英，先头约好的，等了一刻出来，即站在院中谈起来，会客屋前过二女，外貌决似西人，而竟说得一口纯粹的北京话，大约是父母有一是西人，从小在中国长大的，看手中拿的信封，是姓王五个是女大学生，那一个比较大一点的，不知是否，英说不愿与我同去摄影，大约就是避免我那突然出她意外的要求，本来是嫌太急一点，又东拉西扯的谈起来，她又说了两个笑话，又商量上那去玩，有时沉默便站在那不说话，谈来谈去，她也没说叫我走，她也没有要离我而去的意思，大约有六时多的样子她同屋经过叫她一同去吃饭，成心，她竟没去，后来谈到黄昏了，操场上都没有人了，她便执意要请我去小桥吃饭，记得在一年级时常去那吃饭，二年级时偶或去一两次，三年级以后便未再去，今天随她去了，真是久未去了，掌柜的还是那个人，伙计却一个也认不得了，今天又吃那许久未吃的炒火烧，外带还摔了两个鸡子，又有一个汤一个菜，英只叫了炒四个，还未吃完，我今天不知何故亦不大饿，勉强吃尽那一盘，菜和汤都剩下了，今天袋中空空，却又扰了英一顿，也是未料到的事，饭后已是七时半了，她又要接着去上晚堂，伴她走到门口分手，路上约好四月三日一同去颐和园，她叫我不要预备什么东西，可以到卢绍贞三兄处去吃饭，绍贞三兄在颐和园养病，她二兄亦在那住，他们兄妹各自为政，不大亲热，却不见她提，她去这趟，主要的仍是要骑车，不料学会骑车的人底骑车瘾却这么大呢！在吃饭时她终于告诉我了，上礼拜五是她父亲六十七岁的生辰，她事前没有告诉我，分手后我又在大学门口老董摊上吃了个水果，才回家，不意今日又能与英相处两小时，她也肯陪我谈天，还请我吃饭，想起心中很高兴，到家已是八时半了，四弟盟兄三人，宋，杨，陈全来了，在里屋聊天，家中为预备他们三人饭食，娘又加忙，在做烙饼，家人全未吃呢！一直到大约八点四十才吃上，我在外边吃了却倒没饿着，今天回来以后觉得很疲倦，不想再做什么了事，等他们饭后，与宋，杨，陈等三人谈天，讨论，修身与齐家能事并行问题，一时不觉说了许多，谈到十一时许他们三人方去，陈认为他现在修身尚未做好，焉能齐家，实在错误，因为修身至何种程度方为及格，没有一定标准，自己有能力帮助家事，即可尽一分力，反复解释，似尚未服，亦青年气盛之故，顷与英谈，礼拜日下午她回一信与我，而昨日竟未到，今日回来八时半方到，本市走了二天，真慢极了，信中全是讨论问题，别人看来以为和女友通信，定是甜蜜蜜的情书了，其实却大不自然，她来信中很是严肃，他的见解亦很正确，读书理解力亦很强，笔下尤简练犀利，比我强得多，为了心中惭愧，她所发表的意见不太多，多半都是很对的，有一两点我不同意，她很喜欢文学，也愿去用点功夫想研究，也许比本系同学都强呢，我就许是，所以我觉得她真该上国文系，不该上历史系呢，末了她很轻松地说了两句，一换前边长篇大套的议论底空气，我往往去信上有许多？她回信多半是没有答复的，是不好回答，是故意避免回答我，故在接到她信时兴奋的心情下，终又泛上一层薄薄的怅惘与小小的失望。

4月1日　星期三（二月十六）　晴

阴天，风，土，雨，冷气全过去了，这两日又是晴天了，昨日便不算得冷，今天却已有了点暖意，风吹在身上亦有和意，令人深感到春的气息，自己一懒，起来晚了，十时出去，先到银行取了本月饭费及摄影费，绕路去校，在北海夹道遇见英的同屋坐车过去，在羊角灯胡同又那么巧又碰到朱君与安笑乔，推车在并行，回头看见了我，我要先走，朱君叫住我同行，朱本拟把我介绍与安，安说无需乎，后来安又自动与我谈话问我春假玩去否，又说了点论文事，回问她出去玩吗？她答以忙论文或不出去，想不到安今日忽然毛遂自荐与我谈话了，在大学门口又碰见了刘爱兰，后又见着了英，没说什么，门口乱得很，人很多，把两张借书条送到图书馆去，后来去取，条没有书亦没有，因今日下午起放春假大家都忙着借书，故图书馆中特忙，上了一小时课，朱君把我第二次改后给他看的绪论还

我，他略改了数字，谓成了，拿回来抄，春假十天下课时，只见同学们纷纷约定去那玩，商议买什么东西等，大好春光，青年的活跃，哪个又甘静伏，只是自己心中总惦念着"论文"二字而已，怎样也得偷空出去玩两天，中午回来时，去找王燕沟，不料他已去沪半月，燕序出来，在南屋客厅略谈即辞出，他家小像匣子未在家，又到叶家去，于政五弟出来，未长到明天再去，据谈于政初到沪，下火车时，遇三人劫他，损失卅元日金票，合行市值沪币二百一十元左右，后看出是假手枪，于政揪住一人厮打，余二人逃逸，一人被警捕，这亦是沪上风光之一，他们却偏爱跑到那去读书，不知何意，洋味熏染的，好花钱，公子哥儿的脾气，不知钱来的不易，沪上生活日高，不知伊于胡底呢!? 今日朱君云刘底年岁至少在廿五以上，英有那么大？却是出我意外，看她那样子却不像吧！我看她比我大是有可能性，只是未必会比我大那么多吧!? 这问题，始终是我的一个不释的疑团，是因为年龄关系，她不愿与我表示什么?! 才总那么避免言及那些我问她的"?"吗？想不通，可是她也没有厌恶我的意思，她昨日不是还肯陪我立谈许久并未言去，亦未拒我千里之外，还具请我吃顿饭，还肯单独一个人与我出游，这在在难道不是在表示与我的好感?! 可是她始终对我抱着一种什么心情？看法？目的？看不透！我与她底印象总不会坏吧！否则她也不容我与她接近了，英现在对我确是个"谜"！

中午到家来已是一时子，腹饿竟进四碗半之多，为近日食最多之一顿，今日饭后不拟出门，只在家中，看了两日的报，并今日买回的辅仁生活，如小报的那么一张纸而已，由月刊改为旬刊了，省印刷，省纸的缘故吧！二时半刘曾泽来小坐，拿回像匣子，并借去书三册，看过报，在院中走走，今日里院墙皆刷净，焕然一新，只是窗上，地下，狼藉满地，尚需清除一下才好，昨日倦，今日补写昨日日记，至今日者，不清除一下才好，昨日倦，今日补写昨日日记，并今日者，不觉已是六时，在院中小散步，下午半阴，拟明日下午去摄影，晚饭即觉乏，自己实太泄气，为娘之每日操劳不息又应如何耶!? 连日李娘病咳，夜不安眠，灯下看未翻完之说海，昨日英来信说我的墨笔字不好，她怎知？大半是看见我借她唐宋诗中所写的字底缘故，那是两年前写的了，而且并未好好写，实在自己小字实不佳，也该好好练练呢！她钢笔字比我劲秀，恐她墨笔字亦或比我强吧！得努力，别叫她笑我！

4月2日　星期四（二月十七）　晴和

　　早上懒一点，起的稍晚，九点被赵君祖武来堵了被窝，他方由天津回来，座谈学校等等，外间风传辅大暑假后即将关门，何来此说，难道捐来了十万元，反而关了门！？不可能，自四年级以来，同学们每日见面皆是互相以做论文为口头语，而这半年来却又加上了前途，职业问题，大家多半都无把握，提起皆在发愁中，祖武谈，一提到谋职便心神不定，本来这年头失业的人就很多，再加上每年大学生中所造就的"这一群"新贵们，在此时这个畸形贫乏的社会，如何容纳消受得了呢！？这却真是个问题，尽管消费不了，尽有余额，而大学中绝不因前车之鉴而停止造就毕业学士，此亦实是问题，正是愈在后者，欲谋生活愈难！谈到十一时他辞去，看看报，看看书，中午马马虎虎吃过一顿饭，午后一时半换了衣服去东城照相，走到东长安街，碰见了王秀兰，不是前天英为我介绍，今天还不好招呼，招呼后同行，在霞公府拐弯处，迎面遇见了英，她看见了我有点奇怪，真巧，本来英说她礼拜六才照呢我自己却定的是今天下午来，不料她也忽然改在今天，于是出乎我与她意料之外的又遇上了，在东安市场存了车，又往回走到同生去，英已先在那，辅大同学先有四五人在，都是女院同学，不一刻秀兰亦存车回来，因为要一个人一个人照，并且还得穿上那宽大如僧人的学士服，等了半晌才照，正轮到英照时，赵君德培及刘君冠邦亦去了，英照完我即着她方脱下的衣服帽子照，她先下去与王秀兰在下面谈天，我照完下去，她尚未走，取了取照条，付过款，英带了一大衣包带回家去的，雇了车，为她拿了东回，送她上车她自回去，她约好我明日上午八时即去找她呢，伴秀兰到东安市场她取车回家分手，我进东安场略绕，到怡生又照了一张二寸的相片，可是用怡生自备的衣服，我自己要留一份带穗子的像，又照了一份四寸便装像，是预备毕业文凭上贴的，四时出来，过东华门，经公园后身，穿中南海，到叶家去借像匣子，适于运自

校归来，取出借我，在门口谈顷之，谈于政及于良等，四时半出到亚北买点东西，不意正放车时，忽见林清漪与其嫂及其小侄子由北步行亦入亚北，大约未曾看见我，她们上楼，我亦上去，吃了一杯冰激凌，不一刻她们下去，我适亦下去买了点点心，这会她似乎看见我了，她嫂可未看见我，但互相并未招呼更未说话，默默地走开了！我想不到半年后会在亚北又有此一晤的机会，看她头发比以前短了一些，略卷散披着，不梳小辫了，面然略黄，显得阴郁，两个大眼睛似乎有点黑圈，（看不清楚只是一瞥的功夫而已）大不如以前那么精神活泼，上楼时看见她足上看了一双麻？丝古铜色的袜子，为以前她向示穿过的，以前的事，全由谜造成的，今天突然的遇见，一朵云头在眼前飘过，又是如影般的浮过，也真是想不到的事，今日如她一人出来，未与她嫂子在一起的话，我定要过去问问她那些我听到关于她不幸的传说可是真的，这可怜的孩子，不知道现在是怎样了！？今天能够那么悠闲的出来走走，想必不会如她同学们以前传说的那么严重呢，但默祝她一生永无快乐幸福吧！一个思想正确，有志气的青年，终有振奋的一天的，为她前途的光明祝福吧，在西单碰见了五弟，陪他到车铺修车，耗了半晌，六时多才回来，晚饭后略听无线电中播送的评书，灯下作一信与志可兄，告以家中困难情形，并介绍赵君祖武请其代谋一职，不知成否，又作二片，一与朱君借书，一与沪圣约翰大学叶于政及王燕沟，问叶近况，问王欲托其父代谋一职，不知可否？晚灯下誊清已定稿论文第一章，绪论，约有三千字左右，工楷写颇费时间，一小时许方抄了不到五百字，玩个一两天，其余时间别再想玩了，要努力加油才行，也得余出抄写的时间不是，随便做点事，又是午夜了，明日还得早起，早点去睡吧！

今日是照了学大像，别到时毕不了业才对不起自己，现在唯一目的是论文完了便解决了毕业问题，其余全好过去的，这也就全看看书这一两个礼拜的成绩了！加油！加油！加油！

4月3日　星期五（二月十八）　上午半阴，午晴，下午狂风

晨醒，见天色阴晦，不禁心中亦敷上一层阴云，为之不快，因为今日

约好与英同出城郊游的日子，不料偏偏又遇到这么个坏天气，但是阴的不利害，八时左右赶到了学校，等了半响，大约已快九时，才见英姗姗出来，今日仍着了那条蓝布长裤子，可是上身穿了一件似男式的短上衣，身体很显健壮，出来在车铺取了车，昨日由家来校碰坏了的，她又在刘记买了荸荠二毛八一斤，倒不贵，车技比三月十九日时又强多，只是有时不免心慌，不能记准用闸，邮了西直门，天气转晴，在城外，英买了四斤苹果，预备送卢绍贞三兄的，因病住在颐和园的，走到万牲园西，离大道，径到路旁不远有小砖土砌的塔数座去看看，还有些殊碑，那些小塔，都是和尚的坟，这是英告诉我的，玩了一刻，又往东去五塔寺看看，路过一破圮的关旁庙，里有董姓人家做豆纸，庙墙内外贴满湿纸，不一刻便干了，有趣，略有延迟即去五塔寺，居平如许久，却未尝一来，今日第一次始至，英亦是初次光临，进门还要门券一人一角，大约是因为市政新修，下了本找利钱，里边院落尚宽大，四围红墙，长方形，占地约十余亩，前有旧铜鼎五，盖在地，有二缺残，鼎基残迹，似是原亦有一殿，亦倾圮，五塔寺，乃一四方之汉玉石基，下为一平顶殿，下本奉四神，已移去，不知何神，中无柱石，外皆雕刻，满壁小佛像，缘门旁黑暗曲折之小石梯上，上有五塔，四在四角，中有一较大者，大者前有一小屋，盖上下处也，五塔四面皆雕佛像，其余壁间亦雕满小佛像，四角塔皆十一层，不能上，中大塔十三层，四檐角有铜铃，铃亦作钟形，钟锤作叶形，全体为汉白玉石，四周有汉白玉之短垣，上本有厚漆，据引路警士云，本连前殿，及此五塔遗址，全为厚漆，自元迄今五百余年，为风雨所蚀，漆已被侵袭零落迨尽，古迹斑斑，年前市府欲重漆此塔，鸠工估计索价五万七千余元，遂止，全部工程浩大，古迹及前人所留建筑，往往出今人意外，不知彼时建筑术不如今精，何以往之有较今日更精巧无比，伟大雄壮之工程，天坛，据万国建筑艺术考察团云，名世界最美之建筑，且有无梁殿之遗，亦为近人所惊佩者，近日建筑无梁柱者极少，塔寺前有二大白果树，亦自明遗到今日之古树，白果树不易活，数百年来虽相当大，枝杆茂密，甚高大，但树身不过十围，据云此树必一对方生，单树不长，面五塔立，左树为女，右树为雄，亦一怪也，夏秋之交结白果累累，守地警士，取以出售，亦一

"外快"也。在塔上留一影，英亦在塔上留一影，惟要全景，人小恐看不清，在内我曾戏叫一声，将英吓了一跳，娇嗔满面，薄怒生春，令人生爱怜心，如非有引示警士在旁，必拥而慰之矣，英口渴，坐前殿残基石上，啖荸荠，又观塔左右二石碑，知乾隆时曾重修，即旧名大正觉寺者也，民廿六年北平市又重修饰，始有今形，出五塔寺，英口渴，在五塔寺村口野茶馆喝茶，坐道旁石桌上，颇有野意，时已午，我二人皆未用午饭，亦不觉饥，只觉渴，因太阳复出，暖意十分，阳光下频跑，颇燥，我先脱却薄毛背心，现又脱下鹿皮衣，英则脱却短外衣，只着毛背心，而其白衬衣却是短袖的，二臂外露，颇胖，比我臂尚粗，各饮一杯茶，即上车前行，却付茶资三毛，太不值，售茶人中国野茶馆规矩，吃一天三毛，饮一杯亦三毛，不知是真，抑是有意敲人，如饮香胶，如饮咖啡，一毛五一杯，大头了！又骑约二里余，英累坐道旁休息一刻再行，英因不常骑车，又惧汽车，长途跋涉却是第一遭，腿无此习惯，故频觉乏，起骑上到燕京大学北桥边又稍息，道上她告诉我，昨日由家回校，路上碰在大车轮上，故把前轮撞得不圆，前杈子亦弯了，进燕京时，她告诉我靠西墙可看见有二小型天文台，物理系实验用，系在燕京举行百差基金运动时，其父捐赠者，进桥又行约里许，再过一桥即下，此时英已甚乏，遂推车同行，到颐和园门首，一路出了不少汗，我只着一衬衫，而英亦只着薄毛背心，一短袖衫而已，只觉渴燥，并不觉饥，亦吃不下什么，在颐和园前两行树间，有许多三轮车及小贩等，两旁茶摊，存车，园门前有许多日军人整队来游，公共汽车亦来往不断，甚为热闹，我与英在树下择一摊，每人喝了一碗豆汁，还吃了点油条，蜜麻花，正吃时，遇见史的同学王良，招呼而过，英吃东西时为她照了一张相，小贩一说，她又买了二斤梨，本来说不买东西，还要到卢绍贞三兄处去吃饭，此时早已快两点了，饭是赶不及，在西直门外她又买了一大包水果，反而比要买东西时买的多了，存了车，说是找人，便未买票便进去了，一进门不远，英便碰见她一个女朋友吧，说了两句话，一直径奔后湖去找卢三哥，到了那不料养病的卢三哥却正在午睡，庭外一群日本男女青年，不知是那的职员，在那游园嬉笑，并且做游戏，打球，吵得一团糟，不知养病人如何睡得着，日本人这种天真，不拘谨，好运动，玩是玩，做事是做事的精神很好，找到一个仆人把送卢的水果交与他，并为我们倒了一壶开水喝，英今日渴甚，到处找水喝，坐了一刻即再行，绕后湖走，到无路处，方拾道登山，绕后山，沿山道，走到一杏花林有二石磴坐小憩，在旁边杏树上拾得一新白毛巾，想系日人所遗者，在杏树下各食一梨，并互摄一影，又往前行，英本拟去绕昆明湖一周去湖西畔凤凰磴，绕一周约十余里，因尚需进城恐时间不足，遂止，经石舫，步长廊，此时忽起风，并且甚大，不顾前行，进景福门（？）直上佛香阁，先由英引我曲折行，到铜亭，此亭完全系铜铸，工程不知如何动手，亦一奇迹，门窗柱，墙，顶等全系铜质，亭内尚有一大铜几，地下有二石基，窗已无，空余窗格，上下尚有铜糟，后来三游人，一中年人指谓此窗系庚子年义人取去，其余不能动者存至今，此二石基，本内有二佛像，铜几系供桌，亭北石壁上有长方形痕迹，向内微凹，四周石缘有花纹，且四周有钉，此中年人谓此数丈长之石壁前本嵌有一大镜子，上有佛像，不料此大壁竟原是一如许大之镜子，此大之镜子，实少有，后亦被洋兵所毁，现在圆明园已几无一物存在，想当年之豪华，而今青草瓦堆而已，穿山洞，到"转轮藏"前有一大碑，上刻万寿山昆明湖，在碑前英为我留一影，此时游人甚稀我等所步，多半皆只我二人，几次相挨观景皆想拥吻吾英，惟恐亵渎，使其不快，英若拒我，多不好意思，故心虽如此想，亦不过一瞥之念立逝，俄达佛香阁，排云殿前，阁内供三佛，中立西方接引佛，英爬在台上，立三佛中照了一张，在殿外，下临昆明湖，远望龙王庙，十七孔桥，英为我照了一张，下山顺长廊走，到东边赏玉兰花已开，西边及中院花不甚多，北院花最繁盛，有一株红色者，惜未开放，我与英各在花前留一影，即经景福堂（？）越山趋后湖，此时狂风不已，卢已起来，延入，英为我介绍，卢颇似其妹，卅许，望之颇老成，略谈，与英各洗脸，英家与卢家系世交，从小多年相识，故甚熟习，相谈甚欢，琐细俱有，英呼三哥，颇亲近，英与其大兄二兄皆不甚佳，其二兄亦在此住，惟她不去看她二兄，却来看卢家三哥，她主要不喜其二兄之所为，本娶一嫂，为乡间人，不满，又另聚一新式者，养病在此，其大兄亦如此，置原来二嫂于不顾，她极不满意，实则此问题并不简单，亦正是旧冲突之表现，我曾问

她，如她系其大兄二兄身处此境又应如何，她亦未有圆满答复，惟承认亦不愿终守此乡妇以终，洗过脸，喝点水，又谈半晌，风势已，已六时，不能不行，遂相偕辞出，因英穿得少，把我脱下的毛背心又给她穿上，两臂尚冷，没有法子，归途又在谐趣园绕了一圈，卢因养病，在此一住三年，实在够受的，住惯了尚不觉得，安静惯了反而怕乱，英有年余未看他了，自风起游人踪迹即无了，此时近暮方出园，亦只有我二人，适才来时那么热闹，那么多人，如今只一辆汽车在，四外寂寂，顿显空落，存车处亦只余我二人之车，全都被吃跑了，顺风上车很好骑，幸是顺风，否则逆风走不了，在燕大南边略修车，打气，过海甸，因恐城门关，八时关城，此时已七时许，英骑不快，快黑了，她又有点怕，幸是顺风，遂令她把住把，我推其背疾驰，如一双人自行车，并行飞跑，因顺风，故能走甚快，英亦颇适意，幸此时公路人甚少，车亦少，偶有一二汽车而已，有时一大段路上无人来得以放胆飞驶，一气跑七八里，走约十余分钟，方到万牲园墙外，天已暮，英近方学骑车，便随我往城外跑了两趟，今日且跑长路，并且夜间行车，又如此快，皆是她平生第一次的经验，我推其疾驰，亦出了汗，路平风大尚不累，英在车上心身交瘁，全身紧张，又怕，又累，行至万牲园墙外，忽向我方倒来，幸被我在车上扶住未跌，吓我一跳，行不远，她要下来，原来是她已努力十分累，一路上她怕我累，努力用劲，自己骑着跑得很快，难得是她才学会未熟，已走如此多路，又黑了，又在城外还怕我累而自己勉强撑持，强壮胆子，咬牙加油前进，她会体贴我实在令人爱她怜她，都是我不好，使她如此担惊害怕外带受累，走到近西直门处，实是支不住，加以天黑有对面车灯光晃她眼，汽车她怕，所以下来了，伴她步行到城门，幸赶上未关，近城门了，"好悬!"几乎在城外做了无家之人，进了城她才放心，到校把车放在车铺修理搽油泥，饭铺因学校放假，都早封火，只温和旁边小铺未封火，进去吃饭，因午饭等于未吃，当时热渴，玩得高兴，亦不觉饥，现在可饿了，吃了十四两炒饼，英还让我吃了一点面，饭后送她到校门口，约好明日下午来找她一同去同生看相片样子，幸校门尚未关，晚风尚未已，想不到今天会这么晚才回来，还和她在城外骑车急跑，回来一同吃了午饭才分手，一路回来，心中十分兴

奋，今天玩的真高兴，只可惜少了一个人，为我和英合摄几张像，有时英表现得很幼稚，天真，妖憨，好似小孩子一般，在五塔寺下吓她一跳，那时她那种神态真可爱，好玩极了，但她未曾这么累过，生怕她累坏了，回来亦略觉乏，但仍然搽了一个澡，换了衣服，背心裤衩，未看书，亦未做什么事，便休息了，狂欢了一日！（五日补记）

4月4日　星期六（二月十九）　半晴，大风

昨日乏了，今日九时方起，吃过早点，自己给自己洗头发，可是昨夜未止的风势余威今晨仍有，不知何以风又刮起不了，看看书等已是午时分了，午后二时多冒不大的风出去，先把胶卷送在欧亚去洗，再到学校去，风仍未止，讨厌之至，在外边等了约半小时，英才出来，昨日等她是她吃早点去，今日下午她在睡午觉，故又等了半晌，她说昨日进来，已闻打二遍铃，过一刻钟即灭灯了，今日看她样子似未过劳，还好，她今日仍要骑车去东城，便一同骑去，一路谈谈笑笑，不觉很快便到了王府井大街，存了车，一同步行到同生去看样子，英照的不错，我的我不太满意。出同生，在安福楼前见有一家人结婚，新娘子刚要下车，路人围观者颇多。英与我亦过去看，新娘子颇美。走到同升和前迎面突遇朱君泽吉与安笑乔走来，朱陪安去同生照相，我与朱君略谈，安与英亦说了两句而别，在怡生看我的样片亦不甚佳，主要是我面部太呆板之故，也许修出板来便好了，不料在怡生遇见李国良与梁秉诠二人，旋去我却与英又到丹桂商场明明去为绍贞看样子，她又在书摊上买了四本书，出来绕绕，带她去吃了一碗奶酪，她不太爱吃，说去看电影，她亦很兴致勃勃，便出了市场，同往芮克走去，初以为是森林恩仇记，即原野，不料仍是胡蝶主演的老片子《夜来香》，既来之则安之，但是时间尚早，还有一小时才演第三场，于是与英到隔壁青年会去坐，找了个地方与英下了一刻五子棋，不觉已到时间，再买票进去，不一刻即开演，片前加演了许多宣传的及新闻片子，正式片子已旧，有的地方不清楚，不是机器稍好，几不能看，片子内容甚简单，二卖花女，一为阔公子所玩弄，意志薄弱失身，后终被弃，归来不久其父

死，旧情人亦病故，又是孑然一身，末了胡蝶悲声歌来，颇为酸辛，以前我看许多片子亦曾流泪，虽知是假，是戏，但情不自禁便要流泪，自己亦好笑自己，但感我处，不是可怜，而是雄壮处，悲痛，壮烈处，伟大光荣处，可怜的地方不能动我，况且我先有主见，片中女主角自己意志薄弱，不能同情，但英看到胡蝶表演到悲歌时竟流下同情之泪了，女人终是心软的，她一时亦情不自禁，自动伸一臂紧挽我左臂，频频拭泪，小鸟依人般，令人爱煞，不是在影院中我定要拥过安慰她一番了，我紧抚她手，她亦不动，散场后定一下神走出，由金鱼胡同往西，迎面狂风不已，走到市场五芳斋吃晚饭，二人方用三元一角，因时间不早已八时许，怕被学校把英关在外边，学校是九时关门，急速用过，出来，雇了一辆三轮车，顶风努力前进，赶到学校幸未晚了，又是一个不料，今天一下午又和英玩了半晌，看英样子，并不讨厌我，肯和我玩呢，并且毫不拘束，难得，以后有机会对她显明点表示，看她拒我否，我实在为自己庆幸与英相识方三月有余，而亲近熟习之密，不下数年之交，她许多家常话亦肯与我谈，并且曾在其家与其父同桌共食，又与她在一处吃饭，亦有五次之多，友谊进展之神速若有天助！异日之奢望不知能实现否，英虽前信云愿与我维持淡而隽永之友谊，但近来与我接近之情，绝不止此，岂她忘了前言，或根本是试我一番，近来之交往往亲密，外人一视即知，岂有她自己不明白者，岂不明明步上超过友谊之途乎，不知她自己到底作何打算，难道说是毕业后到时去找她二姐，一走了事么?! 晚洗脸，做柔软体操即寝！

4月5日　星期日（二月二十）　半晴，狂风

今日清明，应去上坟，祭扫，绕纸，八时起，九时半率四弟五弟同持祭品去南横街南万寿西宫，父墓前拜祭，将至路上遇九姐坐车归，点头招呼，不意今年今日她倒先来了，未烧纸，亦未祭品，点个香拜一下即去，我等拜过，烧过纸，照例坟上压了两张纸钱，两年来，那有限的空地上，又增加了不少新坟，拜过略看无什么事，给老道六毛酒钱即归来，风大，满头脸全是土，洗过脸，又看看报，继看未看完的说海，中

午吃薄饼，吃甚饱，饭后继看到二时三刻看完，下午晴，在院中与四弟五弟散步，谈笑，三时半进屋，补写前昨两日玩的日记，四时半，忽又念英，今日不见又思念不已，不知她可念我否？遂提笔与她写信，随便谈谈旅行的话，并劝她去玩时，有风不要骑车，又谈谈前信所讨论的问题，后约她礼拜六或礼拜日到学校去照相，并要她请爱兰为我二人摄合影，不知她肯否，六时出发此信，并到欧亚去取昨日洗的相片，都晒出了，有几张光线关系不大好以外，差不多都还好，尤其是在阴天的时候，英给我照的几张都不坏，正好是我二人，一人找了七张，又择十二张再晒，回来买了一点烤肉碗的肉包子，不错，晚上仍补写昨日日记及今日者，因连着两日玩的特别高兴，心中想说记的话，有许多嫌过琐细多未记上，还用了五页呢！今日虽晴，有风，凉，英在校今日又如何过来，写完此三天日记，不觉又是十一时了！

4月6日　星期一（二月廿一）　　下午阴，整日风

九时起来，阅报后，正在誊抄论文第一章的绪论，未写多少，忽力十一哥来，拿来一新房折子，并拟好一种种条件之稿子，请我写在新折子上，并要取一铺保，一切均按规矩办理，明天下午社会局来查，铺保没那么容易找，谈后不走，又在坐神聊，一直至十二时许方去，正在午饭时，杨善政朱宝霖二人忽来，原来今日是陈九英的生日，他们买了一个领花，一条领带送九英去，并拉四弟一同去陈家吃面去了，午后正在刷鞋拟出门时，向云俊兄忽来，无事略谈一同出去，到芮克去，今日放假，人多极，满坐无隙，回来，中央，新新无趣，遂分手，我去访朱君泽吉借书，未在家，遂归来，买点零食，到家略憩，因近日家中又告窘竭，手头十分拮据，母又为之愁急，六时继续誊写论文，晚饭后继之，决定抄完此章，一直到午夜一时方抄毕，多日不写小字，今日骤然间写了多时，手腕，手指皆为之酸疼，不能伸展，半响方复原，绪论一章共抄七页半，约三千三百字左右，预计全文可得二万余字之多，连日风不已，土多，干燥可厌。

4月7日　星期二（二月廿二）　　半晴，风

　　昨夜一时多才睡，可是今天早晨七时多便被叫醒了，原来临时土匠说要挑纸顶篷，娘住北屋二间，先换为灰顶，屋中大小零碎什物都要搬出来，昨日不先说，临时事乱，十分讨厌，起来也未洗脸、漱口，便帮同搬移东西物件，弄了一身土，八时多四弟五弟小妹全去学校了，只我一人放假在家，助娘搬，土匠小徒弟亦帮着搬东西，弄得处处都乱又是土，好似又扫一回房一般，本怕乱，又怕麻烦，弄完整理清楚也得两天，还得弄一身土，没法子，拆下纸顶篷土之多，一屋子看不见人，不知在土中的两个工人如何呼吸，一上午看看报，誊写好了照规矩的房折子，中午四弟回来，午后他去杨家打了铺保，可是下午社会局财政局来人亦未查问，中午晚上都在厨房用饭，近火已觉热，午后看过一遍昨日抄的第一章有几段倒换一下次便好了，午后倦，卧床上画寝至四时许方起，整日半阴有风，不知英等今日出城来，黄昏时与两弟在院中掷球运动，灯下作论文，先写末一章。

4月8日　星期三（二月廿三）　　半晴，小风

　　为了北上房两间换灰顶，东西搬得一大堆，乱极，看着便烦。糊糊涂涂，上午亦未做什么事，下午没有出门，午夜方睡，也未做多少事，便过来了一天！近只惦念着论文，只是一看见自己所搜集抄写的材料稿子，头绪纷繁，便眼花缭乱起来，坐着看不一刻头便有点发涨，再也做不下去，非到院中走走不可，走到院中，因瓦匠正在进行修房工作，满是泥、灰、土、水，污秽得很，砖石堆积，遍地狼藉，又乱又脏。下午铸兄来小坐，谈起米面近日奇昂，大米过百元，将来尚有缺乏之说，缺乏却不怕，不是饿我一家，只是生活程度日高，每日无款度日，令人着急，无一不是使人心乱发烦者，论文如何做得下!？本来我是最喜清洁整齐的人，现在却陷入了又烦又污又乱的环境中，越是烦煞人了！恨不得赶快做完论文，心中

了却一件大心事。修房各外赶快弄清楚，免得这么难看，近一二日梨花已大开，丁香不久亦要开了，尚拟请英来赏花，院中如此污乱，如何请她来？我愈心急而土匠们似乎愈慢腾腾的，悠闲自在，一天做不了多少事便过去了，和我一般，求职之信已经发了四五封了，皆杳无音信，亦不知哪一方面希望大，助我能成功，以近日家中境况来论，真够惨的！今日买了十五斤米，多买还没有，怪哉！连日家中困窘之至，我们校饭钱亦垫入一部，至今二手空空，许多事未办，修手表多日尚未去取，晚算来，距交论文之日，只一个月了！

4月9日　星期四（二月廿四）　　上午晴下午阴，风

昨日风不大，昨晚起又转大，至今晨未止，今日一懒竟卧到十一时方起，太懒了，下月此日便交论文了！什么也别想了，还是赶写论文是正经，上午看看报，午后编写论文，起初看着，还是头疼要命，做不下去，后来找出些头绪，编出一节来，心中为之一快，下午转阴，又是那种令人不高兴的颜色，五时出去访朱兄，遇于他家门口，他刚去看他照的相片样子回来，徐光振亦在他家，略谈，他们甲组同学今日晚有一聚会，五时三刻一同出，各自分手，他们去饭馆，我回家，去尚志看九姐夫，他有客谈天，打一电话与英，未打通，即归家。晚饭后誊写论文二页，不觉又是十一时许了。今日本应去访刘兄镜清借书，因风中止，明日无风，上午拟去校，借书，连日吾英不知作何事体，有无回家，五弟今日午间未回吃饭，在外买什么枣馒头，吃了一斤，也不管吃得下不，撑不撑，真是个混劲，回家来才知道吃多了，不舒服了，头晕，发烧病倒，晚饭未成，晚间热到卅九度。本来屋子就搬得乱七八糟，娘一天到晚与李娘忙做饭及一切杂务，本来就够烦乱的，偏又添上一个小病人，小孩子不懂事，给了钱反而胡花，找了一身病，自己吃苦。

二年前由五姐家抱来了一个长毛大黄猫，外表尚好，只是叫声甚小，尖不悦耳，鬼祟神态，不令人喜欢，去年春生二小猫，送人一，留一小花的，大黄猫不知何故突于昨夜生病，不食不动，直喘气，延到今天早上死

去，令修房土匠埋在外院墙角上，怪可惜它那一身好皮毛，死后嘴发黑，想系是服毒所致。小猫昨日，亦睡了一日，尚担心，疑是闹瘟病，幸而今天好了，仍如平常一般跑、跳、叫了，只是只余它一个小猫了，它却毫不知觉它已是失去慈母的孤儿了，看着它怪可怜的，畜牲一点也不理会。

4 月 10 日　星期五（二月廿五）　半晴，风

今天虽不完全晴，却是比较好的一天，上午来取水钱，家中只余二元，多余力宅用水，竟无力代付，还是郭家代付，写务去要，上提及二平顶房及门窗事是否应附注在新房折上，午后继与论文，下午起风，不太大，三时许李庆璋来，谈一小时半方去，等李妈当来款，五时出去为五弟买药及略购物，又送一信与强表兄拟，拟暂由所余学费中假二百元购米粮，因近日飞涨不已，米一石已逾百元，面卅三四元一袋，闻或尚有缺乏恐慌之可能，顺路去看约月余未见之陈老伯，未在家，理完发回家。力兄来一条，请我晚饭后过他家一谈，左不是谈上午那条上事，八时半过去，二太将他由陈家叫回，他谈当其看见我条时，十分生气，本拟取消新折，叫我搬家，因我应念其三年来等于白住房之情谊等，亦在情理之中，只是他有的话未免过分，他对我好，因承情知他对我好处，何必口口声声如此说，我虽与我兄姐不合，自是我家务事，与他何干，何必强扯来相比，又提及先人不对，更是我不爱听的话，此时我不过缺少几个臭钱，要搬家时没有法子罢了，不然然搬家就搬，本来没有想在此处住上一辈子的，他说的自在情理中，则就算我没写，又谈了些为人办事等的话，我自认在办事能力，应付事情的思想不及他，他也是这几年在外边奔波历练出来的，末后是尽释前条，由我取回，他又与我深谈如何预算家庭用度，眼光要远，如四弟、五弟、小妹三人的教育问题，职业问题，钱应令其活动，不可死存在银行中，此时反悟已是来不及了，有钱便买东西，存起来，便赚了钱，因物价是有增无减，买来了便是便宜，旧物能不要就不要卖了，钱全是买食用必需品，此算倒很好，一有暇立即实行，谈来不觉已是十二时左右，辞归，在床上辗转反复，想了半晌，到二时许才入睡。

4 月 11 日　星期六（二月廿六）　　上午晴，下午阴，黄沙大风

　　上午起，因鉴于时间之短促急忙赶抄论文，十时半孙湛来，继之十一兄二太及其外孙女"大来来"亦来，谈半晌方去，午刘曾泽送还像匣子，本拟今日去校找英，不料午后天阴，一片高兴又打散了，并且阴沉沉的还黄黄的十分可厌，立刻凉了许多，便不再出去，上午因人来谈未写多少，下午一直手不停挥的誊清，小字笔是戴月轩的七紫三羊毫本来很好，忽然不好使，一气跑出去到李福寿买了一枝鸡狼毫，现在竟售到六毛五了，在达智桥打一个电话，找英，不在校，这个坏天气，还会出去玩吗，试打一电话，至其家，果在家，嗓子哑了，一问病了，礼拜六夜风冻着了，礼拜二回家，亦未去玉泉山，一直在家，我还不知道，不然早去看她了，她也不告诉我，约定明晨去看她，五时半忽然下小土外起大黄风，狂刮了一阵子，连日天气，也就是昨日尚好，以外，真是坏极了，不是阴天，便是起风，可恨，什么春天!? 花儿遭劫，梨花盛开，丁香含苞待放，昨夜今晨力十一兄谈此房将出售，他非要六万元方售，人已出四万不成，则恐今年吃不上这个梨了，我早猜到他要卖的，不然多年不修，一下肯出如此多的钱（千余元）粉饰一新，不是这么一来，外表好看得多，可以多卖些不就出来了吗？他打的清秋如意算盘，看他小得意吧！出去买东西跑这一趟，闹一身土，回来仍埋头写，晚饭后仍不停的干，一直到十一时许才写完，只第五章，第二章与后世小说的影响不觉竟写了十一页之多，足有五千字呢，这么多，出我意外，今日写了一下午，又写了不少，字可写的佳，手腕却觉十分酸痛，又写了两日的日记，右手可累了，晚又起风，五弟昨日吃药后，今日好多，下午尚有其三同学来看呢！

　　与力十一兄谈谈，到底可以有点益处，知道些他的长处，也可知道些他的短处，为自己的鉴戒，他谈话谓在南方他过得着的朋友，有五六人可以共患难通钱财才，言下颇有吹牛意，窃不以为然，何必如此张大其词，夸大过火，在此动乱时代，亦最适合其性质的人来活动一切，但同时我也觉得现在我家中太无计划了，我教导弟妹们的方法也大失败！

4 月 12 日　星期日（二月廿七）　上午晴，下午风，土

　　昨日闻得英病了，今日早上去看她，心里老惦念着。昨日虽然十二时许才睡，今晨七时半即起来了，用过早点，弄清楚一切，又把论文第一章重看，标点一回，九时半骑五弟车去看英，五弟车是飞利浦牌子的，很好，比我和四弟的车都好，十分轻便灵快，东西珠市口及菜市口真不好走，道路十分坎坷不平，工务局快修这一段了，快十时到了，英已起来，一冬天的衣服又穿上身了，她上礼拜六夜冻着，老流清涕，说起来还得怪我不好，不拉她在那吃饭，不会遇着那么大风，她礼拜日又去同生照了一份带穗子的，礼拜一又到后门吃炸灌肠并肉饼，肉饼太油腻，吃了不舒服，礼拜二回来就未去校，病亦未全好。把相片带去给她看，她把我的相片也全留下了，她说这次照的比上次好，她日前照了一卷，一张也未照好，匣子不好。谈来不觉至午，她留我在此午饭，在院中小立，其家新抱来三小狗，五小猫，狗甚好玩，猫却未见，午与其父及英三人同进午餐，吃卤面，还有一碗鸡蛋蟹肉汤，切面甚细，进三碗半，饭后其父即出，英带我去她家小西院看看，其家院中地皆洋灰砖，只狭小的西院是土地，上种有两小株柏树，茶花还有几株丁香，二紫一白，午后仍在她屋坐。本来午时拟归，她留我午饭便可以和她多坐一刻，午后给她讲《第八夫人》电影故事，东拉西扯，她鼻子不舒服，看她很难受，头有点晕疼，身上围了一被，靠在椅上，一边听我讲，一边闭目养神，不时也答我，插说一句，后来看她实是支持不住，劝她，去床上休息，如不便，我可以走，她不肯，也不叫我走，于是就叫她在椅上靠着养神，我在旁看书伴着她，谈得高兴不知不觉已是黄昏了。上午大好的天气，下午偏偏又起狂风，尘土飞扬，比昨日的风姨肆虐、黄天黑地也差不多，她家今日吃晚饭早，六时便开了，本来我要回去，她不让，老妈子来问，我刚要说回去，她却立刻代我答在此吃，她父不在家，有饭局，其大兄尚未回来，只我与她二人对坐吃饭，她吃清淡的，荤菜让我吃，中厅屋子大，有点荫凉，晚饭后才点，又在她屋谈了一刻，她乏了劝她早睡，俟她吃下发汗的药便辞回，到家九

时半，整在她家待了十二小时，还在那吃了两顿饭，却未想到，我不在那，英一人在家也闷，她家人也知趣，老妈子等无一人来，只我二人在屋内纵谈，她父今日见我也不那么客气了，英也愿我在那伴她谈话，可以解闷，说她对我无意吧，但种种表示，与今日的一切，又不是普通一般朋友的样子，她却不容我稍有亲近，其实我却存心坦白，但想想她家中那么优越，如让她随我来受苦，她去未必受得了，我也不愿那么办！努力呀！有能力使一家人快乐，若她如能与我合作大半生，能令她亦不受苦才成，今日是一半自己不愿离开她，她也要我伴着她，不愿我去，于是竟在那伴了她一白天，令她家仆人们看了也奇怪吧！今日什么事未做，自己放松了一天，晚狂风未已。

4 月 13 日　星期一（二月廿八）　　上午晴，下午风土

修房，屋内屋外乱糟糟一团，今天房内才稍加整理，上午抽工夫拟写点东西，结果也未做多少事，午后去校，在宣外过火车，谈了十分钟，赶到学校迟到十分钟，把写好的末一章第三节给朱君看，大约是他客气说可以了，两小时后汉书根本没听，也未看什么书，下课后与刘爱兰略谈告以英病，又到图书馆去借书没有，四时十分到景山东街乙一号曲凌诊疗所，曲先生本在辅大教一年英文，现全力做大夫，不教书了，把英病情形告他，买了一包药出来，直驱去英家看她，约四时四十分到，英在睡，我去了，由她前二嫂招呼我进她屋，我即在外屋坐，老妈进来，为我倒水，我不让他们叫她，我坐外间看书，一人静坐约十分钟左右，英本和衣盖被卧在床上，手扶着头，后来她偶一翻身，她才看见了我，睡眼惺忪地坐起来，我力告她不要客气，要她就在床上躺着，把由曲先生处买来的药告诉她，给她看，并且把由家中带来的温度计给她试温度，今天没有发烧，她定要起来，座谈不一刻，天又黄昏了，今日下午小风是近日中比较最好的一个好天气，四弟等与其把兄弟们去万寿山玩去了，本拟回家，英又留我在她家吃饭，说请我吃晚饭，吃饺子，现在和她也没什么好客气，便没有回去，不一刻去吃饭，今日却赶巧，英的大哥，二哥，父亲全在家，英父

早已见过，她两位哥哥，却是第一次见，他们也不客气，一边大吃，还喝点酒，还和他们的父亲三人一吹二唱的大说木匠的不好，旁边坐着一个木匠头，也不言语，心中好笑，饺子四大盘，是鱼肉馅的，头一次吃，吃了约有二十余个，一碗粥，她二个兄长只顾吃，不大注意我正好，饭后倒与她父亲说了几句话，即辞出，饭后已日八时五分，在英屋内不知不觉又谈了半晌，她们说人常把感情与理智分开，实则只是一个理字，合乎自然的大情，即是理字，普通一般人所谓理智乃是法，并不是理智，她说的很对，她又说我们大家应刻时时想想，又谈起我二人都喜欢去外国旅行的目标，东拉西扯的谈得很有趣，亦讨论，亦辩论，半严肃，半诙谐，绝不是一般人两个凑在一起便是一些毫无价值，极无谓的，或甚至肉麻的情话，这恐怕非局外人所会信的事情，我却第一次这么高兴庆幸自己得到快谈的与有思想的，不是无用的谈话，尤其是和英在一起，又谈了些她幼时的趣事，亦谈谈我小时的趣事，她七八岁时曾被煤熏死过去，后幸被救转，我小时（八九个月）手指插入插销中亦险送小命一条，皆可谓为死里逃生，畅谈不觉时间飞过，时已晚，遂辞归，英今晨曾出看病，还买了药回来，晚上她决定吃我买的那一包药，我辞出，她家全睡了，到家已十一时廿分了，不料今日却又在她家坐到这么晚才回来，本拟晚饭回来，英似和我谈得来，见了面亦不大愿不一刻即分开，她并不讨厌我，她大兄这次回来与她谈未十句，由多次谈话，她与她二个哥哥颇不和，她亦颇不满意她哥哥的方行，主要亦是思想不同的关系，我想如其父百年之后，她家亦是麻烦，到家觉乏未写日记，未看书，即睡觉，回来接到王弼大姐由沪来一信，谓治华将与一姓张的订婚，不知弼她自己心中作何感想，庆华自己闻之又作何感呢，弼她自己亦不知到底作何打算，真糟心，两天没有动论文一字了，什么时候了，今晚英送我第一张她的相片，很好。

4 月 14 日　星期二（二月廿九）　上午晴，下午黄土大风

今日开始擦拭搬移家具什物，土多得很，麻烦之至，心中惦念论文，不能全部时间助理，弟妹们小，不知事，不能助事，反而从中捣乱，四弟

个子虽大，岁数却小，什么事不懂，成天晕头晕脑的，上午整理出一章来，午后去校，在西四遇马永海，问永涛，方知永涛在沪于昨日结婚，其大兄日前亦在孝顺胡同亚斯礼堂结婚，永海大嫂即许宝铃，现在二人皆在中央医院供职，男在外科，女在产妇科，不料许宝铃嫁与马永海大兄了，刘华子闻之又如何！？马永涛忽然这么快结婚了，又说将去沪，去何处不知，以后来信再说，不料这二人的婚事，全如此快的举行，信基督教的人，婚礼很简单，本来这虽是人生大事，惟只要简单隆重就行了，那么些无用的旧习礼节全无用，白消耗，到校在楼上窗前往下看，看见英与她同学们一同去上课，放心，她好了大半，今日已来上课了，我便亦去上课，下第一时在图书馆看见她，谈了几句，好了一些，上午没上课，第二时中等教学法她不上了，在图书馆查书，她要我供她取回相片，可是她的条子丢子，她要写个条子令我带去，约好下第二时去找她，下第二时她尚在图书馆，我又查看了一刻书，四时三刻才去找她，她由女校图书馆出来，此时天气突变又是黄天黄地，大风土，十分讨厌，她叫我不要随便和爱兰等说什么，昨日偶然说了一句"我去看英病，她病得怪可怜的"，她们好多同学都在问她，嘱我不要多说什么，免得别人说，她又叫我今日别去取相片，明日再去，本来没什么事，可是见了面，似又不愿立刻就分手似的，约六时一刻出来，春天北平刮南风，回家迎风土讨厌，到家亟洗脸，陈九英，杨善政来折些丁香花去，连日花开被人折，风凌，花儿遭了双重大劫，风姨肆虐，大煞风景，晚上家人聚坐，吵得慌，补写昨日日记，晚狂风未止，湖湖涂涂，又没做多少事，又是十一时了，虽然时间不早了，还得做一些事才可睡。

晚上与四弟及娘商谈家务事，因家无恒产之老大家庭，如无一较精密远大的计划，则前途真不堪设想，弟妹等将来之教育问题，一念及之则心焦急惭愧，家中无用什物皆集中出售，换购生活必需品，方是办法！谈久之一时方寝。

4月15日 星期三（三月初一） 上午风，下午风止，阴，晚又风

昨夜风的余威至今晨犹未止，晨八时半起，九时五分出，顶风去东

城，不知风往那边刮，往东亦不省力，为了从英的话，今晨先去同生取相片，我的相片修板后尚好，只是脸部太板，太偏了，领子有点毛病，我倒不太注意这份相片，代英取她的相片，因她条子丢了，空口去取无凭，又是取女的，同生本不肯给，后来不是照她预先想好的办法，打一个电话到女校，由她亲自与同生老板谭先生说了，才肯交给我带回来，赶到学校已是十时十分了，不再去上这堂，又看到英的课第四时先生请假了，遂又到女校去找英，在会客室交给她相片，她说我那张相片很好，谈了一刻，看看半农杂文集，适有笔庄吴文魁在女校会客室卖笔，为了美术系同学来的，我也买了两枝，到第四时上课时回去上了一小时，今天阴，风，冷，中午请朱君泽吉与赵君德培吃午饭，打个小赌，朱君说能吃七大碗，后来只吃五碗，饭后在宿舍略坐，一时半我去学校图书馆看杂志，四时半出把取回的相片，取出交了一张给教务处，因前日得王弼来一信，叫我代她去家向她父母说要车及其父母去沪之行期，今日顺便去她家看看，不料她母不在家，她外婆由津来，小孩在家，她祖母是二月十五日的生日，早过了，十四在东兴楼，十五日在家，有一堂杂耍，人很多，今年九十了，真好福气，据云这位老太太，一辈子没有上街买过东西，这种好福气，实是少有！我不知道，庆华回来了也未通知我，不够意思，因为弼来信说治华要订婚了，家中有那姓张的相片，今天叫小孙拿出一看，长得看得过去而已，一笑眼睛细小，样子不大，还是小孩子似的，在晨旦女大化学系，独生女名启元，名字倒不俗，张女父母视治华如亲子，此次王伯母去沪，亦是为治华订婚事而去，不知庆华闻之心中作何感想，近年来屡次参加，并闻到差不多大的同学，亲友纷订婚，结婚，时光实是飞快，大家全都长大了，自己不是小孩子，该没事时好好想想，努力做人！由王家辞出到家已六时半，微觉乏，晚饭后阅完报，神倦，卧床上一小时许，九时半起，复了泓一封信，因忙作论文，不能应她约去玩，晚写日记，一时又念华子不止，近日他太太仍无信来，不知到底何日方回念之，他回来定要想法子去天津看他一趟，与他谈谈，写一信与他太太问问何时归来！

　　前日英谈她比她大侄子才大七岁，昨日谈天，随便又问到她的大侄子是多少岁，她未想到，不假思索，便告诉我了，原来英只不过是和我同岁，积在脑中的疑团，今日冰消，心中十分高兴，只是她身体发育得好，显得比我大似的，实际上她比我大九个月吧，按生日上讲，昨天谈我预备在返校节那日请娘来校参观，她却立刻接口："那么让我来招待吧！"我听了心中又是一喜，先谢谢她的美意，想不到我自己如此穷困，却会前后认得了这么四个女友。弼比我大，且始终以大姐对她，泓是我始终未觉得我喜欢她，英是最近相识，可是三个半月以来的交往谈天，思想等全与我的理想最接近，我最爱她了！

4月16日　星期四（三月初二）　　晴，小风凉

连日风土不已，惹厌之至，今日算是天气最明朗之一日，只有小风但不暖和，颇有凉意，大似初秋，亦是怪事，上午去校连问王家专售点心的铺子，却都无徽子出售，亦一怪事，岂因油贵、面涨不做了吗？不懈，到校上了三小时课，在上第四时前把底片给英，她向我借《中关小纪》及《大金集礼》二书，允她明日下午送到学校去，本拟中午不回家，下午去图书馆继续看书，后因今日系父亲忌辰，得回家上供，午后督促弟妹整理屋中物件，将两床又移回北屋，一切复旧，书房一空，神亦为之一爽，连日狂风，处处皆土，遂掸拭一遍，各处清洁神又为之一舒，一切弄妥当，正坐在桌前提笔拟写论文，不料大宝忽然骑车来了，连日天气并不太热，却在大街上，早已看到些位不怕冷的小姐早已光裸了大腿小腿，真棒，不意大宝今日亦光腿了，左小腿还被开水烫了一块，未好。她又问我出去玩不，可怜她放假一周，无伴出游，问她要去那，又无准主意，不知何往是好，小孩子！廉政已到西安，来信，这小子有志气，真棒！这可与前边的小姐棒法不同，五时许大宝走，肚子又饥做不下事，还是吃饱了以后，才能坐在桌前开始写，在灯下努力的写，一直到一时，手又酸疼了，写完这一节止，字可坏透了，时间来不及却顾不得这么多，又赶完一节心中又可略安一些，这礼拜预备还要弄出两节来，只要安下心来努力，准可赶完的，前天英和我说，下次不要和爱兰随便多说什么，不提到她更好，因为我在礼拜一下午，与爱兰谈天，她很关心的样子问英，我便说："英病了，

我昨日（礼拜）去看她，病得可怜极了！"英前日回校来，许多同学都那么问她，她有点不好意思，不愿人这么说，爱兰是存不住话的，她同屋王瑜若又是个爱随便说话的人，英不愿给人一种谈话的口实，所以嘱我不要再和别人说什么，我也便答应她不再向别人说什么，其实这也不过是女孩子的矛盾心理罢了，想想我和她相识，来往尚密，曾同出去玩，通信，又常去女校找她，皆不是她同学不知道的，这都不怕，为什么单怕这两句话？！怕我说我去她家吗？也许！其实又算什么！我俩好，不错，正大光明，谁都知道，又怎么样，别人胡说怕他何来，只我们居心坦白无愧即可！看英与我交谊日近，彼亦有爱我之意否？！

4月17日　星期五（三月初三）　　上午晴，风，下午阴，风

北平的春天便是风季，春风太狂暴了，一点也温柔，梨花也谢了，丁香虽正盛开，恐也是不会多久吧！上午只誊清了一小部分论文，午后风未止，一时许出去，先到尚志去看九姐夫，他病了，哼哼咳咳的，略谈即出，去浙兴取付房租的款子，所余无几可怜得很，幸风是西南风往东往北顺风，拿了一大包书跑到女校，给英送去，校役已记得我是谁，坐侯一刻英出来，约三时，她昨夜开夜车到十二点才睡，我还以为英昨夜在我开夜车时她早睡熟了，不料她亦开夜车了，她到十二时便睡，我却直到一点半，但与朱君整夜不能比，在会客室谈先生，论文，书，电影等等，谈得高兴，她不言去，我亦不想走，近来我二人一见面，便哩哩啦啦的谈上没完没了，也不知哪来那么多话说，回来一想，当时也不知都说了些什么，好笑，可是我二人一见面，便至少谈个半小时起码，不知是我不言去，她也不好赶我走，还是她也很高兴和我谈呢，女校找人的可不少，那三间会客室大感不敷应用之势，许多人便都站在外边等着，或是谈着，不知不觉已经五时多了，英把书拿进去，一同去护国寺看看，英本来出来不知买什么东西好，今天却买了不少，还买了一个碗，小茶杯，炸糕，我亦代娘买了五块，红枣咸菜鸡蛋等买了不少，提了两手，走回来已经七时了，陪她去小桥吃晚饭，今天我请她，她因那饭铺有账，

因我付了账，她还说我客气，我觉得我在她面前够不客气，不用作什么虚套子最好的，所以有时我觉得我自己说话，说的不高明，所谓"说话的艺术"真得学学，吃完饭，送她到校门口分手，在老董摊上吃了一个苹果，便到郑表兄家去，他在家，略谈托他找事，留下一个履历片子，八时多他们才吃饭，饭后与二宝谈天，东拉西扯说个半天，小三，明宝，大宝皆未在家，十时多才相继归来，大宝去各个同学家借车未借来，在泓家谈天至此时方回，又与大宝等谈顷之，不觉有一个多月未去他们家了，一直到十二时才回来，大门修补后紧凑，开不开，把瓦匠吵醒代我开的，十二时半睡。

4月18日　星期六（三月初四）　　上午晴，下午半晴

昨日大半天，不料却是那么过来的，又没做多少时候，此时时间宝贵，不可如此随便耽误，早上四弟五弟及其同学等又去万寿山玩了，今日天气尚好，无风，不见英时又想她，心中又有两句话要说，放在心中不舒服，于是提笔展纸写了一短信与英，昨日大宝二宝说要与四弟等同去，不知去否，今天上午晴和，真是近日来天气最好的一天，他们去玩，算是去着了，上午八时半即起，看看报，在院中走走，天气真好，不由把我玩的心肠又勾起来了，可是同时又想起贴出的布告，五月九日就要交论文了呀！别想玩了，于是把适才想打电话约英出来玩的思潮打消，况且昨日才同处了大半日，今日又去找她玩，自己又有点不好意思，正好下午天气转阴，安心坐在屋中抄写论文，丁香花尚盛开，只盼院子早点收拾清楚，油漆也赶快弄好，好请英来玩，恐怕最快也得一个月以后才实现了，那么花期是放错了。下午四时半出去，沐浴，洗头发，很是舒服，顺路买了一些东西，肚子饿了，买了点东西，但未回家直去四眼井刘家，找曾履，他告我文凭尚未拿来，过一二日即再去看看，曾颐今天对我特别亲近，说说笑笑的，他这人脾气真摸不准，有时会给你一个下不来台，不好意思，近日见了总对我很好，倒很像小学起的十来年底老交情样子，还谢谢我代他收拾像匣子，我弄坏了不怪我反谢谢我，倒出我意外，他零碎东西收购的可

不少，自己又在修理摩电灯，家具皆全，又非留我在那吃晚饭不可，吃就吃吧，他家一天二元菜钱，全吃素，咸菜炒豆芽，荆菜炒豆干，还有一碟是香椿拌豆腐，一碗豆腐菠菜汤，小米面白面混合馒头，大白米饭，想不到他们这么俭苦，好在我饿了也吃得下，大家不客气，也不让还添了一个炒鸡蛋，曾颐也不知怎么了，对我甚殷勤我简直有点受宠若惊，还给我布菜，四分之一的鸡子全被我吃了，饭后又唱话匣片子，他由张伟家借来许多世界名曲，大交响乐的片子他兄弟三人皆与我谈话，我有点应接不暇之势，年轻人将来日子长了，实在应联络一下，和他们兄弟三人常在一处，可以懂得些音乐常识，慢慢也许就会领悟大交响乐的美妙处，谈到十时半回来，五弟小妹均回来，小妹上午去找她同学陈万慈去公园玩，四弟尚未归，不一刻亦回来，谈大宝二宝今日与他们一同去颐和园，玩的还很痛快，那就得了，有时觉得大宝二宝对我这二叔很好，将来有能力一定要好好帮助她二人，请请她二人，我自己的弟妹有时也很好疼，我也很爱他们，只是不愿表示出来，这也许是我不好之处，我的弟弟妹弟我怎不爱，怎不关心，只是期望太大了，求全责备，唯恐他们学坏，不用功，于是只听见我责骂他们的声音了，我应该多鼓励他们，应该说些赞美和悦的话，我有能力一定要使他们好好的生活，能继续求学才好，我定要如此努力，晚写论文一小段，拟将评话的艺术一节不要了。

4月19日　星期日（三月初五）　上午晴，下午阴

整日闷闷，亦未出门，上午天气虽好，惟下午又阴没有一天整日好，想起论文还差大半便着急，那还有心情去玩！？可是打开稿子，材料来一看，头绪纷繁，看着头有点疼，亦未弄出什么来，只是一时又看出一些问题要与朱君去商讨一下，下午看由北大借来的《雨帘集》，《倚枕集》，前有马廉的序，中有一表，内列各话本在各家著录，辑本中的关系甚好，灯下抄出，费时甚多，今日一日只做接了这么一点而已，不知英做了多少！？

4月20 星期一（三月初六）   上午晴狂风，五时止，下午半阴

连日想起经济困难，亦烦每月房四十元，在现在实是吃不消，只索先付大半，需钱之处太多，却无进款，不大是事，晴的天气，却偏起了大风！还真不小，十一时去志成看十九周年纪念日的成绩展览会，多日未去志成了，近一二年又办得有了起色，大门又是国旗飘扬，二门上添了一副对联，一个横批，归先生写的，不坏，联长不记得，只是那个粗木栅门却不配挂，操场上正在赛排球，男女学生围着看的很多，放下车，进去先看展览会，一进门靠存车处教室有来宾签名处，不有抓彩，墙上有画，相片等作奖品，会场在楼前院及物理生物二实验室，有文艺，各门笔记，各门图表成绩，图书，中外水彩毛笔铅笔等画，画的内容更是中外无所不包，亦有模型，小摄影家莫东作亦转学志成，还有人刻图章，有画先生像，中外名人学者像，图案明星相片等皆不错，各种人才皆有，化学展览室，一进门便闻有药味，做了不少成绩，物理室正值中午休息时，匆匆看看，四外各种成绩挤满，有氖气灯，X光尚未布置好，有飞机飞船钢骨模型，有高空电车的布置，一切皆很费一番心力预备布置呢，劳作室未进去，还有音乐播放室，放音乐片子亦有人表演钢琴提琴，一切琳琅满目美不胜地收，各处有照料同学，井井有条，处处象征着蓬勃向上的气象，这次展览很好，似乎比我们在校时又强得多，后进青年正未可轻视呢，有几个学生与四弟同学，我不认得，他们却认得我，本以为或可碰见几个旧同学，却未遇见，倒看见了柴先生，耿先生，赵先生，王泽清王先生，耿赵二人，显得老了许多，出来又略看一刻排球，小孔振亚等人回来临时凑了一队校友与在校同学赛，胜了，只是狂风怒号为美中不足，出来在谢记小铺与庆璋略谈即回，来去冒狂风，闹了满身满脸皆是土，土，风，极可恨，北平这种可恨可厌的东西，不知何时方没有！？午饭后一时半冒狂风去校，把李娘蓝色头巾盖了头去上路，男孩子没有蒙头巾的，我就蒙，先不沾土是真的，一路上够费力，虽是好得多，只是头巾薄，脸上仍有点土，今日未见着英，两小时后汉书无聊，下课到图书馆坐了一小时许，六时许归

来，此时又无风了，晚灯下誊清论文，此时已廿日，不加油真无日子了，九日就交，还有十九日了！加油吧！

4月21日　星期二（三月初七）　　晴和

　　与连日的风势及阴天比，今天就算是个好天气吧！九时起来，洗脸时修理电灯匠来了，昨日来过，因无高凳无法安装那个高在屋顶的灯，把北屋屋顶的吊灯按好，又修理换了一个电门，又看着他把院子外线一路检查有无破漏及松落的，完全装好，就这么在院中看过报，午后一时半去校，穿了短装去，一身轻快，上了两小时曲选，顾先生讲得好，时有他的意见发表好，我最爱听，他又介绍前在本校哲学的缪先生困"迂"性，及十分倔强，失业二年终因穷饿病死，身后十分萧条，诸友好为之资助，顾先生因自己财力有限，整理出其前印之苦水作剧若干册，向学生出售，每册一元，同学购去，以款悉数捐与缪先生家人，此作品即顾先生前赠我者，我拟购一册送作淑英生日礼物，顾先生并自告奋勇，如愿令其写点什么亦好，我遂于下课，首先订了一册，并请他写淑英诞辰纪念字样，下课在教员休息室内门前碰见了英，向她说了，她很高兴，下课四时即回家，却是近来少有，太阳老高，好似尚早，遂在西单看看书摊，没什么可买的，即往南走，突在道旁一浮摊，有两大玻璃匣子内有我找了多家的徽子，遂亟购了一些，拟明日英送去，自己也买了一点，回家吃尚好，一时兴起，遂提笔与英写了一短信，告以将赠其书事，问她论文，约她五月十七日返校节一同玩，等不觉已尽二页，又因王弼来信已一周，遂亦于此时回他，谈其祖母生日事等，写了二页，铸兄六时半来，小立折些丁香花即去，灯下又开始誊写论文，手不停挥，直到一时半方止，连日睡皆过十二时，不赶一些不成了，晚上想起同乡中尚有蒲子雅尚在台上，亦可托，其谋事，只不知能否如愿。

4月22日　星期三（三月初八）　　上午晴，下午阴小风

　　连日熬夜，今日八时起，两眼觉不适，急忙弄清楚，赶去学校，因要

旁听一小时顾先生的唐宋诗之故，寄了一封信，又把与英的信，及那一小包徽子送到女院，再回男校上课，尚不晚，这一小时也有趣，顾先生讲文学，与宗教同样皆有神秘性，诗之有神韵，即由神秘性而来，自然，不做作，即是能引人入胜，玩味无穷，趋于神韵，亦近于神秘，又说想不到昨日定购他作剧的那么多，又夸下海口代题字，晚夜晚饭后一直写到十一点，两眼上火，真是多病文人身，他又劝同学锻炼身体，两小时主任课，看了看《雨帘集》，第四时未上时看见英穿了短外衣来上课，不知她看见了徽子喜欢不？日前小妹购三小鸡，娇憨柔弱好玩极了，我觉得什么都是小的好玩，有趣可爱，和小孩一般只是照管小孩子我可最怕，看着那几小雏鸡真有意思，拟购五个送英，不知她喜欢不，中午回家吃饭，也是近来少有的事，往南走顶风费力，可恨，午后看报，补写昨日日记，遂写信托蒲子雅谋台，不知成否，惟只父七十生日时，曾见过子雅一面，廿年前，彼自不识我，平日不通音问，一去便求谋事，实不好意思，遂作一信与蒲伯扬，请其转呈，书竟，竟达五时，出先去看九姐夫，因上礼拜五见其病，甚困踬也，今日尚好，已起坐，惟身软无力，稍谈即辞出，又到王家去看庆华母，皆在家，谈顷之，庆华父母约于三月十五日，左右方去，客方去，皆在整理什物，乱了几一月之久，辞出去蒲伯扬医院，先力九姐夫谈子雅现已无能为力，但信既已写好，不妨碰一下，试试此路通否，如有机会，岂非幸事！顺路去老王车铺，在家，见面甚亲近，老王人极可靠，将来有本钱，秘与之合作开一铁工厂，这年头做买卖皆大赚钱，又去平民市场转转，叫了两个打鼓的来家看旧衣服不要者，未说妥即去，一下午写日记，写信，并出去转了一遭，晚了，真慧晚上做不下事吗？连日熬夜，精神及眼皆不适，今日拟早些休息，免得过劳致病。

中午回家吃饭，与小徐同行，却是许久没有同他一起走了，定阜大街到龙头井，护国寺大街，本来坎坷难行之至，去冬压平后，近日又铺好一层柏油路，已经很平坦，自行车走在上面很舒服，可惜不早些修，从现在起至多再走上两个多月而已，时光快极，前途茫茫，不知如何搭手，今日下午虽然回家，结果什么事未做，糊糊涂涂写了两封信便过来了，晚上也

不知做什么，论文是一字未写，也耗到午夜十二时方寝，真糟心。

4 月 23 日　星期四（三月初九）　晴和，晚风

近半月来，今日算是天气最好的一日了，可是去时顶着小北风，回来又顶着小南风，两面费力，真是可恨，上午上了三小时课，今天没看见英，在下第三时抽空去把庆成的注册证拿到物理系去找助教签字，只因时间不凑巧，总是没找到，今日幸而寻到，又到图书馆为五弟借来《饮冰室全集》，在学校遇见小刘（曾泽老八）他说你穿的怎么这么海派，我说怎么了，他说你穿了一条紧裤子，红线衣，黄鹿皮衣，我自己也不觉得如此，回家来一照镜子，是不大好看，也不觉哑然失笑！午后阳光下坐院中看报，很是暖和，苍蝇已有，十分可厌，持拍在院中大打，打死数十个，二时许精神困倦，遂进屋卧床小憩，大约一半因天暖，一半因连日缺觉晚睡早起之故，画寝到四时起来，力十一兄在院中看木匠修理木栅屏，方拿起书来要看，陈老伯来座谈，顷之方去，七十岁仍很矍铄，难得，真奇怪，好似非在晚间沉不下心去写论文，连着二日下午全未做出什么事，今日决定非赶出一节来不可，灯下开始写，第三章的第二节，宋代说话人的姓名，用毛笔抄写实是费时间，加以想想如何写，自己发挥一点意见，今天晚上竟一直弄到两点半才完，日记亦未写（24 日补写的）。稍微活动活动身体，收拾清楚睡下，在床上听钟敲三下，暗自计算，由明日起距九日，只有十一天了，还一有章，五节没有写呢，一天不写出一节来就交不上了，什么也别想，干吧！

4 月 24 日　星期五（三月初十）　整日轻阴

虽是昨夜三时方睡，但今日九时即起，实则七时半即醒，天气轻阴，但我早已决定今日不出门，天气好坏与我无干，上午坐院中看看报，今日坐在书桌前，看着面前堆着那么一大堆书，材料甚多，但甚是紊乱，下午半晌，又增补了一段在第三章后，是平话与当时的影响，平话与后代的影

响一节有不妥见复处，还有两节材料未引入，写完时如有功夫，当改正之，继之写后人拟平话章，本来拟写得详细一点，后想引文重在研究宋人平话，则何必多费力气在后人拟平话方面去，可是材料甚多，要择要写出，就得仔细看看各书，再下笔，最省略亦不能胡写，于是费些时间，加以用毛笔写，亦大费时间，一小时连写带作，二张即不少，今日觉得精神身体均乏，一时半即睡，上午十一时，有卖小鸡的，遂购了五只，预备送与英的，不知她喜欢不？白天做不了多少事，怪，还是灯下做了一些。

4 月 25 日　星期六（三月十一）　　上午晴，下午阴雨

好天气，晴和，上午先不看报，先赶论文，一上午写了一大半，午饭一时许即写完了后人拟平话一节，二时与四弟一同去东城，我到其士林定作了一个寿糕，明天送英的，打电话去她家，她未回去，打电话去学校，她又去男校图书馆了，她也急了，怎么这时候还去图书馆看，借什么书？不知她明天回家不，在市场略转没什么可买，心中无情绪，便取车回来，天上此时忽又布满云头，大有雨意，还是早点回家，路过平民市场，那个摆摊的，卖了我一付现在流行的墨镜，才两元很便宜，可是可怜身上只余了一元，到德兴隆借了一元去买，回来不久，便下了雨，报载佛教同愿会启建大云轮请雨道场，自廿三日开坛，今日果然油然生云，沛然下雨，他们真灵（？）真会求雨，按春季之雨最珍贵，因五谷正需雨之时敢，所谓春雨贵如油，连日狂风不已，下点雨润一润，清一清世界亦好，降雨后，土气上升，空气一清，新饰粉墙，灰白分明，加以绿叶白（丁香）花，分外青翠醒目，神为之一爽，五弟冒雨由校归家，一身皆湿，四弟尚未回不知在何处避雨，今日应有英来信，为何没有，奇怪，下此小雨晚却无电，亦奇事，无灯无法做事，拟早睡多做一些健身体操，九时许卧床上，偏偏电又来了，于是再起来做一刻事，（四弟八时许回来，他却在七姐避雨吃晚饭）到十二时方寝。

4月26日　星期日（三月十二）　　上午阴，下午晴，凉

　　被雨清洗后的世界到底是清新得多，早晨七时多，瓦匠来修理屋壁，加以粉饰，遂起来，四弟仍去万寿山玩去了阴天亦去，玩昏了，去了三四次，亦不嫌烦，上午把各书中记载论及关于说话的家数问题参照来看，这章倒比较容易解决，一上午看过后，心中已有一个大概的印象，只是不时要去看粉饰搬得乱七八糟的书房及修理门窗的工人，上午天阴有点凉，多穿一些，十一点出去，打一电话与英家，她回来了，可是去公园了，和她侄子侄女去的，不料她有此清兴，回又看了一刻书，午后看报，并听一刻音乐，到一时半才换衣，带了由顾先生外买的《杂剧》一本，上有顾先生代题的字，及小鸡五只，装在一个纸盒中，送去。送活玩意，她一定想不到，一路上菜市口一带加站双岗，不知又有何事故，幸尚未戒严，遂得通行无阻，直达英家，这边大半因雨不大路已干渗大半，不料东珠市口却有许多泥水，进门时，英在二门处立着，给她书看高兴，我拿着纸盒子先不给她看，不料她叔伯小弟弟听见鸡叫喊起来，她才知道，到她屋打开一看，她高兴的不得了，桌上摆着其士林送来的蛋糕，我的名片也在旁边卧着，她已吃了一点，看见小鸡直笑，又把她侄女叫来，她说："我父亲说，咱们家有了三只狗，还少两支，五只小猫，就差小鸡了！"她今天看我送来恰好是五只，还以为是我听见她父亲说了呢，其实我又何尝听说？只是看见小妹买了很好玩，于是想买了送英，倒也别致有趣！她见了只是看着我笑，我看她神色知道她内心是如何的高兴，喜欢！想不到这份不成礼物的东西，却有此成效，倒也出我意外，只是偏送五只是预祝他将来五子登料的意思，只是当面不好说出罢了，她不一刻即转送给她五个小侄子侄女了，她把我送她蛋糕中心一个大红樱桃给我吃了，又谈了一刻，她要出去，上那去好呢，下午晴天出太阳了，很好可不算暖和，决定去天坛，我许久没有去了，我也正愿意去，等她洗了脸，一同去，她坐洋车，我骑车，到那买票进门，多年未去，内坛什么情形，除了看相片以外，没有别的印象，今天来看看亦好，由外坛走入内坛，有很远，半晌方到，存了

车，先上一高坡，即是南北一条宽大的长石砌路，高约六七尺，全由人工造成，先往北去看祈年殿，外栏分三层，第一层刻云彩，栏柱及雕饰第二层为凤，第三层为龙，殿外分三层皆圆形，昔年万国美术参观团来平见此誉为世界最美之建筑，内外构筑之精，即今人亦难望其项背，不知数百年前如何造法，内为帝拜玉皇大帝时之用，并兼祈求一年风调雨顺之处，殿后有一皇乾殿，内供玉皇大帝等神位者，两旁侧殿，东侧关闭，西侧开南边数间，为陈列室陈列以前祭供所用之物，有少数仪仗，如簋（？）笾，豆，篦等祭器，能得一睹实物，甚妙，质地分瓷，铜，竹三种，尚有盒，桌盘等物，有琴瑟，鼓等，瑟比琴大，等物可以想见古时古人古服，持此诸物罗列坛上下，庄严肃静，侍上以祈年以祀天又是何景像，穿东侧小门出，即是以前抬祭物牺牲所行之长廊，东北角有置笾豆祭器室，及宰牲处等，南有七星石，穿一石甬道又到前坡下，再上往南，过成贞门，绕进皇穹宇内供日月风雷雨电诸神，墙为环形，东西分立，可以小声谈话，顺墙可以听得甚真，亦一物理奇迹，有趣，与英一试果然，南过一牌坊为环丘坛，为祭天时用，东南斜列有八个烧纸铁箅铁，东西亦各列二，更有一石砌高约丈余三面有阶之燔柴炉，内有大铁栅卧其下，闻系每年冬至日祀天时，上将一年表章等物（各省的皆在内）焚烧于此，此告于天，西有一矮台，上有立体石柱形，南北各有一丈余见方之石池，甚浅，高不过尽余，不知何用，循原路出，在二门外，路西有许多房屋，有小门可入，花木甚多，有殿，过一桥，西边东向一大殿，上尚有天下为公，革命尚未成功，同志尚须努力蓝底白字字样，幸存，满目荒凉，虽为惠民农场所据，但荒芜不修，不忍久立，内有二石筑物甚奇不知何名，坛外有此一片建筑，当系以前帝来此驻驿休息换衣，进餐之所，走了半晌方出外坛，天坛在城内，却占了偌大一片土地，内中树木杂生，无人管理，这偌大一片土地，却不利用，大不是事，陪英回来，在她家略坐，她请我吃了一块我送她的蛋糕，因天已薄暮，且晚间她并拟随其父去看戏，我在此不便，遂辞归，回来时，桌上又多了一块巧格利的蛋糕，是她侄子侄女七个小孩送的，她又大高兴起来，上边却有廿五枝小蜡，她侄子说她今年廿五岁了，可不小了，比我大一岁吗？那么她那大侄子一定今年十八岁了，因她有一次无意

中说出她比她大侄子大七岁，后又说她大侄子今年十七岁，不料她记错了，我本疑她比我大，闻她比我只大数月，同岁，甚喜，今天知她比我确大一岁，大一岁亦不算大多少，只要人好，一切合得来的话，又算什么？七时回来，不料华子下午来了，他平安回来了，真好，因我不在家，他匆匆下午六时车又回津了，真忙，看他条子写未见我为憾，不日或再来平，闻其与娘言，或携其妻及子来，当欢迎，未见其人，见其子亦高兴，晚饭后觉倦乏，两腿微疼，凉系昨日晚捃五弟练的过劳，今日下午又走了不少路所致，卧床上小憩，八时四十起来，看书宋人平话目录，相当麻烦，其余皆好办！并写一信与华子，谈谈，及告其桂舟，老王大马等消息，并告诉宝铃已与大马之兄永江结婚，恐亦出其意外，不知其阅之心亦有动乎，本拟不告他，但已写下便算了，去睡已是十二时四十了，我最怕乱，污土，看着生烦，而连日粉墙，修理门窗，内中家具搬的乱七八糟，杂乱之至，满黑白狼籍，处处是土，东西散乱，把书搬到娘屋来做，烦得很，粉完了还得重新整理，哪有那么多工夫，何况此半月正是紧张时候！真讨厌，偏赶在此时来打搅我！

4月27日　星期一（三月十三）　　晴，小风

　　虽是晴天，可是坐在屋中，不见太阳，仍微有凉意，白天自己实是做不了什么事，早晨七时多，便为木瓦匠所吵醒，八时半起来，看过报，才九时半，这些日子，报是没什么可看的了，昨天去天坛，想不到还会碰见了贺云彪和他太太亦去了，倒出我意外，想起昨日英对我也怪温柔的，肯陪我走那么多路，把她侄子侄女等送她的蛋糕上中心旁的叶子，不知是什么果子做的，她说这个好吃，便摘下一叶与我，我要用手接，她不肯，她让我就在她手中吃了，她以前曾说只要与我维持着谈隽的友谊，但过来演变进步的表现，早已不仅是这淡隽友谊的范围了，她对我不是很好吗，许多地方，不是暗示出我和她就是普通一般人所谓的恋人了吗？！今天早晨遂提笔写了一封信，不觉又尽三页，中间又露骨一点表现，爱慕她之意，看她如何答我，或是完全避免答我，又看书，提笔写了一点论文，午饭

后，风未止，但小许多，一时一刻去校，往北顶风小费力，今日怕冻着，穿了毛衣，又穿夹袍觉热，先把与英的信，送到妇校，回男校来，还差十分钟，到图书馆借了一本书，又代庆成取回物理系签过字的注册证，考了两小时后汉书，看看书便会答，容易，多写了点，写了二页半，考完去注册课及会计课签过字，等了半天才取回李庆成君的高中毕业文凭，为了这一张纸如此麻烦，出校，此时天气晴和，静静无风，丽日高悬，好一派春光，雨后无土，显得空气新鲜，一切清润，悦目，去郑表兄家，取西风，不料二宝尚未寻出要回，只带回一册，旋维勤亦去，不知何故，近来觉得与他们这一般人合不到一块，两种气质，虽是多日未见，亦无什话谈，我遂即回家，到家洗脸略憩，督促弟妹一同收拾整理书房中搬得乱七八糟的东西书物，墙刷上了粉，有点花，还不如原有蓝色好，一蹭便是一片白，铸兄来小坐，谈叫我购食粮，我亦知岂奈无款何？收拾半晌东西，饭后乏，卧床上休息，九时半起来，作论文到三时方息，墙刷白后，东西整理清楚，灯光反照甚明，心中快话，亦不觉晚和累。

4 月 28 日　星期二（三月十四）　　晴和，晚风

七时多即醒，昨夜三时方寝，卧到九时起来，睡未六小时，一上午在院中阳光下走走，看看报，抄写了三页论文，午后一小时廿分去校，先去欧亚洗了几张相片，又把在名片上写了几个字，送到强家去，要交年刊的费用，及下月款子，到校尚差十分钟，有同学论文全都作好，梁秉诠已订好，自己呢！想起便着急，考曲选题为琵琶记之契糠出书后，好答，未两小时即出，今日昨日皆未见英，四时许去找孙楷第先生谈顷之，又借来他辑录的中国通俗小说书目及三言二拍源流考一文，他自谓除小说外，他对于两唐书亦很熟习，我去时，正在考录岑参作诗的年代，辞出顺便去访老张，在他小花园内坐坐，花木什物太多，地方太小，显得很挤，闻桂舟已去南方，去那边走走亦好，告以华子归来，稍谈即辞回，行到北长街遇见庆璋，到家不一刻即七时，而天尚甚明，因粉饰厨房墙壁，饭开得晚，饭后不一刻即九时，因昨夜睡过少遂觉乏，灯下摘抄通俗小说目中之宋人现

存小说，不觉又到十二时，今日不能再支过迟矣，夜间又起风，不甚大，今日天气尚佳，阳光下甚暖，多数女孩儿家，早又光腿，赤臂者近日亦有，诱惑人之季节又重临矣，昨日信中数语，不知英看了起何反应，论文中，恐只有现存宋人平话目录一章最费心力了！再不加油恐交不上了！

4月29日　星期三（三月十五）　晴和，晚小风

北平的春天很难说，才有那么一点春意，便又到了风季的清明，于是又风又雨，一刹那便能凉如初秋，过了这种子莫名其妙的气候，天气一转晴和，便有暖意，一下就要跳到初夏来了似的，今日天气好，太阳晒人身上，已渐显威力了，颇热，上午九时起，半小时后去校，先绕道去取了支票在强表兄处，本拟回时绕到前门取回，不料忘了带自己的图章，还得回家一趟，主任今天不考骈体文，第二时未上，通俗小说书目，托刘二代送还孙楷第先生，我径回家，微出汗，甚燥，在家稍憩，屋中粉饰后，孙光入室，分外明亮，昨日十午厨房亦扫饰一新，多年黑墙亦白，大不易，确清爽多多，午后看过报，走过力家为太拜寿，娘与李娘早上已去过，九姐今日仍与午时差不多，还问我找着事未，又与伯长略谈，她由燕大本三，却反转到北大一年级念书，太不值，顷之即回，去前门取了年刊费及饭费回来，整理些什物，到四时方开始继续写论文，连日天气极好，实可恶，忙赶写论文，却不能出去玩，现在每值花前月下，逢好机会，好风物，辄念伊人不止，伊人吾之英也，不知她可有曾念及我否！亦一痴念头！晚忽由中央亚细亚协会寄来一征文启，寄予父亲，父早逝世，不知系何人寄来者，内发起人中有许修直，周养庵二者与父亲，拟入该协会作学术上研究西北者，亦大佳事，唯不知能否如愿。

4月30日　星期待（三月十六）　晴，暖，微风

上午到校，看见教务课出一布告，咱家大名，赫然首列，不知何事，下第三时去教务课一问，原来是叫我转告国四男同学定于下礼拜二上午第

三时，十时照系别团体像，如愿请教授，我们自己去请，回来与同学等说知，还有几个同学回家，还得特别通知一下，否则将不齐，下十二时课回家，去小徐家告诉他一声，即出，到林清宫打听笠似何时回平，据其门房陈某老仆云笠似家眷将去津，懋随早已病死于北平医院中，我却不知，初还以为他早去昆明了呢！出来取了所晒相片，又取回洗的西服裤子，几下子耽搁，到家已快一点了，天气一下变得很热，太阳晒在身上，已显出他的威力了，夏天味来了，这两日照镜似乎被晒得黑了许多，到家出汗，觉燥热，午饭后去力家一趟，二太及十一兄皆未在家去公园玩去了，遂即归来，因今日力二太生日也，院中热气甚炽，屋中稍凉，屋子自粉饰后，因白壁反光故，屋中甚明亮，早不过六时半，阳光入室已甚明，晚开灯似亦较前亮许多，天气显然变了，早上亮的早，晚七时许仍甚明，连日天气皆佳，唯日子过得快，却无心绪出去玩，每天多少有点小风，更显燥意，昨晚多云，还以为再下一场雨，不料又晴了，天气一热，人便易懒软，精神不振，下午二时许倦，卧床上画寝，五时方起，一个下午又断送了，生成熬夜的命，晚比观诸书关于变文部分者。

5月1日　星期五（三月十七）　　半晴，和，下午阴，晚风

在家一日，上午九时半起，洗头发，稍整理屋中什物，坐阳光下看报，什么事未干，耗过了一上午，午后二时开始坐在书桌边看书二时三刻，才动手开始写二章，中间略憩数次，到院子稍绕一个绕便进来写，手不停挥，目不停视的赶，自己找的，晚饭后继续干，两大段写完了第一段，变文对话本的演变的关系，写了十页，一直到夜里三时止，外边起风，阴云满天，又要下雨，连着数日够热的，大有初夏味，下礼拜三就立夏了，午后又有点觉要睡的意思，偏不去睡，也支过来了！

5月2日　星期六（三月十八）　　半阴，狂风竟日，凉

本来好好的天气，多好，今日却无缘无故，又起了狂风来势真不小，

刮得黄天昏地，四外苍苍，看着院中一片大有肃杀凄凉的景象，令人不快，外边尽管风闹狂得多凶，我却尽自关在屋中写论文，什么事不管，上午十时多起来，十一时多才开始正经做点事，人活着偏有睡觉，叠被，穿衣，吃饭，洗手脸，着鞋袜等麻烦，实是讨厌，午后手不停挥的写，因求工整一小时才写一页，毛笔字，大费我腕力，精神，时间，眼力，大苦差事，惟不作尚不成，晚九时多即写完第二章，平话之来源，计共十七页页，约有八千左右字，东抄西袭，居然成篇，今仅余最主要之一部分矣，因腕酸，稍憩，翻小说月报十七卷号外，看各家研究前人之诗词，颇能动人，又不禁令我思念英不已，此时如能灯下相对，又快何为之，刘大白中国诗的声调问题，末后引有康白情的疑问，是白话近体诗，兹录之于下：

> 燕子，回来，你还是去年的那一个吗？
>
> 花瓣儿在潭里，人在镜里，
>
> 她在我的心里，只愁我在不在她的心里？
>
> 滴滴琴泉，听听它滴的是什么调子？

又刘大白译泰戈尔园丁集之二十四：

> 你别把你胸中的秘密包藏着了吧，我底爱友呀！
>
> 对我吐露了吧，你只是对我！
>
> 浮着静肃的微笑的你呀，温柔地私语了吧！
>
> 我将用我的心听你的秘密，不是用我的耳。
>
> 夜深了，屋子都沉默着了，小鸟底窠巢用浓睡包围着了，
>
> 对我吐露了吧，
>
> 用狐疑的泪，嗫嚅的微笑，甜蜜的含羞和忍苦，
>
> 透出你胸中的秘密吧！

还有些叙情的诗词，我预备抄去给英看，看她作何表示，只是难的是，她不表示，没有反应，是默认了吗？女子都是羞怯的，不好意思，是等你表现出来，她也就接受了吗？以后有机会，我将向她明显的表示，看她如何对我，晏殊《红窗听》一阕正为我此时心境写照："记得香闺临别语，彼此有万重心诉，淡云轻霭知多少？隔桃源无处。　梦觉相思天欲

曙，依前是银屏画烛。宵长岁暮，此时何计，托鸳鸯飞去。"连日何尝不思英，一天不计望她倩影几许次，但不知她亦念我否!?

5月3日　星期日（三月十九）　晴，上午及晚间风

晚夜虽是一时许才睡，但是今天约十时方起，太迟了，急忙弄清楚一切，跑到灵清宫去找笠似，不料他这礼拜没有回来。到欧亚取回了修了一个多月的表，并买了一点文具回来，午后看报，载稷园牡丹盛开，下午正好是好天气，风止了，想去看看牡丹，于是换了衣服，跑出去，打一个电话给英，她在学校，她因赶抄论文未完不去，答应我下礼拜再去，其实她只差十余篇，至多再有两天便可抄完，她都不去，而我自己却有最紧要的一章一字未写呢，还这么放心要去玩，真是惭愧，又谈了些别的，她告诉我近校节延期了，（本定本月十七日）不知何故，我写了上一封信，今日她电话中说话如故，可见她并未恼我，是默认了吗?!她不去，我一人去又有什么意思?! 而且想想本来说是这两个礼拜拜不玩，今天自己又去找她出去，自己差许多不着急!? 于是在自责自愧的心情下，便又回来了，回来换了衣服，立刻伏在桌上看书，整理编写，她不去，实际上还是对我好，因为她只是抄了，还只余一小部分便完，我还差许多没有写呢，所以她不去，使得我也没去，实应感谢她，今我回来好好利用这几小时，大好天用用功，亦大佳事，一下午整理出四页，五时半孙湛拿排球来，终于在院中玩了一刻，惭愧，晚灯下看书，如书粉呈，头绪又显纷繁，宋人平话目录，较难编，拟先写宋人平话的体制及其话本内容之概要，目录最后编排，想想英自早上七时抄到十二时，饭后又一直抄到夜十时，真苦干，自己一天作不了多少，太逍遥了，真要交不上，那如何得了，明天早起亦照样干吧! 除今日上午下午只出去一刻功夫外，其余连日杜门不出，好似埋首著书，不禁失笑，现已写毕九十页，皆心之作，一笑，略有成绩，亦顾而乐之，晚又起风，可厌之至，因房窗不严密，一有风便处处皆土也。

5月4日　星期一（三月二十）　　上午半晴，下午晴

迷迷糊糊今日又是十时方起，还想学英早起呢，真是惭愧之至，为了木匠要漆南窗户，书桌正好在南窗下，于是把书纸笔墨全都移到娘屋当中方桌上去写，日子一天一天在我笔下增加，交论文的日期，也一天比一天接近了，心中也着忙起来，于是安心坐下写吧！但是毛笔字在纸上一笔一笔的划，又不能太草了，终是费时间的，就是这么除了两顿饭，及稍憩一刻的功夫以外，连外边没有风，难得的晴和好天气都不敢望院子一下，晚饭后还是继续写，墨笔大费时间，大半天只写了十一页，晚了说经与合生的一部分，就这样子，又过来了一天，连日除了想起英来，脑子中竟充满了论文了，连着急将来的吃饭职业问题，一时也都忘掉了，昨夜忽梦见了大马，怪，据其弟言，他在沪结婚后，却与他太太同去金华就职亦是青年会的事，不知何以又往那边跑，再见面，不知又在何日矣，华子近日已无信来，不知何故？连日手及腕几非我所有，大劳累了呢！

5月5日　星期二（三月廿一）　　阴雨，凉

昨天天气甚好，不料今日却是个大阴天，却又滴滴答答地下起小雨来了，还是大有凉意，不可劲视，本来这两日肚子有点不适，不敢急慢，还是多穿点为是，于是薄毛衣又上了身，早上九时方起，急忙赶去学校，因为定好今日上午十时照本系的像，虽是阴雨，未必会照，也得去一趟，在兴化寺街看见余主任走去学校，下车来问他可否迟交一二日论文，他说迟一两天不妨，多了不成，说话脸上总是板板的，令人不快，说完我即先行，到宿舍去找赵德培，一同去校，因他尚不知道今日照相，未走到学校即遇同学告我今日因雨改期，我即去图书馆查了几本书，元积长庆集，只有四部丛刊一个本子，可怜，上了一小时左传，看见别的同学，写完的写完，订好的订好，自己去未编写完呢，岂不火急，今天又是五号了，中午冒不大不小的雨回来，大衫尽湿，午饭后看过报，为小妹送衣去春明，归

来看《辅仁生活》，内有许多校闻，有趣，捐款已达廿万左右，加入校友所捐者，约右有卅万左右，可谓盛矣，上月十五日校长陈垣及校董傅沅叔请名流学者至司铎书院赏海棠，主任余先生及顾随先生皆辞，以有事未到，皆有心人也，国事蜩螗至此，还有何心绪赏花，作此风流事耶!? 余先生诗录下：

司铎书院海棠盛开，藏园、援庵两先生于往观花因事不至诗

以代东　余嘉锡

"门墙桃李已堪攀，　又访名花莅杏坛。

朱邸渐添新树石，　红妆犹倚旧栏杆。

传来海上知多事，　开到春深恐易残。

莫怪杜陵无好句，　只因溅泪不曾看。"

三时许忽神倦，实则天凉气爽正好作论文，偏又疲乏不支，卧床上本拟小憩便起，谁知一睡竟到五时，起未写若干天已暮，晚饭后，忽无电正愁疑间，又来，于是灯下又得写到午夜一时，仅得六页而已，今日下午大不该睡此一觉，现是何时，还不赶，尚如此坦腹高卧也。

5月6日　星期三（三月廿二）　　上午半晴，下午晴多云

上午没去学校，两小时骈体文不上，可是上午九时半方起，弄得来，十一时多才开始编写论文，午后在书桌上伏着继续干，因为不是抄那么省事，一边编，一边写，不能胡往上写胡抄，还得想想，编排构造改易一下才成，加之又是毛笔字，所以很费时间，一下午加上一晚上，也没做出多少来，约有十来页，算是讲史的一部分完了，晚上又把新决定加入的一切解释说话，银字儿，瓦子，唱啭四专名词写完，又是二时了，就余下小说部分的话本，还有体例与目录两节最麻烦，要费一些力和脑子，看这样子，是努力赶，恐怕礼拜六也交不上了吧，只好延迟到下礼拜一二再交了，想不到自己这篇论文也能写到百余页，却是我想不到的事，今日下天气不坏，今天是立夏，可是天气连日因阴雨很凉，并无夏意，我前数日着凉肚子不舒服，今日仍未好，下午喝了一碗红糖姜汤水稍好，今日为希波

生日，我因手边不裕，又因忙论文没有出去，便算了，省了几元是真的，两下全忘了最好，本来也没意思，外院洋槐已开花，树下步行甚香，今日里外院的漆第一遍完工，触目一新另是一番景象，只是不知能再住多少日子，因恐其出售也，连日写字多，左手腕酸痛，再紧干数日"交活"即好了！

5月7日　星期四（三月廿三）　　上午晴，下午风半晴

昨夜躺下听钟敲两下，今日早晨不到七时便被瓦匠所吵醒了，老早便在院中嚷嚷，讨厌之至，八时忽刘镜清来找我，告诉我今天上午十一时照相，写信是来不及了，昨天是等教学法时把我名字写在黑板上了叫我去教务课，可是我没那门课，更没去学校，刘镜清代我去问是照相，他今天特意跑来找我，大老远的，真得谢谢他，急忙起来，梳洗完毕与他一同去校，又顺路去告诉小徐一声，他父母皆回北平了，上了一小时左传，一小时古书体例，十一时许同学及院长，教授，主任，集合在神父花园内摄本系毕业同学影，神父花园中花木扶疏，风景如公园，可惜是给神父们享受，第四时我未上，到第四宿舍定毕业介指，今年比去年贵五毛，六元五，出来一时心动，想我写的论文，不够称他作研究，还是改个名字吧，叫通论，概论之类比较好一点，于是跑到孙楷第先生处去向他领教，他说没什么关系，又没什么可谈的，五国故事，他说不是宋人话本，我回来看看，亦太不像，回家午饭，后又觉倦，自己精刘又支不住了，真泄气，今日看见刘爱兰，她告诉我英为赶论文，开夜车到四点，真成，我太惭愧了，我差得多，还没开过那么晚的夜车，顶多到三点，她论文只余抄了，为什么那么赶！今日一下午及晚上做到十二点便休息了，只弄出大半章宋人平话的风格与体制，拟明日早起再做，今日下午起风实讨厌。

5月8日　星期五（三月廿四）　　上午阴雨，下午晴

本来还想早起一点来做事，不料又是十时才起，十时开始继续作，午

后四时，才把第四章第二节弄完，又把第四章总论添改了一些，现在只余两节即可完成，预计全文约可得百五十页左右，约五万余字，现在已是厚厚的一叠了，晚饭后继续编写，看着一小段印的字数不多，可是一引抄起来，字写得极不好，还得写半天，也是因为手写得多了累了，腕子便不得力，笔也使秃了，写不好，今天竟一直写到三时，手腕子实是支不得了才止住，晚饭后忽得李瑜来一信（李瑜是同学刘厚沛兄的未婚妻，曾见过数次），问桂舟走后有无来信，她很惦念，要问我什么一切。但桂舟走后并无只字与我，我哪晓得？他在何处亦不知，本来想英该有信来了，怎么今日仍无？今日引的太多，大费力气，明日写时要少引，现已三时许，不久又要天明了，又是一天！

5月9日　　星期六（三月廿五）上午晴，下午阴雨凉

　　三时到九时虽是六小时，大约睡着的时间，并不到六小时，十时多又趴在桌上写了，上午晴天，温和的太阳光在普照一切，我不管，小屋又在刷墙壁，搬得乱七八糟，屋内黑白狼籍，满地污秽，我不管，下午又阴了天下了雨，我也不管，吃了两顿饭，其余大部的时间都用在编写论文上去，这几日时间似乎对我特别刻薄，很快地便过了一日，是个白天，好似不大工夫，已是午夜了，可是我却没写多少，是我写得太慢，连日字可写得真不少，右手腕及小臂都隐隐作痛，写铜笔字都不大便利，今天还好，晚上十一时弄完了小说话本的一部分，共占廿一页，大约为小部分中最多的一节，就余目录一节了，本来今天是交论文末日，我未弄完，没有交，预先问过主任，迟一两天可以多了不成，心还安一点，否则可大糟心，大约有好几位同学都是迟交的，想想英今天交了，心中多安适，我自己心中老惦忘着这块病，不赶快写完，心中绝对舒服不了，连日什么事不管不问，心中只惦着写论文想想还要编写引用书目等，不觉便心如火焚起来！英都能如期赶完了，我却不能，想起惭愧之至，虽然我的量数比她多一倍，但是总未作完不是，明日闻史学系同学去万寿山，不知她有去否，今夜要赶出一些目录来，明天弄完才好。

5月10日　星期日（三月廿六）　　上午晴，下午阴晴不定，凉

今天一天赶最末一节，最重要的一节，宋人平话目录，上午晴和，在院子看过报便进屋来做，要在前边写个目录来源的说明，不料竟费我一下午，下午又阴又晴，看看，写写，一直到下午七时算作完一小部分，说明完了，晚饭后，写出了宋人平话目录凡例一纸，后记一篇，对孙楷第先生及同学朱君泽助我，借我参考书致谢意，再以辅仁学志中的宋人通俗小说本目作参考，去取很费事，只写了一点，便已两点多了，只索去睡，明日再赶。

五月六日即立夏，但连日不风即雨，阴晴不定，一场小雨后立刻凉如初秋，在屋中着薄衣正好，我连日着此几忘一切，亦不觉冷暖，真是什么天气。

5月11日　星期一（三月廿七）　　上午阴，下午晴狂风

连日专心在赶作论文上，不到一礼拜工夫赶出约六七十页之多，右手腕都酸疼，执笔皆无力，手指不适此为平生第一次之经验也，因写约二三万字之多仅五日左右而已，且因连日多二三时方睡，次日晨九十时起，由十一时至夜二时手不停挥的写，实够瞧的，今日晨九时许起，十时半起作，中午亦不大饿，匆匆用过，再伏桌上，下午未去校，外面狂风黄土蔽天，一概不理，到夜十时竟告竣工！继又写出目录二纸，附录书引用书目，参考书目四页，午夜二时完成，大功告成，连日来特别紧张之情绪为之一弛，其心中之舒适大非言语可以形容，总计论文共有一八二页之多，初不但同学，即我自己亦不知能写如此之多，只以为能写六七十页即不错，不料写毕一校页数竟几达二百页，殊出我意料之外，看此一大厚叠定稿，只有向之苦笑，个人苦乐惟己知之，毕业又应如何，此一叠纸张即能代表令我毕业亦殊可笑！？

想连日为之费心，费力，耗神，提心吊胆，受苦不少，真恨不得将其

撕碎烧化方解心中之恨！但若如此作，又如何毕业？又将何以见诸亲友？此论文即能代表我十八年之学业成绩吗？那真是笑话，这却相反的正足以表示我多年来的空虚与浅陋，可怜可怜！静夜独坐睹此成绩亦殊愧杀人！

连日约二礼拜，只专心论文，其余一切外务皆置之不闻不问，故连日堆集之事颇多，皆衔办理！同学之来信，应访之友人，人托之事，应接洽之事，甚多，我岂亦一平凡之小要人耶！？一笑！明日起休息心神，可以放心意驰于渺茫数日再应付最后关头毕业口试及考试是真的，人生如过关，又到一关口了！累赘心中多日之论文完成，今日可以放心安然入睡了！连日不知英做何消遣！？

论文忙完后，只感觉反而空虚了！

写完给娘看，娘赞我一声："真能干！"觉得很高兴，真的，娘很少赞美人，只多深责备人，也是期望我们太切了吧！想起父亲如在，看我毕业不知多么高兴，念之惘然。

5月12日　星期二（三月廿八）　晴，下午阴，风

昨日论文大功告成，洋罪期满，一时兴奋，想明日应作之事，竟一时也睡不着，听钟敲三下，后来亦不知是几时方入梦，今天早晨却八时多即起了，把多日忘却换的污衣换下，出去校，带了还人的书及论文一大沓，车口袋内装得满满的，先去修理门面，理完了发，爽忆一些，连日头脑的芜杂似乎为之一清，到永丰德去装订讲义，他本要四天方得，硬说才第二天下午得，又得十四日方能交到校已迟数分钟，闻同学大半皆已交了，只我，朱君泽吉及刘君冠邦三人尚未交，又出布告礼拜四放假，于是又得十五日才交了，不知成否！？反正在此一礼拜内交即可否则明日送到主任家去而已，下课去四宿舍量所定之戒指大小，由同学接洽，德林商行承做，亦一纪念品性质，午饭与同学赵君请我，在他屋稍谈，不料一时不慎把眼镜架子坐折，一时去孙子书先生家，送还所借我之书，稍谈，一时四十出，又到张思俊家稍坐，谈顷之，谈及华子事，他谓无机缘，其内客厅小室中尚生一小火炉，乃其父暇时安息之所，因中置养有十大箱左右各种各

色之热带鱼，去年所见者，又增不少，有钱人尽力布设也，其家古玩书画鼎藏之属，琳琅满室，满架子，他父亦真能搜罗，谈顷之因欲上课，遂借了北海特别游览证即辞出，到校上了两小时课，旋去女院找英，她又去补考法文，上礼拜四听史学系万心蕙与高美嚷，说："刘淑英都考，你和她一块去考吧！"大约即指此，又加上了第二外国语，不知她何时考完遂出来，多日未去看三表兄，去他家坐座谈谈，与大宝二宝谈谈，小孩子没什么可说的，都是无聊的事，六时一刻回来，到西单修理眼镜弄了半晌，又到欧亚去回像子，表有时停，又放在那里，到家七时多，都已吃完了，七时半得英来一信，本来心里念道她也该来信了，果然来了，是礼拜日写的，不知那天她去颐和园没有？她说她想不到能熬夜赶论文，这两日可乏了，后来说问娘什么时候去校，她好招待，她真有此心，倒不好拂她美意，本拟请强表兄去，现已不请他，免得他见我外表如此，或起什么误会不满反不佳！饭后看报，不觉已是十一时半，多日未复之友人信件只索明日再复了，今日不紧张，十时多即有倦意了，这两日也该补补少睡的时间！

今天买了一张《辅仁生活》，内载校内外许多新闻，本届首次女生毕业各系共有人数约四百余人，为辅仁以前未有之盛况，本月廿土日举行毕业考试，口试自六月八日至十三日，毕业典礼则六月廿日举行，再有一个多月即完全结束了，十七日返校节，今年有男附中女附中参加，联合表演，亦是以前未有的新献，有展览会，有聚餐，茶话，全校各部开放，任人参观，晚上并有游艺会，真是十分的热闹，今年连司铎书院全开放了真是难得，下午还有运动表演，足活动一整天，我预备在那耗费一整天工夫。

5 月 13 日　星期三（三月廿九）　晴，风，下午稍小

昨日是做完论文休息的第一天，可是没作什么事，也直到十二时才睡，今天早晨八时即起，八时半即去校，先去女校找英，因为我自己对自己起誓是做不完论文没有脸去见英的，做完了当然急于去见英，昨天没看

见，今天早上再去找她，知道她今天上午没课的，等了一刻她出来了，谈了一刻，互相作论文开夜车的情形，又说又笑，顶高兴的，开见她口袋内插着一付筷子，问她才知道她尚未吃早点，便伴她一同去女校东门外小桥边饭铺去吃早点，一进门看见刘爱兰已先在那吃了，我坐在旁边与她俩一边说一边笑，又拿出辅仁生活谈关于学校返校节的话，我因为已经在家吃过不想吃，陪她俩吃完又回女校，女院一年级同学在操场练习舞蹈，预备返校节表演，到女院会客室会谈，把由报上剪下的关于天坛发现古棺的新闻，拿出给她们看，看完爱兰知趣先自回宿舍，只我和英在屋中谈话，不时有人来往，其他椅上亦有人来，女院会客室大感有不足应用之势，约有两个礼拜没有见面，胸中一时藏有千言万语要说的话，可是预备要说的竟想不起说什么，而当时已不知又哪来那么多话要讲，扯来扯去，竟到了上第四时的时间了，我第三时也未上，上了一小时课，今天不知由谁在班上散发学校校长，校务长联名请我们这帮待位生，在返校节那天参加，李君国良已经代我添好交了，下课回家用午饭，饭后换了衣服，又把说海十二册，说库六函送还杜麟鲁君，又去浙兴与浙兴经理沈老伯略谈，托他找事，留一履历片，又谈顷之即辞出，又到朱君家略谈，把赵德培代他抄的文稿交与他，又与他学校给他的请帖，他添好，我去校即带去，略谈即辞出，我因英要招待娘，她父抑或来校，我也预备招待她父亲，可是连日手中拮据，饭款已代家用，适又十七日之款又是礼拜日，今日却又向沈老伯麻烦请他通融提前一日允我取出，则不用再另想他法了，绕道过西单，在欧亚买了一卷胶卷，到校看看，大操场中许多人，原来男女大，男女中学生皆来，一同综合练习，返板节所表演之节目，我去女校找英，此时已三时多，上午约好下午一同去北海划船，我昨日中午由老张处借来之船票也，等了半刻英方出来，一路谈谈便走到北海后门了，穿蚕坛而过，英谈礼拜日史学系男女同学去颐和园旅行，其他女同学未去，只与男同学接洽之祝毓琏，与万心蕙二人去了，英那日回家了，去时到濠濮间走过，石桥下没有水，干得很，无趣，到船坞取了船"一号"，在船坞旁边给英照了一张相，很好看，不知照得好不，下了船，竟在水下柱上行，划了半晌，方才放乎中流，不划了，听其自然，真是一等航似的，北海还小，尚显不

出什么天地之大来，西方阳光斜射下，在船上我与英互相各拍一照，可惜没有人为我俩照一张，划到南方，上了岸，在铁栏边，英为我摄一影，又上船穿桥行，西阳夕照下，水上万道金蛇，在桥洞下为英照一张，只不知照得好不？过东边高石桥因风水又浅，风辄将船吹歪了，我一人划不过去，后将平头船尾向风，英助我划方划过来，到漪澜堂喝茶小憩，英忽然想喝口口吃点心，要请我去东城市场，但我怕车丢了，因我未用练子锁在铁架上，打了一个电话与门房老赵，托他把我车移在四宿舍内，喝了两杯茶四毛钱，上船交船去，沿岸往南出南门要坐公共汽车去东城，英忽想起她小学时所学的手工，编柳条花篮子，叫我折柳条她要编，一边走，一边折下一些，她也就一边走一边编，到门口一问已是新时间八时了，还有两小时女校就关门了，去不成了，于是又折回，过了大桥，在行人椅上坐下，编篮子，怎么也编不好，我也帮她想不出，游人走来走去，看我二人坐在那，身上一堆柳枝，都看两眼，奇怪我们的孩子气吧!？后来终于想出来是怎么编法了，用两条枝子一同编便成了，可是肚子又饿了，便只编了一个底子，便急忙走回来，近两天英咳嗽嗓略哑，可是仍然说了不少话，我看她说话吃力，于是劝她不说话，听我给她讲个故事，便说"Liselly"《战地笙歌》。回来时，不知为什么都快黑了，她又要穿桃林及濠濮间而过，那时那地方人很少，我真想抱着吻她，但又怕她着恼，所以仍是静静地和她并肩走，说我的电影故事，一直说到小桥饭铺中间才止，今天又是英请我吃的，两个汤一个菜，我炒火烧她吃了一碗饭便是二元多，出来路黑，我挽着她臂走，她也不拒，在人少无人见的地方和她亲密一点她倒不见拒，只是一有人多时，她便有些害羞！送她到女院，她为我没有上晚堂，把像匣子交与英，她以前说要借我匣子在学校照的，又订好后天下午去公园看廖增益的影展，今天玩的心中也十分高兴，在老董摊上随便便买了一元的零食，水果及点心，老赵把车果推在四宿舍，很好，骑车一路回来，亦未点灯，晚上九点左右大街上已是很少行人了，还是夏天比较多一些，到家与娘等略谈，因乏，十时许即上床休息，今日下午虽又起风，但不甚大，也许是因为我与英出去玩的缘故，（一笑!）我替她起的名字"Romay"，中文是"若梅"，因我听她同屋喊她"Roommate"（同室者），误听以为她的英文名字，她又喜欢她屋中（家内）墙上挂着的画《梅花》，于是我便代她想了这个名字"Romay"，音很近 Roommate，中文与之谐音的若梅，又是她喜欢的梅字，恰也嵌在其中，又像女人名字，却又不俗，正好，今天问英她喜欢这个名字不，她说喜欢，我说以后我便这么写信称呼她，她笑了，今天我真快乐极了，和她尽意儿的说笑，很是随便，两人有时像两个孩子互相说出那么幼稚的话来，回想起来犹自好笑，在甜蜜的睡梦会显出我心底欢乐的微笑吧!?

5 月 14 日　星期四（三月三十）　半晴，风

不上学了，不赶论文了，可是这两日偏偏起得却反而早了，今日不到八时即起，一上午整理点什物，看看报，糊糊涂涂混过一上午，下午饭后忽又困了，卧床睡了一小觉，三时半起来，天总是那么阴阴的，也不下雨，连日下午总有风，十分讨厌，今年天气太坏，一点不像夏天，穿单的坐在屋中还有凉意，不如院中有阳光暖和，出去取论文，因为上礼拜六突然接到厚沛的未婚妻李瑜小姐来一信，要和我谈一谈关于桂舟（即厚沛）的事，我很纳闷，不知何事，已经耽搁约有五天了，今天下午没事，便去看有什么事，因找桂舟，在那见过两三次，今天请我进去在西屋坐，家境相当寒苦，屋中随便，据李小姐谈，才知厚沛十分荒唐，因话长，不能细说，简略言之，便是厚沛对不起一切亲友，李小姐对她无微不至，她近一年来，百般折磨，天天吵闹，还要李小姐起誓，才说出另有女友，说在辅大，名叫罗坤，（也不知在那知道的这么一个人，这个人才倒霉）好，李小姐便说不妨碍你们而退出也好，厚沛临去平时尚送他上车，说去太原，到太原后果来一信，只说到太原平安，请放心，无地址。桂舟走后不久，其叔伯妹妹突告失踪，家中疑即与厚沛有关系，并失去一部分财物，若果与桂舟有关系，则桂舟此生已矣，可惜可惜！不意此败理灭伦的荒唐事竟出他身上，这数代书香门第为之扫地无余了，想不到桂舟竟如此荒唐，又于行后第二日寄来一信及民众报上所登之离婚启事，其叔伯妹尚送来一张与李小姐，闻系厚沛之叔伯妹已有孕在身，此时不能不一走了之，可是没

想到以后怎么办呢？如何生在世上，还有何脸见人？！我听了这个悲惨的故事，心中十分难过，对李姐十分同情，更对厚沛之为人为之惊奇，与恨惜，劝李小姐慢慢忘掉，找个事转移一下精神即好了。我也不便再深说其他的话，又与李之父母皆见到，亦略谈，因坐甚久，劝其父应与之提出一清断的方法，否则不合法之广告仍无效果。五时半辞出，因听了此事，心中颇烦乱，遂到西单商场去转转看看，商品琳琅满目，各色俱全，只是没什么人买，正谊商场内有一名大吉来打球场，队一玻璃匣中有玻璃球，可用洋簧打，可得糖或烟卷等，本只二三间门面，现已括充达十余间，且中间一片亦是，打球的人多得很，只闻打环之弹簧声音频频发声，吵成一片，照顾者是各色人等俱全，真有许多大人，穿西服者中年人等，亦好似津津有味在打，看来颇是滑稽有趣，真可怜，也不知哪来这么多无聊的人，会去玩这些玩意，绕了一刻，腹内饿了，到玉露春吃了点心，出来到永丰德取了装订好的论文两本，很好，回家已七时多，饭后灯下略加校点，改了几点小毛病，贴小梁秉诠侄代书的签子，好似印的，很有味，看了高兴！记完日记已十二时半。

5 月 15 日　星期五（四月初一）　　半晴，风

又是不到八时便起来了，整理一点杂物，看看报，给华子及泓复了信，一个上午也没有了，今天情和，太阳光有些热，午后一时多换了衣服去校交论文，先取了修理的表，又绕道先送还思俊的北海董事票，恰好他不在家，没有耽误，即去女校找英，今天又作这校节团体操二次总练习，女大一年级同学同在操场，闹成一片，等了半晌，英方出来，今天天热，穿了一件紫色短袍子，她拿了一个纸包送我，打开一看是一个大本的相片册，永兴洋纸行的，我高兴得很，她也毕业了，我应送她什么呢？！谈了一刻，我先去男校交论文，注册课还未汇交主任处呢！那么早要做什么？毫无作难的便收下了，此时女中同学也全来了，也在女校操场聚齐，男大楼上楼下也全是女中学生穿走观看，又在外边等了一刻，英与爱兰一同出来，她带回家，一大包东西，雇了车一同走，绕道先去东城取英的相片，

放大的带穗的送我的，她第二次出来，又换了一身春装，一件方格的单衫，黄绿色浅浅的很好看，浅米色的短外衣，美丽大方，到了东安市场，她说取东西，我在外边看着她的东西等着她，不一刻出来，却递给我一个小黑匣子，她叫我打开一看，原来里边是一块水晶图章，上面刻着"董乾甫印"四个古篆字，却出我意料之外，为取这个，进去的事先也不告诉我，叫我惊喜，又到同生取了相片，六寸放大，也是送我的，在王府井大街南口分手，她先回家，送回东西去，一个钟头以后再在公园门口见，我一人慢慢的骑到公园，想想一个人进去也殊无聊，便在天安门外筒子河边骑着车等着，看看大街上人，来来往往如流水般不绝，奇怪今天公园游人也够多的，下午天气很好，等了半晌，英还未来，远望前门四面钟，已经转了一圈，还怕英已进去我没看见呢，正有点后悔要进去，英才姗姗来了，此时已五时五分了，等人这个味真是不大好受，不知英知道不？进去先到行健会去看瘳增益的摄影展览，柳庆宜（增益太太）在那，彼此招呼过后，即与英随意浏览，都很好，有几张，如"坚信"，"云鬟"，"线上工人"，"象征"各篇全都是个中特殊作品，看的人很多，陈伯浒，力伯长等亦去了，出来又绕到后边，正在筹备大东亚展览会，兴工造木会场未完毕，将社稷坛糟蹋得不成样子，英说"我真要为社稷坛一哭！闻此次预备工程等花廿五万之多，这么多钱干这个!？做了许多木头人在公园摆着也是十分无用，又绕回来看任杰生的书展，大不如宣传得那么好！王笑石的画很秀气，字柔弱得很，都像女人味，绕水榭又到行健会去取先存在那的书物，此时六时半了，增益已经来了，见面谈了几句，又招呼英来与他们两人介绍过后，坐下谈天，说了会话，喝了些茶，快旧七时了，他们也该回去，于是我们也说辞出，英邀我去她家晚饭，一路说说笑笑，她家今天又吃饺子，初一她父吃素，我和英吃荤的吃的不少，又和她父谈了一刻，英连日咳嗽，不知什么病，她父饭后出去一趟，与英又谈一刻，其父不到一小时即归来，她大侄子亦回来，略谈九时许，其父欲睡，我又到英屋，与之略谈即辞归，到家十时，与娘等看英送我的相片，贴相片的本子及那个水晶图章，十一时睡，娘说英照的好，我照得不好。

5月16日　星期六（四月初二）　阴晴不定

　　上午九时起，十时半出去，先与英打一电话，约好下午去真光看最末一天的《桃李门墙壁》是一个名叫"安东勃鲁尼"主演的，从前演过一回《乱世忠臣》我十分欣赏他，以前与英说过，所以今天和英联邦说她便说下午三时半场去，打完电话我却去前门提前通融一日取了款，又到公园去，只太都太太及其弟弟在，上午看的人少，进去谈说了半晌，我也定了一张英喜欢的玉带桥，又择了十余张让他们事后放大成六寸一张，按本还他钱，谈了半晌，约十一时十分即辞出，走到大门口，遇见七姐带了两个大柜子来了，助他拿进去，旋出来，到家午后看过报，又补记昨日日记一半，二时四十出门，在门口遇见赵君德培坐车来访，代我买卫个毕业生牌子及名条，一元代价，遂邀其同去真光，陪其到宣武门，我却先行，赶到那里已三时十分，走去给赵君存票，英已坐在旁边，她已先来了，一问她幸而是她才来，没有多等，遂先与英进去，找好座位坐下，英今天还是有点咳嗽，好一些，谈了一刻即开演，未演正片前，赵君亦到，出去接他进来，一同坐下，他很腼腆也不和英说话，休息时亦是如此，只有我不时和他二人说话，德片子仍是保持着那种作风，技巧，收音，光线皆不大佳，内容有点近于幻术，暗示人不应作过分之想，真正的快乐不在物质享受，否则精神上反而有极大的苦恼，这是散场后英向我说的，英有的地方用脑子，我却没用到，看完德培去市场，还是英招呼他问他不回学校？因为英带了许多东西，不能去市场了，于是便伴她回校，与她去兴隆馆吃晚饭，饭后她回宿舍，定好明天见，实在不愿与她分开，老和她在一起才好！和她在一起便快乐，没有她在身旁便像丢了什么似的！我一人去学校转了一圈，各处贴满了欢迎校友的标语，天天在那里边转就没什么意思！出来到郑家去，请三表兄明天去学校，他不去，与大宝二宝等谈了一刻，黄昏时回来，宿舍各屋中皆忙着布置，预备明天招待来宾的，我预备明天在那消耗跑一天，就是中午没地方歇着！要是娘等回去了就去赵德培屋去躺躺，免得晚上太累了，英对我十分好，也很温柔，我对她抱有很大的希望，将来她如能和我总在一起才好，只愿此念不是妄想，因为明日返校李是我离校最末一次，又可借此令英的父亲和妈妈会面，娘也可见见英，机会难得的很！

5月17日　星期日（四月初三）　　晴和

七时半起床，很快地便弄清楚了一切，那套在一年级时穿上身的条哔叽西服，今年四年了，仍然是它，没有别的衣服，白得太早，没法子，这几年都没有添衣服，娘等啰里啰嗦熨衣服也赶在早上来作，耗到八时四十才走，等娘，李娘小妹三人坐上洋车，我即先与五弟，四弟三人骑车先行，到欧亚又买了一卷胶卷，跑到学校已是九时多，报过到，买了一张饭票，即到操场去看看，此时已是人山人海的了，表演团体操的大学，中学男女生全已入场了，劈面遇见朱头赵德培，李正谦等等，走回来看见了英，她同她父亲来了，过去招呼，此时校长训话已毕，即开始团体操表演，先是女中同学组字 Fun Ten 表演，我又出去两趟才接到娘等到来，进去找到了英等，此时朱赵李等已同四，五二弟同去男生宿舍了，女中组完字，男女团体操，女大舞蹈，男大辅仁十一，散后挤出操场人多极，半天方走出，即同往女校去看，英父走甚快，娘尚好，李娘年纪大，脚小，走得慢，进女院二门，朱赵四，五二弟等已皆在立俟，遂一同进去到宿舍看看，女同学屋子倒是整洁得多，英的屋子听得许多赞美的声音，不大一间狭长方形的屋子，三架床，英的床单子浅绿色浅蓝边白底子很美，淡雅之至，屋里清楚得很，不多不少几样的书物也很恰好，一面椭圆的镜子上斜插着一枝松枝，亦别致，大衣柜上有一盆花草，墙上有四个镜框，一个条幅，是英父亲的款，英父及我娘等坐了一刻，因进来看的人多，便走出来，娘又看了三四个屋有大有小，出来在所谓天香庭院中英，其父，娘，李娘，五弟，小妹等我为之合摄一影，天香庭院原为恭亲王之书房，外虽是一间大厅，内实两层，不有一层楼，靠西厢房，闻英言，即系当年与英法联军代表签订合约之室，现为公教女同学之宿舍，出又到大礼堂看看稍憩，英父谓昨夜观张君秋回来过晚，今日觉累，此恭王府为其卅年前旧游

之地，为买物品来此一个多月，花园亦曾去过，彼谓学校之一切总与燕京差不多，（燕京他老人家亦去过）花园总比不过公园，遂不再往他处，回家休憩，遂先辞归，实则他却对学校一切实不感什兴趣也，亦思想之关系，娘等在花栏下座位等候英送其父出，旋四弟亦同我同不绕各处回来，英还买了冰棍及糖来，弟妹们分着吃了，小刘走来，分他糖吃，旋即又陪母等去女校图书馆及其他各处去看，遇见校长及余主任，向余主任行礼，今日对我笑眯眯，实难得，娘等在女校心理实验室看，我和英在院子柳树下四弟为我们照了第一张合影，因为英看别处，又照了一张，出来到会贤堂去吃午饭，走得多了，李娘终因年纪大腿不得力所以走在后边，今天日子好，会贤堂有两家办喜事，找了楼上一个单间坐下稍息，每人叫了一碗面，叫了包子，又叫炒面，一个娘与英皆喜欢吃的酸辣木鱼蛋，后来因为东西少，又叫了炒面，娘又添了两个菜，我又叫了一个酱炮鸡丁很好吃，娘叫的溜鱼片还好，妙虾段可不好，又吃饭，饭后又休息一刻，饭前在前廊四弟为我与英合摄一影，此是第三张，今天英穿一件浅蓝色单衫，灰色鹿皮（？）鞋，灰薄呢外衣，朴素得很，亦可显出她在服中，上午只带了一个小徽章，午后她父回去以后她才载上那个小红绸条子，饭后息了一刻，雇了两辆车拉娘与李娘去女校西校门，我与四弟，五弟，英四人走回去，在西校门见着，同去司铎书院，我一路上到处碰见许多新旧同学，在上午等英后，会遇见大哥与国国，我只招呼大哥一人，他人难看得很，憔悴得很，把李娘安置在司铎书院教员休息室，即与娘等上三层楼，没什么可看的，下来绕了一圈，什么海棠花，邀月亭，还有公教画展，人类学博物馆等，五弟小妹英等合摄一影，为娘及李娘摄一影，为英一人摄一影，出来遇见了二宝和陆方，由英领他们去女生宿舍，并且她回去憩憩，我自领娘等穿中学，在中学门前与娘等合摄一影，在神父花园内看了看，四弟先去，他同学哥哥结婚，又到图书馆略看，因时间关系，还有许多实验室全没功夫看，又绕到前边来，娘等上三层楼看美术系画展，李娘坐在楼下等，略看即下来，出来在神父花园又看见伯长及笠似的女儿，又遇见大宝，出来又到第一宿舍去，在赵德培屋略坐即出，绕了半圈即送出，指明上电车之路，我即与五弟返回，此时已旧时间三时一刻了，两位老太太走

得太慢，耗费了不少时间，本来我预定照许多像的，结果全未实现，还耽搁了英半天，本来这种事得年轻人足那么一跑，各处才看得到，只一天的工夫，才有趣，这一来弄得我许多地方全未看见，全未走到，下午这小半，还未见着英，但我并不后悔，至少请娘来看了辅大一个大概，为娘耽搁了我玩没什么，只是也累了英不能痛快，五弟亦要回去，他亦先行，回到大学门口，二宝等已回家了，到神父花园一的，大宝也不知何往，我遂又到女校去，在门口遇见爱兰，她说英已去男校了，遂又与她同往男校找英，又女校门口碰见黄家五妹，想不到她会来这玩来，在男校门口又遇见庆成，在这时神父花园看见黄哲白毛线背，不减当年风韵，不知她近况如何，协和关门后，又在何处，还与弼等通信否？此时下午的运动项目又开始，我在场内转，足绕了有六七圈也未找到英，人虽然那么多，但是我却觉得好似站在没有人的大平原上，分外的孤寂，心中可笑的是，还隐隐的有一点悲哀，我真不能离开英，我的生活里需要她，只这一刻找不见她无形的苦痛，已经表现出了我已是如何在心中深深地爱上了她，何况她又是那么可爱的人！男中，女大，男大的接力赛，继续举行完了，接着是神父们和校友的障碍物竞走，还有拔河，校内因为人少，一下便被教职员们拉过去了，大家挤出，大半人去看震亚与春队的排球赛，我们毕业生因为还有校务长训话，齐集女校图书馆院前，先生们也全来了，等了半晌，校务长方来，先由校友会主席叶德禄致辞，说了点以前的经过，继之是校友答辞，东北城竞存中学（？）校长李宝勋先生致辞语多滑稽，逗得师生大笑不已，末后由新校友（我们今年毕业生）史学系女生万心蕙致答辞，在大众面前敢说话，不坏，说完即分系别茶话，我们在等九教室，大家新旧同学入座，即是什么茶话，大家随便吃完面前那一小盘点心，喝了两杯茶，还是男女分坐，也没什么话可说，还是相识的互相谈谈话，坐了一刻即散出，去东边大教室吃饭，人多抢了地方熟人在一起，六人桌乱得很，同学们没什么客气，我和沈兼士院长，戴先生，葛信益，朱泽吉，徐光振，还有一位校友不知名正坐着，英与王秀兰来了，没有地方，进来，秀兰挤出邻桌一个座位坐下，英挤在我们桌上，菜可不好，什么荆菜，粉皮，蒜苗等全干干的不爱吃，大馒首，半天不来汤干得很，今天除了校友会干事等

卖力气以外，还请有许多低年级同学在帮助各处维持秩序，今日六角聚餐拿菜送馒首等全是同学，可是大家有的太不客气，抢菜，抢筷子等，太不好了，太乱了，伏神父急了，后来上碗菜，两个汤没见，倒有一碗肉，口中干得很，遂与英及秀兰先行退下，到她屋去，此时已六时三刻了，李家姐妹先在，说话尖得很，见面还是没招呼，进去喝了一碗开水，她们相继走去，遂亦与爱兰，秀兰，英三人走出，走到门口英又要换衣服，她二人先去，我又陪她回去，这间屋子就是这一次进来了，再没有机会来了，再来英也不在此住了，等她换好一同出来，去男校大礼堂看游艺会，此时已将七时半，故楼下十分之强位子全占满了，简直没座位了，还有许多站着的，我们凭将毕业的新校友红条子进楼下，楼上是卖票的地方，爱兰也是靠在旁边，我出去在一教室中由窗户进去，（门皆锁）拿了两把椅子出来，拿进教室，一与英一我坐，靠在旁边，因人多，我们坐在靠手上，旁边还有许多站的人，不时还有人来，音乐会开始，话剧是哑妻，有合唱（女中分院），舞蹈（同上），口琴，提琴，国乐，独唱，国术，夏威夷音乐，钢琴独奏，交响乐等表演，末了是校友歌，因为屋子人多，空气不好，闷热得很，听完夏威夷音乐即与英出来，朱君亦出来，大约是和安在一起，我和英都走出来了，英说这时候在学校走走，一定有趣，我说那么回去，她立刻显出小孩子般的神气，十分可爱的说："真的！"遂又同她折回，穿往图书馆的小径，又绕到后边去，神父花园门已锁，绕化学系实验室折回，又穿平常不大走的柏林曲径，我还以为在此黑夜之时，也就有我二人在此巡游，不料暗中还有二人在地下坐着小声谈天，看不清是男是女，又走到西边花园去绕，专择那平常白天都大不走的地方走，几次都想在黑暗中抱着吻英，但总觉得在黑暗中，对英似乎是一种不利的，近于威胁的举动，虽然我是满腔热情，走出来，仰见大礼堂中灯光辉煌，人影憧憧，窗口许多人影很是有趣，便与英择了一块大山石上坐下，我坐在高一点，英便半倚半靠的挨在我身上，低低说着话，静静地听由礼堂上传来的音乐声，掌声，我们也在此听，可是空气清洁得多了，抚在她秀发上，她是那么温柔的依在我的身旁，石头上坎坷不平，坐着是不舒服，又换了一块平整的坐着，我跑到教员休息室，现在是校友休息室，正在预备茶点供给表

演完的人用，我拿了两杯汽水，四块点心，与英分用，黑夜静默中两棵纯洁的热情的心灵在交融了，又是几次想吻英，但是终于怕惹恼了英，或是打扰了她正在聆听音乐的心情，几次附身下去看看她是否合了眼，却被她一句"干吗！"吓回来，也许她也正在想，为什么不吻我呢？我在等着你！是我胆怯，胆小，我真的吻了她，她会拒绝我吗？生气吗？我又失掉了一个好机会，我实应该为我们这个可纪念的日子，更增加一些意义才对，是的！我有点后悔了，也许在陪她走回女校的路上，她或者心中在笑我的胆怯，泄气，为什么不敢表现出来，她肯与我在黑暗中同步，不就是给我一个机会吗？难道这一切都是我尖锐化感情的幻想，于是怀着一半喜一半悲，还有一半后悔与刘家兄弟一同回家！

好似我与英的相识，已经传遍了在学校与我相识的人，今天本系女同学也看着我直笑和爱兰在一块啾啾咕咕在说什么，还有在一起上过民俗的史学系女同学叫薛蕴玉的，在中午我们去吃午饭时，在女校东门看见她了，她叫淑英，说："好好的招待呀！"还和她旁边的一男一女说话，又直看我笑，有什么好笑？在校中路上，在操场中都看见她，在吃晚饭，女校教室聚餐时，薛又在东边桌上远远的伸长脖子看，英和我坐在一桌上了，又奇怪吧！这个瞧劲的，真讨厌，英很大方，我真高兴，本来吗！和谁好，又有什么稀奇？又有什么怕人？同学们知道就知道吧！？又有什么怕人看，你愈大方，愈搅不起乱来，你愈害羞怕，他们便也起哄起的利害，实是不错，英今天便坦然和我在一起，别人也只是光着眼睛看着，闹不起来了，晚上那半小时的静坐，胜过我跑一天的快乐！为了陪娘走，时间不够，本来打算多照些张像也未实现，真正心底的快乐，是英给我的！

5月18日　星期一（四月初四）　晴和，小风

九时半起来，愣愣，呆呆，整理一点家务便过了一个小上午，午后年报，天气又是很好，昨天就是个极好的天气，昨天以前总是风，或是阴天，偏偏昨天那么好，是学校的幸运也是我们的福气！今天又是那么好，

本还想去找英在学校照相去，后来一想，连日已经吵了她，昨日大家都走了不少路，她也累了，不是让她休息休息吧！自己也有点乏了，午后二时多午睡，到四时起来，四时半出去冲昨天照完的那卷胶卷，随便在西单走走看看，遇见常森铭，他已不在唐山教书了，回来时腹饥，跑到亚北吃了一元多，到家又少吃了点晚饭，灯下算算家用账目这两日可用了不少，晚上补写昨日的日记，一下子竟写到一时多才睡，下午写了一信与笠似四兄，附去中央亚细亚协会来的征稿信，寄去津，毕业在即，而前途犹杳无音信，令人急煞，下午看辅仁生活，内有学校展览各部介绍，我有许多地方也没有看到，明年再说了，昨日日记中有许多地方都很简略，一切详细参阅辅仁生活，英不避一切很亲密的和我在一处，一同去游艺会，并且肯黑夜与我同步游校园中，这一切并不是普通朋友友祖的表现，分明是表现出了我二人之间的爱情，一双情侣才会在黑夜相偎依在山石上静聆音乐半晌吧！想起这不是明明英在暗示她已与我有了爱情吗?！我真高兴极了，我要与她永远在一起的妄想能否实现呢！看她这几月来对我的亲切，她看我时常照相，便以为我喜欢照相，于是送了我一大本照相本子！她会体贴我呢！送我放大的毕业相片！我应该送她什么呢!？到现在还未想定，其实她在物质方面并不缺少需要什么了，我只尽力的用精神来安慰她吧！我生活中现在似乎是缺少不了她！需要她，没有她活不下去！活着便觉无味！实在的情形，她已在我心中占了一个极重要的地位！我后大半生需要她助我，与我合作！

5 月 19 日　星期二（四月初五）　　上午晴，风，下午阴

九时半才起来，抬头先片见那可爱的英的笑脸，戴着学士帽子向我笑，真可爱，恨不得抱过来吻她，可是她不是真人！这张放大相片是晚夜挂起来的！持在床头上，陪着我，那一天她本人永远这么伴着我就好了！胡思乱想一阵子，又补写了一段日记，十时四十分去校，有小风费力，晚了十分钟，下课与赵君德培同去午饭，饭后到什刹海走走，谈谈天，朱君泽吉还要认识马玉若，后来吹了，一时许去访李君景慈，并还他书，他已

有了一个小女孩，一个多月以前，真快，结婚相片还新着呢，都有了结晶品，略谈即辞出，上课前在门口等着英，把代她带来的一本小说交给她即去上课，顾先生两小时曲选，顾先生极力说牡丹亭中的游园惊梦折好，描述女子怀春的心情大方文雅之致，今天天气热极，这才有点像夏天的意思，空气干燥得很，下午上课直想睡，精神一点没有，第二时还好一些，下课因无什么事，没有去找英，无聊的回家来，与徐同行，在西四分手，在西单书摊上买了一本牡丹亭上海大中书局铅印本看着玩的，又在欧亚取了昨日冲晒的相片，有七张照坏了，只有五六张是真好，其余晒出的几张也不太好，与英合影的三张倒是全好了，这是我平生第一次与女孩子单独在一起照相，以前虽也曾认识过女孩子，但真正爱好，而印在一张纸上，是从英身上始，这一点问心还对得住英的一点！但愿能和相片一般，我们这一生永远在一起，永不分开，拿回来给娘看，娘说好，我给娘，英父，李娘，英，小妹，五弟等在天香庭院中的合影，照的很好！不知什么缘故，今天还觉得乏，晚上吃的不算少，看看报，听了一刻无线电，写日记，连日闲散得特懒，除办理点家事以外，做事懒做，不是没事做，有许多书要看，可是就是懒得做，对英的积愫，今天要大胆全写在纸上，向她倾诉一下，以前对她亦有稍为露骨的言辞，以后见面她不是也未怪我吗？！看这次明白的表示我对她的意思，看她如何对我！

　　晚上写了一封信与英，表明了我心中的积愫，对她的希望心意！看她怎样答我，我希望能够在学业告一段落时，我的终身问题也有个解决才好！然后我才可以安心去与我的职业或事业去专心奋斗！我的前途幸福在英身上也有一半的权力！我这次大胆的写下这封问她愿否与我永远在一处，永不分开？希望这个不是我底妄想，不知她怎样答我！我尽情地把我自己要说的话都说了，极坦白，诚恳地向她倾诉了，想她也应有一份诚恳的答复我底热望而却步的问题！

5 月 20 日　星期三（四月初六）　　晴和，小风

　　昨夜给英写信，睡得晚了，今天醒来已是八点半了，第二堂旁听课是

赶不上了，索性躺到九时起来，去校上课，十时到十二时两小时课，主任讲骈文，第三时下来，看见秀兰一个人走来，奇怪，问她，才知淑英的大弟弟今天结婚，她去了，不来上课，跑到女院，她已走了，她同屋王瑜若告诉我她已走了，我便回来上课，下课李君国良以发起人的资格招集同学讨论请先生吃饭的事，议论半晌，结果决定在回教馆子，每人出十二元，但按十元花，推定六人办理此事，且有我在内，我会办什么?! 说了半天，已是十二时三刻了，要李君无用话太多，惹得朱君泽吉不高兴，直嚷不参加，也是年轻人感情用事，一时气愤过后一也就算了，跑回家已是一时多，这两天真热得紧，干得很，也不大饿，吃得不多，二时一刻去浙兴把那唯一一笔存款五百元提出三百，预备购粮食，回来稍憩，四时出去沐浴，洗了头身上舒服得很，取回相片，在亚北打一电话与英，约好明天下午伴我去东城买东西，昨夜写好的那封坦白信，今天没得机会交她! 明天给她，回家路上问了几家米铺这两日有米了，就是神贵，百三四十一石，面较便宜亦二十三四元一袋（44 斤）到家闻力十一兄相招不知何事，去了谈了半晌关于作商业之事，他将在北平开一米店之类，惜我无资加入，谈半晌，又拟与我合作上海物品小件包裹来往邮递，生利，亦不见得容易，七时辞归，铸兄来，与娘等谈，算来还是吃面便宜，八时他辞去，力十一兄近日将与力六嫂同去上海一趟，六嫂去沪治病，晚饭今日八时一刻方吃，以前家用各处欠款即数十元，区区小数，又要购此，又要买那上，真不够用，念之惘然，这两天晚上眼又不适，今日早点睡。

5 月 21 日　星期四（四月初七）　晴热

真是夏天味了，今天天气甚热，上午起晚了，第二时最末一小时左传没有上，赶去上第三四时的古书体例，今天穿香港布的衣服去的，同学穿淡衣服的人很少，下第三时李君国良招集请先生的负责人，叫我问女同学参加我们这份不? 我即告知刘爱兰，令她转询女同学，罢四堂，到小桥去问，英未在，遂又回西边用饭，饭后到赵德培屋小坐，一时半去女校找英，昨日下午约好去东城买东西，不一刻出来，她还介绍我认识一位赵小姐（元珠）是她好同学，她们因为聊天，此时尚未用午饭，遂先陪她们去东边小饭馆吃午饭，她二人只各进一汤面，我请客，饭后即同去东城，赵小姐回家，英告我赵将南下故来辞行，明日下午英要请她吃饭，顺便还约了我，英陪我在市场各处走，我二人先到中国卫生牙刷工厂各买了些牙刷，又到中原国货售品所及三友实业社去买东西，我买一些，她买一些，大小包不少，拿着甚是讨厌，忘了把大提包拿来就好了，出市场遇见伯贤走来，略打招呼而过，取车出来后，英又要请我去鑫丽晚饭，本来是我提议的英偏要请，只好由她，小吃果然与他处不同，很丰富，俄式菜汤甚多，一小吃，一菜汤已够饱的了，我又不太饿，却真吃了不少，热渴，先饮了两杯冷开水，又先吃宛豆黄，末上一菜已吃不消，勉进，还有一杯咖啡及牛奶，还有一杯冰激凌，真不少，这时候还西餐比中餐便宜得多，一人才三元多，吃这么多，真饱，英今天吃得很多，饭后谈天，她二姐将回平与一姓黄的结婚，如不回平，她或有去找她姐之意，又谈管教弟妹之法，又为我建议应领导帮助，不应妨碍其个性发展等等，谈得高兴，愈觉英之可爱，忘甚所以猛一看表已是八时半了，因女校九时关门，得赶回去，急忙出来，坐车回校，到校已关大门，过去叫门，幸锁轮尚未交上，又开了，也许因无事，未到九时即先关上，我和英去东城，每次多是赶时候，临别，把前夜写好坦白示意向其求婚之信，拿出交与她，即回家。今天玩得也还好，买东西跑路不少，甚热，只愿能有一席地与之对坐最好，今天才由怡生取回相片，一个多月以前照的了，带学生帽子的不好，英却说不错，便装的我很满意，回家来与娘等谈买东西及今天与英玩的经过，据英与我亲密的交往，不是无意，我想在我学业告一段落时，行定下我的婚事，好专心致力于职业或事业去！

5月22日　星期五（四月初八）　晴热

今日比昨日还热，走到院中阳光下，已经是觉得热气扑人了，早上结算账目，十时半去刘曾颐家借电话打给双合盛找铸兄托他购面三袋，本来自己即可买到，因他很热心，于是不得不托他办一下，十一时去力家，先

送过廿五元房租，与十一兄谈天，拟托其去上海时代购皮鞋及衣服料子，他亦允，他并拿出他的衣服及鞋来与我看，试，他有一套在香港作的衣服样子很好，他有四五套，都比我强，他在西单商场万里鞋店买了两双皮鞋，一又西洋黑皮鞋，才七十元真便宜，另外一双才四十元亦不贵，又谈我何日订婚，即以昨夜之意，告他如可能拟在毕业典礼以后先与英订婚，又与之谈与英相识经过，他亦告我他与姚小姐相识经过，英大姐在昆明时颇出风头，好似行信曾追过，被刷未成功，被留在彼处吃午饭，饭后又稍谈，他又介绍一本性生活书给我看，一时半辞回稍息，二时半去东城，在东安市场内找到四弟，遂与之去各处着，又到昨日去的三店买了些东西，不觉已是四时半了，急往学校跑，因昨日订好四时去校，在后门大街看见赵小姐坐在洋车上慢慢走，心才放下，还有比我慢慢不着急，一同到女校，她进去找英，我在会客室等，爱兰先出来告我本系女同学愿与我们同请先生，惟时间不合适，回教馆子亦不愿去，恐怕不成，不一刻英与赵出来，把上礼拜五照的相片由大东取回与她看，在北海与她照的那张背黑影，甚美，在女校大门口石狮为她二人照了一张相，漫无目的往前走，终于走到北海去了，英告诉我她始终未曾看我的信，她说她不看吧，真是我多余在封信上多写那几个字，否则她会看了，进北海后门，往五龙亭去，今日夏历四月初八，佛诞节日，在北海举行庆祝，游人较多，善男信女皆往礼拜，我与英及赵去鹿宥中看看，在五龙亭西边倒数第二亭边上临水茶桌上坐下谈天，喝茶，吃花生等，小西天一带正鸠工修理中，禁止游人过去，赵小姐很大方，今天居然叫我"老董"，她在小时念了不少旧书喜诗词，能背前人的不少，还以意为之，自己创出唱诗唱词的法子，还为我二人唱了几首诗词，未必即与以前唐宋时唱诗唱词的声词方法相同，又随便谈，黄昏下的北海更美好，小燕满空飞舞，鸣声啾啾，显得不太单调，七时半叫了些面及肉末烧饼，一同吃晚饭，饭后八时半同回，我请她们，赵带来一瓶的莼菜也没吃，出北海赵自他去，我伴英步什刹海咱而回。我问英为什么不看我信，她说她免得为自己添麻烦起见，那么她真聪明已经猜出信中我所说的是什么，她又说也许她以前做的错了，我不明白她指以前的什么，那么现在却是对了，她又说她不知我信内所写的是什么？我说：

"那你怎么会知道我会给你添麻烦？"她不言语了，她做错了，那句话我听了很难过，本来我们是挽着手同行的，我当时立刻神情有变，多日热望与希望，及情绪全都大受影响，立刻心中乱得很，步履亦有点踉跄，我有点后悔我没有绝对把握为什么向别人说，同学朋友知道的看我们那么亲密，都断定将来我们会结合的，而结果若不成功，岂非笑话。心中懊丧之至，心中嗫嚅嘟嘟嚷嚷也不知说些什么，也许我完全根本是妄想，是我以前错了，脑子乱极，不知都在想什么，只觉得心中十三分不痛快，不舒服，堵得慌，只是信步走去。英看我这种样子，也有点感动吧，换着我臂的手加紧了，身体也倚紧了我，我只是低着头走，一句话也不说，极力镇静，走到小桥西边小狭道，南边是高墙，北边是深沟流水，只是目前那股狭长坎坷不平的路还很黑暗，这时我与英二人挽臂步行于其上，这分明显示着这是人生的途上，那么危险，两边都不能走，只能从正中往前走，又是那么狭小，坎坷，一人走不稳，还需要英助我，互相扶助前进的象征，她若不管我，叫我一个前进吗？！她又把昨日买来今日突不走的表交我，明天代她跑一趟去东城交涉，她又进去拿出保单来与我。她脸上极力表示出平静无事的样子，其实她心中一定也是大起波动，又叫我明天去校给她送表去，但脸上分明显出不平静来，我也与她相当的刺激与影响，人总是感情的动物，何况她本很热情的，一路烦极，遇曾颐借他车光同回，灯下筹思，再写一封最露骨表示的信，我对她的情意与希望，并请她最好能在毕业典礼以后与我先订婚，又明示我母是姨太，我家穷困等情形，如有不满之点尽可明言，以明心迹，想不到她竟没有勇气打开那一封信看，写完看了一遍，觉得就应如此勇敢看她到底对我有意否？又补写两日日记，又是午夜二时了。

5月23日　星期六（四月初九）　晴，热，小风

昨夜迷迷糊糊地睡，又做了一个恶劣的梦，昏昏的，好似就没睡好，不一刻已是天亮了，弟弟们去学校，吵得我也没睡，九时了起来，院中已是很热了，急忙换了衣服，今天今年头一次穿白裤子出去，先到东城去，

到东安市场内看看，仍到中原及大众袜厂买了一些背心及袜子等，又到惠龙代英去修理表，没有坏，只是油丝挂差了。前在瑞士的一位姓周的现在在惠龙呢，想去百货售品所定做大褂，不料今日上午休息，十时半去校，由老箫把表及昨夜的信拿进去，在外边等着她，不一刻她出来了，今日一袭蓝布衫，很好，比较其他衣服消瘦，为了昨日夜间步行归来的情况，两人心中都有点介绍，虽然也说说笑笑，似乎没有平常那么多话，每人怀着一肚子话似的就是极力显出和平常一样，也看得出是很勉强的，后来觉得没什么说的，英把信都撕开了，又说先不看吧！十一时一刻我说我先回家吧！好说好吧！在女校会客室门口给她照一张相片，我要走了，她忽又说："我和你去什刹海走走好吗？"我当然愿意，也可想到此中必有文章，出来把车存在车铺，拿了像匣子和她往北走，过中学径往什刹海走去，这边倒未走过，我来校时，和在女校时便碰见了一些本系的女同学，丁玉芳还会骑车，不意走到后海来却迎面又碰见一群，见了我俩总有一种神气，我才不理，在后海离冰窖不远的地方英找一个土坡坐下，这就开始谈判了，面前一湾水，隔一个堤里面又是一大片水田，杨柳依依，随风乱舞，芦苇被风吹得籁籁直响，烟波水影，静静的，行人很少，确是个谈话的好所在。英问我她对我好吗？有不好的地方？我说她对我很好，我却不觉得有什么不好的地方，她又说我是个："小鬼头"！本来她处处对我很好！于是我便开始对她说我对她的心意！我问她是否看了我廿日所写的信，她说昨天晚上看了，她说她看了有点不愿意，我慢慢地说我的意思，把昨夜信中的言语择一些先说，我又说难道这封信会妨害我和她的友谊吗？我说的比较多，她也不小了，知识亦有，当然不会害羞，脸红，只是脸上与我都很严肃，因为这也是我二人一生中很严重的问题，并不是儿戏。但我说时候，多半是她低着头在听，她起初好似还不太以我前信所言为是，今天又当面听我说了许多，后来或是渐为我所动，起初是她坐着，我站在旁边的，后来她叫我倚着她坐下，此时已是中午十二时半了，她这时或许已被我说动了，她开始问我了，问我毕业以后将来要做什么事？我也大略说一些，她也不赞成我在政界做事，她又问我为什么不能南下，也向她说了我责任与家庭环境的关系，我说她有雄心壮志，我也不愿绝对拦阻她的希望，她又说假如有了什么名义在二人之间，似乎是有了重负似的，二人好就不能成为朋友，我说："自然可以成为朋友，但绝不是永远的，难道你一辈子与人做朋友？"她不言了，我又说："自然世界上比我强的人多极了，我也不敢说我准能使你一生幸福，每个人都有个理想，或者你的前途不和我在一起，更加光明……"她听到此，说："董毅，你别往下说了！"她又说："关于订婚、结婚等，我看得远的很！"我说："你不要忘了，华年似水，青春不再。"又说："人生是机会的，（可遇而不可求，可一而不可再）错过了，便会后悔的，我如错过了这个机会我将遗憾终生。"她说："我并不是那么值得的人。"我说："个人都把自己看得很卑谦的，但在别人眼目中，并不如此。"我又问她："你从前说愿作个淡而隽永的友谊，但人总是感情动物，你不承认我们交往的情形不是普通友谊所能表现得出来的？"她说："是的，所说错了，就是我做的并不淡！是不是昨夜我说麻烦我，对你说得太重了？"我说："不，当时是有点难过的！"此时一点了，我说去吃饭吧！于是走下坡来一同往东往南，穿过冰窖及我没有走过的路，她说："我也不知我现在想的是什么！总之是很没有秩序！"我说，"我知道你此时心中是很乱的，回去慢慢想吧！所以我比你还急，二姐回来，你不是可以和她好好谈谈吗？"她起初说我说要她珍重她的青春，可知华年似水青春不再，她初认为我有威吓她的意思，我又解释不是那个意思，她也不说了，我说大家坦白地说，不要有一点误会，便不会有悲剧发生，我很高兴今天能够很痛快的与她尽量表白我的心意，在步回饭铺的当儿，她忽然眼睛一亮，叫我一声说："假如我另外给你介绍一个朋友好吗？"我听了心中一震，痛苦的迸出"不好"两个字，她本来在别人面前比较拘泥的，不愿对我表示出略为亲近一点的形式，只在夜间同行时她才挽着我臂一同走过，昨天是她自动的，觉得她错了才那么做，今天她说完了，似乎也有点不好意思，觉得不大合适，后来又说："就算我没说！"并且神色声音都可觉出是很歉疚抱愧似的，今在意在大白日路中自动的紧紧挽着我左臂一同步行，惹得别的行人多向我俩行注目礼，她今天也满不在乎了，尽人看吧，我们走我们的路，我又说昨夜小桥西边那一段路很可象征是一条人生的道路，我又说："只有我二人互相扶助着往前迈进，在人

生途中奋斗。"我又说："英，你看，你不愿与我踏着同一的步伐前进吗？像现在这样？"她一边与我踏着一般的脚步走，一边听我说，摇一下我的臂表示明白的意思，不一刻她又忽然天真地问我："假如我照你说的那么做，我真能帮助你吗？"我说："假如你愿意自然能够！"她又问，"可是我什么都不会做！"我说："一人生到老，学到老，有能力的人，也不是一降生他便具有特殊的才能，也是慢慢训练学来的，只要你肯学，又有什么不会？！"她又默然了，只是紧紧挽着我臂走，我觉得出，因为天气热的缘故，在我俩两臂接触的地方，已经出汗了，她说："暂时咱们先不谈这个吧！"我说："好吧！"走到一个胡同，前面有一堵墙，我说前面没有路了，她说："怎么没有？有路！"我明知有路，因为那面还有人走来，只是直角弯看不见，我故意这么说，她也立刻答我，我听了心中很高兴，我说："我现在走的完全是新生的路！"是以前没有走过的，小桥饭铺幸未封火，她叫饺子吃，虽然我俩是到一时半才来吃，却不大饿，等到做好，已是二时了，大家话差不多已经说得完了！她又保持沉默，眼光定定的，分明怀着一肚皮心事在想，我只吃了卅二个小饺子便饱了，英亦只吃了十余个，吃完回学校，我取了车，把她放在我车袋内的表及我与她的信交给她才分手，她临别对我笑笑，笑得那么温柔，也好似不愿离开我，在饭铺中还问我："为什么昨夜没有睡觉！？"（我先头告诉她昨夜睡得晚，关灯后不久天便亮了！）还问我娘有问我为什么那么晚睡没有！她分明很关心我呀！我推车快要走了，她又问我什么时候再来找她？我说毕业考完了吧！这种问话倒是今天第一次听她向我说呢，她先头在路上还问我："我现在想一个有趣的问题，就是现在你想我是怎么回事？"我说："我只想你会给我一个圆满的答复。"据今天这两小时多的谈判看来，在对她与她父的希望并不是无望的，她至少对我有意的，我真高兴，我今天有勇气向她尽量坦白的剖露一切！她也并未恼了我，并且也很坦白的与我讨论谈话，我真欢喜之至，幸福快降临了。

天气热极，真是夏天味十足了，一件白衫衣，仍是热得很，顺着大路跑，走到西单了，又想去东城订大褂去，免得又要出来一趟，于是又折往东，直驱王府井大街，火热太阳下，一天跑两趟东城，到百货售品所订了一件派力司的大褂，连工带料十一元五角，出来又到朱君泽吉家去，不在，即回家，到家真是渴热之至，连忙把衣服全脱了，擦一擦，孙湛在这玩，我洗过脸，和四弟都换了游泳裤衩在墙上照了几张相片，孙湛旋即归去，给四弟，及娘，小妹，李娘等，照了几张，把一卷照完，天真热，一下午只着了一件裤衩在家，真舒服，这也就是在家，在学校也没有这么大地方，一下午想起与英谈话的经过，又是喜欢，心中十分兴奋，娘，李娘，小妹同去土地庙买物，我在家三天没看报了，今天跑乏了，卧在床上小睡一刻，晚饭因天热吃得也不多，灯下记过今日买物账目，记下今日可纪念的一天的日记，不知昨夜英看完我那封信可能安睡?! 今天与我谈了这一次话，又看了昨夜写的信，她到底作何决定!? 希望不会影响她考毕业考试才好! 今天得有机会向英表白一切，好似卸了心中的重负，了却一件大大的心事一般，但却又觉得一半儿喜悦，一半儿悲惧，看英今日对我情景，不屑是没有希望，假如她不能答应我时，我又应当怎样!?

5月24日　星期日（四月初十）　晴和，下午风，晚阴雨

虽是不赶作论文了，但每日亦未早睡，今晨迷迷糊糊的在快九时左右，二宝忽然来了，真是出人意料，她约有大半年多没有来了，遂起来，娘等与之聊天，又与她相片看，留她在此吃午饭，吃饺子，闻她谈天，才知道大哥因家中收入不敷支出，每日请客打牌，类如赌局，抽头甚大，而饭菜甚不好，三表兄曾被拉去打一次，幸未输，六表兄上两次当，送了一百元，不料竟做此异想天开之事，下午又谈顷之，约二时二宝辞去，四弟亦去西单拟购鞋，我未出去，卧床上看报，又倦一睡竟到五时半方起，今日虽晴天，但多云，大不如昨日热，下午四五时起风，六时出去找朱君，问他后汉书考什么，不料未在家，其姐告我去端木留家，去找亦不在，车带忽又破了，被好回家已是七时，晚饭后听一刻无线电，王杰魁讲后套小五义正说到大破朝天岭的大扣子上，很热闹，灯下看这四日未看的报，治安强化运动极活动，今天这一小觉误了不少事，有许多事未办，明天早起去办吧! 今天不知英有好好念书了未? 想想现在仅以大学毕生的资格向其

求婚，亦不甚把握，因她今年亦毕业恐怕至少到自己稍有成就时再启口才好，可是又怕她走了，所以现在迫得我此时不得不开口了。

大宝二宝二人向来一见我便赞美令泓如何好，便说我应与令泓好，令泓又对我如何好，极力主张我与令泓好。其实虽然与泓有三四年的友谊，但我把爱人和朋友分得很清楚，我也觉得令泓人不错，但婚姻是大事，尽可能去获得更接近自己理想的，与更适合的对象，且我不知何故，总未觉得自己有喜欢她（令泓）的意思，所以始终总以朋友相待。令泓固有她的好处，如性情比较稳定，朴质不华等等，但也有她的缺点，如小气，看书少，对人生缺乏认识，一切多凭感情为主，徒自浸沉于悲观中，无一定之见解，缺少意志力，思想可算比较幼稚。同时她父的官职，与大宝二宝二人一见便极力纵踊推许的话头，不但不增加我对泓的好感，反而生了她们所期望的相反的力量，去年到今年正月，见面的几次，其个人与其家人等皆在话中认为我们将来有结合之意，我便开始心中戒惧，本来一年未必见着几次，我已极力在维持淡淡的友谊，而泓却对我颇有意似的，是我想不到的，她难道不理会我对她无意吗？否则喜欢她，能够一年才只见几次吗？我在约二年前已经有过一封信向她坦白表示过我与她的友谊，不过如此而已，希望她多认识些朋友，在一年前又曾写过一示意于她，现在我简直不敢去她家，她对我很好，我却始终是"落花有意流水无情"的态度，在人情上是未免对她很抱歉的，但也是无法的事，祝福她将来永远幸福吧！今天下午四弟回来，带回大宝与我的一信，里边责我不应如此辜负泓的情意，我对她始终没有爱情发生，又从何辜负起!？她们只是凭着自己的意思来揣测，并未代别人想，以为泓对我好，我就应与泓好，别的一切不管，但她为了泓来责我，也是她的为友的好意，我决不怪她，更佩服她为友的热情，有机会再她们详为解释吧！否则会误解我这个二叔了，但是我会对不起人，得罪人，被人骂恨是免不了的，但也是没法子的事，我只有预备去接受一切的讽刺责骂与诅咒和愤恨，当初间接听到说泓对我印象不错时，心中便起了戒心，想别弄到将来又是一个悲剧！总觉得不适宜于与泓结合，她的家庭我也不满意！

5 月 25 日　星期一（四月十一）　晴多云，闷

上午八时半起来，看过报出去，为仆媪报户口，又到邮局购明信片数纸，与赵祖武，王树芝，黄书琴各一信，略问近况，因忙写论文，多日未与同学等通音问，午后看报后汉书独行传，下午考，二时半去校，今日虽不太热，但甚闷热，先到第一宿舍找赵君，托其代书数个履历片，又到图书馆坐一刻，即到四时考后汉书，地大人少，男女分座，但甚热，题亦不难可看参考书，与平常无异惟在大礼堂而已，五时半出来，即归来，取回昨冲洗之胶卷，因此机未曾用过不惯，故成绩甚坏，好者不及半数，归来颇乏，晚饭后看左传笔记，明天考，这门有点麻烦，今日看报载浙东战事甚激烈，日军近迫金华，大马适在彼处不知如何，念念，英要买之廿四史，乃同系三年级李君年生者索价四百五十元，不知成功否，晚作一信与强表兄告近况。

5 月 26 日　星期二（四月十二）　晚晴，风

上午九时一刻去校，十时考左传研究，两个题目，还不算难，一小时半后出来，第二题所答者不同，问孙先生，还是按注疏答得对，午饭后在赵德培屋座谈，二时后把昨夜写的信，告英廿四史事，送到女校，回来又上两小时曲选，下午忽然困得很，甚乏，迷迷糊糊听了两小时，四时到大礼堂去考曲选，两个题，随便做一个，我作汤显祖在戏曲史上的重要性，完全依靠笔记，这两门也是全都许带参考书笔记，所以很方便，这就是大毕业考试!? 今天过了左传，别的就好办得多了，只余明日后日各一门了，再做两篇文，现在不常作文，脑子很滞塞，总作不好，又得费一番力，今天仍未见着英，回家时买了点东西，铸兄在家，小坐即去晚饭后看看报，看看书，有许多书没有看呢! 晚上算算账没有买多少东西，可是三百元只余数十元了，明天同志要买配给米，还得去取款，区区数百元却哪够用，两下半便可完了，而毕业在即，将来职业问题均无消息，思之令人焦灼异

常，现在别的都不愁，只深感经济的压迫，本月家用与我个人都增多许多，在毕业以前还得用四五十元，本礼拜六请先生吃饭即需十二元，毕业纪念戒指儿一个六元五，下月十一日做好，年刊十三元，今日在娘屋内做一挂衣架子，又把许多坏的木器家具拿出令木匠小工修理，这个家不知何时方弄好。

5月27日　星期三（四月十三）　晴和

上午考骈体文，考作书李义山祭伏波庙文后，临时看了两遍，写了一页多，早上去时，第一宿舍号房有一双皮鞋廿余元还不贵，决定明天来买，第四宿舍也有点东西，就是贵点，请先生吃饭决定在西来顺，礼拜六的下午，女同学不来参加就算了，没有她们更无什拘束，中午去前毛家湾三表兄没回家，在那吃饭，正吃时，陆方亦来了，一同吃饭，留一条与三表兄，托其谋事，饭后二宝上学，一同走，在皇城根分手，取了洗的白上衣回来，本来想买活页纪念册，西城竟没有，回家来想起，八年前父为我求父执们的诗起见在清秘阁买的诗笺，还有余，于是找出来，不有十四张，于是决定用它，又寻些小红红条，写上各先生敬求题词以作毕业纪念字样，预备明天送去，本拟还要去浙兴取款，因乏及时间晚，遂不去，卧床上乏，小睡，五时半起，四弟回来，跑到西单商场去看一圈鞋，还是万里鞋店的鞋的确样子做得不错，并不逊于东城各大鞋店，晚饭后还力十一兄书并稍谈，言及我尚未与英接过吻，他说：“那你们尚未达到最高潮点。”我想这一点似是一点缺憾，差点意思，女孩子多半含羞的，而且多半是害羞，而只作被动的，但热情分明全藏在里面，只待你的发掘，我再大胆得机会试一试，我的幸运和英与我爱情的深浅，九时半归来，看书后憩。

今日为父亲的诞辰，下午上供致祭。

力十一兄说人生不过数十寒暑，而青春恋爱更是短促，所以应该好好利用这个宝贵的时光，尽量的享受一下，又谈到由沪带东西回来，有大利，但这一切都需要钱，经济压迫下，还说什么呢!？

5 月 28 日　星期四（四月十四）　晴和，下午阴闷风燥

上午先到前门买了一张奖券，妄想发财，又到渐兴取了百元预备买配给米，区区之数又将尽了，不禁悚然，到校将昨日寻出的旧诗笺，请余主任写几个字，并未拒绝，考古书体例，题为问汉魏诸子何以不能成家，先看书，终也应付答下来，考了五门课，无一门不是准许阅笔记及参考的，恐怕也是我们这系的特色吧！中午下来，考完了，全考完了，没有事了！心中大松，又到编辑室，求院长写两个字，也欣然应允，午饭后在赵君屋坐一刻，他未在，与常君振华稍谈即出，一时去访柴先生，第一次去，他在吃午饭，在书房稍候，旋出，稍谈，请其书字作纪念，立刻提笔即择顾亭林诗一首，殊草草，应付而已，心中殊不快，污我一张纸，不肯好好写，破笔殊墨往上划，一时半辞出，到校，在教员休息室，又与孙楷第一张，他谦谓不会书，又到女校去，适郭老先生及顾先生在，遂各分呈，并代英向顾先生求一纸，再找英，想与其略谈，不料她午睡，正欲走时，刘爱兰自外人，遂招呼，同至会客室谈，疑英病，并谈请先生事，女同学代表尚未与李国良等接洽，恐不可能，三时一刻爱兰进去，旋英出，没病，略谈，廿四史她已与叶先生说定四百四十元正，考后两交，她明日还有两门课，担心的西洋史最后考，抱着书去念，谈顷之，她又进去把她好友赵元珠的纪念册拿出说叫我写，明天下午还得送去，礼拜日下午三时，卢院长请女校毕业生茶话，比我们美，考完了竟等口试了，下午又出一布告令在一周内交一二百字以内之论文提要两份，不知何用，往年并未要此提要，四时半去东城，下午半阴，起风甚燥，约定三时半与四弟见于市场，因找先生及英晚出来，竟迟一小时，四弟已去，在市场转围，取了放大相片，并又到三友买了一点东西即归，今日不知何故觉神倦身乏，晚饭后李娘出去买配给米已无，灯下翻书辑古句书于赵元珠之纪念册上以代别意，因其远行有感，诌诗十二句，这一点小事，竟弄到午夜方止，又过了一天！

5月29日　星期五（四月十五）　　下午阴，狂风土

　　昨日考完了，只等只试及毕业典礼了，上午出去请朱少滨先生，并到北新为王兄延龄买些初中活页文选，预备给他寄去，问了几家配给米铺，面有，可是米已售完，但是请买的条子又不知是何时方发，中午回来看报，饭后又去菜市口买了些冷布纸张回来糊门窗，因修饰时被土匠全都污毁，三时出去，先到北新取了订好的文选，又去朱君家小坐，趁机对其勿近马玉若，又到东城取定做之派力司大褂，不意找了半晌方找到，出门时有小雨点，午后即转阴，大有雨意，不顾而出，旋起狂风，尘土蔽天，可厌之至，惜我午后刚洗过的头发，四时半去校，把一纸送到校长家请其写几个字，在校门口遇到姚志义，谈女同学要参加与我们一同请先生吃饭事，我即打电话问西来顺能否临时加开，尚未打通，爱兰走过，她去图书馆还书，叫住她谈此事，她说正找我，昨日下午议决她们决定参加，并且还怨我不搭这碴，差点误事，我们本意是既已通知，她们要参加，当然来找我们，不来找，当然就以为是不参加了，怎么倒怨起我来，否则只有怨她们的代表不办事，不肯出头，可是小姐们面前，不愿多说什么，女校电话亦坏了，刘记电话亦总叫不通，又走到女校东门外小墙南一米铺内借自动电话才打通了，可以临时加席，她才放心，分手我回家，风大土多，把手绢盖在头上，走在西四北听英叫我，原来我今日去校是为英送回她挚友赵元珠的纪念册，她因我去晚了，她有事去西城，此时却又在街上看见，她问女同学能否参加，匆匆谈了几句即别，她问我何时到校，告以五点，她说好你过了一点半才来，我不知她尚有事，以为晚一点不要紧，加以在百货售品所取衣服耽误半晌，英也许有点不高兴吧，对于我的迟到，我和她有约会，我确实是多有迟到不守时刻也许她很不满此点吧！这点我也确不该，以后改过才好，晚稍憩看书报，晚小雨，成天胡忙，晚饭时得强表兄一信，即告我，他代我托一俞姓，转恳汪时增，拟在联合准备谋一职，实非所愿，但为生活所迫，恐亦不得不如此耳，唯此际尚无把握，俞之次子仲亮谓与我曾同学，且曾来交道口之我家，仲亮即斯果之易名，不知其

现在何处做事，他尚记得我，但彼却未曾来过我家，有此一层交谊亦好。

5月30日　星期六（四月十六）　上午半晴，下午转晴

　　上午十时半与四弟同去西单买了一双皮鞋回来，深浅黄二色代值四十六元，比东城便宜，但是胶底不是皮底，自然也会便宜一些，皮底一双即值廿元，且此时缺货，又转了半晌书摊，购了几本书买了北京人及原野二剧本，代价三元五，买了条皮带五元五，买后后悔自己大头了，无意中发现了许多好书和几本鲁迅的作品，但皆因索价昂，手中无余裕，皆空空放过，郑晓沧译之好妻子，小男儿亦一好译本，不易得者，唯因手中无款，下次再去不知还存在否，中午回家用饭看报，找出纸来，预备下午去西来顺进用的东西，二时半卧床上休息，三时半，赵君德培来访，因谈顷之，即换衣同去西来顺，已四时半，先到真光摄影室去问能否出外照相，因无版亦不成，到西来顺时已先有六七位同学到了，即时向他们宣布今日有女同学参加，我把预备好的纸拿出，放在桌上，请同学签名，留作纪念，本来平常男女同学间毫无联络，恐怕今天会更拘束，于是我提议，大家都不要像平常似的，显得那么小气，又想吃饭时恐又是泾渭分明的男女分座就没意思，于是日本藉的中国通同学姚子靓想了一个法子，猜座位，上边有号码自己认写，下面另有不同的号码，是到时座位的号数，来了同学签到，五时许女同学亦相继皆来，招呼她们喝茶，瓜子吃得颇凶，我不喜欢吃，男同学亦吃，我一粒未吃，零碎事不少，要纸笔墨又得招呼男女同学签名，忙得很，直出汗，却只饮了一点茶跑来跑去，口腿不闲着，六时左右，先生亦相继来到，倒茶敬烟，忙得不亦乐乎，临时征求女同学同意，因今日同学到的最齐，先生亦多（虽有四五位未到），可以摄一纪念影，此事由我负责办理，欧亚亦无版，中原有，交涉结果廿三元，少算一元，加印一张二元五，打八五扣，又领摄影人看因人多，屋内不敷用，院子虽狭，亦比屋内好，六时廿分，先生同学差不多到齐了，遂指挥饭馆中伙计搬凳子铺板子，先生坐一排（共十位）女同学站在后边，男同学站在凳子上两排，用镁粉照，同学不知，吓了一跳，多数闭眼，大多以为坏了，又

照了一个第二张，照完分别入座，先生先请坐后，于是再呼人座位号数男女同学及先生杂坐，分五桌坐定，由李君国良说了几句感谢师长的话，似乎稍多，因为时已不早，大家恐已饿了，后由余主任训话，勉以不可自满，时时乎不释卷，现在不敢轻许我们以能文，更要放低自己的愿望，吃苦耐劳，皆金玉良言应谨记在心，李君又代表全体同学致谢，又令同学全体起立，行谢师礼三鞠躬，然后开始欢笑入席，临时又请同学葛君松龄唱了一段他最得意的逍遥津，主任今天也十分高兴，笑颜时启，亦常说话难得，第二又由李鑫平唱了一段单弦，反风的归舟，顾先生说了两句山西方言，又学两句山东话，颇眼，在日本同学姚子靓唱了一段探母坐宫后顾先生又学了四句尚和玉铁龙山姜维的出场诗，两次余主任皆十分高兴，笑了，并且："一得忘形，便唱不下去了！"鼓励顾先说完了诗唱下去，老兴不浅，兴致勃勃，李君进修也来一段黑头锁五龙大卖力气，余主任闻姚君会唱戏亦新奇，并亲自令姚君唱，姚君唱时，适电灯出毛病，屋中黑暗点烛，正好遮羞，唱了一半即止，虽不好，已不易，因时不早，遂进菜上饭，四十元一桌菜，有四冷荤，四菜盘，还有许多菜，我因忙碌半晌，各处招呼，热得亦不觉饿，菜多亦未识清皆是何物，大多未食，因吃不下，饭中与我李君来回跑，匆匆，饭后三大盘水果数十人分食一空，葛花龄宁埕又合唱一段武家坡，闻女同学许隶芬会唱，但终未表演，乃一缺陷，今日观洽之至，师生同学，男女同学间空气亦不甚拘束，九时许先生等相继辞归，女同学亦继之回去，惟已过九时女院大门已闭，她等只好如寻宿处忍过一宵，男同学宿舍今日关门晚，无关系，男同学亦纷纷回去，只余我与李君国良，刘君冠邦，姚君世义及女同学代表赵西华，冀淑英与饭馆算账，共二百九十余元，菜饭，茶，烟，酒，车钱等皆在内，菜内本无羊肉，却有一盘内有，扣其余款付以整数二百九十元，又于小饿加一外，另付十元小费，三百元正，但同学男女共四十二人，（女同学有二位未加入）每人十二元，共四百九十余元，尚余百九十余元，再除去每人一张相片及送先生学校等，共尚须为三十余元，（打八五扣以后），每人约可余一元余，真是便宜得很，我们数人散时已是十时许了，真是胜会难逢，今天这么多人在一起聚会再相逢恐大不易了，一刹那风流云散人生亦不过如是，

念之惘然，这是我的毛病，常常在欢乐中想到分别的悲哀，一人回家，清光普照，令人凄然，到家时方十时廿分，余菜甚多，因我家近即遂到我家者，此时已先我而送到了，我真够本了，这便是我累了半日的酬报吧!？一笑，坐座谈谈，十一时半去睡，因乏也未写日记，卧在床上因为想起今天下午过的十分高兴，师生之间址分融洽，亦只有同学方能如此不客气，而真正的欢东，自己应付事情的能力亦不算没有，只是一向避免自己负责，今天牛刀初试在末一次聚会上，自己也还满意并不是毫不会办事的，大家十分快乐，自己也十二分的兴奋，于是翻来覆去的总睡不着，顾先生亦十分有趣，想想他在席上的神态真有点得意忘形，高兴之至不由便想笑，一直听到打三点，也不知什么候才睡着，但在欢乐中我仍未忘我的英，不知今天她作什么呢!？（六月 1 日补记）

5 月 31 日　星期日（四月十七）　　晴热

虽是昨夜没有睡好，但是八时多便起来了，十时多出去，今天要办的事，要看的人也不少，跑许多路，先到中原去看昨日照的样子，还好，付了五十元定钱，又要了几张纸条，拿到余主任家去请写纪念横字，主任把我求写的诗笺给我，我把相片样子给他看，他高兴了，拿进去与他家人看，十一时出来，他还和我谈葛松龄戏唱得不错等，老人兴致未退，到女校去找英及爱兰皆未在，爱兰大约昨夜未归，把与她写的纪念册纸交与老萧交她，英昨日回家了，出来在小饭铺吃了饭，到宿舍去找同学，一个未在，不知都上那玩去了，到大学号房打一电话与英，略谈，便先去陈老伯家小坐又到强表兄家去，谈了一刻谋职事，告我去见注时，衣服要整洁，说话要大声，又约我去财务总署找仲亮见见面谈谈，二时许出来，在亚北又打电话在与英，问其去听末一日的小彩舞否，她因地点关系不去，我遂去七姐家小坐，与增益托其晒相片子，又到五姐家小坐，二妹，河先少奶皆说："小舅舅恭喜你！毕业了！"我却只是苦笑，与五姐略谈即辞出，未去五姐家前代四弟跑到东四牌楼海鸥取相片，未去过，第一次去，孙翰家父子俱未在，五时半去访顾先生，久就想去总是不得时间，今天去看看

他，叫门半晌，电铃不响，门未闭，遂径走入，顾先生出，他小女儿病了，有一位大夫在看，我在其小书房内坐，大夫旋去，顾先生与我谈甚亲近，又临时为我与英大笔一挥写了两幅花笺，六时半辞归，因晚不去郭老先生家，径回家，在西长安街看见行伎与他一女友（？）骑车同行往东，人长大了，都会找女友，女孩子亦全会有男友，因为今天跑了不少路，出了许多汗，虽已饿，还是先洗了脸，搽了背才用晚饭，饭后乏，又因昨日没睡好，遂卧床上休息，十时半醒来，看看报，又静不下心去，半晌方入梦（一日补记）

6月1日　星期一（四月十八）　　下午半晴，和

一上午补写了两天的日记就过去了，老张送过一个条来，是十一哥告我他明天走，及在沪之地址，午后一时即出，先到多日未去的九姐夫医院处看看他，人还好，谈了一刻，出来又到朱头家去小坐，把相片样子拿给他看，略谈即出，再到浙兴去取了本月用款，及四弟饭费，于是直趋刘家，院中天棚只搭了小半边，仅遮了英住的东边三间屋子，可是席薄不大管事，仍能透进阳光来，我进去她不在屋，由同学李君处买来的廿四史上午已经送来，放在北边书架上了，正看时，她由后边进来了，她说她从礼拜六回来就整理东西，先弄衣服，后整理书物，今天早上又排廿四史，刚刚弄清楚，于是助她写了十几个书签分夹在各史中间，以资醒目，而便检查，写完放好，她忽拿了一封写好与我的信交给我，说你看吧！我心中便起了波动知道又是我以前提起的问题，不知何以近日怕听到，提到这问题，一听一谈及心中便不安定，打开一看果然，她先说这问题很大，也不简单，要牵扯到许多问题，她要好好想想，翻天覆地的通盘计划一下，可是她因现在脑力及时间的不允许，所以根本没想，可是下边还写了不少，那我根据这第一段话，是否承认她下边写的就是答复我问题的话呢！第二段说她之走，是有她不得已的地方，这点却是使我大吃一惊，她不会有什么困难？！想不到，又说走与不走，都与我不相干，这一句话却刺伤了我的心，看到真是立时觉得胸前堵得慌，一阵酸楚，默默半晌无言，心中十

分难过，她又说我有先入之见，不知从何说起，她第四段说，我根本不了解她，每人都有一个门，没有那把钥匙的永远开不开这个门，看到这真不禁我要打一个寒噤，可是我真不喜欢这种猜谜式的话，她说每人都有一个计划圈子，她说我硬要把她放在我的圈子里，而并未顾及到她的圈子是否与我的相同，我想把她拉到我的圈子中是真的，但没有强迫权力与意思，她这次又说她不喜欢我俩起始识的方式，我真不明白她到底是什么意思，难道我以往对她表现的有什么不对，她又说："我们起始便都戴了有色的眼镜，看来多少是有些不自然在内，如何会有极坦白无邪的认识与友谊呢？所以我说也许是我已经做错了，是因为我企图将眼镜摘下，还我们原来清白的眼睛，如此我们大家是将有更高、更纯的感情发生，那是毫无疑问的，然则我没有做成功，所以说我错了。"这些话都是我不明的，什么是有色眼镜呢？以往不是极坦白无邪的认识与友谊，那是什么？更高更纯的感情又是什么？我不明白这些都是什么意思？第五段她说在市场买东西时，她又看见我总有一种眼光，使她迷惑不解，并且在吃饭时她说谈到她二姐与黄刊时，我时时自比于黄先生，天呀！这真是哪里说起，她那么细心，随时观察我吗？我却是无心人，想什么便说什么，便怎么表现，觉得毫无做作虚伪的必要，尤其是在英面前，她去随时留心我，我只觉得那天很高兴，并不记得我会流露出什么神色来，更不记得在吃饭时自比于黄君，我是何人，敢高攀？她又说希望我能淡下来，怎样才算是淡下来？我不明白，最后她说婚姻是一件既麻烦而且沉重的事，因为她看见许多扰乱是由此发出的，人生长途已经够沉重与苦的了，何苦要很早就加上了些担负，我们在人生的路旁看见有一两朵花时能知道珍重爱惜，那应当多好，匆匆跑过，真是无趣，所以她劝我还是省省心，自由会儿吧！这几句才是主题，她要多在这一段美丽的人生途上多享受一些时间，其实即使有了什么名义，便不能如现在这么快乐了，还是预备随时摆脱我吗？看她的意思，她之南下有（最可怕的三个形容）"不得已"的地方，还有先决条件及另外一件事，这每一个字都似在我心上烙下了一般，既惊奇并怀疑。我本来期望了七天，想与她过一个快乐的下午，并不预备与她谈这问题，因为一提及二人都不免立刻造成紧张特殊压迫人的空气，实不好受，今天谈

来，她又说那么先不谈吧！又说本来不想给我看这封信，那又何必写？一时我陷入沉思中，她想打破这沉寂，拿了线，叫我帮她绕，我感到心中很不好受，空气也十分沉重，真想走，可是又不愿走，谈时英突问我："你看我在家舒服吗？"我很奇怪地问她："难道你在家中不舒服吗？"她低着头说："也许。"后来她竟似触感而要流泪了，这却大大的出我意料之外，她在她这个优裕的家庭中，还会有什么困难和不适意吗？尤其是在她父亲还健在的时候，真令我一时惊慌失措，不知这句话竟问错了她，正在不得开交时，她一个小侄子跑进来拿铅，她趁机走进里屋去洗脸，不过借此去擦泪痕罢了，她要流泪前那句："别问我了"！还在我耳边回绕，不料她也有隐衷，她又有什么伤心事，想不透，半晌她在里边说："董毅你走吧！我现在有点不好受！"我说你出来吧！我说错了什么话？此时叫我走，我怎么能走？我也不愿叫她家中别的人知道我二人之间发生什么特殊情形，我始终沉默地坐在外边，也不好进去，后来想想，其实我那时便走进去，好好安慰她一番便好了，半晌，她终于出来了，好似雨收云散般，她坐下来，开始与我谈些别的话，抛开先头那些不谈，好似刚才没有发生什么事，说说笑笑很是快话，时间在这种时候显得特别快，正要走时，张妈来请吃饭了，她父不在家，只我和她二人同吃，吃了一个大馒头，两碗粥，一小碗饭，菜却吃得不多，她说我吃得不少，吃完已是八时十分了，又在她屋坐了一刻，她因昨夜睡的过晚，三时才睡，并且那么晚还洗了一个澡，今日八时即起，整理半晌书，下午我来又不能休息，困了要睡，遂辞回，她把唐宋诗等书还我，回到家觉得精神很疲倦，都是下午太激动了的缘故，到家便洗脸濯足，刷牙休息了，想不到过了这么一个下午。（三日补）

6月2日　星期二（四月十九）　晴热

昨夜为近来睡的较早的一日，上午八时半起来，为了昨日英与我信的刺激，上午便与她写复信，一时在激动烦乱的心情下，写的不免有些不应该说的话，只是对于她说走与不走与我毫无相干一语很伤心，不觉写了六页，一上午就消磨在这封信上，午后一时一刻出去，把未修好的表送去修，在图书馆借了顾先生诗词五种，上了两小时曲选，顾先生结束了，下礼拜他不上了，四年同学来了几个人，把相片样子给他们看，下课到女院把相片与刘爱兰看，因与英也没的说，所以也没招呼她出来，托爱兰把那封信带去，我到宿舍去赵君德培不在，此时忽起风，土甚大可厌之至，到郭老先生家去，不在家，白跑一趟，到家快六点，又觉得很乏，晚上也未做什么事，略看书，卧在床上，一小时多，一气看完了一本徐圩做的《荒谬的英法海峡》一本，没什么了不起的小说，也不知是几点为才睡。（三日补）

6月3日　星期三（四月二十）　晴和

上午有点半阴，不似昨日那么暑气逼人，上午心中有感觉得昨日写的信，有的地方不大合适，不知英看了如何，心中不安，遂又提笔写了三页，十一时方写完，到财务总署去，一进大门因为没下车，碰了看门警一个软钉子，谁知道改了规矩，我本不愿跑官衙门，先闹了一肚子气，以前都是二门上取车牌，今日因忙未下来，那几个狗腿便挑了眼，神气，进去强表兄不知何往，或去午饭，遍寻不着，也是去的过晚，只索回家，白跑了一趟，找个事求人大不易也，饭后因天热觉乏，午睡竟到四时方醒，仍是未足似的打呵欠，这两日的精神除了天热以外，大受英那封信的影响，特别不好，心中总不大舒服，本拟去公园看看所谓东亚博览会，因时间晚了未去，在家闲着无味，遂走到多日不去的土地庙绕了一圈，买了一点东西回来，补写三天日记，五时以后天又阴，今日上午得剑华来一信，很短，很草，她父母去沪后，她特忙，她要搬家不在兴业里住了，治华在五月廿四日在沪已与张小姐订婚了，她信内有一句说，她父母六月初回平，也许会给我带来好消息，不知指什么而说!?

晚算账，上月用度打破以前记录，竟逾五百之数，实是惊人灯下阅清平山堂话本，努力多看书，许多书未看，看后好还同学及学校，不知今日英做何事，看我信作何想?

6月4日　星期四（四月廿一）　晴热，小风

九时半去校，先跑到赵君德培屋去借毛笔墨盒一用，他回家了，今天第二次又求余主任写几个汉隶字，主任也答应了，上课前女同学未在我纸上签名的五人，只来了一个高兆南，把相片样子给她们看，她们也只来了很少的几个人，又所昨上午写的信交刘爱兰托她转交与英，上了一小时出来，李国良拉我去找姚世义，正走时，在这定阜大街上碰见他来了，一同到学校会议室商议结束账目事，十二时三刻出来，与李君同行到太平仓分手，天气甚热，到家洗脸后午饭，饭后乏卧床上休息，三时被一蝇吵起，看报及清平山堂话本，精神又觉，六时方起，直卧了一下午，走到院中，暑气逼人，如行蒸气中，真热了，比屋中热多了，灯下看完清平山堂话本三册，做一简信与力易周兄寄去沪，向其致歉未能送行及沪上近况，又随意翻看几段《生还》，凫公撰，前在大公报登载，早已看过，此小说写得实好，连日脑中充满了英的影子！她想我否？

6月5日　星期五（四月廿二）　晴热风

九时半到中原与李君国良一同交涉相片事，结果圆满，共五十七张，二人分开拿回，够重的，我因约定今晨去财务总署找强表兄，遂将相片存在尚志医院跑到财务总署，强表兄打电话与秘书处，不一刻多年不见小学校老友俞斯果兄来了，显得大了许多，比年轻时更老成，见面互相握手很亲热的样子，谈了半晌提起许多从前的老朋友，由他应付人的神态中可以看出，他因已做事多年，分明显得事故得多了！强表兄又当面代我托他向其父去说为我向汪头催催，他已满口应承，又坐顷之，秘书处来电话找他，方辞去，并谓要来看我，十一时廿分我亦辞出，走到半壁街理发，十二时半，取回相片而归，到家满头汗，先是阴天，后又晴，下午又起风，连日风土不止，可厌之至，俗云，过了立夏鹅毛不起，昨日晚狂风整鹅几乎可以吹起来，真是怪天气，午后又倦，简直是睡上了瘾！一躺下又是五时多方起，愣愣就是六时，一个下午断送了，天气热什么事也不能做，晚饭后擦澡换衣服，八时半接到英来一信，又说了许多。这次倒是有心腹话，说什么我并不爱她了，她在南方没有朋友或是意中人，她承认她喜欢我，又说假如以为这样对我是耽误时，那就让我另外找朋友，亏她写得出。她又约我礼拜五上午六时一同去北海，可是我晚上八时半才接到她信，怎么去！？明天见面时再说吧！她末后还写我真会磨人！她说假如她去南方而我不能等待时，那算什么爱情？这不分明承认我二人是在爱情中吗？不是令我等她去南方回来吗？她都不怕青春的消逝，我怕什么？！她如去南方，我决定等待她！我现在精神上已经和她订了婚！可是可恨（？）她却满口说我不了解她，不爱她！我真恨天气黑了老不亮，早就想她了，她本来叫我礼拜四下午去，她也想念我了吗？赶快天亮，好看见她，啊！英！我的好人儿！灯下赶写论文提要，二份，明天交，今天听英的劝告，把头发剪短了。

6月6日　星期六（四月廿三）　　晴和，下午大风

昨天，约好李君今日上午九时去校，不料等到十时半他和姚君才来，未来前我与同班同系数人聊天，来了许多四年级同学，都是来看允许毕业口试榜的，没有发放，大门过道显着十分热闹，我因李国良说今日不发男同学相片，我因拿着特沉，所以只带了十九张，预备给女同学交过去便完了，大家在接待室坐，来了十余个本系同学，大家一挑相片，乱得很，又一分交先生相片，乱成一片，本来我答应送到女院去的相片，李君亦打开，给果不够，由他办，我只看着不管，同学后来散去，财又未结好，钱又未换好，今天不能弄清，算来相片数目又差了一张，不知到底谁多拿了，看李怎么办？余十二张存编辑室，时间就这么耗着，我本想早就到女校去找英，不料竟闹到十一时多才散，又定下礼一下午最热时二点来，李国良真可以，就是这一次与他一同办事，到女校去找英，刘爱兰听我来了，出来问我要相片，先头碰见她答应等一刻送去，到时李君国良愣分了，不管我对得起别人不，本来说先不发男同学，临时显得他多好又发

了，此时我告以不够，她们失望，后来有同个人想要，没法子，又回去把存在编辑室的十二张拿来交给她们代表冀淑英在外边等了了半晌，约一刻到十二点了英才出来，大约英知道我和她们交涉相片事，所以故意迟迟出来，脸上微有些不高兴，说了两句话，因时已不早，邀她一同去吃饭，她又要我和她一同去小桥，此时正是午饭时间，小饭铺中充满了女同学，英本系同学万心蕙叫她，我们本系的合影，她们正看呢，因为这饭铺内只有我一个男的，有几个人好似在看我，英和万说了几句话，便也过来与我一同用的午饭，饭后遂同她一同去北海，风下午又起了，土真不小，讨厌之至，我今天穿了一身短装，短袖短裤，好似个大孩子，一点都不像大学生吧!？今天不太热，进了北海没有目的的走，一直又上了白塔，站着看了半晌，登高四望，全北平城笼罩在烟雾中似的，北平的风土太可恨了，我总觉得登高远望，眼界一阔，胸襟便宽，英也同意，远眺了一阵下来，往西，在山上石中各处走，石亭，山洞中跑，发现了好似公园的格方亭似的一个石亭，但较小，柱上刻有诗句，字体是赵字，不错，不知是何人手笔及作品，又发现了曲折的房屋，依山势而建造的，地下还通以山洞式的地道，又发现了承露台、望月台、扇形台等许多有趣的地方，这些地方在我都似新鲜的，因为我以前来北海玩只是表面，游山至多到白塔上而已，其他地方全没去，今天与英是那么一跑，到了许多没去过的地方，有趣，在一个亭子上坐着休息，与英打赌，猜前面是什么地方，她说是漪澜堂，我说不是，走到前面我输了，请她吃冰激凌，每人只吃了两杯，她吃不下了，在那看了半晌报纸杂志等，她说要回学校去，我始终在想找一个清静的地方，与她坐着谈天，走到东边，靠水边树荫下找了一个二人坐的椅子坐下，把昨夜就在她信上所批注的信，拿出来给她看，她默默地看了，也没言语，看完以后交给我，东拉西扯的又谈了许多话，我说你看天空飞的鸟多么自由自在，你也愿意那样不是？她说对了，我说可是它们不是永远如此，终有回家的时候，又说了许多别的，及其他同学的话，她又提到要为我介绍朋友的事，我听了心中很难过，很不高兴，她于是不说又说要将爱兰介绍给赵德培的事，我将赵德培的一切，略为说了些，但是赵君并不喜欢爱兰，成功否，不可知，又看见一个人在逆风中划船前进，一个桨划，很缓慢，很困难，后来他用双桨齐用，效力立刻大增，我又说你看，逆风浪好似险恶的人生途中，一只桨是难达到目的，你看他两个桨齐用时，便见效果，便可逆着风浪顺利达到目的的，英说："吓！真是和国文系的在一起，说话总是在做文章似的。"她以为朱君泽吉的行径不对，将来不会有何大成就，我说你看我呢，她说："你飞不高，跌不重。"那我不过是一个平凡的人而已，不知她真心如此讲，还是不过随口说说而已，她又说我"没福气娶她"，她说话中不与我以将来稍有希望的意思，并总示意好似她并不倾心于我，我不了解她等，及轻视我对她十分的热诚的话，都使我想来十分伤心难过，真猜不透她到底对我的心意是如何？一边坐着一边谈天，不觉竟坐到快七时了，与她在一起，时光便快得很，今天谈的也没什么结果，她先头告诉我礼拜二晚饭后及礼拜四绝早她都去北海玩来着，早上有人在喊嗓子，她还划船来着，一早一晚的北海另有一回味，这时我二人肚子都饥了，遂一同又走回来，在路上她又谈些抽象的，什么近于真理的话，我却不大感觉兴趣，她说她最喜如此想，差点小饭铺就关了门，进去吃了，两顿都是英请我，她说在西边吃我再请吧，陪她走到西校门，又约好明天早上给她送三本小说来。分手后，走到大学门口，才知道今天是宿舍夜的日子，反正就是那一套，我又到宿舍去找赵君，恰好他已回来，与他谈起刘的提议，他无什异词，我想从前我亦与他提过爱兰，如英这次还是说爱兰希望甚小，谈了半晌十时多才回家，觉得很乏，到家即濯足刷牙休息了。（八日补）

6 月 7 日　星期日（四月廿四）　　晴热，风

　　昨日晚虽阴，却没有下雨，回来乏了，什么未做，即休息，精神恍惚的，做了一梦，梦见了英自动的抱着吻我，我醒来好似犹有余味，空欢喜一场，真是梦！昨天答应了英，今天给她送小说去，她向我借了许久，今天才送去，也是因为别的小孩子借去看，最近才拿回来，还好今天没有阴天下雨，只是可怪的仍有风，十时左右，在女校门口旁坐着等英，会客室有人，大门旁有坐处，有一小木台，荫凉正好坐地，不一刻英出来了，笑

眯眯的，也坐在我旁边了，笑着问我："香不香？"我一走过来，我已闻有一阵子香味了，我说："真香。"她说我同屋给我洒在这朵白花上了，此时大门口来来往往走的女同学及来找人的男士们很多，我俩只不睬，谈我们的，英很大方，毫不羞涩随意自然地与我谈笑，她这点是我很高兴的，又谈将与赵君介绍女友事，她本来与她同学们约好去公园，不要我去，本来博览会就未提起我多大兴趣，而且今日礼拜，准人多且热，何必去受那份洋罪，便未去，后因想今日就邀赵君亦去公园为他介绍朋友，便要我去，又谈我的同学如何赞美我的英，她高兴得很，她说："本来我就好吗？"我故意说："他们还说我不配，我没福气！"她也没说什么，我说时不由得心里有点酸酸的不快！谈来谈去，不觉近午，我去找赵君，分手各去。我到宿舍找到赵君拉他陪我去饭铺吃午饭，他已吃过，我一边吃，一边与他谈上午与英说的事，他又推辞他身体乏了，又要下午与常振华君同去做西服了，（想起他买了皮鞋，做西服穿起来不自然的神气，一定十分好笑！）执意今日不去，我饭后即与分同去女校找到英，他自己说明他今日不去，英说等口试以后亦好，赵君不去，我亦无去的必要，于是在一时多骄阳下驰车回家，热累无聊，神神不振，遂作宰予往访周公，天气热，对人精神之影响实大，下午往往要休息，不然亦无精神做事，可是愈睡愈想睡，一觉竟到六时多，快用晚饭时才起，醒了好似没睡够一般呵欠连连，怪事，晚上看看书，做一点零碎，没做什么正经的，便又是十一时了，下午睡了许久，到了此时，又不折不扣的，仍是如常一般的困了，睡不够，下午睡那么久，没关系，怪事！

近日为英，真是神不守舍，魂魄颠倒，时时处处念到她，想起有时她写信中的言语，说的话，真气人，同时又想到她的好处，使我那么满意，可爱，看看她墙上挂着的倩影，歪戴着学士帽，笑眯眯，调皮得意的样子，使我又爱她，又恨她。言语神气总表示我不了解她的样子，处处留有地步，显得我将来与她没有绝对把握！令我心神不定，自己真的也没把握起来，她说我并不热！我真想热烈的表示出来，她可接受！？恐怕吻急了她，也许她在等待我去吻她！？这样子还直嫌我热浓，口口声声说淡呢！又说我不热，那么矛盾的言语！？真令人莫测高深，我觉得我真猜不透，不明白英的心情！女孩子的心情不稳定，或终是隐含的，不愿多显露，才有味，还是这是她爱情上用的方法（我不愿把手段两个字用在此外！）心中也许在笑着说："这个傻家伙，事实不是都摆在这了吗？还直问我爱不爱他！"有时英故意显出冷峻的神情令我热情的心上浇下一勺凉水，不敢作何念头，说她爱我吧，可是有些地方言语却不像，往往在她以为玩笑轻易说出的话，却无形中深深地刺伤了我的心，也侮辱了的自尊心！也自不知，有时想起，真是无可奈何的哀愁了，说她不爱我吧！但也不像，也来信不承认我是个坏青年，并也曾说过喜欢了我，证诸以往的事实，难道不是一对恋人的行径！？别人看来，同学们说笑，都把我俩看作是一对恋人呢！？她肯单独伴我在北海玩，坐上一下午，肯读我写的信，（只有恋人才能看的信，也是我平生第一次对女孩子这么写的信。）肯和我谈到婚姻的问题，她顶坦白，大方，毫不羞涩的讨论着，肯和我不避同学的在一起玩，谈天，说笑……说不完，显然不是没有爱存在我二人之间，我这种尽量表现的热情，不及她那种静静的默默的爱来得有力量吗？有时为英想得十分迷惘，脑子十分疲乏！更有时令神经过敏的悲哀起来，假如得不到英，我真不预备结婚了，好在我还有两个弟弟！有时又想，恋爱时期中是快乐呢，还是痛苦呢？痛苦成分比快乐的多，还是痛苦都是自己找来的呢！？我将来大半生的幸福与快乐，都操在英雄的手中了！

6月8日　星期一（四月廿五）　　晴，和，风，黄昏止

今天一天过的也好无聊，真是感到生活中如无英时便空虚寂寞，上午九时多起来，娘与田妈在补粘窗纸等，看看书报过了一上午，在不见得饿下用过午饭，下午一时半去校，李国良偏定在那么热的时候去学校会齐，到了那允许口试的榜已经出来了，本系全通过，丁玉芳奔走数日，学校亦允许她参加毕业口试了，二时一刻，李、姚二位来了，李国良遗忘在梁秉诠处四份，又来晚了，相片数怎么会对？他有错不承认！还怪我礼拜六把那十一张送到女校去了，我不与他争，领教此人不可再与共事，我两边落埋怨何苦！好在只这一次！其实那日各不发男同学则发先生亦足够，李国

良总觉得办事漂亮，不偏向女同学在男同学面前卖好，临时弄得乱七八糟，却不管别人从中为难，这人差劲之至，我存心坦白，答应了必定办到，谁都像别人一提到有女同学就起脏心烂肺的思想！后来一想也不值得与他们生这口气，自己明白他是如何一个人而已，算清了账，一同去女校找女同学代表交相片及余款，本不愿同去，忍气同行，冀淑英与赵西华二人今日无课，不住校，又走堂，那去找？！只好找刘爱兰，不料不在屋，送进去英一封信，英亦没在，不知是在图书馆抑或是出去了？回家了？心中不觉闷闷，只得又找高美，高小姐未出来，冀赵二人走出来了，正好，由李国良解释，交代一切，未说完高美亦出来了，对不起叫她跑一趟，女同学亦礼拜四口试，四十余人，一人只有四五分钟吧！还得问个四个小时呢，一天恐问不完吧！如能问完，每人也只很短的时间而已，由李君一人说，交代清楚后回男校，我又在学校各处看看，三时半后汉书下课，问刘盼遂先生为我写的字带来未？他见于礼拜三带来，因无事，亦无聊，顺路去郭老先生家，不料去学校尚未回来，只取了为我写的字回来，到家闷闷，微有不快，卧床上看报，神又倦，由四时许卧至六时左右，晚看书，看完了代王兄购的北新文选明日寄去，一时兴起，又看了大半本小说，竟到午夜二时方止，糊糊涂涂过一日，今日即有同学口试，试完了心中了却一件大事，多好，我们定在十一日，礼拜四呢，想起心中不安！夏天热的没有力气精神，只是夏日天空多奇云各种形式，衬着蔚蓝的天空十分美丽，我爱看！

心中总念念不能片刻忘却吾英，真怀疑，自己是否不配与英谈恋爱，自己一直在抽疯，做梦，妄想，何时方醒，抑如愿呢！？

6月9日　星期二（四月廿六）　晴，热，小风

连日不应有的风，偏偏总有，今天算是止了，只还有那么一点小小的风丝，不扬尘土了，立刻显得天地晴朗了，可是热气更浓了，近午时窗户得闭上，以免热气的侵入，上午看书报及作一信复张思俊，昨日忽得其一信托我暗中打听一位孙朝潢（？）不知何事，午后决定今日不睡，做点事，

补写了两天的日记，又想起礼拜日英告诉告她同屋王瑜若与王同系的阎君是好友，但近不得已而决裂，王竟哀哭，我们坐在门口旁，看见王掩面而入，我说，强做出自己不愿做的事才十分悲哀呢！英又告诉我她毕业后去天津玩一阵子，再去唐山刘爱兰家玩一些天，也许还去秦皇岛或青岛避暑，回来时她二姐也就差不多快回来了，那么她不想走了吗？她所身处的环境，与平日的习惯，恐怕与我合不来吧！受不了这种清苦（和她家比起来，只好这么说！）的生活吧!？今天是她口试的日子，我现在写到此时正是差十分四时，也许她现在正被先生们口试中，或是已经口试过了，等一下，打个电话去问问看，上午娘与田妈把各玻璃都擦拭得十分明亮，午后补抄顾随先生的词，五时半出去发信，并打一电话到女校，不料未找到英，也许还未口试完，大半没问题吧！真是不可一日无英呢，没见她，打电话没打到她，心中总有点不痛快，饭后乏小憩，又起，听一刻无线电，天气今天够热的，像夏天了，又过来了一日。

6 月 10 日　星期三（四月廿七）　　晴，热，下午阴狂风一阵

夏天简直是睡觉的季节，早上十时方起来，十时半去刘曾颐家还曾履书"西风"，打一电话与英，谈起来方知史学系人多，男生前天口试未试完，昨天下午又占了她们的时间，今天下午才给她们口试，她又疑我已与赵群说了要介绍爱兰，真是冤枉，我又何曾提过一字，她谓昨日发一信与我，但尚未接到，打完电话与曾颐略谈已是十一时半了，辞出，适遇曾履回来，因时间不早，回来午饭，午间看过报，摘补顾先生词，二时许又困睡了，四时起来，想我睡时正英口试时，明日此时我亦口试，不知会遇到什么难题否，此时天忽转阴，可是闷得很，四时半，忽起狂风，飞沙走石声势惊人，真是坏天气，为什么每年此时早不该有风了，偏偏连日不止，昨日下午及今日上午已停，人心方定一些似的，下午又加倍大的吵一下子，真是怪天气，乱世，天时亦不正了，本想把顾先生词前抄不全的，全都补全了，却因时间关系不能办到，算了吧！明天还学校，晚饭后，正拟看点书，铸兄忽来，随便闲谈，到九时半方，我擦一个澡，全身汗污一

涤，换了衬衣裤，心身一爽，热意亦消，夜日稍凉快，白日真够瞧的，明天下午够受的，恐怕明天问不完，大约男同学可以问完吧！否则再耗一天可麻烦，七时多得英来一信，说他们系第一位同学被问四十分钟，大家皆着忙，问一同学魏文帝姓什么，竟蒙住，此封信颇有风趣，可爱！

6月11日　星期四（四月廿八）　晴热，晚半阴

八时许起来，心中总不想看看关于论文的书，借为多日的刘半农杂文集二集，总没有看，于是拿起来翻看，有几篇文章很好，思想见解都好，手不忍释，一直到十一时才算勉强放下，又拿出论文的原稿及参考书来看，午后一时多，冒炎热去校，先到宿舍去找赵君，把昨日与英在电话中的谈话告诉赵君，又借了他的笔墨，预备等一刻还有几个同学未签字的，二时多到图书馆去还书，借书证到十四日止，就没效用了，在那翻开原稿，觉得也没什么可看的，小徐来了，遂同他一同出来，此时已近三时，文牍课费先生又托我请诸同学各写上姓名年龄住址，以备印同学录，我的签名纸上，男女同学还少几位，又有许隶芬及袁筱亭两位女同学，托我在她二人合影上请同学签名，又要分文牍课发回作铜版的相片，一时忙了我，叫这个唤那个，幸而一切圆满，我自己那张签名纸上，亦全了，不少一个，大功告成，三时正，先生陆续来了，顾先生向我们大家说："此次过去，功行便告圆满。"大家皆笑，但不免啾咕，心中不安，此时来往及三年级男女同学亦立在窗外参观者甚多，今年人多故口试时之先生亦比去年多四位，共六人，计余主任，孙人和，顾随，朱少滨，戴君山，陆颖明，每人问六七人，一进去便是六个，甚快，不比史学系每一先生皆问，故全体四十五人，二小多便问完，男同学先问，女同学后问，先入先出来的，便为同学所包围问他都被问了什么，还未被问的心中直打鼓，不字之至，最奇怪的是，男同不全都问完了，只余我一人，总不见叫，单到我这出新鲜事，几个做小说的，都在主任处，由主任问，可是总不叫我，不知何故，女同学也都差不多全要问完了，才见主任亲自叫我，真是荣幸之至，进去主任先叫我看孙楷第先生为我批的一大段，指出我几点错误及烦

琐之处，谓我虽是重在平话，而前后范围甚大，轻其文，谅其志可也。主任又随便问问我，甚多也未看，又把引用书目看看，挑了几个错字，主任自谓："我对这个也不内行，没什么可问的，去吧！"不料事前以为是一大难关，临到却又这么轻松，等我出来，女同学已经问完，我却反而成了大轴子！真是想不到的事，末一个退出，还有几个同学在等着我，等到告诉他们主任为他们划的分数可是被墨盒及纸所压住，那里看得见，此时是在急，热之后渴甚，出来与爱兰说了几句话，知英尚未回家，昨夜二时许忽有警察局便衣去女校宿舍查居住证，半夜查女生宿舍，真是有点成心捣乱！又到第一宿舍去把笔墨盒还了赵君，稍坐即辞出，到女校去找英，等了一刻小跑着出来，谓等一刻去北海去否，还有爱兰，她又进去，谓约半小时方出，那么高兴，天真的又跑进去了，我把车存在第一宿舍，再到女校等了一刻，她二人出来，同去小桥晚饭，遇见英同系的同学，万心蕙，英告万，等一刻去北海，万笑说，今天不要我陪了吧！？像昨日英与万去北海到八时半方一同回校，英亦笑答："不要你了。"万又对刘爱兰说："我要是你我就不去。"刘爱兰说："我说不去，她偏拉我去。"英又与万说去颐和园事，饭后七时五分，同去北海，在五龙亭租一只船划，绕了一圈回来，慢慢的恰好是一小时，一路上来回及船上，多半是英与爱兰在吵嘴架，两个大孩子，有趣，我不便说什么，只是沉默时多，回来，在刘记吃了四杯冰激凌，我请的，爱兰不要我请她吃糖呢！下次再说，回去女校已经关了十五分钟，现叫开门，她二人进去，与英约好，明早去故宫参观。

今天是大学毕业考试最末之一项！最后之一关口试，亦闯过了！学业算是告一段落！

6月12日　星期五（四月廿九）　　上午轻阴，中午晴，下午闷

我曾想与英二人，从早上玩到晚上，玩一整天，今天果然偿了宿愿，足足由早上玩到晚上，玩了十二小时，就算是狂欢了一日吧！我真高兴之至，这样玩法，是以前未曾有的，但跑了一天，回来觉得乏得很！但是快

乐的。

　　昨日与英约好，今天早上七时去找她，虽是昨夜十二时多才睡，心中惦念着这回事，今晨四时半醒了一回，迷糊到六时十分起来，清晨稍有凉意，今天我穿了一套中国式的裤褂，穿插了新做的中国便鞋，外罩一件"向云纱"的大褂，穿在身上，中国衣服，在夏天是十分舒服，还觉得有点飘飘然，英对我的建议好，我决定夏天与冬天穿中国衣服，又舒服，又可以避冷免热，春秋天穿西服，必要时再换衣服，所谓什么时候穿什么式的衣服，亦只是大多时候如此办而已，夏天穿中国式的衣服是舒服，今天穿了全身也分外觉得轻松似的，不似穿西服，那么有点处处捆着似的。

　　早晨七时十分到校，约七时廿分英出来，一同骑车出来，自从上一次去东城以后，她已是许久没动车了，今天居然仍不慌不忙的上了车，但是在什刹海岸拐弯处，因躲人及浮土，把她滑倒了，左腿膝上内面碰一块，右小腿上在地下蹭了一下，怕我以为她受了什么伤，赶忙立起，两手张开，表示没什么似的，我也真怕把她跌痛了那，问她她又连说没有，掸掸擦擦身上的土就又勇敢的又骑上了车，顺着大路，平坦无事，一直走下来，才七时半左右的样子，上那去好呢，我提议先去景山转转，也好看出故宫开了未，她也同意，于是存了车，买票入门，由东往北转后山，在山下椅子上座谈半晌，她谈她将去颐和园小往四日事，又有她同学去住，我尚未说出想去找她的话，她已先我而说出叫我去找她玩的话，我允于五月五日端阳重午日去颐和园找她去，由西后山上去从西往东走，在西头的亭子上，并倚远眺半晌，谈些话，今日英甚为温柔，态度亦与我以比前亲昵得多，此亦日久见人心，她亦看出我对其热诚来了，又在中间亭子前下望，人小如蚁，中方亭供如来像一尊，帷幔低垂，看不清佛容，左右四小亭皆圆形，状如天坛，惟此中间是一方亭，四瞩，北平全城皆在眼底，南望，层层叠叠黄瓦一片，气象万千，即故宫旧址，英喜立此观望行人如豆，瞻望久之方下，五亭原匾额多半皆失毁，惟东头一亭尚残存，名"周赏亭"，字为铜质，下山来，见明思宗殉国吊死处，枯柏尚存，已用铁丝所捆拦，以存古物，出景山，已十时，即入对过之故宫博物院，以前小时来过，多年未来，里边什么样子早都忘却，英叫我回去在自行车袋内取我的扇子，跑回来，她已买了两张票，是诚心如此吗?! 他替我想，看价目表，是一元一张，也不算多贵，一，二日半价，今天（礼拜五）开东路，及内东路（?）进去往西再往东，往北转出来，要详细记，值得写半本，记载故宫情形的，有专书，我只大约记一下今日游观的情景，黄瓦碧砖，亭台楼阁自又与三海颐和等地不同，寓气象于庄严，北部有斗母，有玄天上帝殿，关公画像，三公祠等庙，宫内多奉神处，亦有趣，草木台石皆为外国罕见者，各处皆有驻守警士，多数门室只可由外窥不可内视，不可用手触摸，御题字迹，随处皆是，室内多空，虽稍有摆设之什物，亦皆简陋非原有之物，宝贵物品，半为易培基所售，半为南迁，各小宫室中之物多不堪入目，岂帝王所有如此寒蠢?! 历游各宫院，大约即系所谓三宫六院，今已分列以前各国进贡之各种复杂新奇样式之钟，真尽大观矣，构造奇妙，非外间所能见，虽已旧式，但亦可窥见帝王之气象，所用固与凡间不同，宋元明画家之画，亦精妙，宋名画家王冕画梅真迹，实亦后人不同，此时已十一时半，又观宋元明之瓷器，铜器，清代之瓷器等，时已十二时半过矣，饥肠早已辘辘，但所游巡尚未及半，与英忍饥仍看，幸今日半晴，不大热，与英由晨起骑车即立行，只小坐，此时又饿又累，因愈游愈觉游兴愈浓，英谓吸看宋元古画即值一元门票，她亦对古物十分有兴趣，前与三殿本相连，却隔开，前中有一片空地，有数层石栏状如天坛，往东为内东路，路南有亦有一九龙壁，不如北海之九龙壁，不生动，北有唯一售汽水饼干处，与英因渴热饮汽水二瓶，小坐再行，北大殿是皇帝生日万寿图四大长卷着色甚精细，殿内有高逾二丈之三大铜滴漏，出又往北地舆图内有各省地各种之旧式地图，有立体形，有形式……皆有研究价值，内套屋有天坛圜丘坛当初祭天时之各种祭器人物位置图，恐亦只此处有此存底，东屋有当时军机处所存各国之文稿，史料，皆有研究之价值，后尚有当初昇平署所存之抄本戏曲底本，当初御前演剧时这形头，戏衣，戏台高有三层，内摆庞然大物之龙狮虎等模型，不知如何表演法，此时已一时许二时，又累，又饥，又热，又渴，英又频呼腿疼，诸物皆颇有价值，英屡在阶前小坐，休息后边房屋极多，走不完，以为看完可以出去，却又有一层，又有古时音乐，只有琴瑟，胡琴二弦，三弦钟鼓磬等，甚少，必不

全，铜钱兵器各屋匆匆而过，有奏稿一室，内有各大臣之奏稿，皇上硃批，文白皆有，皆有研究之好材料，此程物品不知归文献馆抑归故宫博物院，文献馆，不知现归何人管辖，如此在内谋得一职，亦大可研究一番，有西太后寝室，殊简陋绝非原来形状，好容易看完出来，已是二时三刻，俗语谓"舍命陪君子"，今可对以"挨饿逛皇宫"，想象当年宫人施工行于各处，处处规矩森严，侍监奔忙，别是一番如何景象，非大臣不能入宫，入宫又仅只能入一定处所，而我等虽不能亲见当年盛况，而竟能随意遨游皇宫各处，岂前人所能梦及者耶！甚匆匆中，诸皆未能细看出来，已消耗四小时于内，宫中地方甚大，所行半日，不及四分之一，怪不得皇帝平日于宫中行动，需用人抬走也，出故宫，英乏，坐车去市场，我到景山取了二车，骑一带一，同去市场，在东来顺用饭，因只他处尚未封火，英在摊一买了一个小薰鸡，不料人家清真教馆子，不准吃，只好包起来不吃，二人又饥又乏，急忙叫了吃的来，因为先不准吃自己买来的东西，先扫了兴，又饿过了劲，反而吃不下什么，糊糊涂涂吃完，算了账出来，又到葆荣斋去吃凉食，实际是找地方坐坐休息，吃了些冰棍、刨冰等坐了半晌，英是甚乏，五时多六时出来，取了车又跑到太庙去，一时疏忽，在南池子的东门未找到，于是绕到南门进去，此处亦有多日未来，树下有多数茶座，各处散坐，及树林下坐椅皆一对对，果是谈情妙处，右北方搭一台，如备演剧之用，里殿未去，顺路往北走，英说去后河树林中小坐，在靠东头有一茶桌，搬二躺藤椅并列同休息，沏一壶茶饮，今日大半在奔走，站立中过来，总共未坐到两小时，甚乏，此时得一安稳休息，甚觉舒适，正是非饥不知食味，非倦不知休息之好处，一边谈话，互相谈谈故事，说说笑笑，望望天空云彩，水中游鱼，对面行人，一角皇宫，不觉日移，今日英对我状殊亲昵，比往日不同，她今日忽说，"真奇怪！怎么我现在就会和你熟起来了！以前却与你不认识。"英今日殊温柔，携手揽腕，虽白日亦不避人，心中得其安慰不少，今日果偿与其遨游终日之愿，并约定以后再同游故宫，其他各处及古物陈列所三殿等，时间如飞，不觉即闻摇铃，茶役谓将关门，遂付茶资走出，今日热情鼎沸数次，惭愧考乃竟生有不洁之欲念，殊愧对吾英，幸无何轨外行动，力自抑制，此时同行出来，心中热血沸腾，真爱极吾身边之英，紧搂其腰而行，于树林下欲吻英，英亟避我，我不愿强其不愿，英却低谓："董毅，不！"又走数步，英方低言："那边树林中还有人呢？"方悟，她并未生我气，她不从我，只为避人眼目，是我太鲁莽了！心中殊惭愧，出来，黑了，我表还有半小时九点，我要她雇车，她不肯，黑夜骑车可算是第二次的经验吧！那次去颐和园回来便黑了，今天英竟要练练黑夜骑车，我真怕她骑车慢，回去晚了，她偏要骑也便依她，在北池子北口买了两个纸灯，走到鼓楼便全烧了，走到什刹海，因太黑，我怕她跌了，不让她骑，伴她推车回校，西校门早已关闭，前去叫门，校役初不肯开，后英自己说，等了半晌，方由院长处取了钥匙开了，英说近来常常晚回来多不好，而且每次都是有我，她似乎有些不好意思，很后悔地说："董毅你记着，下次再也不这样。"我说："对，以后绝不再回来晚了。"她点点头，我问她："都是为我使你为难，你恨我吗?!"她摇摇头，那时不是环境限制，我早就一把把她抱过来了，她对我真好！灯终于亮了，门开了，院长没有自己出来还好，英明天还要听室内古典乐呢，约好明日给她打电话，我亦回家，到家已十时半，原来已经晚了三刻钟才到女校，我的手表慢了，回来乏甚，足跑了一天！洗擦了身体休息，卧在床上，回忆这一日甜蜜的经过！

今日英与我共处十四小时以上，也是相识以来，与我最亲昵的一天！（15日补）

6月13日 星期六（四月三十） 下午晴热，上午阴雨

昨日乏了，睡到十时廿才起，上午阴天小雨，连日烦热为之大减，看书报，下午晴，连日除念英外，无几无事可做，懒散逍遥，又做宰予弟子，往见周公，非真无事做，以功德初告圆满，应先闲散数日以酬以往紧张之功（？）书多本待看，找事非我在家徒自焦急所能告成，故亦无用，三时半了出来，本定与英打电话，因时节间不合适，遂决定亲自前往，犹可得见英，并且自己也可找找先生，办办自己事，先到郭家声（琴石）老先生家去拜访，旧式家庭，老先生午觉才起，一提到来要篇子，不料他

老先生却与我大发牢骚，说注册课办事不清楚，以前发补助篇子不言要钱，临到末一堂请他向学生要钱，他很不高兴，自然没有富余了，也就不要了，可是老先生发起牢骚一小时才停止，真是倒霉，四时半赶紧辞出，又到主任家问那张纸写好了吗？尚未写好，告我下礼拜一再去取，遂到学校去，毕业介指已作好，赵君大约代我领去，注册课又出条叫我，此时不办公，不知有何事，史学研究会尚在开会，未散，等了一刻散了，又到教员休息室去谈天，又等了半晌，英方出来，过去问校长，他说已经交与注册课了，原来那条子叫我即为此事，出来赶上英，同到女校外，略谈，问她昨日可有挨院长说，她说没有，因回来过迟，到校已九时三刻，记下了名字，她注明了是史四的，也许她看在毕业同学面上不再到训了，把来时路上买的红药水给她，令她擦上，忘记昨日在市场买了，又到女校东边小操场座谈一刻，因不毕业同学此时正在考试，处处有人在念书，七时许又同去小桥吃饭，吃不多，不大饿，饭后同步什刹海，夏日荷花市场尚未开市，已经有多座席棚搭起来了，傍晚已有不少人顺北边走，看一个老头子，赤背在踢毽子，又走到什刹海来了，一边看着黄昏景象，又穿行田径，颇有野味，又经过五月廿三日我二人当面恳切第一次谈到的地方，小土坡，我说那是个最可纪念的地方，她说："那时我最恨你了。"看她面色分明是假话，又望望西山的黄昏晚霞，绿树近水，青山与云彩，几乎不分别了现在英挽着我臂似乎并不自然了，她也觉得很坦然，也不怕行人看见了，从昨日起她分明比以前与我亲昵多了，我今天问她："英！你说老实话，你有时想我不!?"她低头微声答我："想!"我听了真高兴，不是在街上走，我又要抱过她来了，我问她昨晚在太庙，你直问我怎么了？她有点羞笑着说："你发疯了!"那时我要吻她，因有人未实现，看她今日情态，分明爱了我，并未恼我一点，昨晚出来及今日见面不时都与平时一般吗？她并不以我昨晚的行动为冒犯她的尊严，亦正是爱的表示，我心中暗暗十分欢喜，在街头上走，她挽着我臂好似有了保护似的那么安心走，到刘记各饮一杯酸梅汤，出来，还差几分钟关门，没有晚，今天她说和我在一起她就不大注意时间，分明忘了时候，今日又说差几分钟进去也不要紧，又忘了昨晚在门外受窘了，刀子那么爱我吗?! 她明日上午去颐和园去看看能否住，叫我下午给她送小说去，分手各归，本来今日不过是看看她，本无什么事，但二人见了，好似都不愿分开，一下又一同耗到快九点她不得不进去时为止。（16日补）

6月14日　星期日（五月初一）　　晴热

今天预备跑两次，上午十时许先将借自向云俊兄之后汉书两函及汉译大代数还他，未在家，即去南沟沿七号原来是中华基督教公会马永海兄家即搬在此住，进去找到，永海不在家，只与其母谈顷之，知其父现在任会计之职，今日适得永涛来一信，谓由宁波又折回上海，捎夫每斤一元七角，他们带了四百多斤，来回用了千余元，现又返回上海，杜（永涛太太）将回青岛，谈到十时半，永海尚未回即辞出，又去西四强表兄家，刚起，在刷牙，与其谈口试已过，学校要毕业证书费，又托其催俞老头向汪时憬说，最快亦将于下月行实习，他代赵君德培绘之扇面绘好，甚佳，颇劲秀，较我者佳甚，我送他一张辅仁式学士服相片，十一时许辞归，午后看报及辅仁生活，四时半出去，先四弟欲去颐和园游止之，彼甚不怿，托词出去告诉同学不去，四时方回，突然告我谓庆华弟钟华上礼拜六告他谓其大姐由沪回平，令我去找她，剑华何以突然回平，难道上封信中所谓好消息即指她回平耶!? 我闻之一怔! 希望她仍一如以前如姐弟般视我，不添麻烦才好，我预备礼拜二去看她，差十分五时到辅大女校，问看门老黄，女院院长欢送毕业同学茶话会尚未散，远远看见在大礼堂前，在照相，走进二门看见她们女同学毕业生公送的钟高悬在二门上，在会客室等了一刻，英出来了，还给我带了一大把糖，她告诉我早上七时半由东华门坐公共汽车去颐和园，车行到西四牌楼又坏了，打电话换车，九时半才到，恰好她侄子回家，不在园中，遇见她二哥，因人请吃饭，她看见可以住六个人，在卢先生（绍贞三兄处）午饭，二时半回校，三时即参加欢送毕业生茶话会，散后出来即见我，算是小忙人，无刻闲空，她要交毕业证书上之相片，尚没有要去照，遂把带来的小说交给她，进去洗脸，等有半小时出来，伴她同去东城，她坐车，我骑车，这样我倒放心，与她同骑车

我始终提心吊胆的，在东华门大街，看见一家新开的元元照相馆就在那照了一张笑，一张不笑，四寸三张才二元六真便宜，出来无处可去，她说去市场走走吧！同到市场转转，她买了一副扑克牌，预备带到颐和园去玩的，七时五十分请她去广东铺子小小酒家去吃锅面，（正名宏图大面）吃包子，一大海碗，二人吃足够，还真饱，英今天虽说不饿，却吃得不算少，她又打一电话回家，八时四十分即回校，还有四十分钟，今天绝不会晚了，英叫我五月节去找她，并带粽子去，到校未关门，还有一刻才九点，我折回，去毛家湾，郑表兄处去坐，多日未去了，小孩皆在家，只表兄出去沐浴，谈顷之，表兄归来，小谈，十时半回来，今日在市场又看见孙翰三个母亲皆在，其余几个女的，看着眼熟，好似去年孙翰生日时去其家之陆宗舆之女儿（？）前天在葆荣斋亦遇孙翰之正母，惟她们皆未看见我，我亦未招呼。

想想，与泓只是根本站在友谊的立场上，并未言及其他，且我根本不喜欢她，与弼向来以大姐自居，虽有坦白写信，无所不谈，惟不及二人之爱，且其性情坦率，并不奇异，唯有与英处之且近我理想，一切皆是正常之进展，由衷与之热诚言及心中那一点微妙之爱情。且为我知识比较充实，认识社会人生亦比较清楚时之行动，选择，自是最合理，最正常自然的发展，我的英与我更合适，我决不能因弼之回平而有所变更，影响，我抱定目标，站定脚跟，不受一切摇动，我的英你知道吧？我多么热诚的，忘掉一切来等待你！将来的一切要英来与我共担，虽然泓弼各有长处，我只择与我最相近更合适的人儿，来定我后半生的幸福，鱼与熊掌不可兼得，我只好如此办了！（16日补）

6月15日　星期一（五月初二）　　晴，热甚

天热，早点起来凉快，七时半即起，早点后为大宝写纪念册，又为二宝拟他们预备欢送毕业同游艺会请先生捐款的信稿，看过报，才十一时半，四天未写日记，拟补记，只是心中一回忆到数日情景，频念英不止，迟迟不能下笔，十二时三刻二宝突冒炎热来，一进门即将晕，亟倒凉开水

与她饮，休息半晌方好，今日热甚，院中如蒸笼，热气扑人，真不可耐，幸而上午把纪念册及信稿全拟好，否则岂不叫她冒炎热白跑一趟，一时午饭，五弟尚未归来，不知何故，一时半，四五两弟皆回，二时许，二宝又冒骄阳回去，午后因热，烦软，不能做事，又作画寝，四时醒来，正奇怪何以约好之刘冠邦，赵德培二君尚不来，狗吠后，赵君进来，谓刘君头疼不来，座谈半晌，他将校长为我写之纸带来，书论语数字，称我为学士，一大张纸只书数行占一小块，实不满意，又将我的毕业介指带来，花样与样式稍异，很笨重，不惯带此，留作纪念而已，年刊费亦要交，不出布告不知道，我将强表兄为其画之扇交他，他甚欢喜，他拟回四存教书，再读研究院，或去河南县政府做事，现尚未定，留其晚饭，又让娘亲自下厨房忙，热甚，八时许辞去，回来补写十二日日记，提笔只写数行，手，臂，身上皆是汗，今日实热甚，为今年最热之一日，截至今日止，补写完十二日一日即息，擦凉，换衣服，晚上院中稍好，卧床上被上皆温热，天气真够瞧的，今日闻九姐夫昨晚因打针而晕厥几死，拟明日去看他，他亦可怜！

6月16日　星期二（五月初三）　　半晴，闷

天亮的早，天气热，弟妹们去校，把我吵醒的早，于是也就起的较早一些，其实只是自己觉得早而已，实并不早，一上午补写三天日记，即时到十一时，看看报，心中惦忘，不知英今日早上去颐和园未？一路平安无事否？此时到园又如何玩法？午饭后一时半出去，先去看九姐夫，今日已也，唯人软神倦，消瘦许多，伯长在看其父，坐顷之，九姐夫睡着，我旋即辞出，便去王家，以庆华姐回平，去看看，一进去，庆华母代我介绍一位邹先生，大姐（庆华姐）出来瘦得很，原来庆华父母去沪先与治华订婚，后即为大姐订婚，此邹姓即其未婚夫，此一姐一弟皆不白去沪一趟，庆华却白跑一趟，现此又作何感，我闻其订婚，并且已定于廿日（礼拜六）下午在孝顺胡同亚斯立堂举行仪式，一切从简，在北屋坐略谈，大姐把近日她们陪周志强去北平各处如北海，故宫，三殿，颐和园等处所摄之

相片与我看，相片中之大姐比她本人美得多，旋周亦到北屋坐，在院中等处与之谈天，他说北平太干热，南方湿润，自长江以北民气即不成，一路火车叫卖皆以日语，各站头目非日人即朝鲜人，邹着绸睡衣，趿拖鞋，大姐亦着拖鞋，与其母等大家坐客厅讨论其二人结婚事宜，了无羞色，这年头的女孩子！二人状颇亲昵，我闻其订婚结婚心中甚喜，昨日胡揣相思之可笑，解决了一个，甚佳，我仍是要我的英！与周谈天，颇温雅，确实一江南清秀子弟，年廿七，比大姐大两岁，据云，他二人在沪工部局做事相识，大姐在物质平抑委员会面粉部，邹在卫生部兽医处，月入沪币二千元（？）谈天坐来已六时，庆华定礼拜五回来，其父归来忙写贴字等事，邹见其父回来，仍踞坐不动，年轻人及其家中小孩之规矩皆差甚，我的英一切都合我意，都比他们强，人家很忙，我不便从中打扰，即辞回，此番得送点什么？什么东西不能带走的不好，又不知她缺什么，路上决定送刀子中原礼券，要什么，她自己去买，要了两张，她二人的小照，到家小憩，想起张君托我探询之人在辅大化三，正好去问刘曾泽，饭后遂去四眼井刘家与其中弟兄小坐，看中大年刊，与曾履聊天到十一时方回，又过了一日！

6月17日　星期三（五月初四）　上午半晴，中午晴热，黄昏阴

七时半起来，写一信后张思俊兄，又写一信与俞斯果兄问其欲往访其父，以何时为宜，九时先去前门取款，再去七姐家皆不在，增益少奶在，相片尚未洗好，大的放大已放好，惟尚未着色，真差劲，约已一月，尚不办妥，不愿即直言，不洗好了，何苦，七姐等皆未在家遂辞出，先到怡生取了加印相片，又到中原购了一张六元礼券，又到百货售品所买了一瓶Watemar墨水才一元九，较现在市价便宜六毛，又在庆林春买了一斤红茶与九姐夫，即去校，不毕业同学皆在出汗考呢，看看没什么新布告，口试及格的布告大约明天可出，去会计课交了毕业证书费十元，即花费六毛，又连月收据及三张四寸便装半身相片（新由怡生加印者）交到文牍课，看见在写我们的临毕业证书，和中学差不多，只是大一些，上面素白，倒清楚，出来遇见几个同学谈谈话，又到旧书室去交年刊费十三元，尚不知何

时印好，去问丰神父，他谓于廿日一定要印好一部分，今年毕业同学有四百多，学士服不到二百套，所以今年不能照全体合影，只能一部分一部分照了，十二时多回家，在新广东买了一个粽子，五毛洋，上午跑了不少路，出了不少汗，午后觉乏稍憩，不觉已是二时半，急忙出来，去前门取款，三时就关门了，因为上午忘了带戳子，又得跑一趟，赶到那已二时五十五分了，出来便在西单买了一只熏鸡及两盒茶叶送与强表兄，铸兄在我出来时，他正回家托我亦送他二元，回来在西单买了些水果送九姐夫，去看他，他打赤膊在屋中喘，天热对他亦不好，坐顷之回来，顺路去为铸兄回话，他尚未回来，小坐即归，擦澡洗头后，正拟休息，车铺来要账，铸兄亦又来，告以送份子收下，所问人姓名住址，等强表兄回来再说，旋去，晚天阴有风甚凉快，刘曾履来送还书，小坐，不料落雨点，恐下大，他即去，不意不一刻风吹云散，又闪出满天星斗，只是热气大杀，晚记账，今日用甚多，今天铸兄拿来本月助十元，九姐夫于万分困难下，又送念元，心甚不安，天气如此则甚舒服，据庆华母云，自沪归来时尚着夹衣，愈往北反而愈热，至平已着单，科学发达交通便利，将大自然空气鼓动，调和南北气候，以前北平不如此热也。

6月18日　星期四（五月初五）　　晴热

今日是端午节，约好今日去颐和园找英，因为天热，早上去比较凉快，所以清晨五时半起来，六时十分出来，新广东粽子由五毛起码到一元二止一个的贵粽子竟售光了，真是贵亦有人买，在稻香村及西四共买了五十个粽子，十个送与老王，一年级时同屋王树芝君，四十送与英及其同学，这也是预先和英说好的，六时半由单牌楼走，出西直门，又往西走找到万寿寺天然疗养院去看王君的病，早就说去看他，这次毕业考完了所以借此次出城特意去看他，他住在靠近大门口临街的三等普通病房，由城内跑到那才用了半小时，七时五分就到了，他还好，似比在城内瘦了些，据言每日开销比城内省一元多，空气亦较好，是处原是西太后去颐和园中途休息的行营，一座楼前有一片房，有两跨院，王君陪我绕了一圈，到七时

半我辞出，一人独自疾驰直赴颐和园，八时十分到，由北侧小门进去，在仁寿殿前看见王秀兰及万心蕙二人，问她俩，在等卢先生的老胡给她们买早点去了，陪她们等到了一刻，王先领我去她们住的园朗斋，在山上，写秋轩东边，北房三间，她们一共五个人，还有两位不认识，她们早已起来，听她们互相说话，知道一位也是史学系的张雅琴，这关年考第一的，别外一位是教育系的韩秋风，好在大家都很开通大方，所以加入我一个男孩子，在五位大小姐中，也不显得什么不自然，她们的早点没有买来，过节，做买卖的都休息了，幸我带来了粽子，还有一包白糖，她们正好拿来做早点，直说多亏我带来，巧得很，张，韩二位去海甸一家亲戚去看看，十时我在她们那里用自己带去的手巾洗了脸，与英，王，万三人锁了门同出来玩，她们礼拜二早来，已来了三天，差不多地方全都走到，今天去访那耶律楚团墓，过文昌阁，一直往南，过铜牛，十七孙桥仍往南，直趋绣漪桥，以前我以为这是玉带桥呢，原来玉带桥在西边，在桥下玩扑克牌半晌，一路热气稍减，水声淙淙，飞花溅沫，忽来一衣衫污旧之老挟一杖，自谓年已八十二，前请时即在此园中当差，侍候老佛祖，（指西太后而言）过独木桥时真为他担心，生怕他跌落水中，我们玩到十二时停止，上桥从东边下来，与在桥下休息中之园中旧人听其谈前清掌故，如数家珍，虽疑有不尽不实之处，但以八十二岁（真的?）高龄记忆力如此，总算不错，因其可怜，助以二角，立听其谈晌，英似乎颇入神，约一小时方向上原路折回，此时太阳甚热，行至八风亭上稍憩，亦未过十七孔桥，又往北归，一同在仁寿殿南殿阶前小坐，因热，同去园外小铺进午饭，见店铺人家，依稀五年前西苑受训情况，惟时人皆非，不胜感慨，小饭铺甚清洁，叫三菜吃馒首，因过节下午休息，此时已二时许，为做菜即面子不小，英等已来过二三次，未用饭前，玩扑克牌打一百分，玩法与 Bridge 大同小异，惟更简易，饭后买些菜同回，因天热在长廊上坐一刻倒还风凉，只是四外热气仍有，因为今日早上英与万起绝早出来看日出，王昨夜被蚊咬未睡好，都困了，于是在玩猜字以后即全都回来，洗洗脸，我一人在里套间睡，她们三人在外边，天气神热，屋中亦闷，床很软和倒舒服，只是热的总出汗，翻个身也是汗，迷迷糊竟睡着了，不久便被苍蝇乱飞的声音吵醒，不

能打，怕搅了外面她们三人的觉，不一刻她们也醒了，她们先起来打，我也在里屋打，也不知那来这么多大绿豆蝇，飞的声音吵得很，好似小飞机打架似的，大约是包棕的叶子招来的，起来又洗洗脸，一同下山，天气仍热，到山下颐和饭庄临水东南角上茶桌坐下休息，夕阳西照东边一抹深绿衬青天，水色山光亭殿楼阁掩映在山凹树丛中，但东边长堤上一排绿柳似是新种的，颜色特别显得浅显，水边微风稍解热意，饭了些汽水等，已是六时半了，我还要急着回去，也不知城门几时关，买了一盒沙丁鱼即回来，又上山，英与万剥洗切菜，我拿了两个暖水瓶及一把水壶下去要开水，秀兰帮我拿上来，适遇韩张二位回来，不一刻全上来搬了些椅子凳子大家围坐在院中吃，有中午买回来的凉馒首，还有我早上带来未吃完的粽子，韩又由她海甸住的干妈家带了几个大粽子来，一边吃一边说笑，尤以教育系这位韩小姐嘴顶能说，又大方，大嚷大叫，大笑，大说，多了这位小姐，热闹许多，张小姐也会说，王，万和英在里边不大会说，她们又常常拿王的体重八十五磅来开玩笑，王即以万的一百零五磅作报复，有时小姐的开玩笑，雅而不谑，但已够使人笑弯了腰，韩小姐还会说些俏皮话，还会些方言，学得怪像，本来我还想赶进城去，这又说又知的吃起来，不觉已是八时多了，她们都说来不及了，留我在那住一夜，只是她们都日女孩子，加上我有许多不方便，英本来要我回去的，可是看时间已晚，但在三间屋内实不大好，于是决定等一刻去打搅卢三先生一下，但事前未去看看人家，临时无处睡却又去麻烦人家，心中有点不安，有心愿意在廊下竹床上将就一夜，又怕英不愿，未便执拗，先头看见英与万，各自洗盆碗，剥菜，动酱油等弄菜吃，心中起了一种异样感觉，这些位小姐在城内，家中未必会干这一套，变了一个环境就得亲看动手了，只是偶尔一两天还可以，长了恐怕都受不了，只是一点简单的手续，只是平常不大作，所以便由大家手忙脚乱中显出，大家都做事，我只能助以用力气搬椅子等事，别的愈助愈糟呢，这些小姐都是距作主妇不远了，现在实习实习一下不错，想来不觉好笑，晚饭王一人未吃，吃完大家收拾清楚，王陪英与我去卢先生处寻宿处，韩，万，张三人去知春亭上等她二人，于是分道下山，我们走到后山，卢先生屋已漆黑，此时不过方九时左右，据老胡谈卢先生饭后

即睡，这却不便惊搅，此正合我意，实不愿来又麻烦别人，于是又穿山径往前来，直赴知春亭，晚上微风很凉快，做买卖的伙计，因晚上无事，都已搭桌子，拼椅子睡了，我们在临水的大石山坐着，仰望满天星斗，闪烁不定，却想不到我有机会来欣赏颐和园的夜景，颐和园的灯光甚少，一眼望过去几乎全是黑的，只疏疏落落几点灯光而已，几个人在夜色苍茫下，说说笑笑以韩小姐说话最多，还讲了二三个故事，新月如钩，斜挂西天，反映湖水，一条白光，万寿山亦只余黑影矗立北边，玉泉山塔顶上独有一灯光，不知作什么用，却给人一种温柔希望的感觉，坐久了，夜风吹来有点凉意，玉泉山塔顶上的灯光灭了，一弯新月亦逐渐西沉，终于埋在西山下边，又稍坐，韩小姐直嚷着要走，万与英都愿走，要多坐一刻，月儿回去了，我们于是也带着微风回来，兀自觉得有点舍不得这个地方，这个机会，大家同在此坐地，实是难得，再凑这么几个人，恐怕不大易，也许这一辈子不会再像今夜同坐同说笑这么半天了！我持了手电灯，大家寻路上山回屋，在水边坐着时，英叫我也讲一个故事，我说："我哪会?!"英说："你真笨！"她们都笑了，说英说话太不客气，我看书有时也觉得自己实在笨，在多数人面前不会引人注意，不会吸引人们的注意，不会出风头，不会随机应变，不会讲些俏皮话，口舌很拙，也不会说什么笑话故事，就是在一种不愉快或是沉闷的空气下，不会说些什么适当的话来打破这种异常的空气，或是引导发起作什么游戏，及什么提议之类，我似乎缺乏一种作领袖的才能，回来大家在屋中略坐，又为我的宿处问题来讨论，有的令我一人在里屋睡，她们都在外屋睡，我说为我一人，大热天让你们挤着多不好，我还是在这张大竹躺椅上睡在屋外廊下好了，英决定叫我睡在西边不远的一个亭子上，也好，于是英与我搭这一竹椅子放在亭上，又由英与万二人为我拿来被子二床，铺叠好，真感谢她二人，万亦如此热心，在这五位小姐中，英不算，我觉得万处处表现得比其他四位强许多，实际这四位都不错，不知哪位有福气娶万小姐，一切布置停当，万、英仍不想睡，韩王要睡，张在算账，因为她们决定明早进城了，我与万、英三人搬了凳子椅子等到前院灯下玩扑克牌，不一先玩跳棋，张后亦出来又玩牌，打一百分，叫名字等，叫名字很有趣，有时急得看着叫不出来，张口齿最快，她常胜利，英笑得叫不出来，万瞪着眼着急时那种神态十分可笑！玩得来又说又笑，又叫的，附近如有人住定被吵醒，幸而还有人住，地方大，离得也远，玩到十二时多一点了，韩王先进去，万说我陪你再玩一会吧！我又和她玩了一会钓鱼，我想和她下去看看午夜的颐和园，她怕黑不愿去，我不愿强她，遂不去，英有时十分胆小，真像个孩子，晚饭时韩说突然进苍蝇可不好，她也害怕，于是与她把椅凳，棋牌全都拿进屋去，我邀她伴我在亭上竹椅上坐一刻谈谈话再去睡，她答应了，一同坐在铺了被子的竹椅上谈天，今天有时分明看出英的神态显出不安，一定都是我在此给她找的麻烦，我很后悔没有回去，虽然自己也不愿回去，而且也觉得太累一点，但看卢先生已睡，英脸上为难的情形，又暗自责备自己，不应给英找麻烦，要来我今夜的休息实在是很大不方便的，虽是她们五人外表口头上都很大方，不在乎，我心中亦总觉得不太合适，只是这种件作式的生活方式，却是我很喜欢的，因为这种变换一下生活方式，很新鲜，而且可以表现出青年的活气来，也可现出本人的生活能力，更有野营的风味，我向来未曾参加过野营，所以觉得格外欢喜，在静夜中与英相对而在以前西太后避暑之地，真是没有想到，一天中没有与英单独同处，现在有此机会，心中十分高兴，我问英是否因我而为她添了许多麻烦，她说不，她反问我让我在此睡是否太委屈了，我说太不，你们肯让我在此休息已是太好了，哪有什么委屈可言，好在天热，不数小时即可天亮了，英此时突然好似又触动了她什么心事，带点感情的声调说："我要不是与我二哥打架了，你多住些日子都可以，你不看见前面门都没开，我们走后门廊子吗？"我极力安慰她，我真奇怪她怎会与她二哥打什么架?！这时她不是都还用她父亲的钱，为什么如此，英竟伏在我肩上泣起来了，我劝了她半晌，她怕别人听见，低声暗泣，我抱了她，问她为什么？真不明白她心中藏有什么隐衷，她说："以后再告诉你吧！"我劝她不要多想许多太远烦恼的事，高高兴兴的来，大家玩得很好，仍然高高兴兴地回去，扶她躺下，她今天也累了，和她谈着话又告以南下种种困难与不易，她又说："你别说了。"她静静地卧着，我俯下头去，温柔地完成了我二人之间的第一次初吻，那时那么黑，不然一定可以看出英羞红的脸色，不知英又想起什么，又低声呜咽

了，并且自动地抱住了我，伏在我肩上哭，我真不知如何安慰她才好，她说："你要长志气，不要依赖别人，让别人看不起！"这是句警惕的话，我说："那是自然！"我们又相偎安静地休息一下，她说她要回屋去睡了，她坐起来，又倚在我肩上一刻方始进屋去，一时我心中十分激动，脑子乱得很，不知起一种什么感觉，英先头的神态与言语，给我凭空增加了许多问号，每一个人，每一个家庭都有他的苦衷，想不到英胸中蕴藏有许多心事！我们的将来也有许多阻碍吗?！一时心中起伏不定，亭子上蚊虫甚多，天气热，盖大棉被热得直出汗，不盖又咬，十分不好受，我只脱了鞋，衣袜我全未脱，和衣卧下，腿上已被咬了二三下，两臂共被咬了十数个，很痒，又热，盖不是，不盖不是，迷迷糊糊的，由二时多卧下，半晌看看表，才三时多，四时半又醒来一回，想来不觉亦实自己料不到，会在颐和园写秋轩东亭上睡了四小时，会与韩，王，万，张等人共处了一天，而且更与英造成了一个纪念夜，在变换我的生活方式，启我以异样的感觉，享到以前不曾受到的快乐与游玩的经验，那都是英给我的！

6月19日　星期五（五月初六）　　晴，热

　　昨夜又热，又咬，睡得又晚，加以心情受了刺激，迷迷糊糊简直就没有睡好似阵阵醒来，天就逐渐亮起来，四时多醒一回，不到六时，实在再也卧不住了，下面三间屋内她们五个人已有起来的，有了响动，我于是亦穿了鞋，整整衣服下来，清晨微凉，空气很好，清早的颐和园也来欣赏过了，一个人叠好被子，跑下山去，在石栏前望望湖水，吸吸新鲜空气很舒服，处处静悄悄的，只有两三个扫院子的工人和遛早的人，六时多太阳已是老高，虽不太显热意，而树上的蝉已经叫起来了，可见今天又不大凉快，站了一刻，又上山去，她们好似未全起来，于是又到山上略转，一个人颇无聊，又回来坐在石阶上英等起来看见我，遂把被子抱进屋去，她们此时差不多已经洗过脸了我于是与英搭回了竹床，洗过了脸，她们差不多已经收拾好了各人的东西，每人略进昨日余下的馒首，饮了些开水，各人提了各人的什物，把屋中东西整理好，英与秀兰去到卢先生处辞行，我等

弄清楚锁了门，一齐出来，在长廊稍坐，大家再聚在一起不易，万谓她再来及住在此的机会可不易有，故向昆明湖道道别，颇有依依不舍之意，又在仁寿殿前小坐，英与秀兰来了，一同出大门，各自取了车，英雇了一辆三轮，东西包裹全放在车上，韩张因在海甸尚有耽搁另行，我，英，王，万四人同行，因系三轮车尚不慢，在道上遇有二小孩，不过七八岁大，口喊老太爷，还有口音行乞，颇可怜，我给了一个小男孩一毛，另一小女孩我想不给，不料追了我车一程，追不上，我又没给，好似伤心，伤了她小小的自尊心，（？）失望而哭了，我真不忍这么伤毁了她小小的心，于是回车也给了她一毛，心中一时不觉十分难过，暗自摇头不已，为了战争，不知有多少家庭被离散，这些无辜可怜孩子，又惹了谁?！同时在西四北看见一老太太追着洋车要钱喘吁吁的悲惨影子及颐和园中那一个清末遗民，自谓八十二岁高龄的老人，无限感喟，战抖抖的谈清末的兴亡的影子，全都泛上脑际，天下受苦的民众太多了，不是助他一毛二毛所能解决的，那只不过是短时期的，一天或一顿而已，应该想彻底的办法，办多数的老人院，孤儿收容所等等，才是办法，这却又不是简单问题，必有大后台，有力援助不可，国家来办方好，此又是社会问题，英今日脸色一如平日，毫无异态，只是坐在车上，不说不笑，静静的，闭着嘴，好似有什么事的态度，过了海甸，万与她换，万坐洋车，英骑车，她脸上才现笑容，才觉得活泼，我心中才松动一些，我看了她沉思不快活的脸我也不快乐的，一路上谈谈笑笑，很快便到了西直门，进了城，英还要骑车，也不怕累，在城区内倒了一辆三轮，同到学校，英大约乏了，没去男校就回宿舍休息了，我在男校碰见几个同学，一同看见口试毕业榜，自己大名亦有，心中大放！现在才勉强算是学士了，自己学业告一段落了，毕业了怎样？前途更是渺茫，人家见面了向我恭喜，我反而惭愧！反而惘然！见面从毕业论文题目定否互相问起，到作完否抄完否交了否考完否止，现在继之又是职业问题了，尤其是我这副立刻压在肩上的沉重的担子，不知担负得起否？老父又去世了，最有力的援助者失去了，就是在时，看见我大学毕业了，也当掀髯微笑吧！现在呢!？唉！

在学校兜了一个圈子，出布告礼拜六上午十时举行欢送毕业同学，不

举行毕业典礼，因为今年人多，学校所备有的学士服，不够用，只好从略，九时半回家，因为昨日跑了大半天，又热，夜间又几乎等于未睡，所以身体觉得乏极，到家即洗脸擦澡换衣服，因乏倦，只洗擦了上身匆匆便倒在床上睡了，"饿时方知食物香，乏时方知歇时好。"躺在床上觉得舒服之至，十时半睡到下午二时，方被母唤起午饭，饭后再洗脸，又洗擦下半身，再去睡，又到下午六时起，晚饭后看看书，等到十时又困了，真是大休息，足睡，足歇，如此乏倦，亦足证我体力之不算强，不然何至如此！？

6月20日　星期六（五月初七）　晴热

今日这个简单仪式行完了，就算结束了学生生活，为了天热及舒适起见，穿了中国式大衫去的，并且预备下午就直接去东城赴王弼的婚礼了，九时多去学校，布告谓分四组摄合影，衣服不够，只能分组照，不能摄一全体合影了，同学大半来了，只有少数人未去，到十时陆续去神父花园中，同学散坐各处，说说笑笑，到处是人，乱糟糟一片，辅仁的风气，仍一如平时，男女各自成给泾渭分明，在中间一阁中领衣服，不分色，宽袍大袖的，怪那么神气，我们第一组照，今年毫无秩序，也无校长，校务长等与毕业生合影，先头看见了各系教授，主任等来了，后亦皆不知在何处，未再现身，我们照完了，随便站着，每人拿一个白报纸卷，权做文凭，交了衣服，闻西楼后备有茶点，汽水遂与同学六七人同往，已有未照相之数学系同学一二十人在与二三教授饮用，我们亦不管那些，据桌子之一角亦开始大吃大喝，约进点心七八块，汽水一瓶余，腹中放不下才走去，汽水预备两大桶，点心亦数十大盘，尚有许多同学不知，照完走去，此乃学校的招待毕业生的小意思，不能不取，且就是这一次了，大家都是同学又有什么客气，吃完，抹抹嘴走了，在图书馆中细看，终不见英的影子，奇怪，问王秀兰及张雅琴谓未来，去市场了，为什么不来，大约去取相片，摘了些神父花园中的樱桃，用发的辅仁生活包好出来，今天因为毫无秩序办法及指挥人员，所以乱极，我出来时，还有许多没有照的呢！出来有的同学都领了年刊，我忘了带收据来没领，到女校去，给英留了一条，把包樱桃给她一同留下，到第一宿舍找赵头，朱头，徐头，赵大年，刘冠邦四人在，旋去，今年年刊因为时间仓促印的很不好，每系的团体照，都印做什么会，真是不通，而其中主要部分同学录竟没有，怪事，前与丰浮露神父谈起，他说以后印成册子，再分寄给毕业同学，等着吧！不定什么时候，因为十一时多吃了一些点心，不大饿，与赵君耗到一时多才去午饭，学校宿舍内新添的小饭铺尚未吃过，今天来一次临别纪念，天热，又不大热，吃得不多，吃完已是一时一刻遂与赵君分手，因下午二时王家行礼不可晚到，冒炎暑驰往东城，将车存于东单菜市，步行到孝顺胡同亚斯立堂，贺客不太多，约有廿余人，帐子挂在墙壁上约有近百个之多，礼堂内甚高大，荫凉，地方大就显不出人多来，庆华亦回来，紧伴着王大芳似乎颇有意思，不知在看什么，对面，他竟未看见我，还是我招呼他才看见，还是那么胖，后面小厅备有四桌茶点，许多点心在西面台前，一个小长方桌上有一座三层的大喜糕，四外摆了约十盘左右的各色糖果，二时许新郎先由后门进来，把他一人放在台上幕后，我便陪他谈天，谈谈上海等，又谈他与弼的经过，他说："真是想不到今天忽然会在此地与她结婚，男女爱情是不可捉摸的，说不清的，也可算是件神秘的事情吧！在上海，大家一齐玩，没有单独二人出去过，此次她父母去上海为她二弟订婚，于是也谈起了她的婚事，于是在大家当面，很简单快便地就决定了，因为不便惊动上海友人，遂在北上在南京时，在上海及南京的报上登了一个订婚声明，我这次是一年一度的休假，有一个月期限，比较长，北来为的是游玩，以前未曾上北平来过，后因剑华的提议，她父母又不反对遂决定在北平结婚，一切都由他们女家去办，不然还得等一年的功夫，结完婚后数日我即回沪销假，她在北平养身体，二个月后再回去。"又谈："我回去找房子另住。"我问："你家中不够住吗？"他说："够住，只是不大方便！"我却不赞成，只是今天不好意思说，我们一边谈，一边等，很谈得来，邹先生人很好，大约三时半左右，新娘来了，我伴新郎出来，大家贺客齐注视在新郎身上，琴声响起，门儿开处，王老伯挽着他的大女儿慢慢地随着五小妹妹散花后面走了进来，大家都站了起来，静候他们走进垭。新浪先站在台前等候，走到了，新人站在一起，由郝牧师念圣经，问过他

们二人，再祈祷，然后宣布礼成。牧师念时，王弼身体直摇晃，大约头有点晕，是连日累的，热的，高兴的，我怕她倒了，礼成后，新人同到后面由第二层切了喜糕一刀即出来去，上面那一小块整的，有喜字的，要送到她们临时新房，德国饭店三层楼三十六号去的，送他俩及其二妹，伴他们去饭店换衣服休息，我才回来吃茶点，凉酸梅汤一大桶，点心甚多，吃的人不多，许多都没动，糖可都被大人小孩拿空，我也取了些预备回来分给弟妹们的，结果点心余不很多，酸梅汤足余有一桶，助他们招呼一些事情，遂与王伯母等一同去德国饭店看看，由后门进去，十分近，只隔数十步，上电梯方便，新人已换好衣服，坐一刻即辞出，我在东单取了车，又跑到王家去，去他家的人不多，多是亲戚，坐了半响，小孩们说笑吵得凶，七时新人回来，七时半在院中开了两桌酒席，庆林春的五十元一桌，我们小孩子在一桌，很热闹，大家不客气，饭后来宾有名崔如梅（？）的小姐与王二妹等合唱慕贞班歌前途无量，院中尚凉快，九时三刻辞回，今日王贻没露，闻病了，今日又跑了一天，又乏了，回家即憩。

6月21日　星期日（五月初八）　晴，极热

热，累今日十时半方起，连日酷热，为以前所未有，连夜睡毕未盖被，上午看看报，记记账，午饭十二时半时，忽然王延龄兄来访，他剃光了头，几乎不相识，他由房山来平小住数日，谈半响，三时半辞去，他也不怕热，本来打算今天下午补写日记，做点事情，看看书等不料王兄来坐了半响，天气又热，精刘疲倦，他走了，只好去睡，自天气热起来后，精神委顿得很，全身亦软软的无力，一来就困了要睡，一天睡好几次，十余小时，还足，不时仍打呵欠，好似多少日未睡缺觉似的，怪不得南洋热带人懒呢！天气过热了，实不好受，睡到五时半起来，提前吃了点东西，六时半出去，昨日下午俞斯果兄来一复信，本拟今日上午去访其父，来信谓我事时刻在心，汪头厌烦琐，一俟机缘即为说项，谓吾躁急，今日他值班，我即不去，令我忽急一层，真饱汉不知饿汉饥也，唯此时求人求事，自当别论，无可奈何也，今日下午出先到强表兄处，与其信看又略谈，并

道歉五月节其生日因事未到，他谈今年或无半天亦不定，因值此大东亚战争前线将士用命之际，后方人员亦应加倍勤劳才是，原来如此，七时辞出，即到陈老伯家稍坐，天忽阴云四起，雷声隐隐欲雨，真该下点雨了，多日干旱，热得实受不了，遂辞回，到家后雷闪交加，惟只落得一点小雨旋止，真是奇怪，今天却闻到了今年第一次的雷声，见着了第一次的闪电，久不雨干旱，王兄来言乡下有到今尚未种地者，麦子是无望，下半年米粮又是大问题，虽现在已计划物价实施紧急对策，恐亦无济于事，到下半年再说下半年的吧！只是阴了这一阵天，热气大减是真的，一天擦三遍澡亦热时也不得了，晚补写十八日日记一半。

偶过街上，见土膏店处处林立，乃此际一最发财之买卖，惟名皆××土膏店或土药店，内设烟灯等字样，皆粗俗，买大烟之处，惟宣内路西，及西四北，路西有二店，一名味根香，一名凌云阁，而不言土药（膏）店，取名颇雅，亦文字劫之一也。

6月22日　星期一（五月初九）　阴大雨，凉

昨日下午打电话给英，约好今日上午去校，八时多阴天下小雨，不大，遂冒小牛毛雨去校了，九时会计课才办公，先取了年刊，到图书馆去坐了一刻，在会计课签了字，雨下大起来，英也未来，到女校去找未来，大约是因雨，好，却把我给叫了来，打一电话，她可不是在家呢，雨此时正大，遂又跑回男校等雨，在教室看了一刻年刊，十一时半了，还不停，一气冒雨飞驰而回，一身上下皆湿，鞋袜皆浸透雨水，轮下水激射出有五尺远近，大雨中疾驰，平生第一次之经验，亦颇有趣，到家急换衣服，洗脸，足，饭后卧床上休息看报，天气凉爽，在校时因雨天气骤凉，穿得少，有冷意，尚怕冻着幸未着凉，五时多起，今日天气十分凉爽，正好做事看书，偏偏精神疲倦，一下午又睡去了，晚饭后，坐院中看书，晚补写日记等华子十九日来一信，谓祝我毕业及拟邮送我一物，不知什么东西，晚又得令泓来一信，看了麻烦。

6月23日　星期二（五月初十）　　晴和，晚凉快

　　上午八时许起来，天气晴了，不大热，都是昨日下雨的影响，比较凉爽得多，否则总那么热实吃不消，十时许正拟看报，做些事，同学赵君德培又来了，谈半晌，他谓闻人言，江汉生近于亏空甚大，外债数千元，其友人对其不满，却归罪于其太太，不善持家，皆慕虚荣，过于浮华，不知确否，与我亦无干，留其午饭，坚不肯，十二时辞去，午饭后看过报，一时半去英家，昨日电话中约好者，西珠市口正在翻修，马路，坎坷更甚，不好走，二时到其家，皆出门，张妈谓其六叔故去周年，上祭，令我等候，张妈多口，竟自动与我谈其家中情况，谓其二位兄大嫂二嫂皆不好，老太爷吝啬，不请客，无零钱，又诉苦，活累等等，老太爷脾气不好等等，又云如老太太在，此家绝不是如此，如此方知英两次委屈伤心，想起难过的原因来，这些复杂的情形，真是家庭难题，实不好办！将来她家如果其父百年之后，其家即是问题，谁系大家的大头不在，恐有趋向分裂之势，想起这些，大约就是英所以烦恼的原因吧！教问题，思想问题，父子教育程度不一，思想不合，行动不一致，当然就不合适，这也是个悲哀，做子女的不能劝止做父母的不合理的行动，想起如何不令做子女的悲伤呢！我知道了这内情，确实十分同情英等的处景，所以说物质上的享受不是真快乐，精神上的快慰才是真愉快，所以英虽在优裕的环境中，却终埋藏不了她心底的悲伤，二时半英回来了，在大街上被打了一注射针，到家她又嚷饿了，吃了藕粉与可可粉相混冲着吃，倒另有一番风味，看看书，谈天，她把中国历史研究法书找出来，借赵君用的，又同坐一椅上，英倚在我胸前，一同看年刊，不觉已暮，我手表及她屋中钟出了毛病停了，也不知是什么时候，她家住有沪上柜上同人夫妇，宋姓，英呼一妇人为九嫂，突然进来，我起来穿起大褂预备走，英留我晚饭，遂坐院中与英及宋嫂夫妇二人同进晚饭，宋二人满口天津味的话，都很直爽，吃烙饼，菜颇多，英父早晨去了津未回，院中颇凉爽，月已半圆，旋英二哥由硝皮厂来电话将宋先生请去，本来这种凉爽的好天气实在难得，只是英早就困了，故九时我即辞回。

6月24日　星期三（五月十一）　晴和

为了日前下雨的影响，今天还不觉有什大热意，奇怪自己近来何以如此懒?! 今天上午竟睡到十时方起，看看报，十一时半又乏了，卧在床上又睡了一小觉，奇怪的是刚起来躺下又睡得着，午饭后决定不再睡，已经有四五天没有记日记了，于是提笔振起精神来补记，幸而今天也无什同学来找我，打搅，这几日的经过又从头演习一回，一幕幕在眼前现过似的，追记下来，想来人事的复杂，却甚幻变不可测！一直写到三时半才写完，稍为休息一下，四时半去王家，王大姐与邹先生不在家，出去买东西，未回，在那稍坐，因天气阴上来恐雨，六时即回，晚狂风大作，雨只下了一点，不料这时候还会有此狂风，今年气候真不正确，灯下看"生还"，日前于西单商场购回者，作者尚有思想，虽为新小说述恋爱之故事，而文笔结构与普通一般者不同，高出一筹，是一本好小说。

6月25日　星期四（五月十二）　晴和

昨夜看生还，睡得较晚了，这些日子，每天也未作何费力的事，而每夜甚乏，锻炼身体的柔软体操也无形中停止了，不好，今日九时左右起来，十时再去王家，拟能于邹去沪前能晤一面略谈，并拟有机会劝其勿另组小家庭，因与其尚谈得来之故，不意邹一上午又出去了，便未进去遂回来，真有点乘兴而去，败兴而返，回来走过力家去二太处问力易周兄好朋友之姓名为姚殿芳，走出来，听见九姐夫回来在客厅坐遂进去，伯长二位同学亦在，一位矢小姐铁铮见过，因为去年旧历年正月去燕大玩见过一次，并且其名字与我四存小学时一同学名相同，初尚疑为我之一老同学，不料去是一位小姐，故此记得，九姐出去买菜，旋回，一同谈了一刻已是十一时多，留在吃饺子，因备不多，只略吃即止，十二时辞归，再进午饭少许，午饭继续看完生还，此为第三次，二时二十五分即出去访英，并带此书去给她看，好小说共欣赏，走到距英家不远，遇见王秀兰，还有另外

一位小姐，王介绍即是英之好同学之一的郭小姐，此时正热，她们却走了，本来英约好我今日来和她们一同玩的，不料她们这们早就走了，请她们回去，不肯，王还说了许多俏皮话，说是因我要来所以她们走了，坚邀回来不果，只好作别，到英家，英卧在床略看小说，意思是送客人走了，她要休息，不料我又来耿，又吵了她觉，她见我来了，立刻起来，又陪我坐半晌，见了面又无什么事，拿出扑克牌来玩，四时半她因得支不住，我就让她去里屋去睡，我一个人在外屋玩玩牌，看看书，五时廿分，她起来了，只睡了不到一小时，本来她还想去真光看电影，但因时间来不及未去，我与她，在她屋吃煎饺子，六时一刻出来，她坐车，同去公园，大东亚博览会我始终未去一次，还是上次未布置好时与英来过一次，月余后博览会闭幕，在拆卸时我又与英来了，我才是一个有始有终的参观者，我看见了博览会的骨肉，内幕，真像，绕在后河看了看筒子似的小河内还飘了不少小船，那么有点可笑的摇摆着，公园中人甚多，颇为嘈杂，不是清静处，于是我提议出公园后过门过西华门，进中南海的东门，往北，由河边走到万善殿去，那里有司法官善成所，中华新闻学院，那边人倒是甚少，在水边择了两块石头坐下，看看西边，南边的黄色，灰色的云，蓝的天，稀疏零落的荷叶，在河中间尚盛，云树远天，中南海确比中山公园北海又是一番风味，此时静荡荡好得好，只是树下水边虫子多，遂走出来，又往南，此时月已差不多快园了，反映在水中，水波粼动，月儿也轻轻地在水中最发颤似的仰望着月，微风拂着身体，心中起伏不定，一时似万马奔凑，一时又似超然尘外，一动一静之间，心中也不知感的是什么味，走在东门附近大照墙西，水边正好有一二人坐的休息椅子，与英坐在那休息，天已暮了，月儿在树叶枝隙中下窥我们，零乱疏落的月光影子撒满了一地，也罩满了我们俩的身上，远看对面树林荫处灯光稀散的立了数点，间或有车辆行人走过，所带的灯光，好似游萤般移动，一阵阵晚风吹过，很是凉快，远远隐隐的不时随风送过来不知是那个学校学生合唱的歌声，就是这么一个静穆的夜景下静静地喜新厌旧，只有偶尔水中的鱼耐不了久在水中的潜伏突然跃出水面，和蛙的鸣声，打破这沉寂，我心神有点飘飘然，有点陶醉在这个环境中。我俩沉静了一刻，共同领略这静的美，大约

英也感到这静中的愉快吧！谈起来，英往往要招出学问，思想等等问题来讨论，在此风光月下，似乎有点煞风景，真的，我实在是怕麻烦，怕用脑筋，费力的思想能避免就避免，于是脑子是愈发懒了！英今日劝我要好好地用功念念英文，她说在将来做事，不精通一国甚至二国文字，很不好办的，她说她也要好好念英文，于是又谈了一刻如何念英文，我劝她去找一位外国人直接去学，她也赞成，学无止境我自是不会以我知道的这一点点就满足的，英的好意是可感的，英又说我"不大爱念书"，我不能完全承认，也不能完全否认的，我还年轻，离开了学校，我还要继续不断的努力才是！现在的所知所能决不够应付社会及维持生活的，但像英今天这么温柔对我来讲话也是很难得的，不是她对我总是凶的，而是多半她都是很严肃的，令人不能对她不正经，嬉皮笑脸的，只好规规矩矩的相对，其实她聪明得很，何尝不明白，不懂，我想正因为她有思想，不愿只由外形上来表现，也就不好勉强，十时出中南海又进公园后门，小长狭的河上却立了许多灯，灯光两吊反映在水上比白天情况又大不同，北海水上少些灯光，但也有好处，出公园前门伴英走在东珠市口东口分手，她告我礼拜日下午各自由家中去北海，不必再去找她，她自负骑车技术已甚佳，但我总有点担心，有时出来，宁可她坐车，我心中安得多，到家已是十一时，家人已全睡了！（下午得翰弟及增益各来一信）

6月26日　星期间（五月十三）　晴热，下午半晴

一礼拜前与英及她同学在颐和园玩，一礼拜后我却又与英在中南海玩月了，这几个人是否此一生尚能再聚谁也说不定，人事不可逆料，昨夜与英谈起，不禁感喟，上午十时半去刘曾泽家他不在，与曾履略谈，明日南局换自动线，打电话叫不来，十一时去孙祁家，电话亦如此，祁不在家，与他弟弟湛略谈，在他屋看见林应益的弟弟，应复已与他的女友旷丽文结婚了，真快，近数年来，认识的人结婚的可真不少，不知孙祁何时结婚，今天看见了孙祁的女友的相片，孙祁的脸部总是那么忧郁着不好看，又在那听了几张话匣片子，拿了六张回来听，一时想起借一个手提匣子，那天

带去在船上与英共听岂不是好，中午饭后听了一刻话匣片子，二时看报又倦，一睡竟到六时半方起，真糟心，如此又过了一日，今日又热起来，下午半阴，觉闷，灯下补写两天日记，写毕又是十时了。

人事那么微妙，复杂的说不通，而男女之间的情字，亦确有点像人们所谓的有缘与无缘，而是丝毫勉强不来的，亦有时极说不清楚的，譬如我与令泓虽认识四年，但始终以朋友相待，直未生过喜欢她的心，一年未必见几次，她家及个人（据观察与大宝的谈话）对我颇有意，我如示意，或无什问题，但我却无意于彼，此亦无可奈何之事，在民俗堂上遇见了英，一见便喜欢了她，及至以后谈话，性情，思想为人处处都近合我的理想，但英家庭情况又比令泓家复杂得多，且英的学识与思想培成她比较高远的眼光与心胸，也比较不好应付，将来能无问题，也是不可必定。好逸恶劳，虽是人类的常情，而在情字方面却大半正相反，好走的路未必愿意，而不易行的路亦未必不是自己理想之途！

夜间检写读书的记录纸，近来数月课外的书看的太少了，应该努力，只是家中自己的书便有许多未看呢，近来至有点不敢想家中经济的情形，真是有点不忍杂记，眼前就要有严重问题发生，再找不到事，没有收入，真受不了，现在是最自由的时候，有事后，时间就是别人的了，唉！……

6 月 27 日　星期六（五月十四）　　晴热

迷迷糊糊，早就被吵醒，可是仍睡到九时方起，九时半去前门取款买配给米，在银行打电话与孙家，翰及其父皆未在，打到王家今日邹志强走了，上午十时半，又与英打一电话问其二姐地址，并告以念英文处事，又略谈考研究院事，说了一阵子，挂上，到廖七姐家去，其大少奶将产，小床都做好了，七姐告我昨夜闹贼，将增益之镜头四个，蓝、红、绿及半身镜头全丢了，这糟心，与其少奶略谈，又将代我放大之玉带桥，取回，只一元多，又不肯要我的，只得作罢，十一时半辞出，到西单商场拟配一镜框，不料无合意者，腹内饥遂到西单商场内明湖春进午饭，不意忽遇张君思俊，略谈，出来绕到书摊中看看，十二时半去王家，大姐及其母等正在整理什物，东西，大姐及其二妹每人有十余件衣料等，二时辞回，大家在家，略谈，旋孙湛孙昭等皆来，小将们又在院中打球，四时大宝回去，我还与小孩等玩了一刻球，全身大汗，遂洗脸洗头，五时半，赵君德培忽来，座谈半晌，仍以英借之书（梁启超之历史研究法）交彼，又谓马玉若闻许隶芬谓英以我色盲将刷我，我闻之一笑置之，英对我之神态决不似如此，且欲刷我之理由亦不应基于此无关紧要之小缺点也，又谈学校，先生，及考研究院等事，到八时三刻方辞去，我却沐浴换衣，作一信与易周兄告英二姐之在昆地址，念及家中经济境况，不禁焦虑之至。

6 月 28 日　　星期日（五月十五）　　晴热，晚狂风

早上起来，临时决定要去北城，跑的地方，顺路竟有七处之多，都是要在一早上都走到的，九时半出发，先到女一中为小妹要了一份简章，再为英到黄化内姐姐房中德学会打听习德文事，今年暑假在艺文没有初级班了，本会至也得习过半年的才成，出后门，找俞仲亮住的拐棒胡同，虽拿了北平市全图也未找到，还是问人才弄到，地点很特别，与地图上不符合，路南门不大，院中花木布置很整齐，三间北房的客厅布置的也还清雅，仲亮到底是做了几年事，一身应酬味，谈话的态度，接送的神气，确可看出是官场中训练了来的，到了才知道他父已病卧床上半月，日前甚觉沉重，今日礼拜，来看望病的多至七八人，我觉得这些人所造成的空气，我实受不了，与仲亮谈完要紧的话，立刻辞出，仲亮谓曾与我一信，我尚未收到，他言，因其父已病有半月，近日恐不能出门，不能见到汪头，恐有稽误，最好我能请仲老再来一信与其父只作询问前事如何，其父即可据此写信婉转催询汪头，往东去访孙先生楷第不在家，再找张兄思俊亦不在家，由其太太处借来船票，再到马将军胡同杨智崇家，不料黄叙伦在旋去，赵君德培方出，在彼小坐，要了他两张小相片摘了几个杏，十一时一刻辞出，又赶往乃兹府关东店去访孙翰，在家，在他屋中略坐，听一刻话匣子，他弟弟还是那样，骄横不懂事，不讲礼，孙翰大了，知道事亦多，比较以前强多，但想玩的方法与地方亦神气，花钱亦多了，不免浅薄，但

他对我还好，十二时三刻留在彼处午饭，与其三位母亲共用，其父适在，忽又出去，我算白等了，午后又在孙翰屋略坐，二时他去游泳池，一同出去，把他借来的手提话匣子又借来用一两天，又借了几张话匣片子，先伴他去青年会买了两张游泳票，再折回同行，他们代我拿着话匣子，一直到中南海北门，分手，又遇见常森铭，在西四分手，我今天去北城顺便借来船票，去东城又恰好借来手提话匣子及片子，正在心中暗喜，一切顺利，因为我和英约好今日夜去北海玩月，月下可以唱唱话匣子多美，因为匣子重，走到亚北存在那里等一刻回来再拿，免得来回拿，跑了大半天，路走了不少，天气真热，又累，回家洗脸，揩揩身体，正拟休息两小时五时许六时再去北海玩去，正在作如意算盘，卧在床上歇着，四时许忽然英派她家当差刘世纲骑车送还我借她的小说，并附一封信，谓她日前风寒，晚，昨日刚出汗，今日如去归来必晚，怕再着凉，不去了，我一时心中要说的话多得很，遂书一简字交刘世纲带回，真是冷水浇头，一信希望全完，兴致大减，看看由安定门借来的船票与摘来的杏，从东城老远吃力借来的片子及话匣子，现在全失掉意义了，空自欢喜一场，只薄薄一张纸全都扫开，真是为谁辛苦为谁忙，她那里晓得我早上这一趟这一番心，费的这一番力哟！一时懊恼失望得很，此时天阴了，稍以自慰，也好，天阴了，不去正好，但不一刻天又晴了，希望又上来，立刻出去到刘曾颐家借电话打，虽是昨夜南局电话便自动化了，可是他家的坏了，又跑到孙家才打通了，她说她不舒服，听她说话不像有多厉害的伤风，明天她也不愿去，不愿相强又谈了一些别的即挂上，回来心里多少有点不舒服，像是有点什么堵在心里头，心里想也许她另有其他原因吧!？或是她不好意思与我过往的过于密切，被其家人看了不好吧！初还想她不去，我费了那么大的力，不去吗？自己也去玩玩吧！但又觉得今天跑了很多路，是乏了，该休息了，于是终于未去，也没有去的兴趣，没有英我总觉得一人去那都无意义，无意思，无味似的，没有英便不想去，晚饭后四弟，五弟二人去找船去了，黄昏时写了一信与英，胸中略抒，自己奇怪，若是英去，此时这么累怎么陪她玩，我想只要有她，我就是乏了，身体中也会凭空生出许多力量来，准能再骑上车，再拿了话匣子跑到北海，还要在船上听唱片，刘船，还能与她谈话，她不去了，我一股子劲全泄了，一些也不上来，这就是爱情的力量！晚八时许忽起狂风，声势惊人，阴天不下雨，这时却会有如此大的狂风，想不到，吹得树枝怪叫，好似山崩海啸，心中烦，怕听这声音，又惦念两个弟弟在北海船上的安危，电灯灭了，老早就上床睡了，夜十一时多两个弟弟回来了，幸未出事，也好，和我英没去，不然遇见这么大的风才麻烦，这又稍解胸中的烦苦。

6月29日　星期一（五月十六）　　晴热，黄昏暴风

上午九时到北大工学院南邻市立师范要简章，一看初中毕业才能考，也未要，小妹才小学毕业，到学校去看看，毕业证书还未写好，要了两份研究院简单，没有什么事，下礼拜再去学校要去，又到余主任家由其长子余让之先生把求主任写的汉隶字拿出来，未进去即辞出，这回写的是主任自作的诗，到家看报，午后努力振起精神不睡觉，先拟了稿子，然后再写，写与陈仲恕老伯的信，与老人写信要旧式有规矩，一切都得费点斟酌麻烦，报告他近况，作论文及考试毕业日期，又把昨日仲亮的意思亦说明，请他再写一信与仲亮之父，并附去四寸相片一张，不觉写尽了五页，又写了一信告诉强云门表兄，天气热，影响人的精神体力甚大，只不过写了这么一封信，觉得有点乏，休息一下，四时许出去发信，先到孙家借电话与英说话，告诉她考研究院的课程，又约好明天早上去公园看北京市第一届联合影展，正好孙祁出来，一同走到达智桥，我发了信即先回来，到家四弟的几个把兄弟全来了，后天陈九瑛去沪他们陪他来辞行的意思，五时走去，他们才走一刻，突然被暴风袭来声势比昨日还猛烈数倍，一转眼的工夫，两个窗户还没有关好，风和土已经降临，满院子全是土，一点也看不见院中的景物，好似从天上往下倒土一般，这种奇怪的形状真是第一次看见，是以前所没有的，树枝被吹得忽而东倒，忽而西歪，样子十分可怜，风力分明比昨日猛，强大的多，大槐树上，树枝被吹折了两大枝，幸未伤人，约半小时后降了微雨，土才压下去，风约一小时后方止，夏天起这么大的风真是怪事，晚饭后，雨止风停，土也静沉，太阳又从西边云中

探了同头来，看去那么晴明可爱的一个黄昏，刚才一小时以前的凶恶景象，没看见的，决不会相信有那么一次风暴，因为先头的风太大，电灯又不亮了，小雨后天气很亮快一个人坐在院中乘凉很舒服，只是阴天，今天和昨天两天都起大风，阴天，看不见月亮，真是大煞风景。

在院中徘徊半晌，近日奇窘，经济压迫重重地咬龃我的心，胸中感到十分沉重与不自在，后来亦想徒自焦急，无益于事，反正得过，要活着就过吧！

独自坐在院中，脑子却不肯休息，奇突纷乱的思潮起伏不定，仰望天空，阴云密厚，一层叠着一层，布满天空，间或有些隙缝，露出蓝天原来的面目，各种不同形状的重云愈发显示出不久仍有风暴的来临，正好现在乱糟糟的世界一般，风云那么险恶可怕，变化万端，却给人以一种奇特的感触，我真想飞身空中，来扫荡净尽这些妖氛怪云，还我清明大千，同时又感到空气的沉闷与压迫，我真想喊，大声的呐喊，以抒胸中的愤懑，唤醒麻木的人们，独自在院中不停地徘徊，抬头望着是阴沉沉的天，低头看是灰黯黯的地，一时不知如何是好。

不觉又想到死，从前想到人人都有死，不觉便灰心，但自从听见顾先生说死乃是完成生的，一时大悟，又想到王弼给我写纪念册上说："人人都有死，愿你有一个有意义伟大的死"，今天突然又想到死，就是想如果此时我忽然死了，又是什么情形？一定乱成一团糟，想来一定有趣，那么家中又该变成什么样子？！真是自杀当然我还没有那么晕头！如果要死，此时也不能死，以前倒可轻易一死，此时如死，则辜负的人太多了，陈老伯，母亲，强表兄……多了，还有我的英！如她闻我死了，她应如何？！此时多少，好坏，已是一个社会上承认我是个大学毕业生了，我要做的事，要还的人情债多得很，此时却死不得，虽将来我终有一死，真不知道将来我是如何死法，死在何地？！

静静的想来，实想不透人生的意味何在！人间之一切行动、争斗等，全都是无味的，可笑的，实际不过是为了"吃饭"而已，吃了饭好活着，活着吃饭，活着又怎么样？又有什么意义，什么伟大的事业，解除众人的痛苦……都是胡闹，骗人骗己的话头，所谓伟大的自私自利而已，什么名垂不朽，岂奈子孙不争气何，本来人与人争除了抢饭碗，更舒服以外，又有什么意义，人活着，挣扎受苦奔波大半生，就为享受那么短时的晚年时光吗？就为此数年的享受？若人活着就为了一个"活动"，争的是口"气"，那更无聊，想不开，看不透，若说是志在解除大众的痛苦，那真是有趣，请想现在所谓的大众痛苦，与其他少数人的罪恶，这些错处是天上掉下来的？地下长出来的，凭空就有的……都不是，全是人们自己造成的，怨谁？人愈多，相处及发生的事情与关联亦愈复杂，"战争"倒是消减人太多时最好最快的一个方法，记得在中学（高一同学贾遵浩说的）一位同学说"战争是物理游戏"以人来做试验品的，可惜所减少的人，反多是安分守己的，那些最不老实，专事搅乱的恶人反而存在日多，真想不明白人为什么活在世上处处显得那么纷乱，不定，矛盾，可笑，可怜，无谓……人就是这么一个复杂的动物……我想世如果没有人，定会比现在好多了，一定要清朗得多，不是那么乌烟瘴气的，在苦闷不满现实的情绪下，不由我也"梦"想那么一个人人优游自在的瑶台仙境，没有争斗的大自由自在和平欢乐的境地，虽然我曾作以上如是想，但为了身处的环境，我一天一天仍是这么活下来，这又是一个微妙不可解的问题，人难道永远是在矛盾中生活着吗？这也是顶滑稽可笑的事！

人说糊糊涂涂过不好，可是要想起来处处事事都想不明白种种都是矛盾的，这又是一件不明白的事，今天坐在院中脑子随意奔驰，不知不觉想了许多荒谬（？）幼稚的思想。

6月30日　星期二（五月十七）　　晴热，晚阴

因昨日下午与英约好，晨六时一刻起，七时五分到公园，英尚未来，在公园外转了半晌，十分，廿分，三十分过去了，还未来，遂先进来坐在距门口不远处的廊子上看书，又是四十分五十分，过去了，本来定的是七时，现在已是八时了，是她先到了，大概不会，或是她记错了，是八时，决定再等一刻钟，再不来，便到园内去找她，八时十分了，她在门口出现了，见了我，面上现出惭笑，挽着我臂说得了，看她那种求恕的样子，不

忍再说什么，她看我手表，已是八时十四分了，她说她昨夜睡得晚，今天起晚了，走到行健会影展门不未开，绕到后河，一边走一边谈，又由东往西，由北往南绕了一圈，在花坞前临水椅子上坐下，西边山上有几个伶人在喊嗓子，又是一件煞风景的事，太阳晒，又过了小木桥在南边椅上坐了一刻，不见她时想念她，念她几乎忘掉了一切，只有她充满了我的脑子，可是见了她那些话，又不知道都跑到哪去了，好似看见她便好了，便满足了，别的其余都不必要，不见她时便想念她，如何是好，就是去找她，也没什么事，只好相对无言，但觉得看见她便心内安定能够总和她三起才好，我在家时时感到没有可以谈话的人，因为想说什么，发点什么感慨，弟妹们都尚不大懂事，更无共同讨论的机会，如果英在我面前，或可驳斥纠正我错误的地方，有时我的激情，悲哀，感到面前无一知己去向他倾诉，有一个可向她说的英，却又并不是那么轻易想见她时，便可见到，时时念到她，却又不好意思，时时念到她，却又不好意思天天去找她，何况她自己也不好意思，让别人看见我俩交往时过于亲密了，我每天想看见英，就是在电话里听见你那么柔和地唤我一声也好，我每次见了她总想和她热烈烈的谈一阵子，但是相反的，多是沉默，或是说些无聊的话，我承认我没有一种提起谈话兴趣的能力，而她那副总是在我所谓矜持，她所谓礼貌及半严肃的面容下，不容我要说些什么诙谐的言语，只好谈些正正经经的话，（当然也未必想说不正经的话）但我晓得她底身体内实满藏着青春的热情，就是不肯轻易地流露出来，在偶尔看见她放松了她自己时，那么很活泼可爱的一笑，或是那么一个很动人的表情与姿势时，我当时真想立刻抱过她来狂吻呢！但我只是心里那么激动，可并未那么做出来，恐怕吓着英，否则她必以为我是发疯了！——从西边小山上下来，在水榭南厅看吴镜汀，吴显曾二人的画展，画的不错，出来沿长廊又走到行健会去看影展，这次参加的人很多，作品便杂，好的不多，此时已十时三刻了，看完在行健会前藤椅上坐一刻，听听影展所放的片子，十一时一刻同出，伴她走到前外大街分手，她向我说一声"再见"，我当时突然心中一震，好似很难过，真不愿听见这两个字，归途又到孙家去打一电话，与孙翰，他叫我下午二时去，那么热的时候，受不了，午后，困了睡着，四时半去，早上出去就觉得累了，不想出去，不料还是非去不可，还得非去不可，没法子，还得把那些话匣子带去还他，话匣子是昨日中午回来，从亚北取回来的，白借也没拿到北海去，这次还他，这一路也够瞧的！两手倒换着提去也还好，今天是孙顺的生日，来了些亲戚朋友又要打牌，未成局前，抽空与他父说了几句，亦告他父曾有机会去联合准备，他父说准备好，允代我向行中人催一下状似并不注意，亦不知有效否，姑尽人事而已，又在孙翰屋小坐，孙祁亦来，无聊没有意思，六时半我即辞回，牌饭晚等不了，归途又到七姐家去小坐，问增益太太相框在那配，原来在文兴洋纸行配的，七时半辞出，把小妹们托我取的相片取回来，她同学陈万慈尚未走，三人合照不错。晚看完了《海底梦》又看了一点《原野》。

我每看到书中我以为精彩的地方，或是美的景色，听见动人的音乐……时，我即立刻联想到她，如有她在我身旁时多好，（不要她说，那未必即是她也喜欢的，固然那么说可以显出她的思想来！）只要她知道我是无时无刻忘掉她的，她如爱我，定会也爱我所爱的，我愿，我希望，我祈祷能够和她共享快乐，共受甘苦！

有两次想晚饭后去看英，因为白天热，太早了也不好，只是连日晚上时时变天，不保险，天热使人无力，无精神，热得人全身发软，讨厌之至，热气无法抵御它！只有富人可避免。

7月1日　星期三（五月十八）　　晴热，晚轻阴

天气热得难受，在太阳下跑了两天，照照镜子，脸像从游泳池中回来一般，那么黑！今天不出去了，在家休息休息足写了一上午的信，给俞仲亮一信，复泓一信，昨日下午得孙楷第先生寄来他与我写的纪念纸，他自己作的两首诗，复他告他接到并谢他，省得我再去他家了，与小徐一信问他近况及找到事未？中午看了一阵子"原野"看了大半，又与英写信，中多廿九日夜独坐时的杂感三时多困了睡了一刻，醒来不觉已是五时半了，晚上继续写完了给英的信，不觉写完了八个半页，晚上十二时看完了原野。

昨日报载前日傍晚暴风为虐，风热疾骤，继之黄沙四起，一时天空为风沙所蔽，立成昏暗，风声怒吼，势如排山倒海，所有市内树木，天棚，电杆多受摧折，市内多受损害，风势凶猛前所罕见，历五十分钟始息前晚停电四小时。

有许多事大半是在经验迈过身受以后才知某一件事物的甘苦，而在未曾经验迈过身受的年轻的后代人，却又永不明白，虽是过来人如何讲解警告，也是无效，于是世事永是如此纷搅，悲剧永远产生不穷，这也是人类永恒的悲哀，譬如念书，自己中学过来了，才领悟自己在中学不曾用功的缺陷与害处，在大学是如何的吃亏，而现在中学的学生，作教师的家长的，尽管如何劝导他们多半是不能领悟的，而过来人已是迟误了，正在前进的又继续不断地踏上覆辙，人们要进步，难得很！所以人说："青春只有年轻人具有，而亦只有老年人才晓得她的宝贵及如何利用它"，这未始不无一点道现，在身处的现实地位与环境中，应付得最好的，便是闻人，伟人，名流，领袖……但能有几个？也就是这些人比较一般人可贵（？）的地方吧！？

昨天和今天才看见了月亮，月光很是暗淡，好似在受了两次狂风欺负以后，显得微弱的清光，很是可怜！

7月2日　星期四（五月十九）　晴热

上午九时起来，却不早，昨日一上午写信，今日没出去，半天却用在补写四天的日记上了，写了不少，所以很费时间，从十时一直到下午四时才写完，天热中午也吃不多，坐着写字也出汗，热得真可以，热气熏蒸，精神萎靡，今天却不令我自己再睡午觉了，字写得不少，汗出了不少，手指又写微疼了，这么一天一天过等候找事的消息，真急人。

妈妈以前向不闻问我的一切，自从见了英以后，妈妈便时时问及她，不时问我这些日子有看见她未？日前闻她病了，连着数日问我她的病况，又同我打电话问她好了未？这一切都使我感到新奇，妈妈也那么关心她，并且时时与我谈及英，这是以前未有的谈话在我和妈妈之间，我在家思念英是在心里，而妈妈在口头却比我还关心英的一切，更殷切地问到我俩的情谊，我把这番意思告诉了英，聪明的英，不必我多说什么，她自会明白我妈妈关切的真意了！

今日足足写了大半天的字，写日记，及信，全都弄清，下午五时多到达成智桥去发信，炎热的太阳，此时还不稍减她的威力，晒在脸上，感到有一点的灼热，一天到晚，除了一清早和晚上比较凉快以外，整天都是闷热的，真实不大好受，五时半郑克昌（小三）忽然来了，他许久没有来了，他说大宝二宝们请我和四弟去划船，她们也许可以借到一条船，两只船可以热闹一点，连着两天没出去，天热白天实在有点不愿意出去，非迫得不得已不想出去，借来了四天船票还未去呢，自己今天正想去，便留小三在此一同用了晚饭，七时廿分一同出来，我与四弟先去北海约好在漪澜堂与大宝等见面，小三回去告诉他们，四弟去存船处取船，我先到漪澜堂打了一个电话与英，她方要吃饭，此时已八时，尚未吃这么晚，请她来玩，她嫌太晚了未来，四弟划了来，上船发现少了一个浆圈，在水中绕了一个圈子，再到漪澜堂大宝及二宝正站在码头上等我们，我就猜她们的船没有借来，一同划，玩，晚风吹过来，尚凉快，不算很凉快，因为内中仍微有温意，晚上划船比白天好得多，远处一排排的疏疏落落的，忽明忽灭的灯光都很有趣，在水中绕走，现在天热雨少，有好多处水甚浅，人多便要陷入泥中，不能过桥，二号船很好划，四弟吹吹口琴，又聊天，暂时忘却一切烦恼，颇写意的玩了一小时多，三表兄不肯让大宝考辅仁，怕太贵，不觉已是十时半，我与大宝二宝先上岸，四弟一人去交船，因为那边水浅人多不成，我们三人往儿童体育场去等四弟，一时童心复炽，把内中所设的玩具全都玩遍了，什么压板，木马，秋迁，转椅，滑板，在滑板上一不小心，把裤子划破了两处，幸而腿未碰破，回想起来，多少年前（约十年吧！？）和父母来玩时，不是首先便跑到此处来玩吗，后来大了便不好意思来玩，今天夜晚无人看见，正好玩个痛快，心中也自好笑，今天又作了儿童场中的人，时光，时光，把我变成如此，再过多少年，我又是古人了，可叹！这次也可算是个纪念吧！！！出来大街上人少得很，显得那么静荡荡的街灯很少，铺户多上了门，行人快没有了，正自奇怪，往西四去，

方拟去吃些冷食，不料愈往西四走，灯光愈少，后来索性变成黑暗世界，正自奇怪，听见警察喝令车辆灭灯，铺子全上了捐，方明白定是防空警报，于是伴大宝二宝回去，二宝骑车，我临时带了大宝回去，西四北还有点灯光，一路幸无人阻碍，平安到达郑家，进去饮了两杯水即与四弟回家，往南迎风，倒凉快，遇见日本卡车一辆在巡街，喝令未灭灯火处灭，一路上只遇见些洋车街上行人极少，只我和四弟还在街上骑车飞驰，并没有禁止交通，我们得以安然自在的通过，警察看见我俩好似有点特别，因为街上行人几乎可说已经没有，我俩偏还在大街上走，室外管理的很好，一片黑没有亮，胡同人家内就差一些，到家洗脸休息，不知日本又闹的什么玄虚，没事折腾什么。

7月3日　星期五（五月二十）　　晴热，下午半晴闷，有风

是自己太懒!? 是天气热的影响?! 十时半方起来，看过报不久又吃午饭了，午后天忽半阴，一时多看看北京人，卧在床上不觉又乏了，一睡又是五时多，一身汗，昨日本拟洗澡为了累了，随便揩揩先睡，今日下午起来好好揩了一遍澡换了衣服剪了手足的指甲，很舒服，不一刻又是晚饭了，时光全都睡过了真糟心！今天睡了一天！

连日又炎热，英在家不知做什么呢，下午天半阴，闷得很有点风还好一些，搬了桌椅在院子与四弟下象棋与小妹下跳棋，也不觉什么意思，一天到晚不知怎么过才好，又念及英。

回忆起来，虽然认识有一两个比较还算熟的女孩子，但是最合理，最对我意的就是英了，细细想来什么弼，什么泓，全算不得什么，只不过是普通朋友而已，我与英方可称为一步步的合理的自然地踏上了恋爱的途中，认识了英，我才算是恋爱了，才尝到恋爱的味!? 只暗祝这第一次的恋爱有一个美好的结果！

白天睡多了，夜间振起精神，到夜间二时，看完了《北京人》，曹禺（万家宝的笔名）的第四部剧本，我觉得在我所晓得的四个剧本中，（《日出》，《雷雨》，《原野》，《北京人》）我认为《雷雨》第一，《北京人》第

二，《日出》第三，《原野》第四，我不大喜欢《原野》，甚至觉得有点厌恶，简直不大好；《日出》出版后，曾与中国文艺界以大冲动，前天津大公报曾经为它出过集体批评专刊；《雷雨》实是个大悲剧，而《北京人》悲剧的成分，明显程度虽不如《雷雨》，而实际活现出一个没落世家的种种矛盾缺陷的悲哀，也不下于《雷雨》，只是表现的手法，方式不同，一个是明显的，一个是隐含的。难得作者分配这个故事的演变，只在一个客厅中所见到的，便可看出整个一个旧世家大家庭的崩溃！有人说这剧本是模仿《红楼梦》，又何必那么说?! 后人就不能创造？处处皆非沿袭模仿前人不可?! 自己写不出什么，偏要肆口批评，实在可恨！够得上一个批评家再批评，否则如狗乱吠，又何苦费力，找瞪挨骂！《北京人》中的曾家一家子，正如皓老头子自己气急败坏地说道：“……活着要儿孙干什么哟！要这群像耗子似的儿孙干什么哟！”（P. 319）绝绝望哀痛地这么喊！实在曾家除了思懿大少奶的奸狡以外，全部耗子般的软弱！尤其是曾文清大少爷，更是懦弱得令人可恨！袁圆，父女，及北京人，才是活着的人，其余都是半死的人，江泰也是个极无出息的人，愫方在其中是个极痴极可怜的人，幸而末了和瑞贞都走上了光明之途，脱离了这个牢似的旧式无望的大家庭，这才使人出口气，稍得安慰，否则将要对愫方瑞贞二人抱多大的委屈!? 由于少清的懦弱，无能，不由联想到大哥的一生，他不也是如此活现的摆在我的面前，我决不能学他。

7 月 4 日　星期六（五月廿一）　　整日半阴，闷热

　　整日都是半阴天有点风，比较凉快一些，上午十时左右，马永海忽然来访，却出我意料之外，谈了半天，知道永涛仍在上海暂不回平，又与他谈谈找事的事情，他也许要到联合准备银行去做事，一时心中激动，向他发了点牢骚，恐怕他也不会觉得有什么用处与影响，因为他错误的思想与多年家庭环境的影响，也绝不是轻易就能纠正过来的，他在最近，两个多月与魏九华交了朋友，魏九华是现在北平市商界闻人魏子丹的次女，长女九如于二年前已于周大文的长子长星结婚，九华亦于今年与永海同在辅大

西语系毕业，进展亦甚佳速，自称亦是电击战，言下颇有自负的意思，他在返校节那天才正式与九华谈话，想不到外表平素极为沉默的永海也有这一下子，可见人只看外表是不可靠的，十一时半他辞去，午后看过报，又看看蠹鱼集，林木西撰的散文集子，不好，没意思，二时多睡了一小午觉，四时起来，天气热，睡得昏昏的真糟心，又是一身微汗，看看书，提前做了饭先吃，因为今日又有防空演习，六时半出去理发，到新张的尊元阁，从前常去，后来不常去了，今日从英言，剪得很多，只余很短的头发，立刻面貌似乎改了样子，许久没有只留这么短的发了，夏天短点倒是凉快，七时半到英家，走进去，英在院子做活呢，她抬头去见我，出她意外的望见了我，那么微微惊喜，笑容满面的，低低叫了我一声，她似乎很高兴看见我，她家人全在后院辽中吃饭呢，我在她院中坐，候她看着板桥集，她不一刻就吃完了，她要与我出去骑车玩，虽有防空演习也不怕，她洗了脸，也未换衣服就与我出来了，此时已黑了，有八时多，东珠市口坎坷不平，她不敢骑，推着车子与她一同走，一边谈着，她只是急行，她说这一路多是熟人，她虽不认得可是别人认得她，她说她们亲友中没有这么大女孩子男朋友夜里满处跑的，这么说，她此时和我出来了，不是因为与我特好才冒此不韪吗？人多车乱，一直走到西皮市她才骑上，走到天安门大街，她车带没气了，勉强又骑到南池子，又一直推到南池子北口，才找一个已要上板，实际已休息的修理自行车铺，换了一个打气门的皮筒，打上气才好，此时正实习防空演习，灯光可以不要，车上不点灯，此时算是奉公守法，南池子树多很黑，但英也骑了，晚上出来骑车也就是她与我出来才这么办，她车很不好骑，有许多毛病，她骑看费力，走到神武门西边一点，她一失神跌了一跤，幸而没有摔着那，她有点气恼，于是推着到北海，已不售票，于是走北长街，我扶她骑我车，比她的车好骑，只是高一点，她一直骑到快到南口了，她要下来，扶她下来，口渴得很，在路旁喝了点汽水，又骑到天安门大街，一同推着走，她连日腹痛不敢吃凉的，今日喝了汽水，肚子又有点不合适，我却疑心她是因为某种原因！一路多半无灯，好似发了什么疯出来在大街上绕了一大圈又跑回来，在前门雇了一辆车送她回家，在路上她说我一部分的行动爱"生还"的影响，她却太过于锐感了，女孩子在此时是如此的，我给她什么书看，难道都有什么含义吗？在她门口，她约好于六日晨六时在中南海门口等她，因晚不进去，即辞回，一路上人家多借此休息，早睡，铺子也都上板歇了，晚上先头阴天又晴了，也不凉快，到家十一时一刻。

7 月 5 日　星期日（五月廿二）　　晴热，晚阴

天气仍是如此热，实是闷煞人！晚上天气又阴云布满空中，可是这个雨实是难下来得很！上午十时正要看报时，突然赵君德培及杨君志崇来访，又是出我意外，天气热，一同聊天喝水，看书报，留在吃午饭，赵君谈日前谈色盲将被刷事，乃小柴先生德赓（字青峰）传出者，他又怎知，有趣，亦多口，不像先生，午后听无线电中相声，广东音乐等，到三时许方去，回来看报，四时卧床上小憩，五时半起，出去到孙家打一电话与俞君仲亮，我信他亦接到，仲老尚无信来，他父已好大半，回来无聊，天气闷热不已，念家经济已濒绝境，不禁胸中焦急如焚，下午看完蠹鱼集，言中无物，无价值。

7 月 6 日　星期一（五月廿三）　　晴热

天空似阴不阴，微风拂体似凉不凉的时候，五时三刻左右我已骑车在大街上了，夏天亮的早，早起的人很多，街上已是熙来攘往的很热闹了，因为前天英面约我今日晨六时在中南海会面的，我看看中南海门内静静荡荡的，据以往英总迟到的经验，想她必尚未来，于是未进去，在南门外，靠东边，树林中临街有一矮石几上坐着，一边看书，一边候着她，等了有四十分钟还未来，遂骑上车到东边去看，一直到公园门口又等了有二十分钟，回来又在林中候了一刻钟，忍不住买票进去，坐在西边临水椅上，看着书等，时针一点点移动，八时了，仍然不见，心中十分不安和犹疑，不知何故，到中南海门守室借电话打到她家，谓早已出门，云去校尚未回来，心中更奇怪，她定不会忘了，不是道中出事，即她忘了去学校了，遂

快快的绕行中南海，出了东门，去学校，学校中有些同学是亦来取文凭的，也有是中学毕业生来报名的，没有看见英却遇见了赵君德培及杨志荣，在图书馆看书，在学校转转没有什么事，赵君伴我去女校看看，英没来，回来取了临时毕业文凭，四年大学，换来此一张大纸而已，捧之心中生有无限感慨，四处不见英来，终于忍不住，又打一电话给英，她在家呢，回来了，她早上去中南海了，尚差十分钟六点，等了半小时多，我没来，她就走了，想起来又是我的错，我总疑心她会迟到，心急在外边等反而误事，否则亦进去等，不是早就见着了吗？想早上我坐在外边等，她坐在里边等，真是滑稽，都是自己耽误了事，我打第一次电话后不久她就回来了，而接电话时幸而她并未生气，我又叫她来校取文凭等等，她也答应了就来，我说在学校等她，我又到图书馆中坐坐，在门口转转，赵君因等着要笔记也陪我等她，一直到十一时一刻才看见她来了，望见她满面笑容，不知什么事高兴，见着她才知道她二姐给她来了两封信，存在女校号房，不白来，拿着不小心，全都丢了，我在大门口拾着一封，还有一封我走到女校也没找到，后来在男校一同学拾着交还她了，她也取了文凭，赵君陪我等到什刹海小饭棚内用了午饭，饭后又到北海五龙亭去坐了半晌，小西天倒是很凉快，只是横躺竖卧的人很多，颇不雅，只是卧在大凉石上还持着小说也真舒服，今日又晴热，二时多，英倦了，一同回家，都是赵君请客，又劳他破费，由北海后门一路伴她回来，走到前门大街，本拟告辞，她叫我到她那去坐，遂到她家去，放下她屋前的竹帘，她屋也不凉快，她放了一盆水，请我先洗脸，她又为我倒水，又取了电扇来，她洗完脸后与我同坐在外屋，拿了书念给我听，四时多，她乏了，我让她去里屋睡一刻，我一人在外屋看书，约一小时她起来了，她取了一盘西瓜，我问她二姐来信告诉她什么，她说她大姐又去找她二姐去了，她二姐不回来了，她又问我，为什么我不能走，本来我预备回家去，免得一去便要在人家吃饭，这一句谈话开始又引起我的话匣子，于是又提引了一个长长的谈话，英先告诉我她二姐不回来了，她大姐月前后由沪去昆去，她也预备去找她姐姐去，据云有人送他们去，她认得一个同学，姓吴的，与她同行，日前突有一姓周的男子找她，持了姓吴的名片来，问她父亲做什么事，她

为什么去南边等等，她起初很觉奇怪，后来想必是送他们人先来问问，我听她要走，心中十分惆怅，她仍希望我也能去，我于是把家中实况更露骨的与她谈了，并且把自己所以能够求学的经过，乃受人之助，亦向她言明，此时开饭了，只我和她二人在院中对坐用饭，她父回来，赴后院吃了，天热，亦不甚饿，只吃了一个馒首，半碗饺，此时防空警报未解除，街上不准行人，坐在院中谈了一刻，又到她屋去，晚上有点阴天，还较凉快，到了屋里又和她谈及我二人的终身大问题，她告诉我月前她父曾问及她我到底怎么样，她答以不怎么样，她父的意思是如果好的话，立刻就一切都办了，若不好的话，就不要如此来往了，我说："那你怎么说呢？"她说："我知道说了没用，所以我就没说。"我说："老伯既然表示了态度，那么我应该如何呢？将来又怎样呢？"她嗫嚅了半晌说："那……那你以后少来我家吧！我和你出去玩，将来怎样那只看你了！"当时我心中自是有点难过，我又说："为什么你说了没用？"她又半晌方说道："若说明了，我父亲定是不肯答应的。"我听了真是惆然，不能怪她父，她父就是在那种时代环境下长大的而且商人的脑筋就是如此，固然她可坚持己见，只是自也不愿太伤老父的心，还有她二姐的前例，所以她说她先去南方，等我，并还问我："你能像二姐和黄刊一般的厮守七年，其志不渝吗？"我当时答以："你不怕时光如水，我怕什么？"她忽又问我："假如我和你订婚了，我可要组小家庭，因为我受尽了大家庭的痛苦。"这个条件却出我意外，这层在我个人方面实是困难，一则我平日的思想根本有点反对这么办，而我又是长子，不能开此先河，而在亲友方面也说不下去，我总是在人群中生活着的呀！她怕的是不好对付弟妹们，我弟妹们长大了，他们要另组小家庭倒不差可，此层却得容我深思一回，她也说："这层似乎也与你的平日思想不合。"暂时不提，又谈及经济问题，这玩意的潜力实在太大，真恨它，恨不能全撕了它，又想得到它，妈妈免得着急，一切困难解决，实际金钱没有罪恶，都是大众所造成的这么一个金元化的世界，生活，生活，生活！钱，钱，钱！我念及我为了母，弟，妹等的生活，不得不在此违心地求乞，实是悲怆！不禁竟在英面前流下了泪来，英捧着我头，安慰我说："我恨我现在的家，不喜欢这种生活，我只愿有一个简单

平易的充实小家庭!"是的,一个充满和平,快乐,安静,恬适的小家庭,远比富于物质享受,缺少精神快乐的家庭好得多,英又说:"我真感谢你,今天你说了许多不能向人说的话。"我连与泓相识,虽有四年来,始终不喜欢她,仅只维持友谊的话也她说了,我还告诉她:"我自认识了她,才是真正恋爱了!"她听了是喜欢,是羞涩地低下了头,时间不早了,她说就像今天,与我相处一天,这也是她们家小姐中少有的事,我们饭后谈了这半晌的话,使我自知警惕,自知所处的身份与地位,心中有点愤然,并且加有怅惘与烦乱,我拿起我的衣帽等要回去时,英忽然又叫我先别走,她面上挂着一层似笑非笑的表情说:"二姐来信说,我父亲写信给她,说他看见了我的朋友,他看着还不错,二姐来信问我有了朋友,怎么不告诉她?"我说:"就是今天的信?"她说:"是。"怪不得她看信时笑呢!我说:"想不到老伯对我的印象还不坏,那么假如老伯以后再问你时,你又如何答他呢?"我听了这话,心中稍慰,她说:"我就说,我喜欢他!"我听了又是一喜,我说:"真的?"她答:"嗯。"我听了很高兴,只是先头那暗影尚未离开我!我俩努力奋斗吧!父母是爱子女无微不至的,未必日久天长换不回老人的心,只要我将来有出息。时间不早了,她家人大半睡了,我于是也就告辞,早就想对她家仆人刘世刚表示一点意思,今天拿一元给他喝茶,因为时常来了麻烦他开门,关门,搬车等等。心中烦乱,匆匆回来,也忘了向英道一声再见,今天还是在防空演习期间,不点灯通行无阻,我临出她门时,她忍不住向我说:"我让你少来,不是让你不来了呀!"我只低低地应了她,我倒没想不再去,而是想只好听她的话,多隔两日吧,免得使她难为情,回来心中烦乱,卧在床上想今晚的谈话,不由我前思后想不定,这经济问题,除了直接压迫我家人的生活以外,不料也影响到我精神的爱情方面来,实是可恶至极。自己力微,想不出什么方法来克服这个困难,一时心中十分烦躁不安,辗转反侧,总也睡不着,实在久了,精神支持不住,纱帐外英的相片,如同笼在一层薄雾看不清,微笑的面容,好似正低头,似垂怜,似安慰地注视着我,我于是就在这好似英在伴着我,安慰我,不知什么时候睡着了。!

7 月 7 日　星期二（五月廿四）　　轻阴整日

昨日用脑子太过，想得太多了，疲乏了，上午起来不久，又因为心情恶劣，精神松弛，总未休息过来似的，又卧下来，昨日的问题又萦回在脑中，头有点昏昏沉沉的，午饭后又躺下了，娘问我有不舒服吗？没有，只是心里的话和问题怎么说，真是说了也没用，娘虽爱我他是爱莫能助的，心里难过，一个大结在心胸中解不开，昏昏迷迷的睡，一直到下午六时才起来，大约是睡多了，头有点疼，待不一刻，又吃晚饭了，这是什么生活?! 晚阴天，下了一点小雨便止，四弟同学何继鹏业约明日去卢沟桥，想连日正自排遣不开，出去换一下环境也好，为下作数片与同学，并与英一信，略抒抑郁的心怀，就这么睡过了一天！

7 月 8 日　星期三（五月廿五）　　半阴晴，晚小雨

小马前天托我为其弟去志成托人情，已谈二日，今日去了，志成已经发榜，初二编级生其名字，麻烦，进去找先生，赵先生（昆山）病了，周宗尧先生代理，亦未在，柴先生不在，只好去找现在的样长阎金声先生，与他提起他倒很客气，谓下次再来考，言外准可取上，打一电话与赵祖武家，他已回来，但是出去了，遂回家，午饭后十二时半与四弟同出，到其同学宋宝霖家，不在已去杨善政家，又跑出前门到杨家去，那么小地方，大家围着地下一个小桌子吃西瓜呢，吃了两块，小坐即出，我买了一卷胶卷，一同步行穿劝业场出西河沿，往前门西边轻油车站候车，天气热，来甚早，还有一小时许才卖票呢，他们几个大孩子说说笑笑，倒也不寂寞，为了这个像匣子，善政直怕出事，好容易耗到了时间，大家买票上车，一个车头，挂了两截车，往西郊去，我们去卢沟桥在西便门还要倒车，在车站上忽遇见了江汉生，穿得拉拉遢遢的，问他说是又要办木厂子，去西郊有事，坐这趟车的人不多，车内委宽畅，座位也舒服，车窗有三重，很久没有坐火车，而往西去更是没有，一路观望野景很有趣，不一刻便在西便

门车站下来，等了一刻换车，站警持枪问旅人，持包的得打开包查看，倒不问我们几个，见我们都是学生样子，换车直往西南驰下去，一路田野干旱，农作物长的全很矮，可怜得很，车行不慢，不久便到了卢沟桥车站，下来，四野平畴起伏，那里有桥的影子，西边远远有雉堞的影子，那些是宛平县城，车站南边小土丘就是一文学山，山上有一纪念塔，未上去，也就是大东亚圣战的发祥地，山下西边有一纪念碑，上刻四年前于此发第一枪及战死之六名日本兵姓名，过铁路，及田地，走上，自北平的广安门直趋宛平县城，达长辛店的大道，看见宛平县城外有百余个日兵正在演习，打靶，天空还有一架日本飞机在作急降下投弹演习，还听见好似机关枪的响声，日本兵见我们几个人倒也未问，其中四弟同学当时就有胆小的，见大家不退后，也就随我直进了宛平县城，只有这么一条贯穿的大家，两旁稀疏的住户人家，在东门就可望见了西门，人口很少，十分荒凉，处处见有破坏的房屋，这也算是个县城，可怜，西门城楼被炮轰了半边，根迹宛在，想见当时的战况，出西门，已可望见所谓的卢沟桥距城门有半里左右，这其间铺户稍为整齐，算是最繁华的一段，但远不及广安门外一半的热闹，卢沟桥下无一滴水，卢沟晓月四个大字，御笔亦未看见，有一小亭，内有一碑，四外用席包上，大约即是此碑，不知何以不许人看，与何继鹏数桥栏上两旁大狮子，共二百八十六个，大狮身旁及瓜下所按之小狮尚未计入，一座大石桥没意思，过了这大石桥，下一坡，有一铁架，木底大桥，下边有水，就是永定河，河面不甚宽，水流甚急，虽不深但甚浑浊，想游泳的也不游了，北边有一通往长辛店走火车的小型铁桥，样子很似黄河上的铁桥，北边河水蜿蜒流来，南面转阔，一望无边的平原旷远，一畅心胸，可见我国幅员之大！这也不过是那么一点点小畸角而已，桥上阴天晴摄了几张，折回在宛平县西门外，买了点酱羊肉及烧饼，稍憩，又往回去，有的要住在此地，有的要坐汽车，还是往回赶火车，我和宋在前边走，他们几人在后边吃，说，到车站一打听，已经没有车了，来晚了一刻钟，大家想这怎么办？有的说长辛店还有一趟车回去，有的要到宛平城内去住一宵，七个人，八个主意，有的要赶路，凭自己的腿走回去，有的又怕太远，三十余里赶不上城门关了，仍得在城外这宿一夜，先头在宛平西门打听好了汽车时间来得及，我心里有数，来车站时，望见汽车开来，此时尚未开回去，于是又折回在大道上走，来来往往的车人很多，看我们几人仍是步行说笑，都奇怪，四弟与善政忍不住先跑下去，他们走后不久，后面汽车来了，被我们截住，开车的人很和气，让我们上来，一车的人都笑了，转了两个弯，才看见四弟和善政在牌楼前站住，这俩孩子跑得不近，一同上车安心可以进城，不必在城外过一夜了，在广安门内检查后上车，何与陈在菜市口下车，我与四弟要去杨家取车，在前门五牌楼才下车，开车的技术很好，到城里反而开快了，在菜市口西柳树井，西珠市口坎坷不平的道上，人车很多，仍很快，真不易，到了杨家留用晚饭，因小雨又坐一刻，七时回来，休息，擦一个澡睡了。

今天在生活中加了一点新刺激也不错，北平市城外四乡的荒凉穷困可见一斑，宛平距北平才多远，还有大路直通已是那般模样，其余更将不堪，乡民如何活法?! 又显明地提醒我是在一种什么环境下生存着，除了原有的烦恼以外，更加了一重愤恨！

7月9日　星期四（五月廿六）上午半阴，下午晴，晚阴

上午十时去访祖武不在家，去志成代马永海弟向柴先生说过，顺路去马家，说明原委，并抄了一个分数底子交与他母，正与其父谈时，永海回来，在他自己小屋坐一刻，看见魏九华的相片在桌上，屋中东西很多，十一时许回来，午后看报休息，上午得仲恕老伯来快信，复我前信，并附有致俞涵青老伯信一封，代我询催找事者，拟今日下午送到俞家去，四时许起来，忽赵君祖武来访，桌上放着给他的明信片未发，他已来了，进来谈顷之，始知他已分发，在建设总署，光宇在津工部局，他尚不知我昨日打电话，今日上午去找他事，他连日在治沙眼，在哈德门同仁治，谈倾之，五时同出，在西单分手，我先去强家，拟将仲老信与他看，不料今天他值班在衙门不回来，只好先送去了，仲亮亦在署未回，正恰巧其弟出来，托其持片进谒其父，不一刻蒙出见，一清癯之老叟，人颇和蔼，略致寒暄，遂呈仲老信，他看过冗一两日内再向汪头婉催，小坐辞尽遂辞出，俞老伯

送到门口而别，因天上阴云又起，不起再往别处，遂一直回家，来回路上遇二次街上检查，又查什么？晚阴小雨下不多即止，总阴，总下不下来大雨，怪事，旱，干，下半年人怎么过?! 晚得英来一信，也是七日写的，她开头便说："看我匆匆走去，真是难过非常，你觉得委屈么，但你忘记我比你更委屈。"我看到此处，心中也很难过，她又说她六日说话太不假思索，不委婉，伤了我的自尊心，又说以往我给了她许多快乐与帮助，她如有什么不近情理的地方要我恕她，这都是哪里说起？又说看我六日走去的神色，好似永世也不要去他家似的，她也太敏感了，她家固是不值得我留恋，也不会憎恨，只是舍不得她怎么会不去，但她在颐和园之夜抱着我劝勉我："要自强，要长志气！"时常在我耳边响，我总也不忘记！她突然写："大约她要走，就在这个月内，所以常想看见我。"我看到此处怔住了，看不下去，这么快便走吗?! 心中真是紊乱，难受，在院子走来走去，连日防空演习，大呼小叫的讨厌之至，晚上又不好开灯，今天是末一天，心中又烦，又欢喜，烦的是英要走了，欢喜英那么爱我，也常想念要看见我，一人先卧在床上早点睡，决定明早去看我的英。

7月10日　星期五（五月廿七）　上午半阴闷热，下午晴，晚大雨

五时多醒来，六时三刻出来，先去女一中，小妹自己找到考场二门不许进去，送考人都在外边站着，考中学了，还要什么人送，小妹也很聪明，她自己先去了，不用我招呼，遇见同学刘永长，及常振华，都是来送考的，常君去东城一同走，我到文兴配了一个白镜框，买了点信封信纸，哈德门外大街，不记得以前走过来，好似这是第一次走，大街铺户都很新鲜，又往西走东柳树井，三里河，到东珠市口，到英家才八时，她还未起，临时吵起来，她父本在院中用早餐，不知是用完了，还是故意走开，走到后院去，想礼拜一晚上突在后院吃，这两次好似有意躲开我，使我心中不安，正在院中藤椅上坐，英二哥此时回来，招呼他，不一刻英洗完脸，弄清屋子，开门出来，她说："你怎么来这么早。"堵了她被窝，她看见我为她配的镜框，很高兴，立刻找出线及钩子来系好，为她挂在南墙

上，又和她谈前天去卢沟桥事，事变前她曾去过一次，没下来，只是坐汽车绕了一圈，等她吃早点回来，我真不愿使我们之间的空气不平常，所以极力想表现出些快乐的样子，使她忘掉不快，但心理作用总觉得这次的空气不平常，她不久便走了，只愿多和她相处一些时候，所以根本没有什么事，想找点什么事，自己忽然发现出来匆忙，忘了刮胡子，英忽然高兴要与我剪胡子，还用她的新剪刀是理发用的式样，把我下巴上的小胡子剪了一些，又要为我理发，她说，"我看你的头发还长。"其实不长了，一时无事，想能牺牲点头发胡子引她高兴也是好的，于是由她为又我剪下了半寸，前边的头发更短了，又学理发师那么的为我去薄，结果弄了我一身及她一身的头发，剪完了又没事了，又陷入沉默了，我看她妈妈相片，她鼻子嘴很像，她闭了眼由我端详，忍不住俯上头去轻轻吻了她面颊一下，她害羞的偏过了一旁，这时她父回来，饿了，要饼干盒子，她拿去，回来，我拉她站在我身旁，我笑问她，谁说我不再来你家？我再拉她近一些，抱着她，她也不拒我，我伏在她柔软诱人的胸前说："你走了，我更孤寂了！"她也用手抱住了我感动得要流泪，我又说："英，过些时候一定去找你！"她低声若泣的答我："嗯！"我问她，"你走你舍得我吗？"她不答我，只是更抱紧了我一些，她脸贴在我的前额上，这样亲切的拥抱着约有五分钟，她若有所失，怔怔的又坐在椅上去，心中的沉重悲戚，抑郁，我明白的，一贫一富无形中的阶级阻隔了我俩，想不到在戏剧上，书上看见的故事，却被我二人现在来搬演了，我二人会面的时间似乎过的特快，不一刻已是十二时了，又要留在人家用饭吗？走吧！别再赖了，我穿外衣取了帽子，英的神色分明不愿我去，无可奈何的让我走了，英！我又何愿意离开你！你嘱咐我的话要自强，要长志气，未尝片刻忘怀，一去便在彼家用饭坐上不走，不是也叫她家人看不起吗？强忍下来，与她分手了，快快回来，午后倦了正在床上休息，力十一兄叫老张拿一信来告我前天他回来，请我过去谈天。二时多赵君德培来谈研究院考试英文英翻汉难，汉翻英较易，将卖柑者言翻成英文，亦不太易，历史研究法，用英文考，国文系同学全交白卷，胡鲁士说用中文答亦可以，亦不答，历史系陈天佑（男）及薛蕴玉（女）全答了，他们这不考的，校长院长等为他们开会，

商议如何办法，座谈半晌，又与其谈及我与英之问题，他谓这重点中心，仍在英身上，我这方面最多托人去说，碰回来没法子了，英如拿主意，事有大半可成，此意亦对，四时多辞去，神倦，一睡，六时多方起，七时半用饭，晚天阴，雷电交加豪雨始降，真不易，此番可算今年第一次大雨，雷雨声中午夜独坐灯下与英写信。

7月11日　星期六（五月廿八）　上午闷热，整日阴雨

上午晴了一小会，十时出去发给了英的信，回来闹一身汗，闷热，下午天气转阴，一会停，会下的，没准，雷声殷殷不止，看过报，亦无甚趣味，早上鹊鸣是否有什么好消息，午后天气因阴雨而转凉爽，不睡觉，坐在桌前补写六，七，八，九，十五日日记，一个下午就在断续雨声中过来，几次因回忆与英的谈话而激动而放下笔，结果终于写完了这几日的日记，想起英父的态度，及英之要走都与我二人将来有大关系，其父如能允其走，自无问题，她去南方等待我，或我去找她若其父不允她去，她已一时去不成时，可是又不愿我俩人如此仅以朋友方式交往不断时又应如何？那非迫她有一个显明的表示不可，此层不知她可曾想到？！那是若非要一个结果，才是问题，因为我近期内是不想结婚，也无力来结婚，一切主意决定可否，仍在英的身上，这几次真不愿提起，但总梗在心头，实是难受，见面总是一吐为快，一提起不免都了陷入愁苦中去也是没法子的事，其父如允其二姐与黄刊结婚，那么根本对我印象不坏也许可以答应，不似她所猜的那么固执，以财产来定去取的，是其父这么说过，还是仅是英这么猜测，人事这么麻烦，复杂，矛盾，想不通，人好，不比有钱好？！不知老人如何想？！今日几次降雨，暑气大杀，比较凉快得多了！黄昏大雨倾盆而下，痛快！

7月12日　星期日（五月廿九）　半晴晚阴

上午一懒九时半方起来，十时多正看报，忽李准来访，日前去找他，

问他兄永有信没有，他不在，今天来找我谈了一刻，知李永仍在贵州，拟回昆读书尚未决定，到十一时辞去，前力家老张又来，日前即来请我过去，谓力十一兄请我，他由沪归来过去谈谈，送客去，即过力家，与他谈谈，他又问及我与刘事，本不欲与他多说，遂只简略与他谈了一刻，又是午饭时间，被留在彼处用饭，饭后又谈顷之，他告我他房子将要出售，先告我早日找房，这才是他请我过去谈天的主要目的，去年有两个月没有给房租，算来要出售时应白住四个月的，只有两个月了，他要反找与我两个月房钱，立刻就搬家，可是往那搬去？没有合适的房子及搬家钱，每天吃饭还仗典当，连卖东西都没有东西可卖了，一念及此，真是急煞人了！家里一个钱没有，不知以后日子如何过法，怀了一肚子烦回来，除了吃饭问题以外，现在房子又是一个当前压迫我的问题，其实现在我家问题很简单，虽然各方面都作不通，处处不敢动，实只是一个经济拮据问题而已，有了充裕的钱财，一切皆可迎刃解决！钱！钱！钱！在现在它能使你上天，更会使你入地！

归来烦极，想不到现在家会变到现在这步田地，也想不到才毕业的人，便使我遇到这么困难的题目，而更编编逢到这个乱世，六七个人的生活都要由我一个人来维持，我是否担得起来呢?！托人找事，别人却毫不慌忙，正是饱汉不知饿汉饥，急煞人！

各方面的经济压迫，真要迫得我走投无路，闷闷卧在床上半是休息，半是想主意，立刻写了一封信与李庆成问他家房子事，如有望才好，四时多想出去时，铸兄来小坐，继之一向云俊兄忽来又座谈顷之，五时同出，他先去赵祖武家，我先去强表兄家，表兄睡未起，小候将促老信与他看，略谈即出，亲友只能救急，不能求穷，看房子事只有自己努力勉为其难了，亲友都是无能为力，唉！生活！自强家辞出即去赵祖武家，已六时许，被留在彼处用晚饭，多年好同学，亦不客气，向云俊本要走亦被留在彼处，畅谈同学各校等事，志成同学在工商学业不让人，各方面亦皆出人头地，如董锡鹏为体育会委员长，领队到北平赛球，大获全胜，主办冰场，竟余三千余元，年刊编委会，编辑部长为宋秉泽君，工商生活编辑及口琴队，乒乓球队等皆有赵祖武，同学在各方面皆甚活跃大显办事能力，看工商年

刊印制虽不算精，但内容却甚丰美，较辅大年刊强多多，又看其所划之图甚精美，赵君毕业考第二，较考第一者只差0.1分，用系因其旷课迟到等等，不然一定第一无疑，工商毕业同学前三十名大皆有事，有五人在黄河堵口委员会，二十余各在建设总署，分发各处，及留平水利局任用，锡鹏在津工部局，他们学工的都有事做很好，我这个算什么？事也找不到，惭煞，急煞！因他们明日便去西郊受三月训练后再上班，今天多谈一刻，都有了职业，时间便不自收，九时多辞回。

7月13日　星期一（六月初一）　　半阴晴，午后暴雨

十日去一信与英，约其今晨六时去中南海，五时三刻带小妹到西单她自去女师大附中去考初中一年，我即到中南海南门坐椅上看书等她，半晌未来，一打听守门警已新八时左右，遂打一电话她家，她方起，因为没有接到我的信奇怪，两天半还不到，真慢极，她答应就来叫我等她，放上电话出来，想她必还有一刻方来，遂一人先沿海边走了一圈，又坐在椅上看书，约十分钟左右，英来了，因为阴天，着了雨衣，她很高兴的来了，向着我微笑，我也高兴，她未得我信，等于临时请她出来，她也毫不作难立刻来了，今天如不打此电话，又要出误会白等了，她说她出来时，她才接到那封信，看邮戳果是今日送到的，大约是礼拜日办半天工，误的，她坐在洋车上还没有看完，于是一同沿水边走，她又继续看完了信，先不谈信上的话，谈十日赵德培君来谈考研究院事，她听了也好笑，中南海我二人都少得来，今天特意找到西北犄角那一个少人行的小院落去看看，这个小院处处似乎山石取胜，树木亦不少，有一圆围墙不通行，游人不能进，题为园境山庄，颇有禅家意味，忆幼时来尚可以进去，内容已忘却，往西是万字廊，观赏半晌，廊造如卍字，北有大厅明暗共约七间，新油颜色甚丽，题为光绪湘笔"飞轩引凤"十四字，原为光绪读书处，民国徐世昌大总统曾开国务会议于此，今归警察局，开中日妇女座谈会，沧桑变化，不堪回忆，房屋有知，当作何感，南有双联园亭，构造亦别致，中间相连，亭下基石作二寿桃形，南有一石室，原为袁大总统金匮藏名处，再南尚有

一列房屋已租人，出万字廊院，北有一大楼，今约归满洲帝国大使馆，拦以铁网不容人行，此院有一山洞，洞中潮湿有味，洞内地上尚辅有石板甚洁平，又上山石小坐，石旁小干池满生小草甚可爱，石根旁生一如掌大之黄绿色叶，边缘皆系细锯齿形，一时童心复起，下去摘取，刚一触及其茎，忽如蜂刺甚疼，细视叶底又无虫牙，细视原来茎及叶面向被皆生有细软刺，刺尖大约有毒汁，刺人，刺我生疼反非摘取不可，取一树枝取下，小心拿上来，令英小心接过，不知是何树叶，又到瀛台绕了一圈，流水音亦绕了一圈，岸有颇精致之房屋，依山临水，原来是南海事务所委员长办公处，又往南行，择一临水椅子坐休息，天气阴，闷热，又与英略谈，如有机会望其能与其父详谈，我谓如其允我二人之事，她还走否，她骤答我："那我就不走了。"闻之欣喜十分，不觉已是午时，她告我昨日上午与其家人去公园并在来今雨轩午饭，其父亦去，她觉饿，又吃上瘾来，要请我仍去鑫丽去吃饭，出南海，一同奔市场，还是由上次那个伙计，招待我们，很和气，不知他还认得我俩否？还借来一个小电扇，不料我家中如此困苦时，我不能伴英于此美好环境下进西餐，且是她请我，思之心中十分不安，一边看看书，一边谈谈天，菜来她欢喜得拍手，一种天真的，原始的获得食物而喜惊、悦的真感情，流露无遗，一边吃着笑着，有一菜是小笋鸡一头，一人一半，都动了手，闹了两手的油腻，那伙计颇知趣，立刻送上纸来，又拿了两条手巾来，于是可以搭抹干净，一人吃了两杯冰激凌，吃得很饱，又坐了一刻，听听他们放的话匣片子，都很俗气，没什么好听，一时十分出来，伙计把账单与我，却是英付的账，两次来此都是英给钱，不知他们会奇怪不？不知把我二人猜成什么情况，我心中也觉得有点不舒服，下次自己没钱时不与英去吃饭或玩什么，竟用她的钱，不然自己不是有点"那个"吗？出来在王府井大街上走，我劝她买了一床席子，在王府井大街南口雇了车，陪她走，在前门大街分手，约好礼拜六她到我家来，她说下午二时，此时突遇暴雨，如倾盆，她坐车中将到家甚好，我如在铺檐下躲躲便好，却被淋个湿透，未十分钟即止，前身全湿，不顾径直回家。到家，换衣服，觉乏卧床上休息，旋起看报，晚饭后早憩，小妹云今日考学校，泓又去校找她，要小妹去她家午饭，小妹未去，令泓云

昨日在西四看见我，叫我，我未理她，我是未看见她，否则也应招呼她一下，眼睛不好，没有法子，没招呼她，她如恨我也好，下午暴雨数次。

7月14日　星期二（六月初二）　半阴晴

八时许为黄伯慧吵醒，她有许多没来了，早上看看书报，连日闷闷无聊，身体精神皆不振，午后整理东西，小徐忽来谈半晌谈及孙以亮的生活，一家生活都很有趣，其母一人住西山，自己有房，其兄姐居于上海，其父在平居住，以亮又别外在交道口养了三只羊，现在他自己做饭，每日卖羊奶，月可收入二百元左右，以维其羊及其自己之生活，这一家子亦有趣，四时半辞去，五时许朱君忽然来访，他坐下即谈其与马玉若相识之经过，上礼拜，马忽告以其家中将代其订婚，后遂未见，朱君为其将疯狂，苦思不得近日之真实情况，问我代其思索是何缘故，正谈顷，适赵君德培来，正好，进来一同谈天，时已七时，遂留在此，共进晚饭，即以此为题，直谈至九时方去，朱君并录二诗，一为马赠彼，一信答马者，晚灯下与弟妹，娘，李娘等谈笑甚欢，此种情况为长在困难穷苦生活中所仅见之情状，难得。

7月15日　星期三（六月初三）　阴，闷

连着总是上午无什么事，晚些起，看看书报，略整理物件，看书，午后二时许赵君德培来，又谈朱马事，马方不出我昨日所料，马本人尚不忘情于朱，惟其与朱来往时，与前友人姚君汝翼，（我亦相识在西苑同受训）亦未断往来，今被迫与姚订婚，姚为姚泽生钱业公会会长之独子，现马为其家中所软禁，不能与朱君通消息，六时许邀我出，同去西单商场明湖春用晚饭，又搅了他一顿，七时半同出，在大街上看看，一同行到太平仓分手，他们考研究院历史研究法改由校长出题，明日补考，我去郑表兄家看看，因多日未去，与三表兄谈天，亦将与英之事与之谈征求其意思，他亦谓重点仍在英身上，能不放其去南方最好，不可仗其助我做事，不可组小

家庭，因中国社会制度不适合，且惟一大缺点即如有何事故发生，只有束手待毙，毫无办法，无人相助，三表兄一时毫兴谈得很多，又及房子，实一麻烦之至，又与二宝等略谈，表兄谓缩小范围只是无什大用，只节流不行，重在开源，干是对，唯我一初入社会青年力总有限！十时半辞回。

7月16日　星期四（六月初四）　　阴，闷热

总是阴沉烦闷的天气，上香看书报中过去，加上这份烦极愁急的心绪，心中实无心情做什么事，午后补写日记，一时又想起种种心事，许多困难问题要我去做，弟妹们不听话，不知着急，不懂事，想不到我现在会落在这第一个苦恼无法处理的环境中，何日方是出头之日，下午女附中发榜，不知何故小妹又未考上，念种种不如意事十三分的烦苦焦急，真迫得我走投无路，想不到做哥哥的会有如此大的责任，临到如此多的困难，恐怕父亲年轻初做事也没遇到如此恶劣的岁月，与如许困苦艰难吧！这一切不幸全都被我赶上，我真对不起英，这种家庭怎能叫她来和我受苦，这种家庭怎配来要英，一切物质上精神上的困苦，也不是我忍得下叫英来与我同受的，她如肯的话便等着我，看我苦苦挣扎的成绩，我的出息!？她的话又在我耳边响："要自强！要长志气！"是的，决不可示弱，干！决不可采取那轻易地没出息的法子，请英来助我解决困难，想不到，想不到，一切都想不到，我现在遇到如许多的困难，想起胸中真是焦急如火呀！谁能了解我这痛苦的心!？真是昏昏沉沉睡，待，呆等，耗过了好几天，等，等，等，等候可算是救命的消息？何况这三个月自己支持尚在不可逆料中，又起了房子问题，一波未平，一波又起！困难愁苦的生活，什么时候才能给我一点安逸，在穷苦无法处理的环境下日久了实在是受不了，不由人要想到死，"自杀！"自杀是懦者行为，但有这种勇气便不是懦弱的人所能干的，那些讥笑自杀的人，他们都未必有勇气去杀自己，没有知识，没有责任，没有负人情，还可以去自杀，有了知识反易想到自杀，可是别人更会笑他自杀的程度比平常人自杀厉害。自己有责任，欠着许多人情，要死了将对不住太多的人，不能自杀，也可承认我是个弱者，现在尚无勇气

去自杀，沉郁的天气与心绪，乱极，不知胡写了些什么!? 一个下午就在书桌上，焦灼烦怒的心情中过来! 天气闷热得很，落几个点，又不正经下雨，俞老伯今天可以见着汪头了，不知明日有讯否? 前闻小徐言，秦西焕托殷同之子，请殷同向汪头说，已入准备，他倒快! 真不愿见到这家伙，闻刘二亦拟入此银行，这么说辅大同学不少了，混饭吃吧! 一个人生得硬气真不易，天下无双全事，不做事饿了母，落个不孝之名，做事却被人误为没出息，难!

晚上降雨，电灯就灭了，黑黑的，只好早睡，下了雨不那么闷热，今天算得够烦闷无聊了，什么也不想做，哪也不想去，九时多，电来了，又起来，听了一刻无线电，看了半晌小说，是在找刺激，抑是堕落呢! 无聊! 苦闷! 烦急!

7月17日 星期五（六月初五） 半阴，下午闷热

不易，又到了今天，去银行去取那一点可怜的存款，打一电话与仲亮兄，尚无回音，据云或无问题，为小妹学校事，拟托方宗鳌之子，鸿慈中学同学，惟多日不见，平时又不交往，有事求人即去，殊不安，无法时，只好硬起头皮去找，先打一电话，不在，由银行出来，顺路去看朱君泽告不在，遂归来，午后看看书报，想想许多事来十分烦恼，忆朱君与马失败事，不禁有感，马朱二人固与我之与英不同，而二人之环境与我亦相似，且我不能与朱君之学问相比，而马固与英不能比，维可见金钱之潜势力之可怕! 四、五二弟之大用功，功课平平，小妹平日功课甚佳，不料考国立学校人多，且有人情者多，故未考上，又是一个麻烦，难道又回春明，家中每月奇窘，托李庆成家房子，又久无回音，如此处不成，找房可大不易，种种问题，萦回脑际，烦急如焚，令人坐卧不宁，（在此苦环境中实受不了，问题虽是杂复，实亦极简单，有充裕的经济，便可一切迎刃解决）下午四时实在受不了心中的烦苦，徒坐无益，什么事亦做不了，于是骑车出来，去访小徐，他在家，搬在南屋甚好，他太太有孕肚子甚大，乳显亦大，现在不怕人了，随便谈谈，五时半出来与小徐到护国寺大街头上

小摊遛遛，没有什么可买的，六时多回来，仍是无聊，闷闷地走到西单北，突然遇见了令泓和鏸钰，迎面骑车走来，我眼睛不好，没看清，还是她先招呼我，上礼拜日在西四碰见她，我没看见她，她在附中看见小妹问我怎么招呼我不理她，我没看见，怎么招呼，今天没法子，只好停车下来，与她谈了几句，她和王鏸钰去公园才回来，王长的倒不错，只是不在我眼内，站在旁边等她，随便说了几句，即分手，我到亚北去买了糖果菜，回来晚饭后，想小妹学校事，尚无着落，于是又到四时井刘家去借电话打到方家，鸿慈在家约好明天上午去找他，他很亲热，一口答应，又与曾颐谈了半晌，他西屋有一个亲戚一个朋友，他做了一个电扩大器栗木的柜子，很神气，放大的声音震耳，可是清晰柔和得多，坐了半晌，其亲友走去我又与其略谈，他日前曾经见汪头，现在想入联银的人不知多少，真无把握，与刘胖子谈谈，可以先有个底子，免得心慌，旋曾履回来，四弟亦来，又谈顷之，时间不早辞归，胖子说等米下锅，进联银不成，头三月自己先维持才成，听了心中实在怅怅，归来不早，卧在床上还看完了一本徐訏的精神病患者的悲歌，也不知是几点了才睡。

7月18日　星期六（六月初六）　晴热

　　昨日电话中约好今日上午去找方鸿慈，十时半去找她，同学七八年，今日却是第一次登他门，不是为小妹事，还不愿走这大人物们的门呢！正好雷大年亦在，亦是托其弟考法学院事，中学同学见面比较亲热，他二人倒说的少，只听我一人说的多，末后把小妹事也托他向其父去说，不知成否？十一时多告辞回来看看书报，午后一时许赵君德培来，他本拟于今明日回家，我嘱他今日来，他特为迟回一日，谈谈十三日考历史研究法校长出题，他自觉答甚好，二时了，英还没有，十三日订好，今日她来我家，定的是二时，此时尚未到，今天是第一次来，我怕僵住，所以请赵君亦来凑热闹，赵君与杨群智崇言及，他亦要来，二时半英来了，他拉车的亦不识此处，拉到宣武门去了，英进来让到我屋坐，与赵君谈天，又把预备的糖果及自家煮的红枣取出请英用，（恐怕赵君心中不满）她进来与赵君谈

天，今天够热的，又拿些书报相片本子与她看，不一刻杨君亦来，四弟表演了一阵子 Guitar 大家随便谈谈，四时左右，想不到郑五姐的女儿二妹来了，让她进去与娘谈天，弟妹都在这屋子，人不少，很热闹，糖果英倒未吃多少，小孩取吃得多，四时半红烧肉丝挂面四碗端上来，天热又吃了些茶水等，英吃不下，只用了一小半，又坐了一刻，人多，我也不好尽自伴她讲话，又觉得没什么话可讲，五时半英要走，小妹又领英进里屋去看看，叫来王三车，拉她回去，在红栅门口和谈了一刻，她先去，进来又伴赵杨二君谈了半晌，六时许他二人亦辞去，杨君与五弟颇谈得来，约好要一同玩去呢！二妹来谈谓汪头有将下台讯，欲进行最好急速进行，她近处有应酬，在我家洗脸换衣而去，英来了，看看我家如何也好，晚上觉得精神倦了，没做何事即休息。

7 月 19 日　星期日（六月初七）　　晴热

糊糊涂涂的过日子，一天一天过的快得很，昨日英来，可是因为人多，没能谈什么，今天心中仍然念着她，午后一时到孙祁家去借电话打与她，邀她出来，到公园去看京华美术画展，她刚吃完，迟疑了一下，仍然答允二时左右到，我进去也孙祁略坐，今日他在家，他已去市政府及自来水公司上班二礼拜，每日上午还学，下午见习，人家事都有着落了多好，可是我呢？一时半辞出，在公园走廊上坐着看书等英，她到二时三刻方来，她说刚放下饭碗就被我叫出来了，她那么听我话，立刻冒炎热出来了，过日子不留心，上礼拜五（十七日）是入伏的第一天，现入中伏怪不得连日热甚，一同往东先到董事会看京华一年一度的画展，接着看青年艺术家程之彦蜡染展，在布上，绒布上用蜡染色其上，成种种图案等，甚为别致，大约又是从西洋学来的，往北过后河，茶座上人甚多，往西又往南，英渴了，在春明馆前树林上，择一荫凉处茶桌坐下，每人吃了一杯冰激凌，又饮了一些汽水，此时已将四时，今日是礼拜故游人往来不绝，英看了一刻我带来的西风，又谈起她走的事，她说她多少年来极想看一下那边的情形，又说她寂寞，多少年来的想望，现在毕业故想去一趟，我说我心中的矛盾，我不能走，她有这个可能，而为我阻碍了她之去，我心中多少有点不安，可是放她去心中亦实在不愿意，而她现在寂静，除了我不有谁能为她做伴，为她解除呢，我又说了我时时觉得我自己的无能生怕将来对不起英，使她随我受苦，受罪，我自己命运苦，何苦又带累她呢!? 也许是不该说的话，我有时觉得自惭形秽也说了，（其实这句是很无聊的）真正的爱情，岂是完全建筑在经济情况的差别上的吗？我只是表示我自己内心的感想，怕将来她与我受罪，她对我有一种鼓励才好，而她却误会了，说："你如不愿与我在一起直说好了，何必绕弯？"一时倒出我意外，令我怔住！心中十分难过，我一时想不必再说什么吧！多言有失，而且我自己晓得自己又是一个不善言谈的人，又谈及她要做事的话，她想做个中学的教员，因为只有这件事比较适合她的性情，在此时，她又说以前听她同屋刘爱兰说我问："英将来做什么？"说是："找事吧?!"我又说："英还做事?!"她以为我看不起她，还会做事?! 我却不记得说过这句话，也许说过是，是说她不肯在此找事的意思而已，她当时想起了，好似很不高兴，此时已六时左右，当中沉默了约有一小时，天阴下来，我问她饿不，她说不饿，只是观察来来往往和游人，天气是愈阴愈利害了，树林下的茶座都忙拾起来，不一刻风儿过处，落下了几点雨点，许多人都忙忙跑到屋中廊下去避雨，我二人却慢慢地走到亭子上，坐下，英突然又问我为什么不去找我那一个朋友去？我不觉一怔，"哪个？"反问了她，她说："我不记得姓什么了！"我说："那个姓舒的？"她说："不是还有一个姓黄的吗？"她分明记得，我说，"谁告诉你的？"她说反正我听人说的，我说："姓黄的就是江汉生的太太，她母亲我叫表嫂，你还疑惑什么？那姓舒的，我根本不喜欢，还有许多理由，如思想幼稚，小气，……"我不料她会问我这句话，又不知她由何处听来我和黄相识，她分明爱着我，不然她不会有嫉妒心的，想以前自己的幼稚，认识不足，胡闹，十分好笑与后悔，与舒更完全是朋友，没有说过一句过分的话，更极力与她疏远，保持普通友谊的态度，我自从认识了英才算平生真的恋爱了，我敬爱她的为人一切，（只就她本人说）我也真由她处得到不少的慰安，希望与快乐，我是多么诚恳，整个的热诚全都寄献在她的身上（此际脑子甚乱，感情亦激动，千

言万语写不完，故书不成字，笔不成文）让一个人完全了解真不容易，我当时算不知如何表示我对她的诚心真意，唉！我的心！我觉得多辩反而无益，不如少说，日久见人心，我只说了："我认为与我俩没有关系的我就没说，差不多我全和你说了！"此时仍是沉默，我二人之间显然是不有平常的空气，二人默默坐着，她不说走，我也不想走，天空沉甸甸的，仍是阴沉沉的，先头落了一阵子小雨，却又不下了，我二人仍是继续保持住沉默，我觉得真糟，想不到今天会又说了这么多话，又造成这么种空气，在我二人之间，我又想不出法子打破这可怕的沉寂，继续默坐，算是怎么回事?! 问她吃饭不，她也不吃，一定心里不高兴，气得吃不下，我心里边大不舒服，她不知她对我是有多么大的影响，她不高兴，我也不会喜欢，我看了她烦愁，我心里也是十分烦苦，真是希望她永笑嘻嘻快活的，也与我精神上的锐感，真有点息息相关呢！今天可说因我而使她不快，我心里又是多么难过呢！我是完全信任她的，我虽早就听她家用张妈说过些她家的情况，我却毫不放在心上，她自己本人好就是了，其余关系都会引起我的注意，我从来没问过，也不曾打听过她以前有无朋友，只要她现在是对我好的，便是了，我良心绝对可以对得起她，我自从认得她以来是绝对的忠实！一丝不曾骗过她，心中七上八下，想得多而且乱，她似乎也怀着一肚子心事，用茫然的眼光望着在路上匆匆走着的游人，当时有一个不幸的念头袭上我的心头，不由我立刻身体上感到寒冷，如果她不和我好，不理我时，那我将如何？在我这种环境下，再失去她，精神上更是一点安慰得不到时，我不知将要如何生活下去！大约有七时半了，英忽然开口了，说："咱们吃饭吧?"我精神不由一振，当然赞同，叫了吃了，不一刻端来，我不禁问英一句："英你相信我不曾骗过你吧?!"她立刻点头答我："是的！"我听了那一阵子急苦的心情骤然得了一个大安慰，轻松了许多，唉！英，她如不信我时，我恨不能把心剜出来给她看，不知是她真不饿还是她心中有事吃不下，吃得很少，吃完她说她不爱在这坐着了，遂一同顺着大路走，此时刚黑不久，游人比前似乎较少，因为阴天的关系，我二人随意步行着，又折向北向社稷坛，闻将建一音乐台在中山堂，（现改名为新民堂）附近，找不到，在图书馆东边发现一块新辟的网球场，还有一座棚，棚下新筑有两个方台，两张长条椅子子，此时却闲无一人，四外静静的，椅子后边为一人多高的柏树遮着，南北边亦有，北边还有一排高高的垂柳，后面就是两座大殿，一个殿角上的天空，在薄云后面，斜挂着一弯新月，朦胧胧的，颇有诗意，可惜是殿东北角上有一个电灯明晃晃地照着，打破了这个美丽的境地，这地方此时无人来，游人多在柏树边过，也望不见里边，静幽的环境在这坐着，不怕有人来打搅，英就告诉我她在中学时学过网球，此时她又逐渐恢复平常的状态了，我于是趁机想起来劳瑞哈代电影中所演的几套把戏，逗得她直笑，又说其中装鬼一幕，她胆小，不叫我说了，幽静的环境中，多说话倒不好，她便偎侍着我坐着，脸儿相偎的，我不禁又吻了她，她也紧紧偎在我的胸前，默默不语，接受我的温柔的爱抚，就这么静静地坐着，二人热爱的心情默默的交流了，远远儿童游艺场上，电影报主办的电影大会，在演新闻宣传片，隐隐听到人声和扩声器中放出的声音，树后不时有人走过，天气闷热，我二人紧偎着也忘了炎夏，此际没有人来，我让英卧在椅上头睡我腿上，可以比这么舒服一点，她也从了我的话，我为她扇着蚊虫，静静的卧着，闭着眼，也不言不动，我温柔爱抚着她的头发，吻她的颊，眼睛，她偶尔也似害羞似的往我怀里藏，她好似睡着了般躺在我身上，又陷入了静默的空气中，这却又与半小时前大不相同，这是多么快乐，温柔的空气呢，这两个时间的心情又是多么大的差别呢，英似发痴般的任我亲偎着她，我真不知如何爱她才好，偎依了一刻出汗了，用扇子扇扇，忍不住俯下身亲吻着她，她不由得也用手从下边勾住了我颈子，紧紧抱住我，她低声问我："董毅，你说你是真爱我不爱我？"我说："你为什么老问我这句话，还用说吗?！"我说："英你是我的！"她不言语，只更抱紧了我，我说："我永和你在一起。"她胸中分明蕴藏着热烈的热情，今天才完全全暴露了出来，她分明也需要我的慰安与抱吻，我二人就在这么互相热烈的亲偎拥抱中过了约有一小时多，远远的电影也演完了，游人陆续散去，她坐起来，看我手表才十时五分，她以为是一时了呢，便相偕同出来，送她到东珠市口西口分手，我怀着异样的心情回来，想不到，本以为今天要有个不欢而散，不料反而收到空前未有温柔亲昵的结果，女孩子的心情真不易猜到！就和六月的天气一

样，不知何时便会飘来，一天的云，就许阴一阵子，也许就下一阵子暴雨，霎时就又雨过天晴，热烈的太阳晒得你全身发热，两眼睁不开，到家擦了澡，快活地去睡。

7月20日　星期一（六月初八）　晴和

昨日归来虽不算晚，但却觉得疲乏，而四弟却约好今晨八时他同学杨家之朋友李某来谈补习事，上午延迟未起，八时许果来了，我急到里屋去穿衣服，不料来的是杨善政之父带李某来，倒失迎了，李某貌尚清秀，惟似有一层浮华神色，着一套合体浅色西服，光滑的头发，体高与四弟相埒，与之略谈其考北大事，他考史学系，中国通史及世界通史他不明白，告以即普通中外历史，又略谈其在南方之情形，及其由港归来之经过，攻港时彼正困在港，幸未受伤，看其情形，也是一个近于轻浮，不知用功的子弟，九时许辞去，未休息足，略看报，又卧床上，午饭后仍乏，加以心绪恶劣，毫无活动余地，亦无办法，想得头疼，亦无办法，一下午无精打采，迷迷糊糊的又躺了一下午就是这么样混日子吗？真无聊之至，这叫什么生活？托俞家事，不知如何，七时许去强表兄家打听，他们已吃过饭，在院中纳凉，他以为我接到他信呢，我说不知道，他告诉我即俞老伯写一信与汪公，存在署中，明日上午令我去署中取了去见汪头，又告我以见面时应注意的事情，我又与之略谈同学欲入行的甚多，及同学有去过之情形等，多日无消息，今有此信息亦稍慰，眼前似有一线光明，晚天阴多云，恐雨，遂辞归，到家知我方走，署役即送强表兄信到，信中言语甚简如谈话，怀着希望，盼天明。

7月21日　星期二（六月初九）　白日闷热，晚大雨

七时许起，八时半理毕后，天气虽阴，但是闷热，穿了白西服十分闷热，但为了今日或能见汪头，只好换上这身不尴不尬的西服，实不怎样，没法子，就这样吧！先到财务总署找强表兄取了俞老伯写的介绍信，略

憩，九时去朱泽吉家，将车存彼处，步行至联银总行，在楼下客厅坐候约五十分钟，即蒙传见，到楼上，由行役引到某办公室，室内什物甚多，汪头身着西服，面微胖，戴眼镜，身体亦显发福，隔一桌面立与之谈话，彼亦立与我谈，至简，问我前在何中学，云我非经济系，大学毕业不易，虽习些时皆会，惟殊不值，前功尽弃可惜，归去仔细考虑考虑，我管以虽非习经济平时对经济颇有兴趣，且亦曾略为留心，故愿到此效劳，彼仍云回去再考虑吧，即有送客之意，只好退出，汪头那一套话，对经求职的全是这一套，只看介绍人催得紧不，此次不知能否成功，在朱头家取了车，又到财务总署去白找强表兄，向之言明，上述情形，再请其托俞老伯再为催询，十一时辞归来，闷热得我汗如雨下，到家痛痛快快洗了一个全身，里外衣服全换过，凉快许多，午饭后略看报，二时去找方鸿慈，彼谓大约可以，尚无确讯，辞出，在前外大街买了一罐鲣鱼带去送与英，并还其书，彼谓卢绍贞二嫂方去，绍贞于本月廿五日将与一津工商今年毕业土木工程系王培忠结婚于东兴楼，不在津办，不在保定，却来北平，亦系因其家中兄妹不大和，其兄不大满意，闻王某之父亦不满意于卢，与英并坐同看翻译小说《桃园》，五时许英忽又饿了，她中午没吃饱，打开罐头鱼，烤了一盘馒头片，两碗绿豆稀饭，一小碟咸菜，又煮了两碗挂面，她却没有吃下，这样就算是吃了饭了，就这么闲谈着，我也不想回去，于是就把朱君与马玉若的首尾告诉她了，谈来忘了天色，此时如淡墨的微云布满天空，其父与其侄在院中吃晚饭，我与英皆未再吃，都还饱着，我刚道不好，不一刻就下起了雨，我也走了，一会工夫，雨便由大而小，下午的闷热，片刻涤尽，雨是不小，下了半晌，我躲在英屋内，北屋他们吃完了却关了灯，不知睡了未，我和英在屋内望着院中的雨，一点点风吹来，偶也感到些凉意，我和她在屋里心中也在打鼓，一会是说留我在她家睡，歇在她父对过床上，一会又说借我雨衣等令我回去，我也半和她开玩笑一会说走，一会说不走，心中早已决定，不走有许多不便，这已给她找了许多麻烦了，雨半晌不止，我不免也有点轻微的烦躁，有点后悔，不应留恋不走，自己找麻烦，英又把她的雨衣拿出来给我穿，不肥，却短了一些，此时才发现她雨帽丢了，又是为我，那次约她到中南海又由东城回家，遗忘在洋

车上了，我答应赔她一个，她又把她的草帽现钉了两根带子，九时雨小了，戴了她的草帽，借了她家拉车的雨胶鞋，涉雨水回来，由她家起到土地庙口止，一路经过无数大小，长短的水涯，有的没小半个车轮，凭了一身车技，虽是那一大段（由西珠市口到菜市口西口）正在修路，也未下来，努力骑回来，走过了菜市口，鞋尚湿，而到广安门菜市场西边，有一段水最深，没了大半车轮，脚步鞋袜子全湿了，走土地庙亦涉了泥水，幸有英明亮的手电筒，好得多，到家擦澡休息，四弟去郑三表兄家，不会回来了，不料今日突遇此一场大雨，给我平凡生活中一点刺激变换亦好。

7月22日　星期三（六月初十）　晴和，有风

　　近日想起许多困难问题，心情便十二分的恶劣，可是焦思若虑下又终想不出什么好办法来，主因是"巧妇难为无米之炊"，愈睡得多，愈乏，精神反而不佳，怪全身无力，懒极，虽然明明摆着许多事可做，书待看，就是什么事也做不下去，今日一上午便卧到近午方起，看看书报，下午三时半去五姐家，多日未去了，到那先打了电话与英，怕她不放心昨夜我归来，她上午曾去绍贞妹妹家，太阳够利害，昨日那么多不，今日竟无什水了，半流渗，半晒干，柏油路上如未下雨，亦有趣，与英约好明日下午去找她，进去与五姐及河先少奶谈谈天，我是不愿多搭人情，别人都以为我们去五姐家都是求他们去了，我也有点不愿找河先，今天一时兴奋竟向五姐发了点牢骚，五时一刻辞出，心中又有点后悔，五姐对我好得很，我是知道，我这个人是谁对我好，我知道，谁对我坏，我也晓得，对我坏，我也不怕，不理，对我好，我也不会成天口头念道，心中明白，只盼将来有能力好好地报答对我好的人们的情谊，否则空口白说，又有什么用！？由五姐家又奔拐棒胡同愈家，仲亮兄出见，与之谈顷之，并告以昨日见汪情形，他亦谓能托汪太太为妙，六时辞出，过后门，经什刹海，今日经雨后，又有小风颇凉爽，去什刹海及北海之游人甚多，顺路到学校看看，无什么事，礼拜五六发榜，到女校代英取回一封她二姐由昆寄来之航快，六月二日发，七月十七日方到，够慢的，到家想起谋事真不大易，只此一

事，不知得费多大劲，跑多少路，托多少人，说多少话，花多少时间，才能换到，现在已耗了不少精力，何时方能实现，有无把握现在不可知之数，而想起将配给之食粮问题，弟妹学校学费问题，房子问题，等等不一而足，一进家中大门，便被种种困难问题，愁苦焦急所包围，沉陷在烦恼的空气中，什么事做不了，整日是恶劣的心情，怎会高兴，除非看见英时才忘了苦。

7月23日　星期四（六月十一）　半晴，下午阴闷热

上午正看报时，由什么坊长（根本不知道），又是什么第九区新民会分会的通告，去坊长家办理调查家食粮量数，当时去了，坊长去开会不在，归来看书报，想起将来生活真不是味，不知如何过法，如每日配给，如何生活，若每月无力购得又是一个麻烦，各种困难多得很，心中如何不烦？十一时多就开饭了，看着饭食，不知还能有福气吃大米吃多少日子，心中除了烦，职业问题以外，只是频念吾英不止，十二时许冒阴天小毛毛雨去英家，过坊长处谓听信，直驱英家，前天一路的水，现在却全干了，只是东珠市口还有一小段泥，还了她家拉车的胶鞋，还英的电筒，草帽，与她七岁小侄女"老九"及英谈天，看画报，英告我上午她去东城遇见绍贞，说下午来找她，不一刻果然来了，她后天结婚，我装不知道，省得又跑一趟，她看见我在那，在里屋与英细声小谈，旋又到后院去与其嫂子等谈天旋去，我与老九在英屋看画报，又拿了半个西瓜与我吃，一人那吃得完?！余下小半，又与其小侄女一同玩了一刻牌，无味，英想早点吃饭出去，但未出去，我和英同坐在一张大椅上，不禁又抱着她，倚偎着亲吻着，我问她前天晚在公园是怎么回事？她说她有点迷惑，我说你被我迷住了吧!？她笑说，那你是虾米精了，（虾米精亦有出处，江绍源先生讲民俗时讲虾夷人从日自谓为虾米精所迷）后她又说："我对你一天比一天陷得更深了！"我拥吻着她，近来从不拒绝，她常顺着我而倚偎在我身上，双眼闭着，近似昏迷的状态，她需要我的抱吻与温柔，她定觉得快感，我觉得我由衷对她所发的热爱与强烈的快感是前所未有的，我紧紧抱着她，吻

着她，一时真不知如何爱她了！这时突然来了一个推销华文大版每日的，我们才分开，此时已近黄昏，英留我在那吃晚饭，我只为了她一个人留在那里，在那吃饭也为了她，便停下来，不一刻到中厅去吃饭，她父先头回来，此时却到后边去吃，是避开我吗？我总是神经过敏的如此感到，这种对我的态度是善意的是恶意的呢？是讨厌我，是看不惯我们的样子，是故意躲开，尽我们更自由，不拘束呢！想不出，总之这一顿饭吃得我心中不安，饭后到英屋坐着，本是没什么事，只是要和英在一起而已，天逐渐黑下来，却没有开灯，阴后仍有点热，小雨后又有点凉似的，一人坐在一张椅上觉得有点凉，于是与英挤坐在一张椅上，挨近她便觉得温暖似的，她也毫不嫌我的孩子气，让出地方来给我坐，不用说仍是偎倚互相抱着，我也奇怪为什么现在见了英就想如此和她亲近呢，青年爱的需要吗？她近来对我这种的举动与抱吻的要求也从未显出厌倦的态度，也好似在等待的情形下接受，真有如俗语所谓的如胶似漆，二人谁也不想分开，三伏中的炎夏，在这时候在我二人之间不存在的，虽然互相拥抱中出汗，我二人皆不感到闷热，只愿如此相偎着，她家人习惯早睡，雨也停了似乎不早，可是英屋子，一直没开灯，好似很晚了，她催我走，我听电台中的广播，还早，不到九点钟，我说还早，她虽催了我几次，可是她不动，仍是抱着我，约有一小时我叫她站起来，她又把我拉起来，我又抱了她，这时她整个身体投在我的怀中，她无所逃避了，这时才放西乐，我告诉她才九时还早，再容我坐一刻，我为她舒服起见，我迳抱了她，把她放在她床上，我坐在她床前伴着她，轻轻谈着，她家人很知趣，除了老妈子进来灌了一次开水外，就不再有人进来，她告诉我让她去南方，去一年便回来，她又劝我把与她玩的钱省下来，将来赚了钱提出一笔来做买卖，在乱世发财，这是她父亲说的，又劝我将来做出口的生意比较合适，九时半过了，我要走了，她又紧紧吻了我一下才放我出来，她是多么热烈地爱着我，而舍不得我，我在紧紧抱亲着她时不禁不生遐想，但只如此想而已，并未有何动作，我想那样不是爱她，而是害了她，十时了，我回家，惘然若有所失的步上归途，这样漆黑的屋子只有我和英，又是给人一个谜与猜疑的机会，英为我如此牺牲，但我们都互相尊重保持了纯洁的身体与人格，任人去胡猜吧！我们坦白毫不觉有什么耻辱！在路上遇见曾颐借他车光一同回来，又擦了一个澡睡，朦胧中好似又看见了我的英，微笑地望着我，什么时候才能使英常伴在我的身边，我要努力，长志气，自强，不可辜负了英对我的一片心！（26 日补）

7 月 24 日　星期五（六月十二）　　半晴，闷热

在英的身旁便忘了一切烦恼，而一进家门便沉浸在烦苦的空气中，想起家中的窘状，将来的渺茫，无力与英结合，在此畸形下，与英相处，实是苦中取乐了，不料此时这么年轻便遇到这么多的困难，烦苦，如果长此下去，我将老得更快了，英看过我以前的相片说我变化大得很，脸上分明显出经过许多人生困苦的痕迹了，心情坏，身体常倦，无精神，什么事也不想做，上午看报，下午卧看书，颓废之至，这是什么生活!? 黄昏善政来谈由南京回来情形，拉四弟去何家，晚上在床上又看一刻书，晚月色甚佳。

7 月 25 日　星期六（六月十三）　　晴，热

昨日李娘出去叫人今日来看大柜式的话匣子，早上起来择片子，把不好的择出拟不要了，不一刻人来要千里镜，不要这旧式的匣子，千里镜给价过少，未成交，十时许拟出去，不料李国良兄来，与之略谈其将在中学找课教书，梁秉诠在天津商业学校找一事，李文善在济南某中学找到一事，同学四分五散再晤不易，十年后如有成就，可以互相帮助矣，又谈及与英之近况，他未间接告知我以前与黄相识之事，则她或由李庆成之姐处得知，亦未可知，如再不知，则不知她自何处知道，如此说来，她也着实调查问过我关于我之一切了，可是我却不曾问过任何人关于她以前的一切，我信任她，十一时半李兄辞去，午后卧床上休息，想不睡偏又乏了，四时半出访郑三嫂，老远路去，却不在家，便到孙家去，翰弟去海甸全家（他同学家）住，今日不回，见其父告以见汪头情形，又

托其托人说项，略谈即辞出，归途又遇曾履，亦愁急找不到职业，每日生活苦闷，再到尚志与九姐夫略谈，托其问千里镜价，晚铸兄来谈，知家中近日奇窘状况，允立代购面一袋，不一刻送来并慨云彼妻有存款三百元，一百已借与五姐，其余愿暂假我用，我极不愿多承人情，负债，今且不可免，念之纵然，彼有此义举亦出我意外，晚与娘，李娘，弟妹等灯下围坐，又以英与我之将来为中心谈笑欢畅半晌，我念与英结合遥遥无期，不禁怅然！

7 月 26 日　星期日（六月十四）　阴，小雨，风，凉爽

连日颓废生活，自苦不已，终无结果，颇后悔，如此生活太苦！亟宜振厉奋发，"社会还能用运气不好而并不自暴自弃的人，可是全世界都恨不干者。"是的，我得奋起精神来干！成天愁苦焦急，睡在床上管什么？于是上午九时半，又去郑三表嫂家，在家略谈，似托其向汪头太太去说，但其云不熟，我即未说，三嫂又问我，我才说，她请我原谅她年老之不应酬，不过问事，我自无何说法，亦毫不怪他，十一时辞出，在门口遇见三弟少奶，比相片上瘦的多，大名鼎鼎之河东小姐却潦落如此，可怜，出即又赴强表兄家，他出，稍候回来，告以三嫂处无能为力，略谈恐天雨即辞出，午后天阴小毛毛雨，有风甚凉爽，昨日前日夜月色其佳，今日恐无月色看矣，今日心中更念英，惟强忍不去找她，也未打电话再给她，午后振起精神不睡，补写了五天的日记，不料近日懒惰至此了，下午上狗捐连牌子一元五角，令人可叹，将来鸡猫恐亦要上捐税，可慨，这三日不知英如何，希望她不走，晚看西风精华，晚饭后，因昨日闻力十一兄病，过力家去看他病，他着凉病已一礼拜热终未退，略谈到九时回来。

7 月 27 日　星期一（六月十五）　凉，整日阴雨大小不定

昨日半夜醒来，阴了半天，终于下了雨，立刻感到凉意袭人了，盖上被继续睡，今天醒来，阴沉沉的天，仍是下着雨，有时大起来，如同倾

盆，小时也淅沥不止，满院子是水，想大街上更不好走了，今日是十五日，本来还想约英出来到北海或是别的地方赏月呢，下雨就全别想了，向来是一阴天，我便不会多高兴的，心情也同天气一样，那么阴沉沉的，闷得很，上午静静坐着看报，也无味，又看看西风精华，午间吃汤面，今天吃倒正合适，穿上浴衣兀自时觉凉气袭人呢！午后看完了西风精华第三册，里边有两三篇好文章，如克服自卑心理，不要自暴自弃，都是激励人的文字，可爱的贫民窟，我们并不穷，都是对我们很有益处与启发的文章，美国通俗杂志漫谈一文将美国通俗杂志的情形介绍得可有一概念，午后静寂得很，天气不好，没有人来，弟妹等也老实不吵闹了，分外觉得沉闷，不由又想起我最可爱的英来，不知她此时在家做什么呢！？我只有在她身边才感到快乐与安适！礼拜四她告诉我，她那天早上把我一张小相片寄给她二姐去了，不知何意！？昨日打电话问王家大姐于廿日与其母妹已去沪了，她妹妹亦去沪找丈夫去了吧！？一笑，天气到夜里一直是阴着的，一下午断续的一阵一阵下雨，前些日子总不下雨，干得要命，这同日又三在两天的下起没完没了，小风吹来，大有秋意呢！倒几乎令人忘了是在三伏天中，天气凉快，不肯又在床上白白耗过时光，却整整在书桌子边看了四五个小时巴金作的《春》，里边总离不了眼泪悲愁，看了使心里不大舒服，又是叙大家庭纷乱没落的痛苦，看了半天书，心中不痛快，觉得沉闷，很想看见英，想出去走走，但雨天不好走，全身好似蓄有一种力量无处发泄似的，有坐立不宁，一晃四天没见英了，院中树木不少，可是一向不注意它们，不管不整理，更懒得去浇水，天热干旱的时候，都有点显得枯焦，尤其是竹树，本来很好，近年来没人管，一年大半在枯黄状态下挣扎，这几日大雨，却又呈出绿色，有生意了，里外院爬了一片小草，碧绿的，有点茸茸的，很悦目，感到今日天气凉了许多！

晚上十时，月亮才从云中挣扎出来，浅白求恩光华有点可怜相，院子里颇有凉意，卧在床上也不得不盖上点薄被，今天不知是何故，总觉得身上不大舒服，心头沉闷得很，也许是看"春"中描叙大家庭旧制度的崩溃与青年的挣扎，心里不好受，心中总觉得有什么东西堵着似的难舒气，想嚷想喊，于是扯开喉咙嚷了几句，好一点，全身畜了力气想和谁打一架才

痛快似的，于是练练铁哑铃练练力气，卧在床上又看了一刻"春"，心里又烦，放下睡，已是十二时了。

7月28日　星期二（六月十六）　晴和

今日放晴了，好天气，九时许方君鸿慈来访，出我意外略谈坐，谓小妹学校事因放榜过迟不便开此风气，小妹学校又成问题，又得回春明，实不大愿意，九时半辞去，反劳他跑一趟，可感，十时去刘曾履家，还其书二册，他日前着凉病了，尚好，能起来，借其电话打一与英，本拟下午找她，不意她想去找秀兰，我去又无，遂作罢，但连日烦闷，实无处可去，与曾履略谈，其兄等皆出，旋其二嫂回，十一时我亦辞回，看书，中午吃一种发面饭，甚饱人，饭后仍念英不止，遂到达智桥去借电话，又打一与英，说好约其下午六时许去公园赏月，她先去秀兰处再去，不知何故，今日十分想念她，昨日看书及闷在家中十分烦，决定今日要去看英，于是今天午后又下决心打了二次电话，不怕麻烦她家人，不顾她家人疑我有什么事，一天打两个电话，回来歇歇，出了太阳便有点热意，正卧在床上看书时，小徐忽来，谈顷之，还我两本书，又借去九本，四时半去，六时吃了些东西，六时廿分换了衣服去公园绕了一小圈，坐在廊上一刻，忽然英由水榭那边廊上走来，她却比我先来了，往北走又往水边走去，逾土丘往北走，雨后天气凉爽，游人甚多，英告诉我昨日她因雨卧在床看了半天的书，雨后与其大侄炳生遛大街，又于日前去广德看刘宝全大鼓，廿二日晚随其父去开明屋顶听杂耍，近日欣赏平民游艺，不错，不知她没我伴着玩的快乐不?! 我没她，近半年来没有单独去玩过，没有她伴我，不感兴趣，那也懒得去，在河边她自动的又送了我一张相片，就是帖在大学毕业证书上的，我伴她去元元照的那张，可算是最近的一张，我不该说了一句玩笑话，使她不高兴，心中颇悔，自己开口太不假思索，公园地方很小，人又多，英心里不痛快，不顾在公园内了，遂走出来，又到北海去，又未租到船，绕了一圈，又上白塔后茶棚内坐下吃茶，谈谈笑笑，暂时把我先头惹她不高兴的样子去掉，俯视海水，远处灯光连串，东北有三大红灯，不知何处，谈谈说说，现在也想不起都说的是什么，十时了，茶座中无人都走了，我们也出来，此时月已上升，只是下午起天上又有许云头，隐约不明，又上了白塔前小佛殿前台站立，此处有风，倒也凉爽，此时游人甚少，此处更少，四望夜之北京城灯光点点，另是一番光景，立久了，英穿得少觉冷，我便将我未穿的外衣给她穿上，前边远远传来无线电里广播的四郎探母，英倚着我共赏这北海的月色，此时有一架日本飞机飞来飞去，南边多架探照灯往上照，幽静美好的时光由我俩沉静的享受，远远听完了广播的戏，十一时多了，又立了一刻，上来了两个茶伙计吧，搬了两个藤椅子，我们便下来了，游人大半散尽，出园有十一时半了，一路伴其回家，在东珠市口西口分手，她肯伴我这么晚回去，这也是她家没有的事，到家脱了衣服，站在院中望月亮，月儿在云缝中穿出穿入，光线时明时暗，沉静清爽的情景，使我不忍就睡，痴望了半晌，不禁复生痴想，若英仍在身旁，又有多好，我觉得，我真有点离不开她，但又有什么法子，自己又有什么能力能使她永在我身旁呢！

7月29日　星期三（六月十七）　阴天整日

昨日路跑了不少，今日有点乏，九时起来，十时许出来，把今晨看完了的《春》带去与小徐，晚日答应借给他的，多日不跑车，今日一时兴起，又跑了一身汗，在小徐家小憩，一人去学校，没什么事，赵君德培考上了研究院，要先交学费及检查身体，还得通知他，高中文凭教部还要查，过些时再去要，代英问了无她信，穿过什刹海，上午人少，今年比去年热闹，还有拉大片的，练艺的，又绕路去故宫打听现在改为一三五是中路及西路，二四六是内东路及外东路，买了一本故宫导游，可以知其内容大要，又到九姐夫医院去看看，他劝我把话匣子改造一下就可以出手了，打一电话与英，略谈，中午饭后看故宫导游，九英弟九鳞来旋去，天阴三时觉乏，卧床上迷迷糊糊睡到七时，饭后无事，先计算配给量数，写一底子，补写昨日日记，看书。

7月30日　星期四（六月十八）　阴，晚微雨

　　白日半阴的天，上午看报时，本段警察及新民会第六分会的人来通知，并给一单子，是调查每月食粮及煤油，肥皂等等日用品量数，以便将来配给，跑了两趟交去，又到春明去为小妹说项，与陈校长略谈，他亦略知我家情况颇有同情，小妹学费可免交，十一时许回来，午后一时许去英家，谈谈，说说，又下一会棋，一同坐在她床上谈天，她自己忽告诉我说去年暑假时，由其同学处识一姓朱的名晟，在新亚药社做事，由昆回来，因英想知南方的事，谈了几次，朱却对英有意，以后追英，去学校找会几次，英也未见，英告诉我曾一同去北海及郊外玩过两次，英说她不喜欢他，过年还打电话来呢，还有一个在建设总署的她讨厌那人太世故，一时我说了一句什么玩笑话，英不高兴了，后来我笑着解释劝慰几句，她也就转过笑颜，走到外屋拉她坐在我腿上说话，正谈笑时张妈来请吃饭，我面向门，看见急令英起来，几乎被张妈撞见，我本拟今日回家，不想在她家吃饭，一去，见了英，便不想很快的离开她，又经她留我，于是又在她家吃饭了，这两次在她家吃饭，她父皆不在桌上，我总觉得有些异样！心中不大舒服，而且一来就在人家用饭，亦不大好，为了英不顾那么多，这一下却惹下了乱子，不如不在那多耽一刻，以后好去，这一来，今日多坐半晌，以后去不好意思前往了！真是出人意料，饭后在院中坐着，与英诸侄等谈天，坐一刻又进去与英谈天，同看“红萝卜须”，我又卧在英身上一边谈着，不觉已是九时多了，一句玩笑话，又将英惹恼，我自己也有点内疚，为什么近来如此易动感情，见了英多是亲切的抚吻，亦很无聊，怪不得英想起来不高兴，我正在心中惭悔与劝慰英时，英叫我去，此时九时三刻，我亦应走了，还未动时，院子小孩子们全都睡了，静寂无声，此时英父回来了，走到院中叫："淑英，董先生走了没有？"英说："没呢！"又云："天不早了，要关门了！"这明明是下了逐客令！我心中十三分的惭愧！都是我自找，让人家说话，要是先头不在这吃饭先走就什么事全没有了，不好!？急急穿上外衣，此时英忍不住了，羞急得暗泣起来，先头的

气她早已消失，此时是她父不与她面了，惭急的泪，我又进到她里屋低声慰她，她也不生我气，拉住我衣服，偎在我胸前哭了，我极力劝她别哭，被她父听见更不好，此时不容我多待，多说，她两分钟内也停止了，送我出来，她父尚站在中厅阶前，见我出了她屋又发话了，我那时心中乱极，只觉得自己有点迷糊，心中感到了侮辱，我出来，她父又说了两句，头一句我忘了，也许没听见，只听见："没事别来啦！"直刺入脑中，当时真与我以大大的刺激，我糊糊涂涂的答应他一声："是！"有什么和他好讲，看在英的面子，我又能说什么!？急急走出，被人下了逐客令，并且继续以"闭门羹"呀！脸面何存！急匆匆骑上车便回来，我是没有脸再登英家的门了，除非转过我这脸来！这老头子，也太与人以难堪，英也面上极无光彩，一路上迷迷糊糊，不知怎样便骑回家来了，幸而没有撞人，亦未被人撞！那时的心境，简直描写不出，羞急，惭愧，还有点愤怒！十分混合复杂的情绪，只觉得心中堵着一大块，十分不舒服，真是耻辱，羞辱！仔细想来，我倒不大恨，不怪英父，他老人家却是如此想，一对青年人在屋里是不大合适！而且也要怪我自己不好，不能抑制住自己的感情，要是白天来白天去，不到晚上才走，不是以后还可以来，如此却没脸再登门了，这一下对于我们将来亦有阻碍！真糟心，想到自寻的侮辱，和连累到英也受到责难与难为情，不便种种不好受的情景，心中十分后悔，到家娘与李娘又叨叨不休的问我今日如何过的，我自不便向她们说我碰了这个钉子，只不大耐烦含糊糊的说过，便急忙刷牙洗足，去睡了，可是心中又乱，又难过，那里睡得着？又念将来种种问题，英此时在家，一人在床上也哭得甚哀，我又不能去安慰劝解她，心中更加难过，英如此为我牺牲，如此完全寄托我身上，我的生活及我的前途全都渺茫得很，她没看错我吗？我不会拖累她与我受一辈子罪吗?！种种问题苦恼着我，当前问题急促着我，对英眼看要有波澜发生，怎样应付，种种苦恼的问题萦绕在脑中，烦极！精神乏极时，迷迷糊糊睡倒了，这一夜醒了几次，根本睡不好，也不能睡好！这是一个纪念的日子！不知英怎过的这一领先!？

7 月 31 日　星期五（六月十九）　　整日阴天，晚大雨

不知如何渡过了昨夜！今天阴有点凉！

晨正在昏昏的时候，小妹由院中跑进来，持一封信给我，睡眼迷离中，看是英写的，叫人送来的，不由精神一振，立刻打开一看，她去同学家后去太庙，叫我下午一时去等她，不知又有何事！醒后也睡不着，此时脑子又起了作用，思前想后种种问题全来了，十时多起来，洗脸换衣天气却是阴沉沉的天气，还下一点毛毛雨，买了些点心，多吃一点预备当午饭，十一时多出来，到朱头家，他昨日下午来还我书，并且留一条叫我去他家谈谈，他与马事吹了，现在又安心念书了，屋内堆满了书，又是以前用功的情形了，随便谈谈，也没什么事，原来辅仁文苑，一度曾请他办，他要改内容，不知能否实现，看他意思不大愿意办，又告我二日余主任大小姐在北海董事会结婚，他想将来在出版方面发展很好，谈到十二时半我辞出，径赴太庙，差一刻一时，在里边往西绕了一小圈，坐椅上一刻，心中乱极，没心绪看手中的书，坐了一刻无聊，别看阴天，此处倒不断有人来，又站起往东绕着走走，再走回来，看见英进来了，我迎着她，想笑，可是笑不出来，也许反是个苦笑脸吧！她从同学家来，人家还她两本书，厚厚的是傅东华译的飘，即《Gone with the wind》，去年电影演出译为《乘风而去》，她怀着一腹心绪，我也怀着一肚子心事，昨夜的波浪，打得我二人的心头，并未停止，可是谁也不愿再提起来讨论，好似一提起，便像提起一个大大的烦恼之网，从头到脚把我二人罩在当中，不易再爬出来了，她不提我也不说，我二人全都避免提起，她只以爱怜的眼光看我，挽着我臂，我深深了解她的心情！抛开这个可厌的思想，暂时忘掉它，其实我二人仍暗暗在它旁边徘徊，不能就去，这在我二人偶或在脸上表现出来的忍耐痛苦的表情上可以见到，伴她到太庙的前殿，中殿，后殿全都看了，有大大的龙凤椅子，有大祭台，放牺牲等物的台子，香炉，蜡架等等，大概还是那样，大半恐皆为人改易了，那么大的殿大的地方，起造得那么辉煌，不过是皇帝的一个家庙而已，走到了后边英本尚想去故宫，可

是时间太晚了，于是又没去，到太庙花园看看，又进图书馆去看看，借了一本书看，在那借书的人太少，位子坐满，都是看杂志报纸的多，看了一刻出来，又往西北绕，又到了后河，这回靠西边拣了一张椅子坐了，休息半晌，看看飘，英今天穿得甚少，今天阴颇有凉意，她又没穿袜子，生怕她冷，五时左右，她饿了，她今日和我一般，只吃了早点当午饭，遂一同出来，她在门口遇见一个辅大三年级的同学，先到东安市场取了她加印的相片与定刻的图章，我买了一本鲁迅传，她请我到中原公司去吃饭，二人饿了，吃得光光的，两个汤，四个菜，一个钵子的饭，还叫了三个烧卖及一盘面，英付的账，我心里多少有些不安，饭后略坐出来，又漫无目的走，我取了车，想去芮克，又怕片子不好，到真光看看，也无趣，又沿着大街慢慢走，在东华门大街，英又遇到了一个同学说了一会话，又同我走，她也吃多了，她手足有点发胀，此时才八时多，她和我都不想回去，上那再去坐坐呢，于是决定去公园，她不肯坐车，同我由南池子又一直步行到公园去，就在儿童游艺场东北花栏前树荫下椅上坐了，英正在谈说些话，忽然由下边走上两个人，我未在意，英忽叫我说是她父亲与刘律师一同走过说话，我也转过了头，他们没看见我们就过去了，英说想不到她父亦来了，那个刘律师以前还给英说过媒呢！英不赞成，她大哥亦曾与其大姐说过，只其大姐不在北平，有意说与英，那次看见了我后，不再提，英说我是她的挡箭牌，英后又感叹地说了一句："你看，你再不争气！……"我听了心中一震，是的，英如此对我，我能不努力，如何对得起她，就又引起自卑的心理，是否英如此牺牲的为我，将来我的能力是给她"失望"，"满足"，抑是"骄傲"呢!? 努力，争气，要强，振作起！一时英又抛开这些，说就在这坐着也好，免得碰上她父亲，她此时又真像个孩子，不知她是真的如此，还是苦心故意如此好似什么都不放在心上的样子来安慰我，她撩起衣服露了了大腿，那么诱惑人，我不敢看，她说她脚也发胀，脱了鞋露出一双玉足踏在花岗石的矮墙上取凉，她身体发育的好，很是停匀，一双脚也全是肉，她渴了，买了两瓶汽水，正饮时，我看见她父与刘律师又从先头那条路从我俩身旁不过一丈左右的地方二次经过，怎么那么巧，又从这走，我二人又全都转过了头，又没看见英和我相视偷偷地笑，

我心里都有点不舒服，我二人未犯罪，亦未做什么见不得人的事，为什么要如此遮遮掩掩，偷偷摸摸似的，英突然听得其父与刘律师谈什么"太庙"，疑心我们今天去太庙了，我告诉她说早上我告诉刘世刚去太庙了，她说我真糊涂，回去又是麻烦，她今天上午出来，一直到此时没回去，也许以为她出走了呢?! 准去太庙找我二人，亦未一定，但一转眼她眼睛一亮，好似有了准主意说，咱们也走吧! 我是无可无不可，现在全由她，以后要见面只有她愿意出来时才能见到，约好礼拜日早上去故宫，一同出来，伴她走到东珠市口西口分手，告以有什么事，写信告诉我，一路上怀着一半儿惊喜，一半儿兴奋，一些儿烦乱，到家觉得乏了，立刻刷牙洗足睡了，英父不知到底对我印象如何!? 今天与律师聊天又要出什么花样? 如何对付我? 又要如何扦制英? 英的思想与为人，恐亦不受压迫，我们前途又起了波折，这波折是对我们将来有害，抑是反而加速促进我们的结合呢! 全不可知，但大半全在英自己的身上，她又将如何去应付呢! 我能助她什么呢! 英对我如此好，她肯与我一同吃苦吗? 一时思潮起伏，半晌不能入睡! 听得外边雨下起来，由小而大，英又说回去告诉她父她要走的计划，不知今天，还是明天，要与她父谈出什么结果来! 对我二人的前途又是什么影响，一是大大阻碍，一是反而加速我们的进程!

8 月 1 日　星期六（六月二十）　晴和

近来没锻炼身体，似乎差一点似的，昨日出去半天，今天就觉得乏了，因为心绪不好，十时多才起来，今天倒是晴和的好天气，可是心情不佳，也不觉得什么有趣来，闷闷的在家中，坐立不安，想起家中的困窘，前途的渺茫与英的问题，心中堵得慌，什么也做不下去，更看不下什么书，就这么烦乱愁苦的过了半天，坐着不是，躺着不是，更不知英今日如何过的，四时许补写了昨，前二日的日记，心中又很难过，正不知此番变动是吉是凶，晚饭后去强表兄家，探问些前途可有希望，不料未在家，遂去郑表兄家，亦未在，与小孩们略谈，亦无什说的，旋归，闷闷的过了一天，不知这是什么生活!

8月2日　星期日（六月廿一）　上午半晴，午后阴雨不定

前天与英约好今日去故宫，早上八时到那，等了一刻未来，又从北长街往回走，迎面遇见了孙人和先生，大约是今天去北海参加余主任大小姐淑宜结婚典礼的，可是为什么这么早，事情是下午三时才办呢，走到天安门，又折回，仍不见英来，正在北长街北口护城河边等，约八时三刻才见英坐三轮车跑来，初还疑前夜她回去与其父开谈判了，也许她今日不能出来，不料她仍来了，一同进故宫，今日开中路及内西路，中间一部分是以前看过，今日此路无什看头，许多空大殿，不多几个展览室，展览有清画，乾隆御常珍玩，神像等等，其余乾清，坤宁等宫皆详载故宫导游中，看宫殿中之摆设，多易原样，虽有存旧物，亦缺少过半，故无什看头，外西路尚未整理就绪不能看，看了大半时天阴下雨，出来已中午，英坐公共汽车我骑车去东安市场午饭，又去小小酒家，我无雨衣，雨虽小，甚密，上衣淋透，但觉闷热，一身颇粘，饭后又不知何往，顺步走到吉祥，便进去看，是王熙春主演的孟丽君上集，购票上楼，一切仍是旧式戏院之旧，里面空气不佳，勉强择一厢座坐定，中国片子，易懂，尚好，出来雨止，时尚早，又无处去，因为我与英大约将北平可玩之处大半走到，今日天公不作美，偏又阴雨，又不愿分离各自回家，又不知去何处好，愿寻一安静的地方坐，除了她家最方便外无处找，但现在我怎好去？英又对我这么好，不惜累，麻烦，出来伴我各处跑，她对我如此好，我不知将来如何方能对其略表心意于万一，她主张再去北海坐，亦好，路过真光是《幻想曲》。忘了来此了，到北海择东边水过一椅上，听微雨打荷声，如远处擂鼓，微雨中尚有数船，雨中北海，如蒙一层薄雾昏蒙蒙的，只是空气潮湿，闷得很，今天下午余主任在北海董事会嫁女，（男方为辅大国文系教员周祖谟）此时旧四时许，正有一批一批先生或是同学，由北边过桥出去，我因伴英所以没去，可是我和英怕同学看见又麻烦，遂用伞和草帽遮着，有六七个我们系女同学，半晌方走过去，我俩坐久了，雨时下时止，此时不下了，遂上山，在一亭中坐在藤椅上半晌，此时又降雨，昏蒙蒙一

片，笼罩在水上，雨打荷叶声又起，近处几处山石细草，着雨水，分外鲜润悦目，油绿可爱，英又问我将来理想的家庭如何，此非简单问题，亦非一二句话所能尽，实际尚需英与我共同组织才成，前日分手问我父以前做何事，今日发此语，英心中到底如何打算？她见我手表带坏了，允为我做一新的，即摘下给她带回，六时半雨止，同出，伴她走到前外分手，到家才知又忘了把前日她的图章还她，回家路上又遇小雨，但衣裤皆湿，鞋亦为泥污，顺路买了点心回来，匆匆用毕，因乏即收拾休息。

8月3日　星期一（六月廿二）　阴雨大半日，夜又雨

以前天气干旱，总不下雨，近日却又下上没完，今晨起到下午三时多雨才止，上午十时多起，看过报，午后心头烦闷，想起上月卅日夜之事，都是自找，如果自己克己工夫强即无此事，谁也不怪，只怪自己！谋事不成，与英前途又不顺利，处处不如意，坐立不安，什么事也做不下去，心绪恶劣之极，昨日未去五姐家，今日又为雨阻不知何事，闷烦之至，过了此一日。

8月4日　星期二（六月廿三）　半晴，闷

上午十时许由家中跑到东城去，五姐一日叫我去，不知何事，因雨阻，今日方去，顺路把文凭拿到王兴去制个玻璃板，上午五姐家倒静，只是儿妇向倒睡到中午起来，家事琐碎都要五姐照管，五姐叫我去把见汪头之前后情形写一条子，给河先看，他好代我去向汪头说，中午被留在彼用饭，见了河先，略谈，午后又要打牌，代五姐给她外孙女写了一信，河先允于一两日内亲自与汪头说，二时半辞出，今日虽是晴和，但觉无处可去，加以想起都是烦事，心中闷闷不乐，懒怏怏的又到强表兄家去，他不在，与其太太略多于谈辞出，闷闷归来，虽是很早，到家觉闷热，并疲乏，精神近日不佳，且易觉疲倦，皆受心绪恶劣之影响，看书报，卧床上休息，竟到七时方起，晚灯下补写日记，看书，到十二时半方憩。

8月5日　星期三（六月廿四）　　半晴闷热

天气早上倒是晴天，下午又阴，上午看看书，接到刘济华兄寄来一包裹条，送我毕业的礼物，大约是贴相片的本子，连日心头烦闷之至，闷恹恹，念英不已，只索在屋中看书，亦提不起兴趣，赵君德培昨日来平，下午来谈半晌，五时半方去，今日米及小米皆将用尽，幸铸兄来代购米四十斤，小米廿斤，正是不知现在过的是何生活!? 事情又在渺茫中，烦苦焦急的日子！

8月6日　星期四（六月廿五）　　上午阴雨，下午晴，晚又阴

大约是夜里三四点钟光景，突然醒来，听到外面下了雨，还不算小，心中立刻感到一阵子烦腻，前一个多月总不下，近来却又动不动便下雨，阴天看不出是什么时候，起来看钟，已是九时多了，因为昨日发信与英家有约会，今日之雨，对我大不利，令人更加烦闷，时大时小的十分可厌，前数日仆妇因其子病携之归家，连日一切工作全由娘与李娘二老人，躬自操作，心中十分不忍，但我又不能帮多少，看了心中十分难过，我真无能，每日只是焦急烦恨，有何用?! 看书报，至午幸雨止，天晴，云散日出，午饭匆匆用罢，跑去东城，差十分二点，到了真光，新三时才演，还有一小时，空了半晌，约一小时，英仍未来，不知是英有别事，有病，抑未接到信，还是信到了太晚，她以为迟了未赤，心中不定，一人无聊，遂出来，亦未看，找孙翰弟，亦未在家，遂顺路去廖家，七姐明日生日，又得一孙子，昨日满月，抱在手中疼得不得了，说了一会话，七姐购物，一同出来，没有英是没有兴致到那玩去的，下午晴天好天气，但是觉得没处去，路过艺文，看看亦无趣，亦未进去看（去年还有瘾，常常去看赛球）一路闷闷不乐快快回家，觉闷热，无聊，念英，疲乏，又卧床上睡到黄昏方起，连日空气潮湿，不舒服，又打发了一日。

8月7日　星期五（六月廿六）　晴，热

　　连日烦愁的原因很复杂，家中经济压迫，家的不明白，弟妹等的不用功与不听话，都是原因，当然找不到职业生活没有把握与困难是重要的原因，而近来英父方面突起的变化，不易见着英与前途的困难，种种不快全夹在一起了，所以觉得除了乏极睡眠以外，烦恼，不快，愁闷充满了我脑中每一个角落，每一小段的时间中，总也摆脱不开的，实是苦差事，不知那日着了凉，今日起来已十一时多，十二时左右，英忽遣其家中仆人刘世纲骑车送来一简，谓昨夜方得我信，知晚，她今日又约我去真光，付一回贴遣去，洗了头发，匆匆用过午饭，换了衣服，已是快一时了，因有英信，今日见她有望，不觉振起精神来，真的，近来只有看见英时，才从心里流露出实在的愉快与兴奋来，其余时间全沉溺在烦苦中了，旧时间一点半了才见英来，意外的是她骑车来的，见面她那愉快的微笑，那真令我高兴，把心烦的事，全都驱除得无影无踪了，进去坐下，她那么愉快的恢复天真笑脸般的笑容，在我面前晃动，亲切的在"我跟你说"后边告诉我她近日的生活情形，此时我觉得她那时好似一个哓舌的孩子，急于想要告诉别人她近来高兴的事，她的大侄子与他家仆人把她的车子大拆大卸整个检查，擦油泥，修理一次，好骑多了，她在昨天晚上一时兴起要试车，与她大侄子一同出来，走南北长街，景山前街，南北池子而回去，与我同行那次相反的转了一圈，想不到她有这么大的瘾头，今天为犒劳她两个侄子去鑫丽去吃西餐，饭后来真光的，她又说她礼拜二上午带她六个侄子侄女去北海玩，划船，又到什刹海，学校，并且走到积水滩去玩，玩了大半天，很高兴，很累，很好，她没有我时仍是过得很好的，我没有她便一点玩的兴趣也没有，只有寂寞伴着我，我一个人是懒得到那去，一个人去玩连想也不曾，她没有我在她身旁时，也过得很好，也很好，我爱她，当然希望她快乐，希望她无时无地的都在快乐，我也快乐，但愿烦恼永远离得她远远的，今天看电影的片子是法片（？）姜克蒲拉（男角）主演的，以歌唱为主，嗓子还不错，片子不见佳，亦不算坏，有点滑稽，扇子忘在那里

了，散场院出来，时间还早，又茫无目的，英说去北海吧，左不是这几个地方，全去过，我也想不出新鲜地方来，随她走去，大出我意外，英的车术进步了许多，到北海漫步，虽是连着不时下雨，减少了许多热气，但在晴后的三伏天内，仍闷热得很令人出了不少的汗，使人不会忘了还是在热天，本来来北海是无目的，只要与英多处一时我一个穷措大又能出什么新花样，于是又择在白塔后，一个高茶棚下坐着眺看湖中来来往往小叶子似的船，漂在水面上，颇有意思，英因我手表带子坏了，她代我又做了一条，今天还给我了，她的盛意可感，随便说说，静默的坐着，到六时半出来，因为通信很麻烦，当面约好下礼拜一下午去孔庙，伴她走到前外，即分手，她因那一段东珠市口道路不好走，她又雇了一辆车连人带车拉回去，西珠市口及柳树井等一带正在修路，电车要延长到广安门及宣武门，一路路狭，人多甚难行，到家匆匆吃过晚饭，觉乏，早息，今日七姐生日，昨日去了她不办，今日未去。

8月8日　星期六（六月廿七）　晴热

又是近午起来，十一时许，英遣其仆人刘世纲遂还三个小鸡（因她家无处养）及一封信来，她劝我要生活得有秩序，想不到我不去她家，反累其仆人跑了多趟，今天赏了他一元，连日看完了两本辅仁文苑，心头仍是不快，堵得慌，不快，下午没睡，虽是晴天，那也未去，看了一下午的书，觉得十分无聊，今日是小妹的生日，很无聊地过了一日，心绪坏，笔下也十分笔涩！

也许是英和她父亲终是骨肉至亲，她连日不是生活得如常吗？并且好似也还快乐，她见我面时那么高兴，是因见了我真高兴呢，还是因不愿我更加烦恼而故意那样引我高兴呢，还是根本是她高兴，我常怀疑英的思想固是很有志气，进步，她虽有时亦感到她现在的家庭环境在将来变化的可怕，她不时要远离开这个家境，可是分明她仍是暂时还得安逸于这个家庭生活的，并且无形中她不是生活得也还不错吗？！玩啦，吃啦，也不快乐，喜逸恶劳是人之常情，我也是如此，（大多数人都是如此的）我常怕英在

比较优裕，舒服的生活环境中过惯，是否能再来与我同受甘苦，而我家庭生活的实际情形，她终未全明白的，由贫行富易，由奢入俭比较难，所以想来，常觉得"虽是一般世俗之见，以为经济环境相差甚大不合适"是没关系，但现想言论与事实终有铁的判明，我终感到为此之故使我与她之间有一层无形的间（？）隔，隔得相当的远（？）！抑或是她与我将来烦苦之点，而上次所受教训虽是也怪自己太不检点与冒失，但终觉得有些太失面子，令我难堪，我终觉得这是一件耻辱，横在心头大不舒服，一时不能释去，英也许不太介意这回事，我恐怕不易忘却这次的"教诲"！（夜间做了一个可笑的噩梦！）

8月9日　星期日（六月廿八）　晴和

真是愈懒到不知是什么样子了，又是十一时多了才起，虽然这三日肚子不好，有点着凉，但多方面加起来，对我近日的精神上的打击特别大，没有精神做一些什么事，没有兴趣做一些事，除了见英以外，一下午本来想出去，可是又觉十分无聊，又无处可去，遂又闷在家中，看了一刻近代散文抄中几篇清人游西山的游记，近来脑子懒甚，稍用脑子的书，也不愿看，现代小说写得好的太少，看不下去，看看普通小说也没什么书，大多看过了，下午找出一本侦探小说，也没什么意思，二三小时看完了一本，也无聊，闷极在院中走走，忽觉全身软软松松的，毫无力气，想不到自己会变成这般模样，还能做什么事，看看写的字吧，都是这么鬼样子，可以看出自己当时的懒散无味的生活，我似乎觉得以前未曾如此颓废过，自己的理想与愿望不知何日方能实现，默思人世间一切可笑不合理的世俗的仪式事物等等，仍围绕在我身边，我不是仍在她们中间一天一天地过吗，想起更是十分烦恼，脑中只想如何方可振作起来，生活得才能有趣味些！唯一高兴的事，只有念着英，不知什么时候方能永远与她相守不离！

晚得好友刘君济华一信，乃发自其故乡昌黎者，他亦因逢此乱世，为生活所迫，不得不令妻子返里，彼则只身又赴东北，再干煤矿事耶？好友多不如意，念之惘然，本拟去津一晤，此番东去，再见又不知何期矣，刘君人极热诚，难得之青年，亦颇具办事能力，他年我如得意时，誓不相忘，日前曾由邮寄来贴相片之册子一大本乃赠我毕业之礼物，盛情可感，阅其信，不觉闷闷，晚饭后拟去小学同学刘君曾履处小谈，因住所甚近，不意全家皆出门，废然而返，坐椅上闷闷不乐，终日抑郁，大苦差事，九时半卧床上看书，十一时寝。

8 月 10 日　星期一（六月廿九）　　闷热，下午时阴雨时晴

　　生活好似隐入疲倦的漩涡中，但只有与英约定见面的日子是有精神的，一上午仍是在报纸上度过，十一时半就吃午饭了，早点开无形中对我是有益的，饭后可以从容又看了一刻书，换了衣服，在一时廿分左右，跑到天安门前树林中去等英，把车倚在树边，自己在树荫中散步很是悠适，行人车辆甚多，亦不惹人注目，约半小时过去了，尚未见英来，心中有点急，于是推车下马路，又离开了约定地点，由西皮市往南，慢慢走，先头来时天上云彩甚多，一块块，奇形怪状，亦颇好看，此时头上更多了些，正往南走时，远远就看见英挺直腰板，匆匆骑车过来，她大约亦怕迟了，所以两眼直直的，竟未看见我在右边迎面过来，于是我又转过车来随她走到大街上，她才看见我，舒了一口气，先头那种紧张神气才松下来，奇怪是英走路的神态我是认识的，远远的只要我看得见她的影子，我便认得出，她骑车的样子我也看得出，她还奇怪，本来今日约好去孔庙因路尚远，天气又甚热，英说先上那去歇歇，我说先到太庙荫处坐下憩憩，进到太庙择一椅坐下，今天带来北平市全图，打开一看，孔庙在安定门城墙根上呢！还远得很，这两次出来，英怕热得很，大约是因为骑车用力出汗的缘故，说今天不去了吧！二人仔细看看，北平可以游玩的处所，大约没有没去过的地方了，英说她家吃午饭较晚，她吃完便出来了，胃口有点不舒服，坐着歇了一刻，她又说上那去，老坐着这不好，她要请我看电影，片子没有好的，别的处所也很乱，不如这比较清静，实则我能看见英我便满意了，别的更非所求，我即无多钱，又不愿去花她钱到乱糟糟的地方，亦

无趣，所以更不愿英为我之故多破费，那样我心里是十分不安的，本来最好的地方是她家，又凉快又舒服，又随便，她可以不必跑出来挨热，受累，我只跑到她家便了，（我家亦好，可是她不愿来，不知何故）一切都很方便，我二人皆可省一点花费，出来多少总得花一点的，可是都怪自己老赖着不肯走，于是惹翻了老人，虽不愿在那吃一顿，可是怎能舍得离开英，才看见她那么一会功夫呢，不想这些触霉头的事，英嫌热，便走到大殿中去看看，各殿上立了许多皇帝皇后的谥号，是上两次来时所没有的，又绕到后河边上树下择一个桌子坐下，其余还有七八桌子的人，英饮凉的，我肚子不好，喝热茶，一面随便谈笑，一边休息，我又采了些狗尾草，英编捆了一个小狗，忽然先头那些云彩集合在一起，下起雨来，不算大，想当密，英撑起伞来，我在树荫下，雨点稀疏地落下来，我也不怕，雨下有七八分种，其余的坐客全走了，只余我俩这一桌，楞坐着不去，茶房把椅子都垒起来，用油布遮上，只有我两未去，收了的样子，雨停了，不一刻又下起来，如此三四次才止，枯坐已经约有两小时，出来走走，出太庙门不远英便遇见她一个同学，我在南池子南口，亦遇见小马，说了两句话，再往前行，找不到英了，跑到霞公府东口又折回，才见英来，我代她拿着阳伞，一不小心，被轮卷折伞柄，顺柏油路走，经王府井大街，八面槽，一直往北，又往大佛寺及安定门大街走，英车术是大进步了，骑的稳的多了，随我跑，又顺黄城根走到后门，走了很远，我也不料，会和她跑到这边来了，她累了，后背衣服被汗湿了一大片，她挺不好意思，可是我也无多衣服，真是爱莫能助，我代她推车，把车存在北海后门，伴她走到学校去，她进去洗洗脸，我亦去男校看看有什布告，此次备取生亦可交费了，还有个第二次考，在九月初，措辞是"以资救济"这布告不知出自那位先生大手笔，"救济"二字妙哉！我也洗洗手脸，驱驱热，没别的事，又到女校等了一刻，英出来，一同去西门外同和居进晚餐，炒饼不佳，近日是虽饿了，亦吃不多，饭后同步什刹海，人不算太多，穿行过去，又进北海后门，在水边择一椅子坐下稍息，又谈及德培事，外表我虽与他（德培君）谈得来，其实有许多事物，见解，兴趣全不相同，故其所想望之人，未必是我与英所识者，助他甚难，此时一犬立于英椅后，我戏令英觑

其身后何物，她在昏黑中看不清，惊呼一声，投入我怀中，我却不料英如此胆小，急抚慰之，告以是狗，驱之令去，她兀自怨我吓她，鼓其小嘴生气，憨态可掬，令人怜爱，又起来同走，在最东边亭上她又渴了，她饮汽水，我肚子不好，只陪她用一点，此时有微风尚凉快，英又请我划船，划到西边靠荷塘停下来，相偎并坐，偌大北海，只是南边漪澜堂上一片灯光，大桥上几盏灯，再就是五龙亭及仿膳的一片灯光，东西两边却是黑魆魆的，湖上只有一片光亮处，是南北两处灯光反映的地方，船过处，水纹鳞鳞，人影隐约，橹声款乃诗意得很，没有月，只有满天秋星，天上还有些残云，微风一阵阵吹来，掠过我的身边，拂起英的头发，白日暑炎大消，游船还不少，有的地唱京剧，有的在唱歌曲，还有三个日本人在附近船上唱日本歌，声调颇滑稽，荷叶傍在船边，风吹着芦叶瑟瑟作响，似乎有点凉，令人觉到三伏过去了秋要来了！偎着英看看这夜的北海，水上的风光，在夜间与英在水上悠游是我想望多日的事，英似乎窥透了我的心事，使得今日实现，我心中十分愉快，只是天空缺少一轮明月，但没有月，静静的也好，我不禁拥起了我身旁的英，她也倚在我胸前，那么温柔驯顺，夜阑人静，水色，灯光，船影，橹声，歌调飞越，远近飘扬，偎着爱人，多么快乐，我又让英卧在我怀中，头枕在我膝上，她一半儿愿意，一半儿也是乏了正好休息，我亲偎着她面颊，抱着她的头肩，吻着她眼睛、颊、额、鼻子和唇，她又似害羞，又似欢快的接受我吻，她闭了眼安静地卧着，平空的接受我的热吻，我温柔轻轻重重的抱偎着她，注视我的爱人，细眉秀目，我不知如何爱她才好，我轻轻地在她耳边倾诉我的心曲，我热烈恳挚轻唤着我心爱的人，我唤她是我的宝贝，乖！云彩下的秋星，闪闪烁烁的似乎在偷看我们，又似妒忌般又躲到白云后面去了，她那么平静的卧在我怀中，她可休息，也可接受我温柔的爱抚，她外表宁静，她心绪未必不蓬勃！她闭着眼，也常张开，我微笑地看她，她不准我笑，我装作生气般撅起嘴，她两手捧着我头注视半晌，突然抬起头来很快的吻了我一下！多么温柔的一吻！我紧紧抱了她的头，挨在一起沉默着，耳边听得极小声的唤着我，她说了，"我爱你！"三个字，我先头让她说，她不肯，女孩子独有的羞涩，这三个字是轻易不吐出口的，她与我这么好了，

这么久今天才轻轻吐出这三个字来，宝贵得很！我听了真高兴，但在温柔爱的愉快气氛包围中，"家中的奇窘，前途的渺茫，国家的多难，我却在此谈情说爱!?!"但这不过是电闪一般在脑中一瞥而过！人只有这一生，年轻的宝贵的时光也就只是这几年，机会更是不可错过，在不能享到时那是没有法子，既可享受到时，为什么放过？即使不把这点时间用在享受恋爱中，那么对于家国亦未必有何大益处不是!?还是先抓住现实！想到这，俯下头去紧紧抱了英，英也为热情所鼓舞，也抱了我，我吻遍了她的面颊与臂，轻轻咬着她的嘴唇，她也那么欢快的接受我的热吻，我们忘了是在什么地方，是什么时候了，一刹那自己不由暗笑起来，那日在英的卧室坐久了，她父才起疑心，其实我爱她岂能害了她，而且英也绝不是那种能够完全被感表蒙蔽的人，现在在水上，四外更无别人来打搅，只有我俩尽量地享用这一小块空间，完全自由的时间，这时才是我从心中感到安慰与愉快的时候，不料出来，在此地反寻到最自由最安静的地方了，这恐怕也非老人所能料及的吧！我俩一时深浸在爱波中，忘却了一切，安静亲偎着保持各人的纯洁，静聆各人呼吸的声气，直到灯光减少了，游船也静得只偶尔听见几下橹声，我们才惊醒似地让英坐起来，我划着桨又回到了五龙亭，本定划一小时，却过了两小时半，相将出园来，看英好似疲乏，劝她坐车，她不肯，仍与我一同骑车，她学会骑车不久，但已与我夜间骑车多次了，此时已十一时半，夜阑人静，马路好行，一路平坦行来，晚风拂面，又轻快又凉爽，此时才是骑车的乐处，我想起一在英也可以骑车与我一同各处跑了，今天更是跑了许多路，想来十分高兴，以后慢慢训练使英逐渐变得更勇敢，与大胆起来，她一直骑回家去，东珠市口夜间看不清路，又不平不好走，她也骑了，她累了下来两次，送她到家，她叫门有了回音我才别去，到家全身是汗，不意今日如此热，揩了全身，又站在院中风凉一刻才休息，跑了许多路，又俯身坐了半晌，也觉得乏了！（12 日补）

8 月 11 日　星期二（六月三十）　　上午晴，黄昏大雨

疲倦的身体甜睡到天明，九时起来，半小时后我已到三盛店内与赵君

德培见面了，略谈，他不愿出城遂作罢论，店房甚污秽，又多蚊，遂出来，与其同行到果子市分手，我买了点东西便到前内邮政总局取了济华兄寄予我的相片册子，甚大，不料不到十二小时我又在前内大街上了，出邮局顺路去朱君泽吉处小坐，他被留校，略谈定下午去小徐处见面，中午回来，饭后阅报，提笔复友有信数封，并与仲老一信，详告见汪经过及久延无信，不知尚有何办法否？并附去大学临时毕业文凭翻版复印的一张相片，三时许铸兄来，娘自其太太处暂假二百元，我书一借据与他，月利分五呢，区区此数只是一个月用而已！管什么事！？四时半出来发信时遇见力十一兄，他病好稍瘦，在西单分手，去小徐家，其兄谓去看他太太，已生一女在秀贞女医院，遂辞出到毛家湾郑表兄家去，与三表兄聊天，今日又开了话匣子，告我以入社会做事的经验，六时半天阴，风后继以大雨，我与三表兄拦在客厅中，想来人生亦颇无味，自己所不愿做的事，迫自己做了，这份愤怒是最难受的，我不愿求及河先与铸兄现在全受了他们的助力，实在不愿意，怔怔坐半晌，雨止，大宝二宝等回来，被留吃晚饭，甚简，枣丝糕及绿豆汤，至九时许回来，路难行。

8月12日　星期三（七月初一）　半晴和

　　昨日又跑出去两趟，今日不预备出去了，上午起来，又作了几封友人的信，连日心绪不宁，稍用脑子的论文看不下去，找出一本小说看，午后看完了一本，三时倦了，卧床上息，四时许四弟去七姐家，因为今天是她得孙子庆祝满月的日子，娘因省车钱及赏钱未去，我因无趣，亦未去，令四弟去，起来补写前天日记，是夜温柔两小时光阴，重又在脑中演了一遍！一时兴起，写了不少，一直写到晚饭时，灯下又记昨日与今日的，今天天气不算热，可是在家却懒散之至，没有什么精神，四肢无力，想不起什么事来做，也不愿做，也不想去那些！现在不知何以如此懒散，我觉得就是事情发表了我也不会高兴，因为我本不高兴做这事，只迫于生活而已，晚看书，很快又过了一天！夜间降雨。

8月13日　星期四（七月初二）　阴，风，爽

　　整日全是秋天的气象了，令人不禁起萧瑟悲凉之感，晨间之风，虽未木叶尽脱，已是显出秋天的意思了，微感凉意，这种阴沉的坏天气，益增不如意人的愁烦与无聊，不见英时完全为此二小鬼（愁烦与无聊）所包围，可恨！十时半去看曾履，拟与其到今日照例的土地庙去走走，不料今日是东亚体育大会，中国代表队回来的日子，曾泽由满回平，携回相片，新京（长春）的建设比北平好得多，又买回一个照相机，因为那边的钱比这边的便宜，又谈了一刻那边竞技时的情形，中国人民到底仍不忘中国人心未全死，可见一斑，闻之心中稍慰，强暴与傀儡者闻之不知其心中作何感想，谈来不觉已中午被留在彼用午饭，创始们亦颇简省，匆匆一饭，曾颐人性特别，招待颇热烈，饭后与曾履约好一同出去走走，在家中实闷闷，回来又食了一些饺子，不大好，十二时三刻赵君德培忽来，座谈顷之，知同学录已经印出，有年刊者可去要一份，三时左右与赵君同出，找曾履同出，一时高兴同到珠宝市正通票行买了一张奖券，又同赴真光去看电影，连日心中烦闷不快，刘君曾履与我相同，皆想去找点刺激，今日之片虽是名为"裸舞女王"，却不过是一歌舞片子而已，女主角颇活泼，惟过两小时又是无聊，此次却是刘君请客，赵君看完即先辞归，因杜君林鲁晚尚去找他，我又与刘君逛大街绕王府井大街沿东西长安街归来，一路默默无言，分手各归，找不着事着急，找着事每日关在里边也不甘心，甚至不愿回家，烦闷，苦恼，没有心情做一切事，反正这不是一个简单的问题，也因这个大时代动乱所影响，非仅生活压也，还有精神的苦恼。

8月14日　星期五（七月初三）　半晴和

　　虽是约好今日与英出去，目的地亦未定，晨七时许跑到天安门前树林内等她，可是天上蒙着一层阴云彩，不知她会出来不？早晨空气很好，等人是不大好受，大约是八时，在望眼欲穿时，才见英由南边来了，下车来告诉我她在前门内碰了车，自己把左手的小指及无名，食三指受伤，都碰破了，颇痛，我看了心中也十分的痛惜，不是为我约她出来的缘故，怎么会碰了?! 用手绢代她包扎好，就一同骑车行南北长街，过西四，英说小徐过去看见了我，我没看见他，沿大路，直赴西直门，路上又买了一点东西，出西直门，夹路浓阴，颇是凉爽，路上行人不多，与英顺路飞驰，又不去万牲园，直往西行，走去飞机场的大路，路宽，无什车，静荡荡的好走，不料走不多远遇见在万寿寺养病的王君，坐车进城，谈了一刻，他要上学，又要问家中经济成否，可是这人不好好养病，常往城内跑，又穿了一身新制的西服，踏了一双新皮鞋，此时这一身二百元未必做得下来，他向不穿西服，不定又有什么风流事，他自进城，我自走路，两旁土地起伏，农稼尚不坏，再过去除了面前一条看不尽头蜿蜒的柏油路以外，四外便是一望无垠的平畴旷野，此际方一阔眼界，才知道天地之大，吾人之小，顺路走，一直走到了飞机场，因去新北京还远呢，且路尚未修好，于是又照原来折回，英骑多了乏了，走得慢，且又饿了，此时约有十一时左右了，于是又在万牲园西大白石桥旁有一野茶馆，与英坐石几石桌旁饮茶，吃自己带来的点心与面包，英饿了，吃的不算少，又喝了许多茶水，吃些煮花生，野餐别是一味，休息了半晌才上车，往五塔寺去，忆于四月三日来了一趟，今日又来了，过了一夏天，树木长了许多，迎门增植了一丛竹子，塔下甚阴凉，上去地下亦尚洁净，五塔剥落情状一如前来之形，立塔上有风吹来颇凉爽，因天气此时晴和，北望西山远近分明，树木遍大地，北有大佛寺大楼殿矗立，西有极乐寺，闻前有金鱼池，东南可远见北平之北海白塔及景山一亭，山光树色，颜色鲜明，真是大好山川，锦绣河山，如图如画。坐塔下石灰地上稍憩，下来把车存于五塔寺，与英步行去极乐寺，寺在五塔寺乐，约一里左右，寺前有用树木围成一长方形的水池，池水浑浊，内养放生鱼，唯有一种臭葱味不知何故，寺有三进，头一层院子，二层为正殿，有偏殿客堂，南倒坐供菩萨及护法韦陀，正殿供如来佛，右接引后有以音及龙王，左为一塔，两旁列十八罗汉，内颇洁净庄严，正殿左右有方丈，闻火工言此寺由津市周姓每月布施千余元，有钱人竟有如此痴法者，寺第一层院落有竹，为北方寺中仅有之物，出寺又回五

塔寺取车，本尚拟去大佛寺，因英疲乏不再去，遂归来。经过学校我取了一份同学录，又在学校看看，没什么事，碰见了图书馆李先生，及常森铭，英乏了慢慢骑，伴她走，她直去王秀兰家不再回家，因她与王约好，还同去看一同学，王一两日内即去唐山教书了。我因跑了不少路，亦乏了，她进了王家门，我亦归家，离了英又是闷恹恹的，快快回家，已五时许，休息看看报，闻陈老伯来，小杨子今日下午亦曾来，与四弟下棋旋同出，觉得今日跑了不少路甚乏，现在想不出一个好方法来玩，是我们见面太勤了，下次见面后试把见面日期隔得长一点，看看如何？还有想不作这么乏力的玩法了，还要经济一点，以少花钱为主，躺在床上休息一刻，因今夜又无电，已连有二日，不知何故，早用晚饭，饭后立院中一刻，本来阴天，又闪出半天星光，连日五弟玩的不成话，常跑得看不见影子，与附近孩子玩得不好，捉蛐蛐，粘蝉，捕蜻蜓等，屡戒不听晚又训了半晌，四弟一出不回，晚又无人开门，娘等无仆人累了一天，还得等他吗？两个孩子非常不懂事，想想来气得我，虽是早卧下，却睡不着，约十一时许四弟才来，真混，晚饭后洗浴换衣舒服，晚天气凉快了。

8月15日　星期六（七月初四）　晴和

今日是个好天气的日子，可是我闷在家中一整天。

早上因贪睡，九时许李君国良忽来，谈半晌，至午方去，午后看了一刻报，把茅盾著的"虹"看完了，正拟继续再作点别的事，不料精神又乏了，怎么自己这么不中用，昨日多跑了一点路，今日竟累成如此么？！可是上午起的也不算早，卧床上去休息，约到六时方起，躺了虽有三小时，可是不时这个响，那个嚷，什么都听得见，那睡着了？想起自己这过的什么日子？！这么颓废的生活！？！可是想起了愤怒，恨闷充塞了胸膛，此时简直是有点思想正义感的人，就不容你活着，满身是力，无处用！空自恨急！连日全印正展开反英不服从运动，各都市民与警兵时起冲突，日有伤止，又是一幕人类的大活悲剧，老英用的压制手段，用枪炮杀赤手空拳的印人，帝国主义全是如此丑恶的！这把大火燃烧，逐渐扩大，延展到全世界全都烧起了，烧尽了一切不平等的条约，烧死了一切强暴的恶兽，让那些专惯欺压别人，侵占他国地盘及压榨他人利益的妖魔也尝尝味道！不是那么容易，不是那么轻便取去，受压迫的人们不那么痴呆，那么怯弱任人欺凌！全世界被压迫的人民，弱小民族全起来，响应印度的反抗，燃烧尽了世界，重建我们平等和平新的世界！唉，那一代才享到这份清福！？

8月16日　星期日（七月初五）　晴和

上午小马忽来访，谈其兄在沪情形，每日甚忙，物价特昂，生活甚苦，心情不佳，故亦懒于写信，其弟已上弘达，谈顷之方去，归来看报及书，午后继看陈西滢译之屠格涅夫著之"父与子"不太感兴趣，三时神倦，自己又何以如此乏呢，卧床上画寝到四时许起来，烦甚无聊甚，遂出去找到刘曾履兄不在家，这么好天，谁在家待着？借电话打去找赵君德培拟与其同出散散步，他亦不在店中，无法一人怏怏独行在西单商场走了一圈又遛了半晌书摊，有几本自己想要的书，只是价钱太贵没买，七时半在西单商场吃的晚饭，只是自己很笨，也不会叫什么菜，也没吃什么好的，也没解馋，饭后又略绕了一刻，左不是那些东西，实际还有一大半的地方并不热闹，而且很凄凉，空地方也很多，亦可显出市面的"不景气"来，出来顺路买了点东西，到家晚上听中央电台主办京剧票友清唱决选比赛，今日放青衣组，昨夜放老生组，今天的票友唱得好的比昨日多，不大好猜，听完十个人唱完已将尽十二时，我已决定了猜定的各组前三名号数，不会准对，只是玩玩而已，不过才二分邮票，灯下又看书到一时许才睡了。

8月17日　星期一（七月初六）　晴和

连日又是好天气，虽是不算太热，太阳下也还燥和，上午突得英来一信，内有许多突然的话，但也有我有同感的话，她说她感到每次我们会面以后，回去觉得空虚得很，什么也没得到，她不明白是我们做得不对，还

是我俩根本不合适，这一封信，又掀起了我才稍为平静下去一点的心波，于是只思想这个问题，书也看不下去，报也无味，印度虽是全国愈闹愈凶，英国压迫也愈来愈厉，英帝国的恶面目全显无遗，午后一时半去前门取了那点小数目，一时心烦一人又跑去中央影院看中国片子白云及周璇主演的"解语花"看完是出乎意外的成绩甚好，剧情等也不平凡，周璇唱的实不错，片内唱了不少歌，由里边也可看出些社会各阶级人的面目，片内还有一段七夕的歌剧虽很短，但也算是今年看了天河配了！看完了心中相当满意，不知是一种什么力量，不怕碰钉子的危险，竟打了一个电话与英，她在家，她家老妈子并且仍如常的传了话，看不出有什么异样来，我只极简单的约她明天下午来中央，就挂上了，英以为改了主意，答话十分温和，打完电话，去理发，回来知十午赵君来访，等我半晌未归走去，我这却是每日都有人来访，晚饭后坐院中顷之，满天星斗，半弯月牙，又兜起我的心事，进屋来写复英信的稿子，不觉已尽八页纸，意犹未尽，但时已午夜了。

8月18日　星期二（七月初七）　晴和

人生真是一个谜，我到现在除了"人活着为了活着"以外，我始终想不出一个人为什么活着的真意义来，愈看见许多人们的丑把戏，愈知道许多恶人的劣迹，真使我心冷，这叫什么世界！鬼域的人生，理想的乐园只有在天上！想来人生真无谓，一切看得谈一些，一切亦不过如是而已，顾先生说"人生来就是受苦的"，以前听了还不大信，现在才明白是什么意思，一辈子青春只占了一小部分，普通一般人的享受，他们认为快乐的，实不算快乐，真正的快乐时间，在人一生中太短了，其余的时间还不是全分配在无聊，病痛，奔波，苦恼，为了生活的忙碌等而已，人生来确是来受苦的，怪不得人生不如意事常八九。

昨日得英信，又掀起了我的心波，昨夜先写了一些草稿，今天上午起来继续整理从头写，又引起了许多感想，昨夜的草稿中斟酌写来，有的不大合适不写，我也想及英的心理，写那些，也不大情愿呢！所以在凭我一方感情作用而写出的，便不写上去，我避免有一点过分的言语，免得使英生疑，多心，甚至怕伤了她的感情，可是不知何以提起笔来情绪奔放，写了许多久藏在心中的言语，手不停挥的写，一直午后写到三时才算写完，竟写了六页，十二面，我告诉她，我认为恋爱是一件正经事，看得相当重，绝不以为是一件轻率嬉笑的事，而真恋爱不是简单容易获得的，真爱人的取舍，也不是如喜欢了一件什么东西高兴过了时便把它丢开，这却不是那么简单的事，我又告诉她，我自从认识了她，才是真正尝到了恋爱的味，才领略了恋爱的快乐与真谛，我由她所得到的安慰与快乐皆是我以前所未曾感到受到的，我对她所说的"不合适"解释是如真有什么不合适的理由与条件，应该在我们相识不久后便应发现才是，否则不会这样相当密切的情谊在我二人之间如此久的维系着呢，在性情，兴趣，志向等等方面，我二人已有一些认识，但有两方面，我也承认是不大合适，一是社会与现实所形成我二人的无形的有力的隔阂，一是学识方面，我亦十三分的惭愧，我以往念书至今所得无几，所知实在亦太少，更不能有丝毫助益于她，因为说到了顷头我仅仅不过是一个与一同毕业方要踏入社会毫无所成的一个大学生而已，并且在北平这个圈子内，大学生车载斗量，招之成群，实无啥稀奇，就是留学的毕业生不是也有的是吗，比我强的不知有多少，何况我又是一个刚毕业困顿的平凡青年，不要她以为我故意如此说，因为这都是老实话，虽知英不会如此目我，而别人未必不是如此看我呀！我又告诉她我们将来的问题，因我身负家庭生活的重责，及我力量的薄弱，将来的时间，是毫无把握，不知她能等我否，我又告诉她，我是藏不住话的人，心中有什么便说什么，决不会有什么深意存在其间，我本来还要明告她，假如她以为我不值她这么牺牲与等待，终身不能寄在我的身上时，尽可自另去求幸福，因我爱她只要是她永幸福与快乐，我无不愿意的，但我这乃是重于精神爱的主义，绝不是不竞争懦弱的表现，实非所愿，但这怕太刺激了她，便未写上去，但在大学沉默了三年（亦可说是休养了三年）半年的观察，半月的踌躇，与最后的决心，我终不是四年前那么幼稚无知，这次绝不会看错了人，写了很多，手都写累了，头也有点昏。

北平日记

因为昨日发烦，一个人去中央看电影很好，看完便打了一个电话约英去，今天四时到那，人没多少，等了半晌，也不见英来，一个人干等，坐了半晌，快演了，仍未来，她常迟到，以为不一刻会来，走到外面去看，真是等人实不是味，车人过了多少，望穿秋水，不见伊人，开演已过了廿五分钟，心中奇怪不知是何缘故，于是又打一电话与她，她家钟才四点半，比旧钟还慢一小时，还看什么？好，我这等得急的很，她却还在家中稳坐呢，影院伙计看我痴等，恐怕也要暗笑我吧，她自不来，我亦不看了，约定六时半仍去公园，出中央闷闷此时回家亦来不及，遂去看朱君，不料他病了，我未进去，便到西长安街小饭馆用的便饭，饭后走到公园正六时半，在天安门筒子河绕了一圈，遇见英家拉车的老毛，告诉我英来了，进去时，英在东廊上远望呢，过去招呼她，一同走到行健会前球场看赛排球，亚林队中多老将，如刘志聪、夏承楣、虞积刚、王强等，与华交赛球，不一刻即散，又走到董事会看第十九次中国画学研究会的例年展，精品甚多，因为时间晚了将关门，未看完却出来，走到社稷台旁，在东北角台阶上坐着休息，她告诉我那一个是牛郎星，那一个是织女星，女星前数星是牛角，牛星左下方数星是梭子，牛星旁二小星是其子女，中隔天河，又谈学校，同学等，又谈余主任大小姐结婚日的情形，石台旁蚊甚多，石阶尚有微温，白日炎热尚未散尽，坐半晌又走到后河边，英忽说她饿了，于是即伴她去东边菜根香吃炒面，汤面包子等，她今天点心吃得早，没吃晚饭就出来了，问她要走的话，向她父说过了吗？她说说过了，她父已答应了，这却出乎我意外，当时心中十分难过，以前还觉得英要走，其父如不肯时，尚有留平之望，此次其父竟允了，如英真找到同伴及探明路线时岂不是立刻就走了吗？我又有什么力量能不让她走呢，陪她吃毕，二人默坐半晌，将今日写的信交与她，已九时四十分，水边蚊多，遂又一同漫步，已十时，灯光大半已熄，游人大减，此时晚风已令人微觉寒意，半弯斜月，已将落了，走到东边亭子东有一椅子，我又与英坐在那，树隙中可见闪闪星光，草间秋虫鸣声悦耳，只是不免令人生秋临寒肃之感，只是二人心绪不佳，各怀一肚子心事静默的坐着时多，我偶尔发一句两句话，但又不愿拉到使我心烦的问题上去，便又立刻用别的话引开，只

1320

是我根本无谈话的天才，终于沉默的时候多，静夜寒气袭人，我怕她着凉，催她回去，英兀自想什么似的，呆呆愣愣的不动，直到十一时方相偕出来，公园大门只余一缝，伴英走到西交民巷分手，一路想来心中乱得很，下午得强表兄来一信，谓可有希望，只是何日发表则无把握，仍是空话，心中怅怅，即憩。

8月19日　星期三（七月初八）　　晴和

昨夜得一讨厌之梦，晨醒来又有几句话急忙梳洗后又与英写一信，虽写了不多，也几乎用了一上午，十一时许把从孙翰处借来的话匣子唱一遍，预备不他，因已借来的有一个多月了，午饭后赵君德培来，我唱完话片，出来与之聊天，也没正经的，我午后拟去五姐处并还孙翰弟片子，他来了不巧，我要补充点放在与英的信后及写日记等等，全不能作，陪他顺口聊天，一直到四时半，一同出去，我近视眼镜上礼拜出去要用，一找没有了，真昏天倒地的过吗？不知丢在那里了，真糟心，眼睛不好，有时实在不方便，于是今天又到精益去配一付，仍是那个价钱十五元，而我右眼因平时不大带的缘故又深了五十度，他们劝我这次要常带，否则还要加深，先付了三元定钱，还不知那天来取，与赵君分手，他去找另外一人，我则直驱五姐家，五姐病了，略谈，将履历片及近年家中近况写了一张简略说明，一并交与五姐，她要代我去找李律阁，看能先为我找一件事先做否，汪头那边事，老不发表实等不了，因其病，不愿多耗其精神遂辞出，到东安市场为李娘买了烟即归来，黄表嫂及小弟先来坐顷之，在路上遇其归去，下午得王大姐来一信，告以到沪后情形，并嘱我常与其通信，想来，倒也十分羡慕邹志强的幸福，这个太太被他娶着了，晚闻陈九曲因受不了苦自沪回平，拟晚饭后与四弟同去看他，不料刚要去时，他弟弟来谓他们全去新新看电影了，我遂中止，在家休息，看看书及补写日记，晚十二时许睡。

今天信上与英说，想她上封信的不合适的感想，那不过是一时的感触，定不是以此借口为南上理由之一，或是因为反面安慰我离绪的吧！我

晓得一个人下了决心去追寻他多年美丽的理想对其力量是如何的大，不是别人以别种力量所能挽回的，我也佩服他坚强的意志与向前不退，勇敢进取的精神。

关于英走的问题，自她第一次在北海五龙亭码头椅上与我谈话以后，矛盾的心理与两种相反的力量，就在我脑中斗争，一是羡慕她能有机会与能力来实现她多年的理想，这应是多么快活的事，而在半途加入她生活中一角的我，却要来阻拦她，似乎说不下去，亦无此理由，人的眼界应是阔大的，总在这一个地方转，是转不出什么来的，我也知道，但我既为情理所不许，又为事实的俘囚，而她能走一趟时，我又有什么理由拦阻她!? 不知我的亲友（当然他们也是关心我的）若知道她南去了，一定会讥骂交加于我的，我自不在乎这些非难，但她却应明白我这一番心意，这是我对她走的正面的理由，反面可以说纯以自私为动机，以感情为出发点，她如在平，不论隔多少日子，总还有见到她的机会，当然我是一千个不愿意她走，她之走，至少是我精神上一种大损失与打击，而且在此乱世，路上极不安定，即使她能安抵目的地，战争何日才结束，我们又何时方能再晤，她在那边生活的情况安全及健康，都是我在此时已为她担心的，除了何时再晤外，其余都有法子解决，而何时再晤，却是谁也不能给我一个保障的，这是我反面的理由！

虽然我脑中常被这两种矛盾的思想所苦搅，但我决定了主意，强留她在此，（我亦未必有此力）对她不见得好，（因她似已下决心不愿在此多留，对我或也未必有益处，且她在此不快活我也不愿）我也很明白我自身现在力量的薄弱，自己的愿望，尚不知何时方能实现，而她在此地是不快活的，又没有愿意做的事，待在家中更非她所愿，这岂不是空耗她的时间，为什么不让她去试一下路可走得通，同时我也很荣幸，我毕竟未看错了人，我有一个如此刚毅性格前进不屈的，亲爱的好朋友！她父竟允许她走，实出我意外，因她大姐走时，与她此时又自不同，她一走她父面前的子女几乎全走了，而且现在路上亦与前难易不同，也许是她父近来思想也稍有改变吗？如果她能去后，让我来等她吧！我是信任她的，因我知道虽然她心地是那么慈爱易受感动的，但有一个意志占据了她心中底一角，便是那么坚固，不是轻易所能动摇的，只是我还不知我是否能永据她心中之一角而不灭呢!? 我末后并希望能与她合摄一影，不知她愿否，我以前有一夜在她家曾与她谈过，这次又写下来，嘱她千万不可忘了，不可那么想，即假如她走的路线实走不通时，不要以为我好不容易出来了，竟未走通又回来了，多不好意思！决不可铤而走险，还是回来，再作道理，不知她可听从否?!

　　晚上自己又胡想，猜测她所谓"不合适"条件的可能性，也许是她身体外表都似比我大，别人看了不好，或根本我穷，外表和她一同走出去不配，或我不会想什么玩的方式逗她喜欢，使她高兴，但这一切，似乎都不对，因为这又绝不与她平日的为人思想相合，我想她也定不会以这些皮相的条件来衡量我的，人眼光要看得远，不仅是外表如何而已，要志趣相投才是，年龄外表的相差又何惧到人的论断，我们自己二人欢爱便了，与他人何干!?

8月20日　星期四（七月初九）　晴和

　　连日天气晴和，虽热亦不利害，但我之心情却永是如此沉闷无聊，昨夜因四弟回来晚未睡好，今日一觉竟到十时，近日皆未睡好，故白日下午辄觉乏倦，上午看报，并补写日记，午后整理完了应补的日记，二时许倦了，卧床上休息，四时许起来，陈九英及杨善政与四弟三人回来，与陈谈上海情形，他昨日方由沪抵平，谈知沪上纷乱穷凶情况，令人心悸，加以昨日与赵君谈统税局吃私之黑幕，这世界是钱的世界，愈听得多，知道得多，心中愈觉这社会的可怕，令人心冷，对作的前途更加寒心，这样的人生真无味，七时半，陈杨走去，晚饭后略看书，我想英每日一定过得很好，很快乐，大约她为了她一个理想而生活，而我却终日被浸在烦闷愁苦无聊中，亦因为我没有一个美丽的理想，前途更是昏昏的，迷迷蒙蒙的，黯淡得很！生活怎么不苦!? 今日发了那封决意赞成其南下的信，不知英看了这两封信起何感想与反应，又如何答我！

　　近一二周间，天空又不时看见飞机在飞，传将实行长期夜间防空演

习，但尚未下令，连日夜间亦常见飞机飞来飞去，不知是练习，或别有用意，探照灯也常在夜间各处照照，李娘近日因老妈子告假，与娘操作一切，只是近一二年来分明显得老了许多，作点费力的事，我就担心，她走走路也显累了，李娘老了许多啦！

8月21日　星期五（七月初十）　晴热

日昨与陈九英约好，今天上午九时多了，他还未来，心中又起了一点感想，遂写信与英，把现在政界做事的黑幕及昨日下午陈九英来谈沪上近况亦告诉她，因上海情形尚如此，其他小地方，可以想见，正写时，九英来了，急忙穿衣与他同去，蒲伯扬大兄的医院生意甚好，人甚多，一上午有三四十人，等了半晌才进去看，又为之透视，肺并无毛病，他才放心，因在沪时，军医谓他有二期肺病，在外边坐着等时，看见进来二女人，坐在西边，走到透视室才看出是本系同年一同毕业的女同学丁玉芳，与她点头招呼，陪九英弟看完出来，亦将到一时了，走到铁栅栏南，迎面遇见四弟与杨善政及九英二个弟弟，同去万寿山游泳去，换了车骑回来，四弟二三日内即补考还无事人似的还玩呢，一点也不懂事，到家，赵君德培已高据坐上，等我饭后与其谈巧遇丁事，他不胜感慨，谈半晌，他将回家，我自己整理相片，选出一部分及与英出去玩时照的全部，分贴在二相片本上，一直弄到四时许才弄完，五时小徐亦来，此时赵君在我床上睡了一小觉，与小徐谈了一阵子，旋同辞去，六时阿九忽走进来，他昨夜由津来平接其子，小焕，今日乃其生辰，避寿来平，他有三年多未来平了，又瘦又小，面色亦甚难看，想不到他会来，娘等与其谈顷之，七时许走去，今日为立秋后最热之一日，晚饭后，洗了一个澡换了衣服才好一点。

8月22日　星期六（七月十一）　阴，闷

整日阴天，比昨日凉快许多，只是多少还有点闷，早晨八时半左右，伯长及伯英来，伯长自父故去后，与昨日之阿九同为多年未来之希客，想

不到会来，原来向四弟打听，大宝在何处住，她们又要组一球队来玩，旋去，十时许看见娘在整理院中杂草，遂想起今年长的特盛的杂草，在院中各处甚是难看，大有三径就荒之味，于是趁今天阴天比较凉爽，遂先将外院之杂草，连枝带铲除，清理了一下，又用土垫平凹地，闹了一身土及汗，到中午吃饭较香，多日不作劳力之工作，午后看书，到一时四十出门，自行车连修理数次未修好，心中气恼，加以近来不如意事多，不禁生气，在车铺嚷了几句，事后思之颇可笑，何必与他们生气，自己太无涵养了，把车放在那里重修，一人去大光明看刘云若原著摄成电影之春风回梦记，内述一青年与一鼓姬恋爱，弃妻不顾，结果妻病死，鼓姬亦因不愿因其一人破坏其家庭幸福亦吞毒死，结果两方俱失，一无所得，看中国片子痛快，男主角有时表情不足，但有两处竟将我眼泪引出，事后思之可笑，回来把车携回，又督促弟妹一同将内院之杂草等清理扫净，眼目为之清爽，宽阔，洁净许多，人一勤院子立刻换一面目，晚坐院中微觉凉意，看书早息。

8 月 23 日　星期日（七月十二）　上午阴，中午晴，晚微雨

八时半去志成看五弟补考的情形，并托柴先生一下，请其转托诸位先生从严管束，在学校各处转转，又到北院去与赵先生谈谈，并看他病，谈些同学的近况等，九时十分出来，即去中央看早场，许久不看早场了，连日心头烦苦之至，出来一个人看了二次电影，想暂时忘掉苦恼，今天却来看这颇无聊的片子，自己也觉好笑，片子是陈娟娟主演的"江南小侠"一切都很幼稚，近来心情纷乱，亦颇脆弱，竟亦被片中一些带感情的表演引得流了眼泪，使我自己也暗自吃惊。影片散后与五姐打一电话在问她病好未，五姐告诉我前托律阁事已于昨日由河先少奶拿去，俞什么不知道，要我去写明的，托人事真难，为这一点小事，不知跑了多少次，为这几个字又得跑一次，此时已十一时许去那好似赶饭，便在西长安街一个小饭铺内用了，约十二时去找强表兄，今日值班未在家，遂又到附近多日未去看的陈老伯家去小坐，谈了一刻，一时许出来，星期日北平图书馆亦开，进去

看看报，多日未去了，一时半去五姐家，写明俞老伯名字，小坐即出，去访孙翰又未在家，跑到东四南本司胡同去看一所独院房，甚小，不合适又贵，又到财务总署去找强表兄又已回去了，朱泽吉病了，去看看他，因他精神不佳，小坐即出，顺路又到医院去看看九姐夫，略谈，四时左右回家，跑了许多路乏了，上午十时许英差人送来五本书，并附一短信，聊聊数行，看后心中殊怅怅，看过报，五时许卧床上休息，到晚饭时方起，饭后微雨，已是秋意十分，感到凉意，灯下与英写信，七时半又得其昨日发信一封，中云她之离开家，有其不得已之苦衷，与种种原因之促成，她本不愿离开家，亦不愿离开我，却未言明是何!?

天气虽已凉爽，但我心绪并不清爽，且"因无一日不思英奈何"!? 愈想不如意事愈多，前途希望的困难亦愈多，心情亦不见佳，故看书不多，但烦恼牢骚，及对于社会黑暗方面的恶感却不少，我真有点不信这些现实的丑恶是丝毫不能改变一点的，我现在正努力与这恶环境奋斗到底!

英来信曾谓她是"一无所能"，我知道她指的是在家庭生活技能方面，只要她不是一般普通人错误的思想，不是不屑于去做，而认得清这是应该会的，也可算是天职，而去学习，那在她岂不是一件很容易的，短时期内便可学会的事么?! 又有什么难!? 人生一世是学到老的只要她肯学，念书未必是容易事，那么多字，那么多事，那么多规则……，她现在不是会的很多了么，我想她所谓的"一无所能"，比读书要容易多呢，她又问我对她有什么希望，以前已对她说过很多，我现在就觉得人生实际大半的快乐，就是有一个温暖和乐，温柔恬适的家庭，在家中比在任何地方全都舒服，自由快乐，我常在外面跑得疲倦了时回来，特别如此亲切的感到这一点小天地的可爱，不知她可也有此感，要想造成这么一个美丽更近于理想的园地，自然得找志同道合的同志了，故我二人应抱着共同的目标与愿望去努力，才能抵于成，故她不要问我，她所愿的将来的生活方式，也正是我所希望的呀!

昨日做一点用劳力的工作，今日又起早，昨晚睡得晚，看书到二时，今日白天跑了许多路，晚上休息全身有几处觉出酸疼来，自己身体实不算强健! 太泄气，努力锻炼吧!